AVA REED
Truly

Ava Reed

Roman

LYX in der Bastei Lübbe AG
Dieser Titel ist auch als E-Book und als Hörbuch erschienen.

Originalausgabe:
Copyright © 2020 by Bastei Lübbe AG, Köln
Copyright © 2020 by Ava Reed
Dieses Buch wurde vermittelt von der Literaturagentur erzähl:perspektive,
München (www.erzaehlperspektive.de).

Textredaktion: Jil Aimée – www.jil-aimee.com
Umschlaggestaltung: © Andrea Janas, München
unter Verwendung eines Motivs von © Alberto Seveso
Satz: Greiner & Reichel, Köln
Gesetzt aus der Adobe Caslon
Druck und Verarbeitung: GGP Media GmbH, Pößneck
Printed in Germany
ISBN 978-3-7363-1296-8

1 3 5 7 6 4 2

Sie finden uns im Internet unter www.lyx-verlag.de
Bitte beachten Sie auch: www.luebbe.de und www.lesejury.de

Für dich, Andrada.
Andie hat ihren Namen von dir. Und wenn ich ehrlich bin, erinnert sie mich oft an dich. An den Menschen, der so unglaublich stark und klug ist und es so oft vergisst.

Für dich, Sina.
Du wartest auf dieses Buch, seit ich mit dem Schreiben begonnen habe. Ich sehe dein freches Lachen vor mir. Die Bowle ist eine Hommage an dich.

Soundtrack Andie & Cooper

Savage Garden – Truly Madly Deeply
Hozier – Work Song
Billie Eilish – when the party's over
Kings Of Leon – Use Somebody
Macy Gray (Cover by Jasmine Thompson) – I Try
Ella Eyre – We Don't Have to Take Our Clothes Off
Sting – Fields of Gold
The Script – Breakeven
Florence + The Machine – No Light, No Light
Kodaline – All I Want (Part 1)
Elderbrook & Rudimental – Something About You
Amber Run – I Found
Parson James – Only You
The Heavy – How You Like Me Now (Raffertie Remix)
Old Man Canyon – Phantoms & Friends
Bishop Briggs – The Way I Do
Kygo, Whitney Houston – Higher Love
Mark Ronson ft. Miley Cyrus – Nothing Breaks Like a Heart
(in the Live Lounge)
Florence + The Machine – Shake it out
Shawn Mendes, Camila Cabello – Señorita

The real lover is the man who can thrill you
by kissing your forehead or smiling into your eyes
or just staring into space.
Marilyn Monroe

Prolog

Manchmal ist das Leben schmerzhaft.

Andie

Kein Moment meines Lebens war je so beschämend wie dieser. Zumindest fällt mir gerade keiner ein. Und egal, ob dieser Abend auf meiner Skala der katastrophalen Augenblicke wirklich auf Platz eins landet oder nicht: Es fühlt sich danach an, und das ist alles, was zählt.

Ich denke, das ist so, weil jeder schreckliche Moment, wenn er eintrifft, so einnehmend ist, dass er alles andere verdrängt; und deshalb kann nichts anderes je schlimmer gewesen sein.

Mein Versuch, Haltung zu bewahren, ist gescheitert. Während ich auf den Treppenstufen zum Restaurant sitze, bei gefühlten fünf Grad und im strömenden Regen, der unablässig meine Tränen einsammelt und davonspült, bin ich dabei, meine Gedanken zu sortieren. Die Frage, wie es dazu kommen konnte und wann mein Leben derart aus dem Takt geraten ist, jagt wie am Laufband durch meinen Kopf. Wieder und wieder. Wann es passiert ist und warum – aber nie wegen wem. Das ist das Einzige, dessen ich mir absolut bewusst bin.

Kein Drama, kein Chaos, keine Überraschungen. Nichts davon will oder brauche ich, und ich habe mir seit dem, was mit meiner Mom passiert ist, eingeredet, dass ich dem in Zukunft entkommen würde.

Und in der Sekunde, in der ich spüre, wie die Kälte der Steinstufe und das Wasser endgültig durch mein Kleid dringen, lache ich leise und erstickt auf. Weil ich es nicht geschafft habe … Ich habe alles bekommen, was ich nicht wollte, und möchte etwas, das ich nicht haben kann.

Mein Leben war nie verkorkst, und ich war es auch nicht. Bis heute. Bis ich in diese Stadt kam und auf diese Universität. Bis June mich in diesen dämlichen Club geschleppt hat. Damals hätte ich direkt die Beine in die Hand nehmen müssen, dann wäre dieser ganze Irrsinn vielleicht an mir vorbeigegangen. Wahrscheinlich wäre ich stattdessen daheim, bei meiner Familie. Ohne Studium, ohne das getan zu haben, was ich tun wollte, aber glücklich … so viel glücklicher.

Oder nicht?

Mein Kopf sinkt nach vorne in meine Hände, ein paar schwere Strähnen fallen über meine Schultern und in mein Gesicht. Weitere Tränen fließen lautlos über meine Wangen, während die Gäste des Restaurants in ihrer stilvollen Bekleidung an mir vorbei die Stufen hinauf- und hinabsteigen. Sie sind wie Schatten, nicht ganz da und nicht ganz fort.

Leichter Nebel ist aufgezogen, es ist diesig. Meine dunkelbraunen Haare hängen völlig durchnässt und schwer an mir herab, der Mantel liegt nur halb über mir und ich habe weder den Willen noch die Kraft, etwas daran zu ändern. Auch wenn jeder Muskel längst vor Kälte zittert, kann ich mich nicht aufraffen und in Bewegung setzen. Jemand aus dem Restaurant fragte mich bereits, ob es mir gut gehe, ob man mir helfen könne. Nein, tut es nicht, und nein, kann man nicht. Nicht wirklich. Deshalb habe ich nur den Kopf geschüttelt. Ich bin mir nicht einmal sicher, ob sie das überhaupt wollten, doch ich rechne es ihnen hoch an, dass sie den Schneid hatten, zu fragen.

Der Regen wird nicht weniger, er trommelt auf mich ein wie ein Schlagzeuger auf seinen Drums zu einem guten, rhythmischen Beat. Als ich mich schließlich zwinge, den Kopf zu heben und mich nicht ganz dieser beschissenen Situation hinzugeben, schlucke ich schwer und stöhne leise auf. Weil schon alles in mir schreit, dass es dafür zu spät ist.

Während ich hier sitze und mich still selbst verfluche, bildet mein Atem kleine Wolken in der Luft, ich friere und meine Nase läuft. Ihre Spitze kann ich nicht mehr spüren.

Ich kann nichts mehr sehen, meine Brille ist verschmiert, nass und beschlagen, also nehme ich sie ab.

Mit meiner linken Hand greife ich beinahe mechanisch nach der kleinen, inzwischen aufgeweichten Stoffhandtasche neben mir, stopfe die Brille rein und ziehe mein Handy heraus. Der Akku gibt vermutlich jeden Moment den Geist auf, die rot leuchtenden, leicht verschwommen wirkenden vier Prozent oben rechts im Display lachen mich aus. Mit zitternden Fingern streiche ich mir einzelne klebrige Strähnen aus der Stirn und von den Lippen, reibe Wassertropfen von den Augen – und es ist mir scheißegal, was mit meinem, wenn überhaupt noch vorhandenen Make-up passiert – und starre anschließend auf mein Smartphone. Starre auf die Namen in meiner Kontaktliste und bleibe immer wieder an einem davon hängen.

Ich werde diese Nummer nicht wählen.

Es gibt nur wenige Menschen, die ich benachrichtigen und fragen könnte, ob sie mich abholen, und eigentlich will ich keinen von ihnen sehen.

Ich wünschte, June wäre hier, und bei dem Gedanken an sie entfährt mir ein leises Schluchzen. Trotzdem werde ich sie nicht anrufen. Vielleicht, weil ich mich schäme. Vielleicht, weil ich ihr zu viel erklären müsste, vor allem Dinge, die ich selbst kaum verstehe. Weil es mir noch nie zuvor so schwergefallen ist, meiner besten Freundin etwas zu erzählen. Das, und weil ich eine starke Frau bin, der das hier viel zu viel ausmacht.

Schließlich kann es jedem mal zu viel werden. Jeder kann sich ab und an in verrückte und verwirrende Situationen hineinmanövrieren. Und Frauen werden andauernd sitzen gelassen, nicht wahr? Es sollte mir egal sein. Ich kenne meinen Wert. Aber diese Gedanken und dieses Wissen sind absolut nutzlos, wenn man sich nicht so fühlt. Ich kann nicht fassen, dass er einfach gegangen ist. Dass er mir noch Geld auf den Tisch gelegt hat ... Ohne es verhindern zu können, fühle ich mich dadurch, als hätte er mich für diesen Abend bezahlt. Fluchend balle ich die freie Hand zu einer Faust. Sie ist fast taub.

Es macht keinen Unterschied, dass ich mein Portemonnaie vergessen habe. Bevor ich sein Geld genommen hätte, wenn auch nur für ein Taxi ...

Ein kaum wahrnehmbares Wimmern entfährt mir, und der Wunsch, von hier fortzukommen und zu duschen, um mich danach in meinem Bett mit einer Decke einrollen zu können und die Nacht durchzuweinen, wird so übermächtig, dass ich es tue: Ich drücke die grüne Taste.

Es klingelt.

Happy Birthday to me ...

1

Der Beginn einer Reise ist meist das Ende einer anderen.

Andie

An eine Tür zu klopfen ist die einfachste Sache der Welt. Doch diese vor mir, mit ihrer groben Maserung und der Nummer fünfzehn in Gebäude B, ist mehr als eine normale Tür; genauso wie das, was dahinter liegt, mehr ist als ein gewöhnliches Zimmer. Dort wartet etwas Neues. Ein Beginn und ein Ende.

Mein Blick fällt nach rechts auf die neben meinen Füßen stehende große braune Reisetasche, während der Rucksack noch immer schwer auf meinem Rücken wiegt und anfängt, auf meine Schultern zu drücken. Ich glaube, jeden einzelnen Muskel in ihnen und meinem Nacken spüren zu können.

Die Müdigkeit rebelliert mittlerweile nahezu inbrünstig gegen die Nervosität und das Adrenalin, das in meinen Adern tobt, seit ich in dieser Stadt ankam. Die Reise nach Seattle war anstrengender als vermutet, was vor allem daran lag, dass ich nicht zur Ruhe kam, seit ich von zu Hause aufgebrochen bin.

In meinem Kopf haben sich auf dem Weg zu viele *Wenn* und *Aber* gesammelt, haben sich liebevoll umarmt oder voller Hingabe miteinander gekämpft. Und mit mir. Meinen Hoffnungen, Wünschen, Träumen.

Ich habe Panik bekommen, als ich den Reißverschluss meines Gepäcks geschlossen hatte – und habe sie bis jetzt. Panik davor, dass June sich zu sehr verändert hat – oder ich –, dass Dad und Lucas daheim nicht allein klarkommen – oder ich hier –, und davor, dass ich das alles schlicht nicht schaffe. Weil ich nicht gut genug bin. Was, wenn ich noch nicht bereit bin? Was, wenn ich das nie sein werde? Wenn mir die Stadt nicht gefällt, das Studium, die Uni, wenn es nicht so ist, wie ich es mir vorstelle? Was, wenn ich nicht hierher passe? Was, wenn ich meinen Traum von einer Zukunft im Event- und Marketingbereich mit June aufgeben muss oder ich jemanden enttäusche? Was, wenn …

Meine Gedanken überschlagen sich, ich komme kaum hinterher und rufe still in meinem Kopf *Stopp*, um dem Wahnsinn Einhalt zu gebieten. Tief einatmend halte ich inne, versuche damit aufzuhören, mich selbst derart unter Druck zu setzen und durcheinanderzubringen. Ich erinnere mich daran, dass das hier nur ein erster Schritt von vielen ist, der mich dahin führen kann, wo ich hinwill. Ein Teil dessen, was ich mir bereits mein halbes Leben lang wünsche. Etwas Gutes. Wie kann ich jetzt Angst davor haben? Das ist verrückt. Kopfschüttelnd verziehe ich das Gesicht. Vielleicht, weil in den letzten Jahren vieles anders kam, als ich gedacht habe …

So oder so werde ich nur auf eine Art Antworten auf meine Fragen und Ängste bekommen: Wenn ich endlich an diese verdammte Tür vor mir klopfe.

Die Studenten, die tratschend oder lachend hinter mir durch den Flur wandern, ihre Zimmer betreten oder verlassen, fangen an, mich komisch anzusehen. Kein Wunder. Ich stehe hier schon so lange, dass ich nicht nur mitbekommen habe, wie ein Mädchen vor einer halben Ewigkeit den Raum schräg gegenüber verlassen hat, sondern auch, wie sie vor ungefähr fünf Minuten mit einer köstlich duftenden Riesenpizza wiedergekommen und darin verschwunden ist.

Konzentrier dich! Ich drücke die Schultern durch, hebe meine Hand und bemerke den leichten Schweißfilm auf der Innenfläche, den ich schnell an meiner Jeans abwische. Endlich forme ich sie zu einer Faust, nähere mich mit ihr der Tür und ...

Ich schaffe es! Meine Knöchel treffen auf das Holz, einmal, zweimal, lauter und kraftvoller als gedacht. Ich atme auf und schiebe anschließend die Brille mit einer routinierten Bewegung ein Stück auf meiner Nase nach oben, damit sie wieder richtig sitzt.

Dann lasse ich meinen Arm sinken und warte.

Es dauert nicht lange, da nehmen die Geräusche hinter der Tür zu, werden lauter und lauter, bis mir in einer fließenden Bewegung geöffnet wird. Jetzt denke ich nicht mehr an das, was sein kann oder sein wird, und starre nicht mehr auf die Kerben des Holzes, sondern direkt in das Gesicht meiner ältesten und besten Freundin, die ich seit Monaten nicht mehr gesehen habe.

Nein, sie hat sich nicht verändert, schießt es mir sofort durch den Kopf. Mit ihrer noch immer elfenbeinfarbenen, perfekt geschminkten Haut, der kleinen Stupsnase und dem offenen Blick, der mir seit jeher jede ihrer Gefühlslagen verraten hat, betrachtet sie mich erstaunt. Nur ihr helles naturblondes Haar ist anders – sie trägt es kürzer als sonst. Viel kürzer, fällt mir auf den zweiten Blick auf. Die Spitzen, die ihr zuvor bis über den letzten Rippenbogen reichten, fallen ihr nicht einmal mehr bis zu den Schultern, und die zarten Strähnen umrahmen in leichten Wellen ihr Gesicht.

»Andie«, wispert sie. Ihre grünen Augen werden immer größer, sie mustert mich so intensiv, als wolle sie sich überzeugen, dass ich real bin. Dass ich tatsächlich vor ihr stehe. Wahrscheinlich überlegt sie gerade, mich mal kurz anzustupsen oder zu piken, nur um sicherzugehen. Stattdessen runzelt sie die Stirn, beugt sich etwas vor und murmelt schließlich erstaunt: »Oh mein Gott, du bist es wirklich. Du bist hier.«

Ein Freudenschrei entfährt ihr, während sie mit einer schnellen Bewegung die Distanz zwischen uns überwindet und mich mit einem Ruck in ihre Arme zieht. Kurz schwanke ich, muss mich am Türrahmen festhalten, bevor auch ich sie kräftig an mich drücke.

Ich hatte vergessen, dass June vieles ist, aber auf keinen Fall leise. Sie hat so viel Energie und stets einen passenden Spruch parat, dass man kaum anders kann, als sie zu mögen. Zumindest geht es mir so. Seit ich denken kann, ist sie für mich da.

Deshalb begann die Nervosität in der Sekunde von mir abzufallen, in der ich vor ihr stand. Jetzt kann ich buchstäblich spüren, wie mein Körper sich entspannt. Wie mein Kopf sich von all den sorgenvollen Gedanken löst. Augenblicklich formt sich ein Lachen in meiner Kehle, und ich lasse es hinaus, weil es sich so richtig anfühlt, so befreiend. June stimmt mit ein, wiegt mich hin und her, und es tut so gut, dieses Lachen, das ich schon ewig kenne, endlich wieder im echten Leben zu hören. Nicht durch ein Telefon oder eine Voicemail.

June war immer wie eine Schwester für mich. Aus diesem Grund waren die letzten Monate ohne sie besonders hart. Der Plan für das Abenteuer Zukunft, Leben und Studium ist eindeutig ein anderer gewesen. Er war schöner, einfacher und weniger beängstigend. Was die Realität von solchen Plänen hält, ist bekannt: nicht besonders viel. Gar nichts. Eigentlich glaube ich, sie amüsiert sich heimlich darüber.

Trotzdem ist es uns beiden nicht einmal im Traum eingefallen, dass es so kommen würde, wie es kam, wir dachten nicht einmal daran, dass überhaupt etwas schiefgehen könnte.

Obwohl ... eigentlich stimmt das nicht. Wir hatten uns nur eingeredet, dass nichts schiefgehen könne. Wir hatten gehofft, dass es nicht passieren würde ...

»Ich freue mich so, dich zu sehen«, murmle ich in ihr Haar hinein, das sich mittlerweile halb über mein Gesicht verteilt hat, und genieße es, sie zu halten.

Bis sie im nächsten Moment von mir ablässt und einen Schritt zurücktritt. Dabei stemmt sie ihre Hände in die Hüften und legt die Stirn in Falten.

»Du wolltest doch erst nächste Woche kommen, oder? Ach, total egal«, fügt sie sofort an und winkt ab. »Ich bin so froh, dass du da bist. Du hast mir gefehlt.«

»Du mir auch«, erwidere ich, während wir uns freudig anlächeln. Ich erzähle ihr nicht, dass ich hier bin, weil ich es keinen Tag länger ausgehalten habe, und dass ich gleichzeitig kurz davor war, alles abzublasen und einen Rückzieher zu machen. Wegen der Aufregung, der Anspannung, der Vorfreude. Wegen der Angst.

»Komm rein. Sara ist noch nicht wieder da, sie ist irgendwo bei ihrer Familie in Iowa oder so.« June zuckt mit den Schultern und schnappt sich ohne Vorwarnung die große Reisetasche neben mir. Eine Art Grunzen ertönt. »Was zur Hölle, Andie, ist da drin? Hast du die ganze Ranch eingepackt? Eine Kuh? Deinen Bruder?« Ich lache erneut und beobachte, wie June meinem Gepäck den Krieg erklärt.

»So schwer kann sie gar nicht sein«, widerspreche ich halbherzig. June zerrt die Tasche derweil leicht ächzend und mit einem entschlossenen Gesichtsausdruck hinter sich her ins Zimmer und reißt dabei fast eine Schneise durch das in die Jahre gekommene Laminat. Währenddessen fixiert sie mich mit zusammengekniffenen Augen, und ich schließe die Tür hinter mir.

Okay, die Tasche *ist* verflucht schwer, aber ich war noch nie gut im Packen, das sollte sie also nicht überraschen. Es ist anstrengend. Bei jedem Teil fragt man sich: Braucht man es? Ist es lebensnotwendig? Und antwortet man mit *Nein*, legt man es trotzdem nicht zur Seite, sondern betrachtet es noch eine Weile, weil man sich danach fragt: Was, wenn ich genau das doch brauche? Irgendwann. Und ohne es zu merken, ist man plötzlich dabei, sein ganzes Leben in die Tasche zu stopfen.

Diese war zugegebenermaßen auch der Grund, warum ich mir ausnahmsweise ein Taxi geleistet habe, um quasi direkt vor dem Wohnheim aussteigen zu können, statt mit dem Bus zu fahren, und das hat mir, zusammen mit der Fahrt von Montana hierher und einem Teil der Studiengebühren, schon jetzt ein kleines – oder irgendwie eher ein mittelschweres – Loch in mein mickriges Budget gerissen. Als ich das ganz nebenbei erwähne, schnalzt June in einer Mischung aus Missbilligung und Tadel mit der Zunge.

»Ich hätte dich abgeholt. Du hättest nur anrufen müssen.«
»Ich wollte dich überraschen.«
»Das ist dir gelungen!«, gibt sie zu, bevor sie meinem Gepäck sehr ausführlich erklärt, was mit ihm passiert, wenn es nicht tut, was sie will. Vorhin wollte ich sie davon abhalten, die Tasche allein zu bewegen, aber wenn June sich was in den Kopf gesetzt hat ... ich seufze amüsiert und lasse derweil meinen Blick durch Junes Studentenwohnung des Mädchenwohnheims schweifen, erkenne viele Dinge wieder, die sie mir bereits während unserer Videochats gezeigt hat oder die im Hintergrund irgendwelcher Fotos waren. Der gemeinschaftliche Wohnbereich ist nicht besonders groß, aber ziemlich gemütlich mit seinen fröhlich wirkenden Wänden, mal weiß, mal

sonnengelb, und den hellen Gardinen. Eine alte Cordcouch, ein Beistelltisch, übersät von Wasserflecken und -rändern, der seine besten Tage bereits hinter sich hat und unter einem Bein von mehreren Servietten und Bierdeckeln gestützt wird, finden sich darin. Drei halb abgebrannte Kerzen stehen auch darauf. Ergänzt wird das Ganze durch eine große schmale Kommode in Weiß und einen antiken offenen Schrank aus dunklem Holz, kreuz und quer vollgepackt mit Filmen, Büchern und Zeitschriften. Den Boden ziert ein flauschiger bunt gepunkteter Teppich, dessen Ränder aussehen, als hätten Mäuse verschiedener Generationen daran geknabbert.

Von hier aus gehen zwei Türen ab, eine links und eine rechts, wahrscheinlich in die Zimmer von June und ihrer Mitbewohnerin Sara.

Mit einem lauten Stöhnen parkt June mein Gepäck auf der anderen Seite der Couch. »Damit man nicht beim Reinkommen drüberfällt«, erklärt sie. June hat das Ding einmal um den Teppich und den Tisch gezogen. Ganz ehrlich? Ich hab keine Ahnung, wie ich die Tasche mit nur einer funktionierenden Rolle und diesem Gewicht überhaupt bis hierhin schleppen konnte.

Schwer atmend kommt June wieder zu mir zurück. »Willkommen an unserer Uni! Willkommen in Seattle.« Glücklich breitet sie die Arme aus und dreht sich im Kreis. »Wir haben es geschafft. Kannst du das glauben?«

Fast, denke ich nur. *Fast*. Sie vergisst, dass ich noch ein paar entscheidende Dinge benötige, bevor das Semester beginnt.

»Es ist vollkommen verrückt«, erwidere ich und setze endlich meinen Rucksack ab, um mir danach über den verspannten Nacken zu reiben. »Jetzt fehlen nur ein Job und eine Wohnung oder ein Zimmer für mich, richtig?« Ich zwinkere ihr zuversichtlich zu und möchte auch genauso klingen. Für jeden anderen würde ich das vermutlich, aber June kennt mich schon sehr, sehr lange … Zu lange. Ihre Gesichtszüge werden für ein paar Sekunden weich, bevor sie feste Entschlossenheit zeigen und meine beste Freundin mich energisch an den Schultern packt.

»Es wird alles gut. Wir finden etwas für dich! Du hast es auf die Uni geschafft, wir beide haben das, wir werden zusammen studieren und der Rest wird folgen: ein Job, eine Bleibe, das Examen, eine eigene Firma, die Weltherrschaft.« Sie wackelt mit den Augenbrauen, und ich lache auf. »Was sage ich immer?«

»Schön einen Schritt nach dem anderen machen, sonst stolpert man«, wiederhole ich die Worte, die sie mir bereits mein Leben lang eintrichtert.

»Richtig! Und weil du jetzt schon da bist, gehen wir nachher etwas essen und ich zeige dir alles. Vorher solltest du dich unbedingt ausruhen. Die Couch gehört ab heute dir.« Sie zeigt voller Stolz auf das Ungetüm, das bei genauerem Hinsehen gar nicht mehr so ungemütlich wirkt. Könnte daran liegen, dass ich inzwischen kaum mehr die Augen offen halten kann.

»Sara hat also wirklich gesagt, es sei okay, dass ich für eine Weile bei euch bleibe?«, frage ich sicherheitshalber ein letztes Mal nach, während ich ein Gähnen unterdrücke.

»So ungefähr.« Ich horche auf.

»Also nein.«

»Sie hat Ja gesagt, nur das zählt.« June lässt von mir ab, verschränkt trotzig ihre Arme vor der Brust und reckt das Kinn. Oh, ich kann mir vorstellen, was los war.

»Du hast nicht lockergelassen, bis sie so genervt war, dass sie dir sogar ihr Erstgeborenes überlassen hätte, nur damit du aufhörst, richtig?«

June verzieht das Gesicht und murmelt ein paar unverständliche Worte, während sie mit ihrer Hand in der Luft herumfuchtelt. Ich muss mich beherrschen, nicht wieder loszulachen. Mir ist nur allzu bewusst, wie hartnäckig sie sein kann. Ganz egal, bei was. Selbst wenn es nur um den letzten Keks in der Dose geht, den wir beide essen wollen. June diskutiert nicht, sie führt Verhandlungen auf Leben und Tod!

Und meistens gewinnt sie.

»Ich wiederhole mich, aber es ist mehr als okay, dass du da bist«, betont sie und reißt mich aus meinen Gedanken.

»Solange die Wohnheimleitung mich nicht erwischt«, nuschle ich, aber sie übergeht meinen Einwand und redet weiter.

»Wenn es nach mir ginge, hättest du sogar in ihrem Bett schlafen können, bis Sara in einer Woche wiederkommt und die Uni beginnt, aber die Gute hat ihr Zimmer abgesperrt.«

»Das ist doch kein Problem.«

»Sie treibt mich in den Wahnsinn. Eigentlich mit so ziemlich allem, was sie tut oder sagt.« Hörbar atmet June ein und aus, bevor sie kräftig schnaubt. »*Du* müsstest hier mit mir wohnen ... das ist scheiße!« Da kann ich ihr nur schlecht widersprechen. »Aber ab heute wird alles anders! Besser!« Ich höre June weiter zu, doch ich bin jetzt wirklich so müde, dass ich vermutlich einfach liegen bleiben würde, würde sie mich umschubsen. Trotzdem mache ich einen Schritt, muss den Versuch wagen, die Kerzen auf dem Tisch gerade zu rücken, sie stehen nämlich schief und unordentlich da und ich ...

»Andie!«

Sofort zucke ich zurück und lächle meine beste Freundin entschuldigend an. Sanft drückt sie mich zur Couch, auf die ich mich ohne Gegenwehr plumpsen lasse und – oh, heilige Götter der Gemütlichkeit, ist das schön. Ein wohliges Seufzen entweicht mir.

»Fang bloß nicht an, Sachen zu verrücken!« June kennt all meine Ticks. »Du solltest schlafen, aber vorher: Dass du da bist, muss unbedingt gefeiert werden. Erst vor Kurzem habe ich einen ziemlich coolen Club gefunden, nicht weit von hier. Da gehen wir hin. Du wirst ihn mögen. Deshalb musst du schlafen, essen, duschen, deine lange Mähne entknoten und dann werde ich dich in das heißeste Outfit, das ich in meinem Schrank finden kann, stecken.«

»Tu mir das nicht an, June! Ich flehe dich an!«, nuschle ich verzweifelt, während ich mein Gesicht in eines der weichen Kissen drücke und längst die Augen geschlossen habe.

»Ah, keine Widerrede. Zu Hause bist du mir oft genug damit davongekommen – was in Ordnung war –, aber heute Abend wirst du dich richtig, richtig chic machen.«

»Du weißt, dass ich das nicht so gern mag.« Ich fühle mich wie ein Kleinkind, das seinen Haferbrei nicht essen will.

»Andrada Lucía Evans! Du bist klug, hast eine Seele und einen Körper zum Niederknien und wirst dich heute von diesem übergroßen grauen Pullover verabschieden.«

»Gerade *du* möchtest mir jetzt einen Vortrag darüber halten, dass man sich nicht selbst verstecken und die Blicke anderer nicht meiden sollte?« Ein sensibles Thema, aber in Momenten wie diesen muss ich meine beste Freundin daran erinnern, dass sie in solchen Dingen ihr eigenes Päckchen zu tragen hat. Nicht, dass es mir so geht; ich mag meinen Körper, aber, zum Leidwesen von June, mag ich eben auch weite, wundervolle Hoodies und kuschelige karierte Hemden. Doch meine Worte werden ohnehin ignoriert. June ist mittlerweile eine Meisterin darin, so etwas an sich abprallen zu lassen. Äußerlich. Wäre es nur auch bei dem Rest so …

Mit Müh und Not schaffe ich es noch, ein Auge ein Stück weit zu öffnen, um June vorwurfsvoll anzusehen.

»Das ist etwas vollkommen anderes, und das weißt du auch! Außerdem zeige ich mich sogar ziemlich gerne.«

»June …«, beginne ich, weil sie wieder anfängt, sich selbst zu belügen und ein paar Themen zu vermischen.

»Andie«, unterbricht sie mich sofort eindringlich, und ich halte inne. Ihr stoischer Blick weicht plötzlich einem flehenden, sie zieht einen perfekten Schmollmund. Oh, wie gut sie das kann. Sie fährt unbeirrt fort. »Wenn du das machst und mitkommst, kannst du dort vielleicht nach einem Job fragen. Vor ein paar Tagen haben sie jedenfalls Leute für die Garderobe gesucht. Studenten.«

Das ist tatsächlich ein plausibler Grund, dorthin zu gehen. Ich brauche einen Job, und zwar sehr dringend und sehr schnell. Verdammt!

»Ich hasse dich.« Mein Auge fällt wieder zu, und ich kuschle mich tiefer in die Couch.

»Nein, das tust du nicht, das wissen wir beide!«, höre ich sie noch sagen, bevor sie von irgendwoher eine Decke hervorzieht und sie über mich legt.

Stunden später stehe ich vor einem Club, über dessen Eingang in fetten neonfarbenen Lettern MASON's steht. Das riesige Schild wirft auf hypnotisierende Weise wunderschöne Schatten und Lichter auf den dunkelroten Backstein, aus dem das Gebäude besteht. Als wäre dies der Eingang zu einer anderen Welt, in der alles bunter und lebendiger ist. Ein heftiger, elektrisierender Bass dringt bis zu uns nach draußen und lässt mich so etwas wie Aufregung verspüren. Keine Ahnung, wann ich das letzte Mal tanzen war, und zwar nicht in Glenns Pub mit all den Menschen, die wissen, wie schlecht ich in Karaoke bin und die mich entweder schon in Windeln rumrennen gesehen haben oder verdreckt von der Arbeit auf der Ranch.

Langsam fange ich an, von einem Bein aufs andere zu treten. Nicht nur, weil ich mich noch an das Outfit gewöhnen muss, in das mich June gesteckt hat, sondern vor allem, weil ich trotz der ganz passablen asiatischen Fertigsuppe, einer heißen Dusche und ein wenig Schlaf weiterhin etwas neben mir stehe und mich irgendwie wach halten muss. June hat mir einen Teil des Wohnheims und des Campus gezeigt, bevor wir uns fertig gemacht haben, und ich freue mich sehr für sie, dass sie dort leben darf. Ich freue mich, dass wir es beide auf die Harbor Hill geschafft haben, um endlich zusammen in die Zukunft zu starten und unserem Traum, gemeinsam etwas aufzubauen, uns selbstständig zu machen und unser eigener Boss zu sein, ein Stück näher kommen. Ja, ich bin froh ... und ich bin dankbar, dass sie mich so lange wie möglich bei sich wohnen lässt. Dennoch sitzt tief in mir ein kleiner dunkler Punkt; etwas, das June um das beneidet, was ich nicht habe, aber immer wollte: das Stipendium, den Wohnheimplatz, keine Sorgen. Okay, zumindest keine, die sich um ein Dach über dem Kopf oder um rote Zahlen auf dem Bankkonto drehen.

Hör auf damit!, rüge ich mich selbst in Gedanken und erinnere mich daran, dass meine beste Freundin sich weder ausgesucht noch gewünscht hat, dass ich später ins Studium einsteige und das auch selbst finanzieren muss. So geht es den meisten. Und June würde alles für mich tun. Sie hatte selbst genug schlechte Tage und verdient dieses Stückchen Glück absolut.

Ich rede mir gut zu, dass am Ende alles irgendwie gut werden wird. Irgendwie ...

Schwer schluckend reibe ich mir über die Arme und ärgere mich, keine dünne Jacke oder Weste mitgenommen zu haben. Der Herbst steht vor der Tür, und trotz der lauen Temperaturen will mir nicht warm werden. Ich denke, dazu fehlt mir besagter Schlaf, und zwar ausreichend davon, und der ein oder andere Moment Ruhe.

Ein Blick hinab auf meine Beine lässt mich meine bequeme Hose vermissen.

»Ich kann nicht fassen, dass das gerade passiert«, murmle ich mehr zu mir als zu June, während ich erneut meinen Rock nach unten ziehe. Oder es irgendwie versuche. June hat mich in einen eng anliegenden schwarzen Lederrock gestopft, der mir wenigstens fast bis zu den Knien reicht, in ziemlich hohe und ziemlich mörderische High Heels, mit denen man nur zwei Dinge machen kann: stolpern oder jemanden umbringen. Oben im Rock, auf Höhe der Hüfte, hat sie mir eine helle Bluse locker eingesteckt, die ersten Knöpfe sind geöffnet, zeigen ihrer Meinung nach genau so viel, dass man neugierig wird, aber nicht mehr – was auch immer das bedeuten soll. Ja, meine Hüften sind definitiv etwas breiter als ihre und mein Oberkörper etwas kürzer, aber das hat mich nie gerettet. Junes Schrank ist ein Mysterium für mich, er ist wie der Beutel von Hermine, in den alles reinpasst und in dem man alles finden kann.

Und der Klamottengott hat bisher keinerlei Erbarmen mit mir gehabt, stattdessen gibt er June jedes Mal die richtigen Sachen an die Hand, wenn sie die Gelegenheit ergreift, mich einzukleiden.

»Hör auf, zu jammern und das Gesicht zu verziehen, das macht es nur faltig! Du bist jung, du bist schön und dank mir darf die Welt endlich mal einen Blick auf deine wohlgeformten Beine werfen«, erwidert sie, während sie auf besagte Körperteile zeigt. Als würde ich mein Leben in einem Kartoffelsack verbringen.

Ohne es verhindern zu können, ziehe ich die Nase kraus und überlege, ihr die Zunge herauszustrecken, einfach so, weil es guttäte und ich keine andere Erwiderung auf Lager habe.

Sie versucht gerade erneut, über die Köpfe der Menschen zu schauen. Ich hingegen habe es längst aufgegeben, denn im

Gegensatz zu June bleibe ich, trotz des Schuhwerks direkt aus der Hölle, unter einer Körpergröße von eins siebzig. Dabei sind meine Absätze immer noch ein Witz gegen ihre.

»Es wird dir hier gefallen«, sagt June zum hundertsten Mal zu mir, und jedes Mal schafft sie es, etwas überzeugender zu klingen. Dabei umklammert sie ihre Handtasche, in der sich mehr versteckt, als man vermuten könnte. Ich kann mich nicht erinnern, dass June das Haus je ohne ihr Make-up-Notfallkit und ein bisschen Schokolade verlassen hat. Ein Lächeln zupft an meinen Lippen, während ich sie betrachte, wie sie neben mir voller Vorfreude auf und ab hüpft und immer wieder den Kopf reckt, um zu ergründen, warum es nur schleppend vorangeht. »Wenn wir endlich mal reinkönnten«, murmelt sie und schiebt ihre Unterlippe ein Stück vor.

»Schön zu sehen, dass dich die Zeit auf der Uni, ohne mich, nicht verändert und aus dir keinen geduldigen Menschen gemacht hat«, erwähne ich beiläufig und verkneife mir ein Lachen. Besonders, als sie mich gespielt böse anfunkelt und die Arme vor der Brust verschränkt.

»Ich kann geduldig sein. Wenn es darauf ankommt und ich der Meinung bin, dass es zu etwas führt. Das kommt durchaus das ein oder andere Mal vor. Manchmal …« Während sie die Augenbrauen zusammenzieht und darüber nachdenkt, verliere ich den Kampf gegen mein Lachen.

Es ist unglaublich, dass ausgerechnet die Person, die mich mein Leben lang dazu angehalten hat, einen Schritt nach dem anderen zu gehen, gleichzeitig der ungeduldigste Mensch der Welt ist. Dabei gibt es kaum einen Grund dafür, denn die Schlange vor uns ist nicht mehr allzu lang. Die Türsteher kann ich längst erkennen und ebenso den Trennbereich zum Eingang, den sie bewachen und durch den sie nur in gewissen Abständen Personen lassen.

»Hast du schon mit Mara und Dave gesprochen?«, entschlüpft es mir plötzlich, und sobald die Worte meinen Mund verlassen haben, bereue ich sie. Ich kenne June, seit ich denken kann, und sie hat mehr Tage mit mir und meiner Familie verbracht als bei sich daheim. Mir ist klar, dass sie nur ungern darüber spricht, weil es wehtut, aber ich gebe die Hoffnung nicht auf, dass sie und ihre Eltern irgendwann zusammenfinden und eine richtige Familie sein können.

Ein tiefer Atemzug, ein kurzer Seitenblick von ihr – und als ich gerade überzeugt bin, dass sie mir nicht mehr antworten wird, vernehme ich ihr leises »Nein«. Fast mechanisch greift sie nach ihren Haaren und stutzt, weil sie ihre Strähnen nicht sofort zu fassen bekommt. Anscheinend war sie erst vor wenigen Tagen beim Friseur. Was wohl auch der Grund ist, warum sie es mir noch nicht gesagt hatte. Also fasst sie nach, dieses Mal höher und dreht eine der nun kurzen Wellen zwischen ihren Fingern. »Ganz am Anfang des Semesters hab ich versucht, Mom und Dad anzurufen, aber es ging nur die Mailbox dran. Danach hab ich es auf der Arbeit und dem Handy probiert. So ziemlich jede Woche.« Das hat sie mir nicht erzählt.

June spricht nicht weiter, deshalb greife ich nach ihrer anderen Hand. Sie ist kälter als erwartet. Einen kurzen Moment drückt sie die meine und bemüht sich sofort um ein Lächeln. »Es ist okay, Andie. Sie hatten keine Zeit. Wir kennen es ja nicht anders. Oh, schau mal, wir sind die Nächsten.«

Irritiert von dem abrupten Themenwechsel blicke ich nach vorn. Stimmt. Dass wir so weit vorgerückt sind, habe ich gar nicht gemerkt. Aber sehr wohl, dass June noch immer eine Meisterin der Ablenkung ist. Dabei bin ich die einzige Person, bei der sie keine Maske aufsetzen muss, bei der sie nicht so tun muss, als wäre es ihr egal und als würde es ihr nichts ausmachen, dass ihre Eltern in den letzten einundzwanzig Jahren öfter weg als daheim waren. Dass June irgendwann ein eigenes Zimmer bei uns bekommen hat und ...

»Hör endlich auf, darüber nachzudenken, Andie«, mahnt sie mich sanft, und als sie mein verwundertes Gesicht sieht, drückt sie ein letztes Mal liebevoll meine Hand, bevor sie loslässt. »Man sieht es dir an. Du ziehst deine Nase kraus, wenn du an unschöne Dinge denkst oder zu viel grübelst. So wie eben. Es ist okay. Wirklich!«

Ich nicke zaghaft. Hoffentlich ist es das ... irgendwann.

2

*Manchmal beginnt es mit kleinen,
unscheinbaren Dingen.
Manchmal mit einem bunten Cocktail
auf dem Oberkörper.*

Andie

Der Club ist größer als gedacht und viel weiträumiger, als er von außen auf mich gewirkt hat.

Der heftige Bass dröhnt in meinen Ohren, der Beat pulsiert durch meinen Körper, und es ist, als würde er meine Verspannungen lösen und Glückshormone durch mich durchjagen. Denn ich fange tatsächlich an, diesen Abend in vollen Zügen zu genießen.

Als wir an einer großen Bar ankommen, direkt gegenüber der viel Platz bietenden Tanzfläche, gestatte ich mir, das Ambiente genauer zu betrachten. Die zweite Ebene existiert nur als eine Art breiter Balkon, der sich am Rand entlangzieht und von dem aus man auf die feiernde Menge hinabblicken kann. Auf diese Weise kann man von hier durch die Mitte bis hinauf an die Decke schauen, an der verschiedene Lichter im Rhythmus der Musik miteinander tanzen. Es ist, als würde ich Nordlichter beobachten. Wahnsinn. Ein unbeschreiblicher Anblick.

Die verschiedenen Balken an den Seiten des Raumes verleihen dem Ganzen ein besonderes Flair. Der Stil, der eine Mischung aus Antik, Klassisch und irgendwie Futuristisch zu sein scheint, harmoniert mit den Stahlrohren, die hier und da durch die Wände brechen, den vereinzelten Holzelementen und Backsteinwänden.

»Es ist beeindruckend, nicht wahr?«, ruft June mir zu, und ich kann nur nicken, während wir uns an die Theke lehnen und ich alles begutachte. Ganz am Ende rechts entdecke ich noch eine weitere Bar, kleiner und sich perfekt in die Seite einfügend. Hintendran an der Wand weisen bunte Schilder den Weg zu den Toiletten. Links scheint die Treppe zu sein, die einen in den zweiten Stock bringt. Und direkt gegenüber, an der anderen Seite des langen, riesigen Raumes, erkenne ich weitere Treppenstufen. Sie wirken eher unscheinbar, schmiegen sich direkt an die Wand und sind unten mit einem eleganten und zugleich schlichten Absperrband versehen. Sie führen zu einer Tür auf mittlerer Ebene. *Was sich wohl dahinter verbirgt?*

Obwohl es noch lange nicht Mitternacht ist, ist es brechend voll, und schnell wird mir ziemlich warm. Ich schiebe und krempele die Ärmel der Bluse nach oben – in der Hoffnung, sie bleiben endlich mal da –, danach streiche ich meine Haare über die Schultern, hebe sie einen Moment an, damit ein kleiner Lufthauch meinen Nacken streifen kann, und genieße dieses befreiende Gefühl auf meiner Haut.

»Wenigstens den Zopf, June! Den hättest du mir lassen können.«

Sie fängt an zu kichern, greift nach meinen Locken und fährt durch sie hindurch, nachdem ich die Arme habe sinken lasse. »Aber es steht dir so gut, wenn du sie offen trägst.« Was soll ich da bitte erwidern? Ich mag es auch, bin aber tief in mir drin sehr praktisch veranlagt. Und sind wir ehrlich: Offene, schwere und lange Haare sind in den meisten Fällen vieles, aber ganz sicher nicht praktisch. Weder beim Aufräumen noch beim Kochen oder Lernen – da fallen sie immer ins Gesicht, verknoten sich oder landen halb in der Soße –, und schon gar nicht beim Tanzen, wo sie sich wie gierige Tentakel um dich winden und den Anschein erwecken, dich verschlingen oder gar eine symbiotische Beziehung mit deinem Schweiß und deiner Haut eingehen zu wollen.

Gerade als ich meine Brille richte und etwas dazu sagen möchte, winkt June einem der Barkeeper erneut zu, der sie dieses Mal wahrnimmt und wenige Sekunden später bei uns ankommt. Sein Grinsen wird breiter, Junes ebenso. Sie sieht aus wie eine griechische Göttin. Ihr Selbstbewusstsein ist bewundernswert, besonders weil sie sich selbst nicht so sieht, wie ich sie sehe, sondern vollkommen anders empfindet.

»Was kann ich euch bringen?«, reißt mich der Barkeeper aus meinen Gedanken.

»Ein Wasser«, antworte ich freundlich.

»Und zwei Cocktails, ohne Sahne. Überrasch uns einfach, Jack«, bittet June auf ihre unverkennbare Art und zwinkert dem Barmann keck zu, der lächelnd nickt und sich sofort ans Werk macht.

»June«, warne ich sie. Ich kann mir keine Cocktails leisten – nicht nach dem horrenden Eintrittspreis für diesen Club.

»Was denn?«

»Ich hab mir schon ein Wasser bestellt.«

»Das stimmt. Und ich zwei Cocktails. Du bist eingeladen.« Jetzt grinst sie mich an. So lange, bis ich den Kopf schüttle und es ihr gleichtue. Es ist mir so unangenehm, aber ... was macht es schon, einen Cocktail von seiner besten Freundin anzunehmen? June geht es zurzeit finanziell gut, besonders dank des Stipendiums, das sie wiederum ihren fantastischen Noten zu verdanken hat. Meine haben nicht gereicht. Durch die letzten zwei Jahre und alles, was passiert ist, konnte ich mich kaum auf den Abschluss konzentrieren oder irgendwelche Tests. Daher habe ich auch erst jetzt den Studienplatz bekommen.

»Okay, nur dieser eine. Zum Anstoßen.«

Stürmisch fällt June mir um den Hals.

»Du weißt, du musst ihn nicht trinken«, flüstert sie leise.

»Und du weißt, dass ich es nicht tun würde, würde ich es nicht wollen«, gebe ich zurück, und es stimmt. Ich dachte, Wasser sei am günstigsten und besser nach der langen Reise und dem wenigen Schlaf, aber ein einziger Cocktail ist auch okay.

Ich möchte feiern.

»Danke«, schiebe ich hinterher und ich muss ihr nicht sagen, wofür.

»Immer!«

Wir lassen voneinander ab.

»Natürlich mache ich es wieder gut, sobald ich einen Job habe. Heute Nacht werde ich loslassen, aber danach ...« Ich grinse sie schelmisch an. »... danach werde ich wieder mein Ingwerwasser trinken. Ich werde meinen Jeans, Boots und Pullovern huldigen, und du wirst nichts dagegen tun können.« Es kostet mich wirklich viel Kraft, nicht hemmungslos über den Ausdruck auf dem Gesicht meiner Freundin zu lachen.

»Ich weiß, ich weiß.« Sie seufzt, fährt sich mit der Zunge über die Lippen. »Für das Opfer, das du heute Abend erbracht hast, werde ich eine gute Freundin sein und irgendwann einen Kapuzenpullover tragen oder dieses superweite Holzfällerhemd, das du so liebst. Einen ganzen Film lang. Und vielleicht ziehe ich mir auch Kuschelsocken an, die ich über die Jeans stülpe und die farblich null zu dem Oberteil passen werden,

unter welchem ich selbstverständlich keinen BH trage. Der Gemütlichkeit wegen.« Während sie das sagt, ist ihr Gesicht schmerzverzerrt, als würde sie eine Welle der Übelkeit überrollen – oder gerade mit einem Zitteraal kuscheln. Ich pruste los, und June stimmt nach wenigen Augenblicken mit ein.
»Ein einziger Film! Und zwar ein kurzer. Sehr kurz!«, mahnt sie und zeigt mit dem Finger auf mich. Sie verengt die Augen zu Schlitzen, während ich feierlich nicke. June fühlt sich ohne BH und mit weiten Kleidungsstücken einfach nicht wohl. Es hat viel mit ihrer – wie ich finde, nicht ganz realitätsnahen – Wahrnehmung zu tun, fast so, als würden sie enge Klamotten mehr daran erinnern, dass sie schön ist. Genau deshalb ist dieses Zugeständnis für mich so viel mehr wert ...
»Übrigens, woher weißt du, wie er heißt?« Vage zeige ich in Richtung des Typen, der uns eben bedient hat.
»Namensschild, Baby!«
Ihr entgeht wirklich nichts.
Wir bleiben in stillem Einvernehmen an der Bar stehen, warten auf unsere Getränke, und June beginnt, sich langsam im Takt der Musik zu bewegen. Und ich spüre, wie der Druck, die schlimmen Gedanken und der Drang nach einem Plan endlich komplett von mir abfallen.
Als Jack wiederkommt, danke ich ihm freundlich und greife nach meinem Wasser. Einzelne Tropfen laufen an der Seite hinab, das Glas ist beschlagen. Neben ein paar Eiswürfeln ist auch eine Zitronenscheibe darin. Das liebe ich. Dann schiebt er uns die beiden Cocktails über die Theke zu, und ich erkenne, dass June recht hat. An seinem dunklen Hemd hängt ein kleines Schildchen mit seinem Namen drauf. Da fällt mir ein ...
»Entschuldige, Jack?«, beginne ich zögernd. Er will sich gerade umdrehen, hält jedoch inne und beugt sich zu mir über

den Tresen, damit er mich besser versteht. »Meine Freundin hat gesagt, ihr sucht vielleicht eine Aushilfe oder so?«

Jack fährt sich mehrmals über das glatt rasierte Kinn.

»Das kann sein. Ich müsste mal nachfragen«, eröffnet er mir, und ich danke ihm abermals. »Ich schicke jemanden zu euch.«

Das klingt gut. Vielleicht habe ich Glück.

»Siehst du!«, triumphiert June und sieht dabei unendlich stolz aus. »Ich wusste, dass ich das irgendwo gelesen habe.«

»Du warst dir nicht sicher?« Ungläubig blicke ich sie an, doch sie zuckt nur mit den Schultern.

»Ich war mir zu fast fünfundfünfzig Prozent sicher, das ist immerhin mehr als die Hälfte«, gibt sie siegessicher zurück, als würde das jetzt alles erklären.

»Wie oft warst du eigentlich schon hier?«, frage ich sie stattdessen und nehme das Glas mit dem kühlen Wasser ganz in die Hände. Am liebsten würde ich es mir an die Stirn, den Nacken und – verflucht – auch aufs Dekolleté drücken. Die Kühle ist der Himmel!

»Nur zweimal. Einmal davon sehr kurz. Das könnte also *unser* Club werden, Andie!«, verkündet sie feierlich und sieht dabei aus, als würde ihr größter Traum in Erfüllung gehen.

Amüsiert trinke ich einen Schluck, die Flüssigkeit rinnt meine Kehle hinab, und erst jetzt merke ich, wie durstig ich tatsächlich bin. »Gott, ist das gut!«, stoße ich entzückt aus, wobei June sogar bereits den ersten Schluck ihres Cocktails getrunken hat und mir den anderen jetzt auffordernd hinschiebt.

»Dann warte mal, bis du das hier probiert hast.«

Lachend stelle ich mein Wasser weg, greife nach dem bunten Zeug und – es stimmt. Das ist mit Sicherheit der beste Cocktail, den ich je getrunken habe. Nicht zu süß, nicht mit diesem beinahe pelzigen Nachgeschmack auf der Zunge, dafür leicht scharf, fruchtig. Meine Augen weiten sich.

»Wahnsinn«, flüstere ich. Dagegen war jeder vorherige Drink meines Lebens ein Witz.

»Oh ja«, stöhnt June nach dem nächsten Schluck, und sofort dreht der Typ hinter ihr sich um und stellt sich neben sie. Ich kann jede seiner Bewegungen beobachten.

»Hey«, beginnt er mit gespielt tiefer Stimme, und ich muss aufpassen, nicht laut loszukichern. Stattdessen halte ich mich an meinem Drink fest und beobachte meine Freundin. Das hier könnte wirklich spannend werden.

Irritiert sieht June den Typen an und wartet, ob da noch etwas anderes folgt.

»Ich hab gerade …« Sofort stockt er und zieht seine Augenbrauen zusammen. Es ist mehr als deutlich, wie es gerade hinter seiner Stirn arbeitet.

Ja, was hat er denn? *Ich habe dich stöhnen hören und mir gedacht, es wäre eine gute Idee, mal »Hey« zu sagen?* Ihm ist anscheinend klar geworden, dass das ein wirklich beschissener Anfang für ein Gespräch ist. Und ich? Ich habe von dem Cocktail abgelassen und halte mir eine Hand vor den Mund, um mein hochst amüsiertes Lächeln zu verdecken, das sich bei diesem Gedanken auf meinem Gesicht ausgebreitet hat.

»Also, du bist mir aufgefallen und ich denke, du solltest jetzt mit mir tanzen«, versucht er es erneut und noch dazu sehr zielstrebig. Nicht besonders eloquent, aber immerhin besser als die Stöhn-Sache.

»Sollte ich das, ja?«, fragt June mit lieblicher Stimme, während ich dem Kerl innerlich zuschreie: »Mayday, mayday!« Ich weiß nämlich sehr genau, dass das übel enden kann. Zumindest, wenn er nicht gleich etwas wirklich Liebenswertes sagt oder einfach geht …

Er hat sich nicht vom Fleck bewegt, sucht weiterhin nach Worten, sein Mund öffnet und schließt sich in Dauerschleife, und in dem Moment, als June die Augenbraue in perfekter Manier hebt – nur die linke –, greife ich ein, weil er doch anfängt, mir leidzutun.

»Danke, dass du hergekommen bist, aber meine Freundin hat leider kein Interesse. Wir haben heute etwas zu feiern. Aber du findest bestimmt eine andere Frau, die gerne mit dir tanzen möchte.« Als er sich mir daraufhin so zuwendet, als würde er jetzt erst bemerken, dass ich da bin, recke ich das Kinn. Abschätzig gleitet sein Blick über mich, und ich widerstehe dem Drang, wegzugehen oder wenigstens die Arme um mich zu schlingen. Ich hasse das. Diese Art Blick, mit dem man nicht nur gemustert wird, sondern der einen irgendwie abwertet. Ich spüre, wie meine Wangen richtig heiß werden und ich die Lippen beinahe schmerzhaft zusammenpresse.

»Wer bist du denn?«

Er meint es nicht böse. Mit Sicherheit nicht. Bestimmt ist er betrunken oder … *einfach ein Arsch*, flüstert eine Stimme in meinem Kopf. Leider bin ich in solchen Momenten nicht besonders schlagfertig, sondern meist erst ein paar Stunden später. Oder Tage. Wochen … Statt ihm also eine passende Antwort ins Gesicht zu schleudern, spüre ich, wie neben meinen Wangen nun mein ganzes Gesicht warm und somit garantiert knallrot wird.

»Du solltest gehen.« June schafft es gerade so, ihm nicht an die Gurgel zu springen. Wäre sie eine Figur aus einem Comic, könnte man das Feuer bereits in ihren Augen brennen sehen oder den leichten Rauch, der aus ihren Ohren und der Nase dringt.

Völlig unerwartet langt der Typ June an Hüfte und Hintern, will sie zu sich ziehen oder begrapschen, doch sie schlägt die Hand sofort kräftig weg.

»Ach, komm schon, Süße«, fängt er an. Das ist zwar nicht

der erste, aber eindeutig der größte Fehler, den er, seit er hier ist, begangen hat – und das lässt June vollkommen die Geduld verlieren.

Bisher hatte sie nur einen festen Freund, und der hat in dem Jahr, in dem sie zusammen waren, genau diese Worte zu ihr gesagt – wieder und wieder und wieder. Sie sind wie ein rotes Tuch für June, und ich kann das absolut verstehen. Auch ich mag diesen Satz überhaupt nicht und muss mich ständig davon abhalten, mit den Augen zu rollen, wenn irgendwer das zu jemandem sagt. Weil mir dazu schlicht nichts Gutes einfällt und der Tonfall immer derselbe ist. Eine Mischung aus Empörung, Genervtsein und einer Prise Arroganz oder Wut, je nach Situation. Ich meine, was möchte man damit ausdrücken? Es impliziert höchstens solche Dinge wie: *Stell dich nicht so an! Was soll das denn jetzt? Sei kein Spielverderber.* Oder: *So schlimm war das doch gar nicht, es war nur ein Kuss; sei mal nicht so prüde.* Letzteres war der Sinn hinter Drews letztem *Ach, komm schon, Süße!*, als June ihn zusammen mit Amber erwischt hat, auf der Rückbank ihres Autos, während des Abschlussballs. Wahrscheinlich hätte er noch etwas anderes von sich gegeben, hätte June ihn nicht aus dem Wagen gezogen und seine sogenannte Männlichkeit buchstäblich auf den Mond geschossen, woraufhin sein Gesicht blau anlief, während er versuchte, seine Eier beisammenzuhalten.

Drew hatte sie ohnehin nicht verdient – weder June noch seine Eier. Weil er einer der Gründe ist, warum June seitdem keinem Mann mehr traut, aber vor allem, weil er sie hat zweifeln lassen. An ihrem Wert, ihrer Intelligenz und ihrer Schönheit. Genau wie ein paar andere Männer danach ...

»Jetzt hör mir mal zu: Ich war freundlich und gewillt, mir dein seltsames Gebrabbel anzuhören, bis du meine beste Freundin beleidigt hast, und jetzt sage ich dir, dass du verschwinden sollst.« Mit zusammengekniffenen Augen tritt June ganz dicht vor ihn und lächelt zuckersüß. Seine Kumpels beugen sich wie Aasgeier nach vorne, damit sie ja nichts verpassen. Und dann säuselt June: »Du wirst mich niemals so zum Stöhnen bringen wie dieser Cocktail.«

Sie hat tatsächlich den gleichen Gedanken gehabt wie ich. Okay, jetzt ist es mit meiner Selbstbeherrschung vorbei. Ein Lachen bricht aus mir heraus, und ja, es tut mir leid. Aber seien wir ehrlich, er hat nicht besonders viel dazu beigetragen, von June auf höfliche Art eine Absage zu kassieren. Dass sich seine drei Freunde im Hintergrund köstlich amüsieren, ist wahrscheinlich auch nicht hilfreich, aber durchaus verständlich.

Mit einem letzten abschätzigen Blick zu mir und vor Unmut verzogenen Lippen zieht er sich widerwillig zurück. Ein weiser Entschluss.

»Unglaublich«, bedeutet June mir stumm, dabei bewegt sich ihr Mund viel zu übertrieben, was mich amüsiert den Kopf schütteln lässt.

Die Musik wird immer einnehmender, der Rhythmus hallt in mir wider und ich lache. Nicht mehr über den Kerl von eben, sondern einfach, weil es guttut, bei June zu sein, einen ersten Schritt getan zu haben in Richtung Ziel. Und weil es schön ist, mir ein paar Minuten keine Sorgen machen zu müssen. Morgen würde ich damit weitermachen; mit den Sorgen, meinen Plänen, meiner To-do-Liste und der Welt. Heute nicht mehr. Heute lausche ich nur noch June, wie sie mir alles über das Wohnheim erzählt, tolle Cafés und Läden und ihre Seminare. Vieles davon weiß ich schon, wir haben schließlich oft telefoniert, aber ich kann es mir nicht oft genug anhören, jetzt, da ich auch hier bin.

Laut schlürfe ich den letzten Rest aus meinem Cocktailglas und bin zu meinem Erstaunen traurig, dass es schon leer ist. Er war wirklich lecker. Also schaue ich June an, schiebe die Unterlippe ein Stück vor und halte ihr mein Glas unter die Nase. Ohne Bedauern. Ohne die leise Stimme in meinem Hinterkopf, die mich sonst in Trab hält, dank der ich alles wieder und wieder über- oder zerdenke, und ohne das schlechte Gefühl, weil ich mir keinen zweiten leisten kann. Weil ich June auf meine Art darum bitte.

Es dauert ein paar Sekunden, dann versteht sie, was ich ihr sagen möchte. Und nachdem ihre Augen sich überrascht geweitet haben, klatscht sie freudig in die Hände, dreht sich und schreit: »Jack! Wir brauchen mehr von deinen Wundercocktails.« Obwohl Jack nicht direkt bei uns steht, muss er sie gehört haben, denn sogleich breitet sich ein Grinsen auf seinen Lippen aus, er schüttelt amüsiert den Kopf und keine fünf Minuten später stehen neue Drinks direkt vor unserer Nase. Ich greife danach und schrecke leicht zusammen, als ich statt des kühlen Glases warme Finger streife. Sofort blicke ich auf – direkt in braune Augen, die eindeutig nicht Jack gehören. Der Fremde zieht seine Hand weg, und ich mustere ihn neugierig. In dem bunten und diffusen Licht erkenne ich einen Bart, braunes welliges Haar, markante, jedoch leicht ernste Züge und breite Schultern. Während wir uns stumm ansehen, erwacht der Drang in mir, etwas zu sagen, so was Banales wie ein Danke. Doch als meine Lippen sich teilen und sein Blick darauf fällt, sich die seinen zu einem Strich zusammenpressen, bekomme ich keinen Ton raus. Stattdessen breitet sich in mir ein seltsames Kribbeln aus, mein Mund wird trocken. Ich weiß nicht, wieso das so ist, aber etwas an ihm hält meine Aufmerksamkeit fest, ich bin auf irgendeine Weise fasziniert und kann nicht erklären, warum.

Kein Namensschild, fällt mir auf und in diesem Moment drückt er sich kräftig vom Tresen ab, dreht sich um und geht zügig ans andere Ende der Bar, um mit Jack den Platz zu tauschen. Zu weit weg, als dass ich noch etwas erkennen könnte. Erst recht nicht, als die Nebelmaschine voll aufgedreht wird.

Ich greife erneut nach dem Cocktail, wende mich June zu und sehe, dass sie mich breit angrinst. Zu meinem Glück verkneift sie sich einen Kommentar. So wie ich es mir mit aller Macht verkneife, mich erneut nach dem unbekannten Barkeeper umzudrehen.

Stattdessen richte ich meine Aufmerksamkeit ganz auf meine beste Freundin, die mir freudig zuprostet. »Auf uns! Auf die Universität, die Zukunft und ...« Sie stockt, ihre Gesichtszüge werden weicher. »Auch auf die Vergangenheit. Ohne sie wären wir vermutlich nicht hier. Wir wären nicht *wir*.«

»Auf das Leben«, flüstere ich und stoße mein Glas an das ihre. *Auch, wenn es beschissen sein kann*, füge ich in Gedanken hinzu, und trinke die ersten Schlucke. Dieser Cocktail ist etwas säuerlicher als der erste, mit anderen Früchten, schmeckt aber genauso gut.

»Hey«, erklingt auf einmal ein warmer Bariton neben mir, lässt mich das kurze Aufblitzen alter bittersüßer Erinnerungen vergessen, und während ich denke: *Nicht schon wieder*, fängt June bereits, bevor sie sich zur Seite dreht, an, ihrem Ärger Luft zu machen.

»Ich hab dir gesagt, du sollst verschwinden.«

Oh, oh, das ist gar nicht der Typ von eben. Meine Augen weiten sich, und in Gedanken schreie ich ihren Namen so laut, dass sie das unmöglich nicht mitbekommen kann. *June ... June!*

»Such dir jemand anderes, der für dich stöhnt, denn ich werde ...«

Jepp, jetzt hat sie es erkannt. Die Lippen des Fremden zucken verräterisch, während er Junes Züge genauestens studiert.

Ich für meinen Teil tue das Gleiche bei ihm. Er sieht ganz gut aus, auf eine freche und gleichzeitig versnobte Art. *Ist das überhaupt möglich?*

»Sehr schade, ich hätte nichts dagegen, mir dein Stöhnen anzuhören«, erwidert er forsch und tritt einen Schritt auf sie zu, ohne sie zu bedrängen. »Es klingt vermutlich … etwas kratzbürstig.«

Trotz ihrer hohen Schuhe muss June den Kopf in den Nacken legen. Ich sehe ihr deutlich an, wie sie zwischen einer Entschuldigung und einer zweiten bissigen Erwiderung schwankt. Dieses Mal gehe ich nicht dazwischen, mische mich nicht ein. Mir fällt auch, ehrlich gesagt, nichts ein, was Junes Situation irgendwie besser machen würde. Verdammt, mein Cocktail ist wieder leer.

Die beiden hören nicht auf, einander anzustarren. Ist das normal? Was sie wohl denken? Ich lege den Kopf schief und ziehe die Stirn in Falten. Vielleicht so was wie: *Wer mit dem Feuer spielt, verbrennt sich die Finger.* Könnte auch sein: *Du nervst mich, schau mich nicht an … Ich werde nicht nachgeben …* Oder: *Aus der Nummer komme ich nicht mehr raus.* Vermutlich starren sie gerade nur gerne, was weiß ich schon.

Gott, ich vertrage wirklich keinen Alkohol …

Erst jetzt bemerke ich, wie chic der Typ angezogen ist, dafür, dass wir in einem Club sind und nicht auf einer Benefizgala. In dem teils schummrigen Licht ist mir das zuerst gar nicht aufgefallen. Eine anthrazitfarbene Anzughose, ein makellos weißes, absolut knitterfreies Hemd, das aussieht, als wäre es teurer gewesen als der komplette Inhalt meines Kleiderschrankes, und … ich beuge mich leicht vor – ja, definitiv hochwertiges Aftershave.

Gerade als ich mich entschließe, doch etwas zu sagen, weil mir die Situation eindeutig zu seltsam wird – es ist wie ein

Wettkampf, bei dem es nichts zu gewinnen gibt –, bahnt es sich an ...

Oh nein. Ich stelle das leere Glas weg und kann nicht glauben, was June im Begriff ist zu tun. Ich träume. Ja, das muss es sein. Ich bin kurz davor, mir die Augen zu reiben, erinnere mich aber im rechten Moment daran, dass ich ausnahmsweise richtig geschminkt bin und nicht nur meinen Lieblingslippenstift trage und das besser lassen sollte, wenn ich nicht den Rest des Abends als Panda hier herumlaufen möchte.

Nein, nein, nein! Wie in Zeitlupe nimmt June den Edelstahlstrohhalm aus dem Cocktail und die Ananas vom Rand des Glases zwischen die Finger, bevor sie es lächelnd anhebt. Direkt über seinen Oberkörper ... Sie kippt es weiter und weiter, und ich beobachte, wie sich das bunte Gemisch darin langsam, aber sehr zielstrebig über das bis zu diesem Zeitpunkt lupenreine Hemd des unbekannten Typen verteilt. Es fließt und fließt und ...

»Oh mein Gott«, hauche ich mit weit geöffneten Augen, als June das Glas senkt und zur Krönung die kleine Scheibe Ananas an seiner linken Brust, in der Tasche des Hemdes einhängt, diese dort ohne Probleme kleben bleibt und jetzt wie ein Halbmond seine mittlerweile sehr gut erkennbare Brustwarze einrahmt.

June lächelt noch immer, betrachtet ihr Werk und schüttet die letzten Tropfen des Cocktails aus dem Glas über die Frucht und seine Brust.

Während sie den Strohhalm zurück ins Glas steckt und es endlich wegstellt, hält sie seinem Blick stand und reckt herausfordernd das Kinn.

Er hat sich kein Stück bewegt. Sein Ausdruck hat sich jedoch verändert, ist fast emotionslos, aber die Ader an seinem Hals pocht ziemlich heftig. Oder nicht? Ist das normal?

Ich würde gern June fragen, aber ich denke, das wäre unpassend.

Sein tiefes Räuspern dringt trotz lauter Musik und sich um uns drängende Menschen zu mir. »Jack schickt mich. Jemand von euch sucht einen Job.«

Verdammt, nein! Der Satz aus seinem Mund ist wie ein Schlag in die Magengrube. Mir wird schlecht.

Wie habe ich das vergessen können? Ich habe zwei Cocktails intus, habe mich nicht vorbereitet, keinen Plan, verflucht, ich weiß ja nicht mal, um welchen Job es geht. Garderobe, oder? Hat June das vorhin nicht gesagt? Noch dazu hat der Typ, der vielleicht darüber entscheidet, ob und wie viel Geld ich in den nächsten Monaten verdiene, gerade den gummibärenartigen Drink meiner besten Freundin an sich kleben. Die ersten Tropfen laufen vermutlich genau in dieser Sekunde auf sein bestes Stück zu …

Wagemutig, und weil ich es dank June gar nicht noch schlimmer machen kann, halte ich ihm meine Hand hin, und er ergreift sie nach einem kurzen Moment des Zögerns. »Ich bin Andie, das ist … äh … meine Freundin June.« Sein Blick fällt wieder auf sie, er schürzt seine Lippen, sie verschränkt trotzig die Arme. Dennoch erkenne ich winzige Lachfältchen um seine Augen. »Ich bin es, die einen Job sucht«, gebe ich schließlich kleinlaut zu.

»Ihr habt doch Aushilfen gesucht, nicht wahr? Andie wäre perfekt.« June steht in Flammen. Auf keinen Fall würde sie jetzt klein beigeben oder Reue zeigen, egal, wie albern es ist.

»Ich meine, vielleicht sollten wir erst mal darüber reden, was für ein Job das wäre, damit …« Meine Versuche, irgendwas zu dem Ganzen beizutragen, sind vergebens.

»Kann deine Freundin Andie Drinks mischen?«

»Sie lernt schnell.«

»Lernfähig, hübsch«, zählt er auf und fixiert dabei June. »Und freundlich.« Ein klarer Seitenhieb, aber June nimmt ihm sofort den Wind aus den Segeln und grinst fies.

»Genau.«

Mit offenem Mund stehe ich da, schaue zwischen dem großen Typen im Anzug und meiner Freundin hin und her, während sie über mich reden, als wäre ich nicht anwesend.

Ich kneife die Augen zusammen, möchte ein weiteres Mal etwas sagen – und werde wieder unterbrochen. Ich bekomme Kopfschmerzen.

Irgendwann verliere ich den Faden, worüber die zwei eigentlich reden. Mich, den Job, Weltfrieden, ein Faultier, einen Burrito … Jetzt reicht es wirklich.

Ich balle die Hände zu Fäusten und hole tief Luft. »Entschuldigung, ich stehe direkt neben euch! Nein, *sie* kann nicht hinter der Bar arbeiten. Tut mir leid. Aber danke!« Selbst wenn: Ich habe keine Lust, den Spielball in diesem schrägen Match zu mimen.

»Sie hat den Job«, sagt der Typ plötzlich. Ich brauche einen Moment zu lange, um das zu verstehen. *Einfach so? Ist er nett? Ist er verzweifelt? Oder ein Psychopath?* Verwundert blinzle ich viel zu oft und zu schnell und sehe in diesem Moment wahrscheinlich richtig dämlich aus.

»Ich bin übrigens Mason Greene.« Sein Gesichtsausdruck ist unbezahlbar, als der von June für nur eine winzige Sekunde verrutscht. Im selben Moment wie ich versteht sie nämlich, wem sie da ihr Getränk über das Hemd gekippt hat. »Sonntags und montags ist der Club geschlossen, Dienstag geht es los, das Team-Meeting ist um drei.« Dann fischt er die Ananas von seiner Brust, beißt hinein, kaut und lächelt June verwegen an. Verflucht. Wer sieht schon gut aus, wenn er mit nassem, klebrigem Hemd eine Ananas isst? Er beugt sich vor und flüstert

June etwas ins Ohr. Ich will gar nicht wissen, was es ist. Einen Moment lang weiten sich ihre Augen, nur um sich danach zu Schlitzen zu verengen. Und ich schwöre, wenn sie noch einen anderen Cocktail hätte, den sie ihm überschütten könnte, würde sie es genau jetzt tun.

Mason lächelt mich an, geht an mir vorbei und sagt zum Abschied lässig: »Sei pünktlich, Andie.«

»Du Idiot, natürlich ist sie pünktlich!«, schreit June ihm hinterher, und ich sehe noch, wie er die Hand hebt, während er sich durch die feiernde Menge schiebt. Zum Glück dreht er sich nicht um, denn dann hätte er mitbekommen, dass June ihm inbrünstig den Mittelfinger zeigt.

Er hat mich ignoriert. June hat mich ignoriert. Das hasse ich fast genauso sehr, wie nicht vorbereitet zu sein.

Taylor Swifts Stimme dröhnt mit *Look What You Made Me Do* aus den Lautsprechern, und das klingt verdächtig nach meiner Rede an Junes Grab, falls ich dem Drang, sie mit ihren an meinen Füßen klebenden Schuhen zu erdolchen, nachgeben sollte.

»Na, das ist doch großartig gelaufen, findest du nicht?« June bestellt kurz darauf neue Drinks, und ich suche immer noch nach Worten, die ausdrücken, was ich gerade denke und fühle.

»Großartig gelaufen?«, wiederhole ich perplex. »Was war das eben? Bin ich die Einzige, die das verrückt fand? Und ein wenig beängstigend.«

»Du hast den Job! Punkt zwei auf der Liste ist abgehakt.« Sie strahlt mich an und geht kein Stück auf das eben Geschehene ein. Anders als sie hab ich das noch lange nicht überwunden.

»Mason Greene. Das war ... war das? Bitte sag, dass er das nicht war.« June lächelt nur gequält. »Du hast meinem zukünftigen Boss ...« Ich muss das gar nicht aussprechen. Wer hätte auch ahnen können, dass das MASON's einem Mittzwanziger gehört?

»Er hat es verdient«, nuschelt sie, und am liebsten würde ich sie an den Schultern packen und schütteln.

»Ich kann nicht barkeepern«, bricht es in einer Mischung aus Verzweiflung und Wut aus mir heraus. »Ich kann keine Drinks mischen, ich trinke Cocktails nur, wenn ich mit dir zusammen bin, und hab keine Ahnung, wie viele es davon überhaupt gibt. Verflucht, ich weiß ja nicht mal, wie das bunte Zeug in dem Glas da heißt.«

»Das lernst du schon! Hauptsache, du hast einen Job.«

»June!«, sage ich eindringlich. »Was war das verflucht noch mal?«

Sie beißt sich auf die Unterlippe und verzieht entschuldigend das Gesicht. Ich seufze, reibe mir beruhigend über die Stirn.

»Du hast was von Garderobe gefaselt, June. Weniger Musik, weniger Stress, mehr Jacken und Mäntel.« Ich will ihr nicht böse sein, und ich bin es auch gar nicht. Diese Situation macht mich nur furchtbar nervös, und ich hatte irgendwie einen Funken Hoffnung gehabt, dass mein Start in dieser Stadt ein bisschen besser verläuft. Etwas … weniger chaotisch, nervenaufreibend und peinlich.

»Garderobe, Bar, irgendwie doch fast das Gleiche. Nämlich ein Job! Gratulation, Andie! You made it!«

Yay! Das ist der Anfang vom Ende. Ich kann es fühlen.

3

Wenn dein Leben verdächtig still ist,
zu still, liegt das vermutlich an der Ruhe
vor dem Sturm.

Andie

»Es ist alles okay, Schwesterherz«, leiert Lucas zum hundertsten Mal dieselben Worte herunter, nachdem ich es seit meiner Ankunft vor knapp fünf Tagen das erste Mal schaffe, ihn zu erreichen.

»Bist du dir sicher?«

»Ja. Ich weiß nicht, was ich noch tun soll, damit du mir glaubst. Die Tiere sind versorgt und vollkommen zufrieden, außer Fred, aber wann ist der schon mal glücklich?« Stumm nicke ich, während ich seiner Aufzählung lausche. Da hat er recht. Fred ist unser pummeliger Streunerkater, der draußen bei den Rindern lebt, nur noch sechs Zähne hat und eineinhalb Ohren, und der entweder zum Essen oder Meckern auf die Veranda kommt. Er ist wahrlich eine Diva.

»Ich mache meine Hausaufgaben, Dad bekommt jeden Tag etwas zu essen und isst es auch.«

»Es tut gut, das zu hören.« Ich schlucke schwer und habe das Gefühl, in mich zusammenzufallen, während ich versuche, den Kloß zu vertreiben, der sich von jetzt auf gleich wie ein Parasit in meiner Kehle festgekrallt hat und größer wird.

Es gab eine Zeit, da hat Dad wenig gegessen oder gar nichts und seine Hosen haben ihm nicht mehr gepasst. Das war, als Mom so krank war und es immer schlimmer wurde, und sie war sehr lange krank. Als die Rechnungen unseren Esstisch unter sich begruben, wobei beinahe jede zweite davon mit dem Wort Mahnung begann, und als der Arzt meinem Vater im Flur des Krankenhauses an einem Tag mitteilte, dass er nicht wüsste, ob meine Mutter je wieder nach Hause kann. Er dachte, wir würden es nicht mitkriegen, doch wir haben gelauscht. Ich höre seine Worte noch heute, vernehme Dads leises Schluchzen und wünsche mir, er hätte nicht recht gehabt.

»Er hat sogar wieder ein paar Erdnüsse gegessen«, erklärt Lucas stolz, und ich spüre, wie mich pure Erleichterung flutet und ich aufatme. Mom hat Erdnüsse geliebt. Er geht ihr und den Erinnerungen nicht mehr aus dem Weg. Wie könnte er auch? Sie sind überall. Mom ist unser Zuhause. Ich sehe sie in der Küche stehend, leckere Pasta kochen, sehe, wie sie Lucas an den Ohren zieht, weil er nicht auf sie hört, und wie sie für uns wach bleibt, weil wir krank sind oder Albträume haben. Wie sie Dad beobachtet, verliebt und träumerisch, wenn er gerade nicht hinschaut. Mom ist jede Ecke unserer Ranch, jeder Schatten, jedes Licht, das durch die Fenster dringt. Das ist ihr Leben, ihr Traum … Nein. Es *war* Moms Ranch, ihr Leben und ihr Traum. Aber als sie weg war, hatten wir immer das Gefühl, dass sie noch da ist – und manchmal ist nicht nur das eine furchtbar, sondern auch das andere.

Lucas musste das Schuljahr wiederholen, weil ihn das mit Mom zu sehr mitgenommen hat. So hat es die Direktorin genannt. Ich schüttle immer noch den Kopf darüber. Zu sehr. Gibt es ein zu sehr, wenn man trauert? Und wenn ja, wer entscheidet das? Wer hat das Recht dazu?

Lucas stand komplett neben sich. Ich auch. Ich habe beinahe meinen Abschluss nicht geschafft, weil ich mich nicht nur um Mom gesorgt habe, sondern auch um Lucas und Dad, und weil ich auf einmal das Gefühl hatte, wenn ich einknicke, würde uns nichts mehr zusammenhalten. Nicht einmal June, die uns auf der Ranch geholfen und mir immer unter die Arme gegriffen hat. Im Gegensatz zu mir hatte das bei ihr keinen Einfluss auf die Noten.

Dad hat seinen Job als Lehrer ganz aufgegeben, war nur für Mom und die Ranch da. Und das Geld? Nachdem das fort war, habe ich meinen Collegefonds angesehen, meine Absicherung, und mir überlegt, was ich lieber hätte: ein Leben mit einem sorgenlosen Studium oder ein Leben mit einer Mutter. Die Entscheidung war nicht schwer.

Leider ... habe ich keines von beidem bekommen.

Ich räuspere mich leise. »Wo ist Dad gerade?«

»Unten bei Steve, sie wollen die Rinder auf die andere Weide bringen.«

»Okay. Sag ihm, dass ich angerufen habe und alles in Ordnung ist, dass ich ihn vermisse und er auf sich aufpassen soll und ...«

»Andie!«, unterbricht Lucas mich. »Mache ich. Allen geht es gut. Wir sind satt und das mit der Wäsche ...«

»Wieso stockst du so? Was ist mit der Wäsche?«

»Hallo? Hörst du mich noch? Krrr ... Krcchhh ... Ich fahre durch einen Tunnel, der Empfang ist so schlecht.«

»Ich hab dich auf dem Festnetz angerufen«, stelle ich nüchtern fest.

»Ach scheiße!«, flucht er. »Es ist nichts. Ich meine, das hätte dir auch passieren können! Das ist kein Drama, Dad braucht jetzt nur ein paar neue weiße Shirts und Socken.« Den letzten Satz murmelt er in einer Mischung aus Trotz und Reue. Ein Lächeln zupft an meinen Lippen.

»Du hast die Wäsche nicht getrennt«, rate ich und vernehme sofort sein verzweifeltes Stöhnen. Lucas will helfen, wo es geht. Nur leider klappt das meistens nicht so gut.

»Ganz ehrlich, das ist nicht meine Schuld. Dad lässt alles überall rumliegen und das Wäschewaschen ist ein Mysterium für mich, okay? Ein Mysterium!«

Jetzt kann ich nicht anders und lache lauthals.

»Ja, lach nur. Ich hab es auch geschafft, dass mein Lieblingspulli höchstens noch Eddie passt. So ein Dreck, ehrlich.« Dads kleines Hausschwein. Mittlerweile bekomme ich vor Lachen kaum noch Luft.

»Bitte, schick mir ein Foto, falls du es jemals hinbekommst, ihn Eddie anzuziehen.« Ich höre, wie mein Bruder empört schnaubt. Bestimmt streckt er mir gerade die Zunge raus. »Ich vermisse euch«, gebe ich zu.

»Du bist erst ein paar Tage weg. Wir machen das schon. Außerdem sind ja auch noch Tim und Steve da und helfen. Wie immer.«

»Ich weiß.«

»Und dieser Ordner!« Ich kann förmlich sehen, wie er die Augen verdreht.

»Hättest du mal reingeschaut, könntest du deinen Pullover noch anziehen.«

»Witzig! Der Ordner ist so dick, dass er sich kaum schließen lässt. So viele Anleitungen hab ich noch nie auf einem Haufen gesehen. Ich hoffe, du hast uns nicht aufgeschrieben, wann wir auf Toilette dürfen oder so.«

»Werd nicht frech!«

Jetzt ist er es, der lacht. »Ich hab die Kräuter in der Küche umsortiert.«

Ich reiße die Augen auf und keuche. »Du bist ein Monster.«

»Alles ist gut, Andie. Wirklich. Mach dir keine Sorgen und pass auf dich auf, ja?«

»Werde ich. Ihr auch?«

»Ja-ha! Bis bald.«

»Warte. Du hast doch nicht wirklich die Kräuterdosen umgestellt, oder?«

»Wer weiß ... wer weiß ...« Ich kann das fiese und gemeine Grinsen durch seine Stimme hören.

»Lucas! Sag, dass du das nicht getan hast. Ich meine es ernst.«

Tut, tut ...

Aufgelegt. Er hat einfach aufgelegt. Das hätte er früher nie getan, aber mit seinen süßen fünfzehn Jahren wird er langsam übermütig. Ich hoffe inständig, die Kräuter stehen gut sortiert an Ort und Stelle.

Ziemlich zufrieden lächle ich auf mein Handy herab und werfe einen Blick auf die Uhr, bevor ich es weglege. Ich warte auf June, die recht spät aufgestanden und wahrscheinlich gerade noch unter der Dusche ist.

Vom Flur und weiter draußen dringen vereinzelt klappernde oder rumpelnde Geräusche herein, freudiges Lachen oder das Trappeln der Schritte. In knapp einer Woche beginnt das neue Semester und die ersten Studenten kommen aus den Ferien zurück oder überhaupt erst an, wie ich die Tage.

Während ich meine Beine aus dem Schneidersitz löse, weil sie bereits eingeschlafen sind und kribbeln, greifen meine Finger nach dem Kugelschreiber, den ich vorhin samt Notizblock aus meiner Tasche gekramt und mit rüber zur Couch genommen habe. Als ich ihn öffne, schlagen mir meine Planungen, Gedanken, Mindmaps für das Studium und Seattle entgegen. Zu Hause habe ich Dutzende dieser Blöcke in verschiedenen Größen und Farben in Kisten verstaut, und sie sind alle gefüllt. Sie sind ein Stück meines Lebens, ein Stück von mir. Schon immer habe ich es genossen, alles aufzuschreiben: meine Gedanken, Wünsche, Träume, Vorhaben, die Einkaufsliste, irgendwelche Stichpunkte, von denen ich am Ende nicht einmal mehr wusste, was sie mir sagen sollen. Ja, ich genieße es, aber wenn ich ehrlich bin, ist es auch eine Art Zwang. Die Angst, sonst etwas zu vergessen oder zu verpassen, ist einfach zu groß. Eigentlich ist es weit mehr als das. Am Ende muss alles ein System haben und in meinem Kopf Sinn ergeben, es muss simpel und dennoch effektiv sein. Das klingt im ersten Moment bestimmt nicht übel, aber wenn *simpel* und *effektiv* aus meinem Kopf plötzlich mit den Vorstellungen anderer Menschen kollidieren, wird es schwierig. Und das gilt nicht nur für Notizen und To-do-Listen, sondern auch für alle anderen Bereiche meines Lebens.

Über die letzten Jahre ist es besser geworden. Ich bin oft entspannter und genügsamer, dank June, aber ganz kann ich eben nicht aus meiner Haut. Mir ist klar, dass das eher ein Tick ist als eine ungute Angewohnheit, fast eine Neurose, aber es ist okay für mich. Es stört mich nicht besonders, es schränkt mich nicht ein und zieht mich nicht runter. Und solange ich niemandem damit schade, kann es auch allen egal sein, was mir guttut. Es kann egal sein, dass die Handtücher für mich in einer gewissen Reihenfolge im Bad hängen sollten und die Gewürze in der Küche nicht nach dem Alphabet geordnet sein dürfen, sondern nach der Häufigkeit ihrer Benutzung. Ich verziehe den Mund, bevor ich über mich selbst lache, weil ich wieder an das Telefonat mit Lucas denken muss.

Gott, bitte mach, dass er den Ordner liest.

Außerdem … erinnert es mich an Mom. Sie war wie ich. Nein, *ich* bin in dieser Hinsicht wie sie.

Ruckartig schiebe ich den Block samt Stift wieder von mir, ohne auch nur eine nützliche Sache notiert zu haben, und erhebe mich von der Couch. Weil ich nicht wieder an diese schlimme Zeit denken möchte. Ich will mich unbeschwert fühlen und mich ablenken. Deshalb stelle ich jetzt endlich die Kerzen auf dem Tisch so hin, dass sie von der Größe her zusammenpassen und nicht wahllos nebeneinanderstehen. Danach schlendere ich an der Kommode vorbei, fange an, leise zu summen, ordne die Dekoelemente darauf neu und nehme mir dann das mahagonifarbene Regal am Fenster vor. Ich ziehe die DVDs und Bücher heraus, um sie nach Themen, Bänden, aber ebenso nach Größe und Ästhetik zu ordnen.

Dinge aufzuräumen und ein System zu entwickeln – darin verliere ich mich, darin gehe ich auf. Manchmal tue ich es sogar unbewusst. Es macht mir Spaß. Es hilft mir, mich gut zu fühlen, ausgeglichen.

Das ist wohl auch der Grund, warum ich nicht sofort bemerke, dass jemand hereinkommt, während ich bereits bei der untersten Reihe angekommen bin und im Schneidersitz auf dem Boden hocke.

»Was tust du da, bitte?«, ertönt es von der Tür, und vor lauter Schreck lasse ich die Zeitschrift, in der ich gerade blättere und die vorher zwischen Rückwand und Regalbrett geklemmt hat, fallen und drehe den Kopf. Eine junge Frau steht im Zimmer, die Tür hinter ihr ist noch offen. Dem großen Koffer neben ihr nach zu urteilen, muss das Junes Mitbewohnerin sein. Sollte sie nicht erst in ein paar Tagen wieder da sein?

»Hallo, Sara ... richtig?«, frage ich freundlich, während ich mich lächelnd erhebe, um sie zu begrüßen. Doch auf den zweiten Blick und als ich mich ihr nähere, merke ich, dass sie das vielleicht gar nicht möchte. Meine Schritte werden langsamer und ich unsicherer.

Mit den Händen an der Hüfte und stoischem Blick hält sie mich auf Abstand. *Hat June ihr doch nichts von mir gesagt?*

»Entschuldige, ich warte auf June. Ich bin Andie«, erkläre ich und reiche ihr nicht, wie zunächst vorgehabt, die Hand. So wie sie aussieht, wie sie ihre Mundwinkel verzieht und mich mustert, wie ihre Wangenknochen durch den streng nach hinten gebundenen Zopf hervorstechen, würde sie diese Geste wahrscheinlich ohnehin nicht erwidern.

Kein Lächeln, kein Hallo, kein: »Ach, du bist Andie! Schön, dich kennenzulernen.« Das macht mich nervös, aber vor allem mag ich es nicht. Ich mag es nicht, wenn man direkt, ohne wenigstens eine Begrüßung zu äußern, patzig oder unhöflich ist.

Meine vorherige Hoffnung, dass June übertrieben hat, was ihre Abneigung gegen Sara oder die Beschreibung ihrer Mitbewohnerin betrifft, zerplatzt gerade. Bisher ist sie mir auch nicht sonderlich sympathisch.

Da sie weiterhin schweigt und mich mit Blicken zu erdolchen versucht, setze ich ein weiteres Mal an. »Wie bereits gesagt, ich warte auf June.« Das ist mir echt unangenehm. Meine Handflächen fangen an zu schwitzen, und ich knete meine Finger, um etwas zu tun zu haben.

»Das habe ich verstanden«, stellt sie mehr als deutlich klar. »Ich weiß, wer du bist. June hat gesagt, dass du herkommst. Was ich meinte, war, was du da hinten an dem Regal gemacht hast.« Einen Augenblick folge ich ihrer Geste, schaue mir das Regal, das ich die letzte halbe Stunde aufgeräumt und neu sortiert habe, an und verstehe.

»Ich habe mir die Bücher angesehen«, weiche ich aus. Gelogen ist es nicht, aber eben auch nicht die ganze Wahrheit.

»Du hast den Inhalt komplett durcheinandergebracht«, erklärt sie, und ihrem Ton nach ist sie ganz und gar nicht erfreut darüber.

»Durcheinandergebracht?« Macht sie Witze? Das Regal sah so chaotisch aus wie der Platz unter Lucas' Bett. »Aber ich …«

Ich will ihr nur erklären, warum ich das getan habe und dass man jetzt wieder alles finden kann. Sogar Dinge, von denen die beiden vermutlich nicht einmal mehr wissen, dass sie sich dort befunden haben. Doch dazu komme ich nicht.

Sara lässt ihre Koffer stehen, tritt zielstrebig auf mich zu und unterbricht mich sofort. »Das ist nicht dein Regal, Andie, das sind nicht deine Bücher, nicht deine Filme und …« Sie sieht sich um. »Verflucht, das sind auch nicht deine Kerzen, Vasen und Zeitschriften.« Mit bissigem und überheblichem Ton stutzt sie mich laut zurecht, und ich bin gerade viel zu perplex, um irgendetwas zu erwidern. Nicht, dass ich sonst besonders schlagfertig wäre, aber die Art, wie sie mit mir redet, macht mich sprachlos, auch wenn ich jetzt nur zu gerne etwas sagen würde. Doch richtig gute Erwiderungen fallen mir immer erst viel später ein – ganz im Gegensatz zu June, die stets sofort kontern kann. Darum beneide ich sie.

»Damit das klar ist: Du wohnst hier nicht. Du hast hier nichts anzufassen oder umzustellen.«

»Ist das dein Ernst?« Die Worte sind leider nicht aus meinem Mund gekommen, sosehr ich es mir wünsche, sondern von einer ziemlich wütenden June, die unbemerkt im Türrahmen aufgetaucht ist, mit ihrem Duschzeug unterm Arm, einem türkisen Handtuchturban auf dem Kopf, bereits fertig angezogen und geschminkt, aber noch in rosafarbenen Plüschpantoffeln.

Sara zuckt kaum merklich zusammen, bevor sie sich zu June dreht, die jetzt reinkommt und neben mir Stellung bezieht. Entschuldigend sehe ich meine Freundin an, verziehe die Lippen dabei. Hätte sie mir noch ein wenig mehr Zeit gelassen, wäre mir was Gutes eingefallen, das ich Sara an den Kopf geknallt hätte. Bestimmt sogar …

»Du bist wahrscheinlich keine zwei Minuten hier, und anstatt dich wie ein normaler Mensch zu verhalten, benimmst du dich wie eine arrogante Furie!«, macht June weiter, was Sara nur dazu bringt, noch wütender auszusehen und die Augen zusammenzukneifen. Ich für meinen Teil habe meine Pompon-Andie rausgelassen und feuere meine beste Freundin innerlich tanzend wie ein glitzernder Cheerleader an. Gleichzeitig kommt Gewissens-Andie raus und möchte Sara aus irgendeinem Grund verteidigen. Ich seufze leise. Wahrscheinlich, weil sie nicht ganz unrecht hat. Ich wohne hier nicht. Ich habe kein Zimmer. Das hier sind nicht meine Sachen.

»Sie hat es bestimmt nicht böse gemeint.« Ich glaube mir ja selbst kaum, während ich das ausspreche, aber es musste raus.

»Ach nein? Sie war also nicht unfreundlich und herablassend?« Dem Ton nach zu urteilen, mit dem June die rhetorische Frage an mich richtet, verhält sich Sara häufiger so – besonders ihr gegenüber. Die beiden messen sich mit Blicken, und wären sie Figuren aus einem Zeichentrickfilm, würden ihre Augen rot glühen und sie würden vermutlich mit Laserstrahlen um sich feuern.

»Ich hab angefangen, hier etwas aufzuräumen«, füge ich an, und June weiß, was genau ich damit meine. Ihr Blick lässt von ihrer Mitbewohnerin ab und scannt stattdessen den Gemeinschaftsraum, in dem wir stehen.

»Na und? Es sieht etwas anders aus, aber ich erkenne weder neue Möbel noch etwas, das fehlt oder zu Bruch gegangen ist. Demnach gibt es auch keinen Grund, sich scheiße zu verhalten.« Jetzt funkelt sie erneut Sara an.

»Sie ist hier nur ein Gast, nicht mehr. Merk dir das gefälligst! Du solltest ihr das vielleicht noch mal erklären. Gäste räumen nicht bei anderen um.«

»Und Gastgeber sind normalerweise nicht so unhöflich und arrogant wie du!«, kontert June stürmisch. Es ist ganz egal, was ich nun sagen würde, sie ist nicht mehr aufzuhalten. Außerdem hat Pompon-Andie gewonnen, weil sie Gewissens-Andie aus dem Sichtfeld geschubst und danach eine Konfettikanone gezündet hat.

Go, June! Go, go, go!

»Andie ist hier, weil ich das möchte und hier ebenso wohne. Sie hat nichts kaputt gemacht, die ganzen Zeitschriften gehören mir, die DVDs hast du nur ausgelagert und die Bücher sind größtenteils aus der Bibliothek. An deinen Privatsachen war auch niemand. Oh, warte, das geht auch gar nicht, weil du die Tür abgeschlossen hast. Und dieser Raum ist ebenso sehr meiner wie deiner. Nämlich gar nicht, Sara! Er gehört der verschissenen Wohnheimleitung. Und jetzt hör auf mit diesem absolut kindischen Verhalten, kehr den letzten Rest Freundlichkeit in dir zusammen und tu ausnahmsweise so, als wäre dir etwas anderes wichtig außer dir selbst.«

Niemand sagt etwas. Ich traue mich kaum zu atmen. Und während Sara wutschnaubend ihre Koffer nimmt und sie in Richtung ihres Zimmers schiebt, fixiert sie mich, als wäre ich eine Kakerlake, die sie beim ersten Schlag nicht erwischt hat, die sie aber auf jeden Fall beim zweiten drankriegen will. Doch ich halte ihrem Blick stand, anstatt meinen zu senken.

Nachdem Sara die Tür hinter sich geschlossen hat, betrachtet June mich ungläubig. Damit nicht noch mehr Studenten ab und an reinschauen, um nachzusehen, was hier los ist, schließt sie die Tür und zieht mich danach mit in ihr Zimmer. Hier sind wir nur von fröhlichen Pastellfarben umgeben.

»Ich hätte die Sachen nicht anfassen dürfen, das Regal gehört mir nicht. Es tut mir leid. Ich wollte nicht, dass du dich wieder mit ihr streiten musst. Meinetwegen. Aber hey, du hattest recht! Sie ist eine Zicke.«

»Was? Andie! Ich hab dich so angesehen, weil ich nicht verstehen kann, wie Sara sich derart danebenbenehmen konnte. Manchmal fasse ich einfach nicht, wie ekelhaft sie sein kann.« June atmet ein paarmal tief durch und schmeißt ihren Kulturbeutel auf ihr breites, flauschiges Doppelbett. »Ich wollte nicht so laut sein, ich weiß, wie sehr du es hasst, wenn Leute sich streiten, aber es geht kaum noch anders. Wir können uns ja nicht einmal mehr ansehen, ohne wütend zu werden. Sie hat sich in den letzten Monaten immer wieder beschissen verhalten, langsam ertrage ich das nicht mehr.«

Dass ich sie verstehen kann, aber eben auch Sara, egal, wie sie sich verhalten hat, sage ich nicht. Ebenso verkneife ich mir, dass June den Tatsachen ins Auge sehen muss. Ich wohne noch nicht lange hier, und schon jetzt weiß ich kaum wohin mit mir, meinen Klamotten, Büchern und anderem Zeug. Das liegt nicht an ihr, nicht an Sara, nicht an den Räumen, sondern daran, dass ich nichts anderes habe.

»June?« Als wüsste sie, was gleich kommen würde, weicht sie meinem Blick aus und fängt an, irgendwelchen Kram auf ihrem absolut chaotischen Schreibtisch, der mehr als Schminktisch dient, von links nach rechts zu schieben. Egal, wie oft ich ihn aufräume, am nächsten Tag sieht er wieder so aus. Das war schon immer so, auch zu Hause. »Lass uns irgendwo etwas essen gehen und dabei nach einem Zimmer oder einer Wohnung für mich suchen, bevor ich zu diesem Meeting muss. Je früher wir anfangen, umso besser. Es bringt niemandem etwas, das zu verdrängen.« Nicht, dass ich mir nicht auch schon die letzten Wochen von daheim aus alle Mühe gegeben hätte, etwas zu finden, jedoch ohne Erfolg. Meist war jedes Zimmer und jede Wohnung ziemlich schnell weg, schlicht zu teuer oder die Harbor Hill nur mit Bus und Bahn sowie erst nach drei Stunden erreichbar. Trotzdem, und ob ich es will oder nicht, steht *bezahlbar* auf meiner Liste auf Platz eins. Mit meilenweitem Abstand zu Platz zwei, auf dem eben *nicht weiter als zwei Stunden mit dem Bus zur Uni* gelandet ist.

Ich überbrücke die kurze Distanz zwischen uns und nehme June von hinten in den Arm.

»Du müsstest hier wohnen, Andie. Das war der Plan. Wir müssten zusammen sein«, murmelt sie, und ich kann hören, wie sehr sie sich das wünscht. Ich weiß es, weil ich es mir genauso gewünscht habe. Manches geht nicht in Erfüllung. Und manches braucht mehr Zeit.

Wir werden das Beste daraus machen.

Der Duft der warmen Schokolade vor mir und des heißen Kaffees von June dringt in meine Nase, und ich sauge ihn mit einem leisen »Mhmm« ein. Köstlich.

Das ist bereits unsere zweite Runde. Nicht nur, weil es gut schmeckt, sondern weil es hier drin so gemütlich ist und ich in der Seitentasche meines Rucksacks vorhin fünf Dollar gefunden habe, von denen ich gar nicht mehr wusste, dass es sie gibt. Daher ist das okay, denke ich.

Das charmante, beinahe winzige Café, in dem wir auf orangefarbenen Stühlen an einem runden Tisch sitzen, ist gut besucht. Trotzdem fühlt man sich wohl, es ist, als würde man mit der Familie im Wohnzimmer zusammenkommen, sich entspannen und etwas lesen. Die Sonne scheint alle paar Minuten warm herein, wenn sie nicht gerade von einer fetten Kumuluswolke verdeckt wird. Man hat hier das Gefühl, die Welt sei in Ordnung.

Wir haben Sara nicht mehr zu Gesicht bekommen, und ich denke, das ist gut so. Zumindest, bis sie und June sich wieder ansatzweise beruhigt haben. Ich möchte keinem der beiden zur Last fallen. Besonders nach dem Zusammentreffen von vorhin nicht.

June hat nie einen Hehl daraus gemacht, dass sie Sara nicht leiden kann, aber wie sehr sich die beiden nicht ausstehen können, war mir nicht klar. Vermutlich hat meine beste Freundin nichts gesagt, weil sie wusste, dass ich sonst nie zugestimmt hätte, bei den beiden auf unbestimmte Zeit unterzukommen. Ich dachte, es seien normale Differenzen, kleinere Streitereien, aber irgendwie lässt mich das Gefühl nicht los, dass es da weitaus mehr gibt als reine Abneigung. Schließlich muss die tief sitzende Wut und Genervtheit der beiden irgendwo herrühren.

Später. Irgendwann später werde ich danach fragen.

Doch jetzt muss ich mich vollkommen der einen Sache widmen, wegen der wir hergekommen sind.

Junes Laptop steht schräg zwischen uns auf dem Tisch, sodass wir beide eine gute Sicht auf die einzelnen Annoncen haben, die auf dem Display angezeigt werden.

Zwei Zimmer, im Keller, keine Fenster – das klingt gruselig.

Ein Zimmer, Bad und Küche in einem. Ich runzle die Stirn. »Wie soll das gehen? Ich meine, kannst du dann gleichzeitig pinkeln und kochen?«, frage ich June zwischen zwei Schlucken, während sie aufpassen muss, nicht prustend ihren heißen Kaffee über dem Tisch zu verteilen.

»Was ist mit diesem Angebot?« Ich zeige auf eine Anzeige darunter.

»Warte, ich schau nach.« June steckt die Zunge zwischen die Lippen. Man sieht sie nur ein kleines bisschen, und es wirkt fast so, als würde sie sie zugleich rausstrecken und einrollen. Das macht sie immer, wenn sie sich konzentriert. »Auf der anderen Seite der Bucht, und – oh shit!«

»Mehr als zweitausend Dollar«, wispere ich. »Zwei geräumige und helle Zimmer, ein gutes Stück weg von der Uni.«

»Wir wussten, dass es hier oft nicht billig ist, aber ...« June spricht nicht weiter, und das muss sie auch nicht.

Dabei war das Appartement eben noch eines der schlichteren, ohne viel Schnickschnack, schießt es mir durch den Kopf, und eine Welle der Verzweiflung überrollt mich. Während June weiter durch die Anzeigen und Mitbewohnergesuche scrollt, bekomme ich Magenschmerzen. Hätte ich noch warten sollen? Hätte ich auf Nummer sicher gehen sollen, ein weiteres Jahr daheim bleiben und mir einen Job suchen sollen, um wieder etwas Geld anzusparen?

Kann ich es wirklich nicht ohne Unterstützung schaffen?

»Ein Zimmer, Küche, kleines Bad. Nur eine halbe Stunde mit dem Bus und recht günstig.« Sie klickt durch die Fotos, und es sieht gut aus, nicht zu beengt, schön sauber, absolut ausreichend für mich. Ich will mich schon freuen, bis ich den Text lese.

»Es muss ein Mietvertrag für mindestens zwei Jahre unterschrieben werden.«

Frustriert fahre ich mir über den Nacken und atme tief durch. »Speicher es mal. Wenn wir die Tage nichts anderes finden, schau ich es mir an. Es ist besser als nichts.«

»Hast du dich schon für einen Wohnheimplatz fürs nächste Semester beworben?«

Ich nicke. »Hab ich. Hoffen wir, dass es dann klappt.« Wenn nicht ... ohne einen teuren Kredit würde ich mein Studium auf Dauer wohl nicht schaffen. Und Mom hat immer gesagt, Geld auszugeben, das einem nicht gehört, sei stets der letzte Ausweg. Nicht der erste und erst recht nicht der beste. Die Wohnung oben ist zwar billig, aber wenn ich zwei Jahre dortbleiben muss und gleichzeitig ein Zimmer im Wohnheim bekommen könnte, das viel günstiger ...

»Das wird schon«, redet June mir Mut zu und stupst mich liebevoll an. »Mach dir lieber Gedanken darüber, wie du den Job als Barkeeperin, den du erst bekommen hast, nicht direkt wieder verlierst.«

»Danke, das baut mich richtig auf«, murmle ich, was sie nur zum Lachen bringt. »Ja, du kannst lachen! Du musst da nicht hin und deinem Boss gegenüberstehen, dem deine beste Freundin Alkohol über den Oberkörper geschüttet hat, der wiederum vermutlich sein bestes Stück getränkt hat. Danke auch dafür.«

»Das hat er bestimmt längst wieder vergessen. Und mir reicht es jetzt!« Schwungvoll schlägt June ihren Laptop zu. »Du wirst etwas finden. Wenn nicht heute, dann morgen oder nächste Woche.«

»June«, protestiere ich sanft. Es wird nicht besser, wenn wir die Augen davor verschließen.

»Lass uns eine Pause machen«, bittet sie, und ich stimme zu. Ich werde nachher allein weitersuchen. »Und vorerst bleibst du wie abgemacht bei mir. Wenn Sara wieder Stunk macht, rede ich mit ihr, schließlich schläfst du ab jetzt in meinem Bett und bist somit nicht in *unserem Raum*, wie sie es nennt. Sie wird das verkraften.«

»Das hoffe ich. Im Notfall könnte ich die ersten Tage in ein Motel oder so, aber … damit wäre sofort einiges von dem verbliebenen Geld, das ich fürs Studium und die ersten Monatsmieten benötige, verbraucht …« Ich schäme mich, dass ich überhaupt noch was davon habe. Das ist verrückt. June weiß sofort, was in mir vorgeht.

»Andie! Hör auf damit. Dein Dad kommt klar und Lucas sowieso. Du musst dich jetzt um dich kümmern. Und was den Rest angeht: Du hättest nichts ändern können.«

»Das weiß ich.« Aber das macht es nicht weniger schmerzhaft. Ich vermisse Mom.

Ich sage June nicht, dass von meinem Collegefonds fast nichts mehr übrig ist. Sie hat wahrscheinlich ohnehin eine Vermutung, da sie einen zusätzlichen Sinn für so was hat und weiß, was die letzten Jahre bei uns los war. Schließlich war sie dabei. Aber wenn ich es ausspreche, wird es noch realer, noch schlimmer. Und das will ich nicht.

June trinkt ihren Kaffee leer und runzelt leicht die Stirn. »Wann musst du noch mal zu diesem Teammeeting?«

Wir schauen auf die Uhr, und ich kann nur mit Mühe einen Aufschrei unterdrücken, als ich hektisch aufspringe und mir panisch meinen Rucksack schnappe.

4

*Das Leben ist eine Gratwanderung
zwischen »Wird schon gut gehen« und
»Shit, shit, shit, shit!«.*

Andie

Ich bin zu spät. Herrgott, ich bin nie zu spät!

June wollte mir eigentlich den Weg vom Café zum Club zeigen, aber sie hatte ihren Laptop noch nicht eingepackt und hat ewig gebraucht, um das Geld in ihrer Tasche zu finden. Kurz: Sie war zu langsam. Deshalb bin ich allein los.

Zum Glück hat June recht gehabt und das MASON's ist vom Café aus ohne Weiteres zu erreichen. Es hätte vermutlich auch ziemlich gut funktioniert, wäre ich nicht an einer Ecke in die falsche Richtung gerannt, weil ich eine Orientierung wie eine Essiggurke habe, ich mir Wege schlecht merken kann und mich mein Handy samt Google Maps kurzzeitig im Stich gelassen hat.

Ich muss rennen – und das tue ich. So, als würde mein Leben davon abhängen. Und wenn wir ehrlich sind, ist das auch nicht weit von der Wahrheit entfernt. Selbst wenn mein *Bewerbungsgespräch* sehr seltsam verlaufen ist und ich rein gar nichts von diesem Job verstehe: Ich brauche ihn!

Ich will nicht aufgeben oder irgendwann in einer Kellerwohnung ohne Fenster sitzen und mich fragen, ob ich da je wieder rauskomme. Ich will auf die Uni gehen, auf der Mom und Dad waren, und mir mit June meinen Traum erfüllen. Deshalb bin ich hier.

Als ich endlich vor dem Eingang des Clubs ankomme – innerlich jubelnd, äußerlich keuchend und verschwitzt – und unter dem großen Namensschild stehe, das tagsüber vollkommen unscheinbar wirkt, bin ich kurz davor, einfach zusammenzubrechen. Meine Lunge zerspringt gleich.

Nur einen Moment atmen, denke ich bei mir und stütze meine Hände auf die Oberschenkel, die wie Feuer brennen. Nebenbei rede ich heftig auf diverse Körperteile von mir ein, sie mögen sich jetzt bitte mal zusammenreißen.

Mit einem Rucksack, der auf dem Rücken hin und her springt, durch die Straßen zu hasten, ist zwar anstrengend, aber so ein kleiner Sprint kann mich doch unmöglich dermaßen an den Rand eines Komas bringen. Schließlich habe ich auf einer Ranch gearbeitet, bin dort aufgewachsen und regelmäßig Hühnern und Schweinen hinterhergejagt. Ab und an auch einem Stinktier. Na gut, meistens bin ich vor denen weggerannt. Aber das tut jetzt nichts zur Sache.

Gott, ich höre gar nicht auf zu keuchen.

Ein Blick auf die Uhr: zehn nach. Shit, shit, shit!

Der Haupteingang ist frei, das Rollgitter fast ganz oben, deshalb probiere ich es und drücke mit Beinen wie Pudding gegen die schwere Eisentür, die nur unter Protest nachgibt. Aber sie gibt nach! Zum Glück. Hätte ich nach einem Seiteneingang oder so suchen müssen ... Ich will gar nicht daran denken.

Also zwänge ich mich hindurch und erkenne, dass weiter hinten im Club Licht brennt.

Okay, ein letztes Mal zusammenreißen. Eilig flitze ich den Gang hinunter, an der nun leeren Garderobe, der Kasse und den ersten schönen Säulen dieser Räumlichkeiten vorbei, und als hinter mir die Tür mit einem ohrenbetäubenden Knall zuschlägt, rufe ich, ohne zu überlegen: »Es tut mir so leid!«

Damit meine ich aber vor allem, dass ich zu spät bin. *Verflucht seist du, June! Du und dein Ananascocktail, du und dein übergroßes Mundwerk.* »Natürlich ist sie pünktlich«, äffe ich June leise nach. *Ja! Normalerweise bin ich das auch.*

Ein verzweifeltes Stöhnen entweicht meiner Kehle, als ich an diesen Abend zurückdenke und daran, dass ich es gerade ernsthaft in Erwägung ziehe, Barkeeperin zu werden. Ich wäre eine gute Bibliothekarin, eine hervorragende Marketing- oder Personalmanagerin und eine passable Tiersitterin, zumindest solange es keine Papageien sind. Die finde ich unerklärlicherweise sehr gruselig. Aber das? Es stimmt: Harte Zeiten erfordern harte Maßnahmen …

»Es tut mir leid«, keuche ich ein zweites Mal, als ich zum Stehen komme. Mein Atem ist so laut, dass ich kaum etwas anderes wahrnehmen kann. Ein leichter Schweißfilm hat sich auf meiner Haut gebildet. Wahrscheinlich stehen meine Haare an den Seiten, trotz Zopf, zu Berge und beginnen sich zu kräuseln. Das hier war so nicht geplant, wie so einiges nicht in den letzten Jahren. Und Dinge, die nicht geplant sind, machen mich furchtbar nervös. Ich schwitze, mein Mund wird trocken und ich fühle mich dann immer, als wäre ich gerade drei Runden auf einer Achterbahn gefahren, nachdem ich zu viele Hotdogs gegessen habe. Ich hasse das.

Erst einige Augenblicke später nehme ich die veränderte Atmosphäre wahr, die dieser Ort bei Tage ausstrahlt. Er ist klarer, ruhiger und kühler.

Vor mir sitzen ein paar Leute auf Stühlen, die meisten mit dem Rücken zu mir, und spielen entspannt Karten oder dösen vor sich hin. Keiner nimmt richtig Kenntnis von mir. Ich lasse den Blick schweifen, schaue mich mit gerunzelter Stirn um, aber ich kann Mason nirgendwo entdecken … Nein, ich sehe keinen Mason. Ich bin doch richtig, oder?

Ein Rumsen links von mir lässt mich zusammenzucken, und erst jetzt bemerke ich, dass dort noch jemand ist. Ein Typ ist gerade von dem Tresen gesprungen, auf dem er anscheinend gesessen hat, und kommt nun sehr zielstrebig auf mich zu. Er sieht zwar nicht wütend aus, aber eindeutig nicht erfreut. Sein Kiefer bewegt sich leicht, er hat die Zähne fest zusammenpresst, seine rechte Hand ist zur Faust geballt und der Blick aus seinen hellbraunen Augen ist intensiv. Er hält mich damit gefangen, und für einen Moment vergesse ich zu atmen, bevor ich gierig Luft in meine Lungen ziehe, weil mein Herz noch zu schnell schlägt von dem Sprint, den ich hinter mir habe.

Während er auf mich zutritt, lasse ich ihn nicht aus den Augen. Irgendetwas an ihm und der Art, wie er mich noch immer ansieht, lässt mich unruhig werden, und der Gedanke, dass ich ihn schon einmal gesehen habe, drängt sich nach vorne. *Der Barkeeper, der uns statt Jack bedient hat,* kommt es mir in den Sinn. Der faszinierende, interessante Barkeeper. *Der, an den ich hin und wieder gedacht habe,* muss ich zugeben. Er sieht größer aus und in dem hellen Licht vielleicht weniger ernst. Nein, das stimmt nicht. Er hat auch jetzt noch ernste Züge.

Verdammt. Dann sind wir jetzt … Kollegen?

Diese Erkenntnis muss ich erst mal sacken lassen. Und obwohl ich immer noch versuche, all das hier in meinem Kopf zu ordnen und zu Atem zu kommen, habe ich das Gefühl, irgendetwas sagen zu müssen oder ihm wenigstens zu erklären, weshalb ich hier so hineingestolpert bin.

»Hey … also, ich«, fange ich an, muss mich aber räuspern und schwer schlucken. Ich komme nicht dazu, weiterzureden. Nein, eigentlich weiß ich nicht mehr so recht, was ich ihm überhaupt sagen soll.

Zwei Schritte vor mir bleibt er stehen, mustert mein Gesicht und es fühlt sich fast an, als könne ich seinen Blick auf meiner Haut spüren. Es erinnert mich an den einen kurzen Moment an jenem Abend.

In meinem Nacken bildet sich eine feine Gänsehaut, die sich nun auch über meine Arme zieht. Dass mein Atem noch ein wenig unregelmäßig geht, mein Mund leicht trocken ist, schreibe ich meiner allgemeinen Aufregung zu. Aber dieses leichte Kribbeln in der Magengegend ... Wieder schlucke ich schwer, befeuchte meine trockenen Lippen und beobachte, wie sich sein Unterkiefer bewegt.

An der Bar ist mir seine Größe aufgrund der hohen Schuhe gar nicht richtig aufgefallen, aber jetzt muss ich den Kopf bereits etwas in den Nacken legen, um ihm ins Gesicht schauen zu können.

Plötzlich hebt er die Hand und zeigt in die Richtung, aus der ich eben nahezu panisch gekommen bin.

»Ich denke, du hast dich verlaufen. Ich bringe dich zum Ausgang.« Seine Stimme ist warm und klar, deutlich weicher, als ich es erwartet habe. Und ich stelle fest, sie passt nicht zu dem Mann vor mir mit dem kritischen Blick, dem markanten Kinn und dem mürrischen Zug um seinen Mund. Zumindest nicht für mich. Nein, es passt nicht zu dem genervten und zugleich distanzierten Anschein, den er macht.

Komplett in Schwarz gekleidet, mit einem Fünftagebart, der vermutlich ausdrückt: »Ich hatte keinen Bock, mich zu rasieren« und dem zerzausten dunkelbraunen Haar, das sagt: »Ist mir alles total egal«.

Für mich sind da so viele Widersprüche, dass ich für einen Moment vergesse, was er eben gesagt hat und von mir möchte. Wie er wohl aussehen würde, wenn seine schmalen Lippen sich zu einem Lächeln verziehen oder ...

Ich fühle mich ertappt, als er sich räuspert und fragend eine Augenbraue hebt, während ich ungeniert über seine Lippen nachdenke und darauf starre, als wären sie eine volle Packung Cookie Dough Ice Cream.

Konzentrier dich, Andie!

Ach ja, Job, Mason, Barkeepern.

»Nein«, betone ich. »Entschuldige, ich war nur spät dran und bin danach falsch abgebogen und …«

»Du solltest gehen«, unterbricht er mich erneut.

Hat er mir nicht zugehört? Langsam werde ich ungehalten. Ich hole tief Luft.

Die Augen zusammenkneifend fixiere ich ihn, während meine Hände sich an den Riemen des Rucksacks festkrallen.

»Ich bin hier richtig. Danke.« Dann lächle ich ihn freundlich, aber bestimmt an, doch er schürzt nur die Lippen. Was absolut nichts an seinem bisherigen Gesamteindruck ändert: nicht unhöflich, aber auch kein Menschenfreund.

Bevor die Situation noch seltsamer werden oder er einen weiteren Versuch unternehmen kann, mich wegzuschicken, ruft man uns ein überraschtes »Hey!« zu. Neugierig drehe ich mich zur Seite und erkenne, dass sich gerade jemand aus der kleinen Gruppe löst und fröhlich zu uns nach vorne tritt.

»Ich bin es. Jack!«, erklärt er. Bei Tageslicht und in viel bunteren Klamotten habe ich ihn gar nicht erkannt.

»Hey«, entgegne ich ehrlich erfreut und bin irgendwie erleichtert, so etwas wie ein bekanntes, nicht griesgrämiges Gesicht vor mir zu haben. »Schön, dich wiederzusehen. Ich bin Andie.«

»Andie, freut mich. Und wie heißt die Freundin, die Mason nass gemacht hat?« Lachend beobachtet er, wie ich das Gesicht mehr und mehr verziehe.

»Das hast du also mitbekommen«, nuschle ich, und jetzt

lacht er noch lauter, hält sich für einen Moment den Bauch. »Das war meine beste Freundin June.« Es fühlt sich fast an wie ein Geständnis. So, als hätte ich mich als Komplizin bei einem Bankraub geoutet.

»Oh Mann. Das wird keiner so schnell vergessen. Es ist lange her, dass Mason einen Korb bekommen hat – noch dazu in Form eines Drinks auf seinem Hemd.«

»Eigentlich war das kein …« Ich spreche nicht weiter, sondern presse die Lippen aufeinander. Natürlich war es das. Ein Korb und ein Drink auf dem Hemd. Ich kann es nicht leugnen oder schönreden, wie ich es auch drehe und wende. Jacks Gesichtsausdruck nach zu urteilen ist ihm das vollkommen klar.

»Mason hat also wirklich einen Drink übergeschüttet bekommen?«, werde ich von dem noch immer Unbekannten neben mir und seiner tiefen Stimme aus meinen Gedanken gerissen.

»Einen verdammt bunten Cocktail sogar. Samt Ananas. Echt schade drum, war einer meiner besten.« Amüsiert schüttelt Jack den Kopf. Ja, die Ananas. Allein der Gedanke daran lässt mich innerlich aufstöhnen. Ich reibe mir über die Schläfe und versuche mich danach an einem Grinsen, wobei ich kläglich scheitere und deutlich spüren kann, wie mir die Gesichtszüge entgleisen.

»Das ist übrigens Cooper. Anscheinend war er im Lager, als es passiert ist, und hat die Show verpasst«, stellt Jack mir seinen Kollegen vor, und ich zwinge mich, ihn erneut anzusehen. Dieses seltsame Gefühl ist wieder da, aber ich schiebe es weg und lächle aufrichtig, während ich ihm meine Hand hinhalte. Als wäre ich eine Art Bakterium, unbekannt und hoch ansteckend, erwidert er meinen Blick viel zu intensiv und viel zu lange, nur um danach meine Finger anzustarren. Gerade als ich es nicht mehr aushalte, als mir seine distanzierte Präsenz und sein Schweigen reichen und ich schon dabei bin, die Hand sinken zu lassen, greift er schnell danach. Überrascht atme ich ruckartig ein und vergesse darüber fast, dass ich auch wieder ausatmen muss. Seine Hand ist angenehm warm, an manchen Stellen rau, und meine versinkt beinahe vollständig darin. Ich weiß nicht, warum, aber es fühlt sich gut an und löst wieder so ein merkwürdiges Kribbeln in mir aus. Ich traue mich nicht, mich zu bewegen. Seine Augen sind so unergründlich; sein intensiver Blick ist wie ein Sog, dem ich nicht entkommen kann und der mir bereits in diesem einen Moment an der Bar mit June aufgefallen ist. Nur ein wenig, aber er ist mir aufgefallen.

Die Wärme seiner Hand überträgt sich auf meine und …

Einen Moment später entzieht er sie mir so schnell, dass ich mich erschrecke. Schwer schluckend wende ich mich ab, weiche seinem Blick aus. Dem, in dem ich mich eben fast verloren habe. Keine Ahnung, wann mir das das letzte Mal passiert ist.

Ernst verschränkt er die Arme vor dem Oberkörper, und ich bemerke unglücklicherweise, dass es wirklich schöne Arme sind, mit schönen Sehnen und Muskeln, an denen schöne Hände und Finger hängen und …

Stopp!, rufe ich mich zur Räson und gebe meinem inneren Ich eine kräftige Ohrfeige.

»Das erklärt noch immer nicht, warum du hier bist, Andie.« Diese Stimme. Wie er meinen Namen sagt.

Gott, wieso macht mich das so hibbelig? Warum bin ich überhaupt hergekommen und setze mich diesem Irrsinn aus? *June, ich schwöre dir, ich werde dich … ich werde … Ach, verdammt!* Mir fällt spontan nichts ein, womit ich ihr anständig drohen könnte.

Und vor lauter Frust tue ich es ihm gleich und verschränke einfach genau wie Cooper die Arme vor der Brust. Dabei recke ich das Kinn und funkle ihn herausfordernd an. Vielleicht etwas kindisch, aber durchaus sehr wohltuend.

»Erklären kann ich mir das auch nicht, aber Mason hat mir einen Job gegeben. Das ist alles, was ich weiß.«

»Nach der Sache mit June?« Jack wirkt etwas ungläubig oder gar verwundert. Das ist verständlich, mir geht es genauso. Doch während Jack das ausspricht, lasse ich Cooper nicht aus den Augen – und sein Gesichtsausdruck nach meiner Offenbarung wirkt weitaus mehr als verwundert. Die Veränderung von Coopers Mimik ist mir nicht entgangen, das Mahlen seines Kiefers, die pochende Ader an seinem Hals, deren Linie ich nun folge, ohne es verhindern zu können. Kurz schließe ich die Augen.

Jack und er sind von zwei verschiedenen Dingen überrascht, da bin ich mir sicher.

Nur zu gerne würde ich ihn fragen, was ihm gerade durch den Kopf geht. Er kennt mich schließlich noch nicht und weiß nicht, dass ich nicht mal eine vernünftige Zitronenlimonade machen kann. An meiner mangelnden Qualifikation kann es also nicht liegen.

Ich nicke Jack zu, um damit endlich seine Frage zu beantworten und nicht allzu unhöflich zu wirken. Dabei stehe ich vollkommen neben mir. Jack scheint nichts bemerkt zu haben, denn gleich darauf legt er einen Arm um meine Schultern und prustet erneut los. »Verdammt! Dann muss ich wohl auf dich aufpassen.«

Irritiert beobachte ich ihn aus dem Augenwinkel, löse nebenbei meine Arme aus der verkrampften Haltung und überlege, was er damit meint. Bis …

Meine Augen weiten sich.

»Oh nein! So ist das nicht«, wehre ich sofort ab und spüre, wie meine Wangen zu glühen anfangen. Wahrscheinlich sind mittlerweile auch meine Ohren knallrot. Eine wirklich ungünstige Eigenschaft. Egal, ob ich wütend bin, mich schäme oder nervös bin: Meine Wangen und Ohren fangen an, rot im Dunkeln zu leuchten. Ich könnte dann als eine Art Warnboje durchgehen.

Mason hat mich mit Sicherheit nicht eingestellt, weil er mir an die Wäsche will. Oder meinte Jack etwas anderes? Im Gegensatz zu June war ich nie gut darin, zweideutige Dinge verstehen oder erkennen zu können.

Jack erzählt noch irgendetwas, aber ich kann mich kaum darauf konzentrieren, wegen … Cooper. Er steht einfach nur da, schaut mich an – und das macht mich unfassbar … unruhig. Und gereizt. Die Art, wie er seinen Blick nicht ein einziges Mal abwendet, als würde er jeden Zentimeter von mir studieren, als würde er meine Geschichte lesen wollen. Als würde er es *können*. So, als würde er ein Buch aufschlagen.

Es ist eine andere Art des Musterns als die des Typen im Club neulich, bei dem ich mich auf gewisse Art ausgeliefert gefühlt habe. Jene war mir unangenehm. Aber diese hier … Sie geht mir unter die Haut.

Leise räuspere ich mich und streiche mir ein, zwei Strähnen aus dem Gesicht, schiebe sie energisch hinter mein Ohr, obwohl das wahrscheinlich gar nichts bringen wird und ein neuer Zopf nötig ist.

Nicht nur, weil Cooper sich nicht rührt und seine Augen nicht von mir ablassen, sondern weil ich nicht einmal im Ansatz erahnen kann, was er denkt, unternehme ich in meiner Verwirrung und irgendwie auch Verzweiflung einen letzten Versuch, ihn anzulächeln. Für eine Regung, für … Ach, ich weiß es doch auch nicht! Vielleicht schlicht, um seine ernsten Züge aufzulockern oder einen Grund zu haben, ihn weiterhin anzusehen. Wäre June hier, würde sie mich auslachen!

Zu Recht. Denn es ist albern und es funktioniert nicht.

»Leute, das ist Andie«, verkündet Jack unerwartet laut, löst den Arm um mich und schnappt sich stattdessen meine Hand. Meine Aufmerksamkeit wird von Cooper abgelenkt, und ich habe für einen Augenblick das Gefühl, wieder richtig atmen zu können. Jack führt mich zu den anderen, um mich vorzustellen. »Andie arbeitet ab jetzt mit uns.« Schnell flüstert er mir noch zu: »Ein paar sind heute krank und manche von uns sind nur zum Monatsmeeting da, meist kommen nur die Barkeeper zu den wöchentlichen Meetings.«

»Wöchentliche Meetings?«

»Keine Panik, die dauern meist nicht lange. Wenn du da Seminare hast, bist du entschuldigt und es gibt eine Rundmail.« Beruhigt lächle ich Jack an. Das hört sich gut an. Besonders, da mein Seminarplan wohl erst in ein, zwei Wochen endgültig feststehen wird.

»Louis«, grüßt mich einer nur mit seinem gemurmelten Namen und nickt mir mit geschlossenen Augen zu, tief in seinen Stuhl gelehnt. Er zieht seine alte Cap weit ins Gesicht, und ich glaube, er schläft gleich ein. Er trägt schlichte Kleidung, und seine Haut wirkt durch das Licht hier und all die Sommersprossen, die ihn bedecken, besonders weiß und blass.

Jemand anderes zwinkert mir zu. »Willkommen, Andie, ich bin Matt. Ich stehe meist mit der Schlafmütze hier an der kleinen Bar dort hinten«, erklärt er und zeigt auf die andere Seite der Tanzfläche, in die Ecke. Währenddessen steht die einzige Frau in der Runde auf und reicht mir freundlich die Hand.

»Endlich etwas Verstärkung für mich«, seufzt sie erleichtert und verzieht dabei ihre schönen rosa geschminkten Lippen, die in wundervollem Kontrast zu ihrer dunklen Haut stehen, zu einem Lächeln. »Ich bin Susannah.« Ihre Augen strahlen förmlich, und ihre Fröhlichkeit ist ansteckend. Ich mag sie schon jetzt. »Wenn du irgendwelche Fragen hast, helfe ich dir gerne. Ich arbeite manchmal an der Bar, mache aber hauptsächlich den Papierkram und die Abrechnungen. Na ja, und wenn du mal Probleme hast mit all diesen …« Sie legt eine Pause ein und sucht gespielt übertrieben nach einer Bezeichnung für die Männer, die sich hier mit uns im Raum befinden.

»… Göttern?«, hilft Matt ihr aus, was mich schmunzeln lässt.

»Nein, warte! Sexiest Men Alive!« Das brüllt er noch schnell hinterher, und zwar ziemlich begeistert.

»Haltet die Klappe.« Louis' Nuscheln hätte ich fast überhört.

»… anbetungswürdigen Superkollegen?«, probiert es Jack, und mittlerweile lache ich auf, weil ich merke, dass sie nicht nur ein Team sind, sondern auch Freunde. Das ist etwas Gutes. Immer mehr witzige und übertriebene Bezeichnungen werden genannt, bis Susannah mich mit einem Blick bedenkt, der in etwa sagt: »Es ist klar, was ich meine, oder?«

»Ist notiert. Danke!«, gebe ich ihr zu verstehen, woraufhin Susannah mich angrinst.

»Ihr habt viel zu viel Spaß. Wer kommt schon gern zur Arbeit?«

»Du anscheinend nicht«, murmelt Cooper Louis zu, während Matt seinem Kumpel in die Seite boxt, damit er endlich ganz aufwacht. Er hat eben sogar kurz geschnarcht und wäre jetzt beinahe vom Stuhl gekippt.

»Scheiße, verfluchte!« Er kann nur mit Müh und Not das Gleichgewicht wiederfinden und sich auf dem Stuhl halten, während er mit den Armen rudert.

Derweil höre ich Schritte, die leise von den Wänden widerhallen, und schaue nach, woher sie kommen. Mason schlendert gut gelaunt auf uns zu, trägt einen schicken Anzug in einer Mischung aus Dunkelblau und Schwarzmeliert. Schwarzes

Hemd, keine Krawatte, dafür hellbraune Schuhe, passend zu seinem Gürtel. *Aufschneider*, höre ich June in meinen Gedanken schnauben. Schnell huste ich, um mein Lachen zu kaschieren.

Freundlich begrüßt er alle, bleibt vor uns stehen und steckt die Hände in die Hosentaschen. Als er mich ansieht, grinst er breit. »Andie, du bist pünktlich. Wie schön.«

»Du bist ziemlich spät dran, das war also nicht schwer.« Alles ist still. Oh mein Gott, hab ich das gerade laut gesagt? »Tut mir leid, ich meine, ich …« Während ich vor mich hin stottere, was mich noch in Teufels Küche bringen wird – wenn ich nicht schon da gelandet bin –, lachen die anderen leise. Wenigstens übergeht Mason meinen Kommentar, nur ein kurzes Aufblitzen in seinen Augen verrät mir, dass er es sehr wohl zur Kenntnis genommen hat.

Ich weiß nicht, warum ich es tue, aber aus den Augenwinkeln schiele ich zu Cooper hinüber, der neben mich getreten ist. Nein, er grinst nicht. Keine Regung. Innerlich seufze ich. Vielleicht hat er nur einen schlechten Tag.

Wieso interessiert mich das überhaupt?

»Susie hat euch wie immer die wichtigsten Informationen des letzten Monats in einer aktuellen E-Mail zusammengefasst. Andie, bitte gib Susie nachher deine Adresse, damit sie ihn dir nachträglich zukommen lassen kann. Für heute habe ich den Vordereingang offen gelassen, damit du ohne Probleme reinkommst. Aber wenn nicht gerade für eine Schicht aufgeschlossen wird, benutzen wir einen der Seiteneingänge. Die wird man dir noch zeigen.« Ich nicke ihm zu, und er tut es mir nach, bevor er weiterspricht und wieder in die Runde schaut. »Außerdem hat Susie die Dienstpläne geändert. Da Stew und Ian krank sind, mussten wir neu planen. Ian kommt hoffentlich bald wieder, Stew erst mal nicht. Der Idiot hat sich das Handgelenk verstaucht, nachdem er aus dem Hochbett irgendeiner

Freshman-Braut gefallen ist – als ihr Freund gerade zu einem Überraschungsbesuch vorbeikam. Danach waren auch die Nase gebrochen und zwei Rippen im Eimer.«

»Oh, Stew«, stöhnt Matt, während Susannah nur mit dem Kopf schüttelt. Da sie das mit Sicherheit schon länger weiß, wenn sie die Dienstpläne erstellt, frage ich mich, wie oft sie das wohl mittlerweile gemacht hat oder wie oft sie sich diese Story schon anhören musste. »Josh kommt nicht mehr«, fügt Mason abrupt an, und Susannah nickt nur bedrückt.

»Was?« Jack wirkt geschockt.

»Ich hab ihn gefeuert. Das ist alles, was ihr wissen müsst.« Mason räuspert sich. »So, und nun zu den ...«

»Komm schon, wie kann das sein, Mann?«, hakt Jack nach, während Susannah ihn sachte am Oberarm packt.

»Lass gut sein. Er hatte seine Gründe.«

»Wirklich? Er war einer der besten hier.«

Gelassen und zugleich bestimmt tritt Mason vor. »Das war er, aber das hier ist mein Club. Hier gelten meine Regeln, und wer sich nicht daran hält, fliegt.«

Jack knirscht mit den Zähnen. »Hat er geklaut?«

»Dann hätte ich ihn nur abgemahnt. Und jetzt zu den anderen Themen ...«

»Nein, verflucht. Jack hat recht. Sag uns, warum Josh geflogen ist.« Dieses Mal macht Matt einen Schritt nach vorne und stellt sich zu Jack. Ich hingegen trete nahezu mechanisch einen Schritt zurück und verschränke die Arme vor der Brust, um Abstand zu gewinnen. Aus irgendeinem Grund würde ich gern gehen, sie allein lassen. Vielleicht weil sich das hier wie etwas anfühlt, das ich nicht wissen oder hören sollte. Weil ich noch kein Mitglied von alledem hier bin, kein fester Bestandteil. Weil ich weder Jack noch Matt oder Mason einschätzen kann. Natürlich mag ich sie bisher, aber ... mir wird unwohl dabei. Susannah scheint das zu merken, sie lächelt mir entschuldigend zu, kommt näher, und als ich zur anderen Seite schaue, merke ich, dass ...

Eigenartig. Ich runzle die Stirn. Cooper steht ebenso dicht bei mir wie Susannah, sogar fast ein Stück vor mir. *Bilde ich mir das nur ein?*

Masons bis eben ruhige Gesichtszüge verändern sich, werden zornig und er baut sich vor Jack und Matt auf, die mit einer schnellen Bewegung dagegenhalten, es ihm gleichtun, sodass ich, ohne es zu wollen, aufkeuche. Cooper löst sich aus seiner Haltung, und selbst wenn das eben Einbildung war, das hier ist es nicht. Er stellt sich ganz vor mich, schirmt mich ab und fixiert die drei.

»Mase«, sagt er schlicht. Ruhig und warnend zugleich. Doch dieser reagiert nicht.

»Ihr wollt wissen, warum Josh geflogen ist? Gut. Weil er am Wochenende einen Gast bedrängt hat, weil er ihm auf die Toilette gefolgt ist, ihn als Schwuchtel beschimpft und danach verprügelt hat. Und als wäre das nicht genug, hat er ein paar seiner Kumpels dazu geholt, die ihn dann weiter gedemütigt haben, während Josh nach seinen Schikanen zurück an die Bar ist, um zu arbeiten. So als wäre nichts gewesen. Sein Opfer war ein Stammgast, und es war bekannt, dass er auf Männer steht. Die Security musste ihm raushelfen und den Krankenwagen rufen. Und gerade du, Jack, solltest verstehen, warum ich in diesem Fall keine andere Wahl hatte, als Josh zu feuern.« Schwer atmend steht Mason vor den beiden, und ich erkenne, wie blass Jack wird, wie Matt leise und ungläubig flucht und sie beide ihre angespannte Haltung aufgeben. »In dieser Welt passiert verdammt viel Scheiße«, fügt er wütend hinzu. »Aber ich werde alles dafür tun, dass sie nicht auch in meinem Club passiert.«

Es ist so still. Es ist so laut.

Erst jetzt merke ich, dass ich Tränen in den Augen habe, weil ich kaum glauben kann, was eben erzählt worden ist. Ich meine, ich bin keine Idiotin. Ich weiß, dass es passiert, viel zu oft, aber das sollte es nicht. Zusammen mit der hitzigen Stimmung ist das gerade einfach zu viel für mich.

Sichtlich bedrückt zieht Mason sich zurück und setzt sofort wieder ein Lächeln auf. Wie schafft er das nur?

»Es tut mir leid, dass du das mitbekommen hast, Andie.« Er räuspert sich. Ich hingegen bin nicht in der Lage, etwas zu erwidern.

»Cooper. Du wirst Andie einarbeiten. Eure Schichten liegen diesen Monat zusammen, angefangen bei heute Abend. Zeig ihr alles, sodass sie nächsten Monat die ersten Abende ohne Hilfe auskommt.«

Als ich mich traue, zu Cooper aufzusehen, erkenne ich, dass er sich längst zu mir gedreht hat und mich kritisch betrachtet. Seine Schultern wirken angespannt, eine Hand ist so fest zur Faust geballt, dass seine Knöchel weiß hervortreten.

Und da ist wieder dieser Blick …

»Verstanden?«, hakt Mason nach, und Cooper nickt knapp, bevor er uns stehen lässt und einfach geht. Unter Aufbringung all meiner Kräfte verhindere ich es, ihm nachzusehen, mich über ihn zu ärgern, und fixiere stattdessen Mason. »Dann bis nachher oder bis zum nächsten Meeting. Es sei denn, es gibt noch Fragen? Keine? Gut. Ich brauche jetzt nämlich ausnahmsweise einen Drink.« Und damit verabschiedet auch er sich, während ich mit mehr Fragen als Antworten im Kopf perplex an Ort und Stelle verharre. Jedenfalls so lange, bis Susannah ihre Hand fürsorglich auf meinen Unterarm legt und mich anspricht. »Komm, ich bring dich zu Cooper. Und dann besorge ich dir ein Wasser. Du bist blass um die Nase.«

5

*Die Dinge, die wir nicht wollen, verschwinden nicht,
nur weil wir die Augen vor ihnen verschließen.
Und das ist vielleicht gut so.*

Cooper

Was zum Teufel ist da eben passiert?

Einem Impuls folgend lasse ich Mason ohne ein weiteres Wort stehen, verlasse das Meeting, das vermutlich sowieso gleich sein Ende findet, und schnappe mir meinen Zeichenblock samt Bleistift, die ich vorhin auf dem Tresen habe liegen lassen. Anschließend verziehe ich mich nach hinten. Ich brauche einen Moment Ruhe. Oder wenigstens ein paar Sekunden.

Hinter der Bar biege ich nach links ab, finde mich im Lager wieder statt im großen Pausenraum und fahre mir ein paarmal genervt und irgendwie auch wütend durch die Haare. Dabei weiß ich gar nicht, was mich gerade so fertigmacht.

Trocken lache ich leise auf, schließe die Augen, während ich den Kopf in den Nacken lege und tief durchatme.

Vielleicht die Tatsache, dass ich das mit Josh nicht mitbekommen habe, obwohl wir da eine gemeinsame Schicht hatten. Dass so etwas nur wenige Meter von der kleineren Bar entfernt passiert ist, während ich in aller Ruhe meinen Job gemacht habe und … Scheiße! Ich habe nichts tun, nicht helfen können. Ich habe es nicht gemerkt und nicht gewusst.

Fluchend öffne ich die Augen, tigere von links nach rechts, von Regal zu Regal und erinnere mich daran, dass ich mich beruhigen muss. Dass ich diesem Gefühl nicht zu viel Raum geben darf.
Drei ...
beginne ich zu zählen.
Es ist okay, dass es nicht okay ist.
Zwei ...
Es wird wieder okay sein. Irgendwann.
Eins ...
Manchmal kann man nicht mehr tun als sein Bestes.
Atmen.
Ich merke, dass es hilft, merke, wie ich ruhiger werde, und höre endlich auf, mich wie ein wildes Tier in einem Käfig zu fühlen.
Dass Mason mehr als sonst über etwas gegrübelt hat, hätte mir auffallen müssen, aber ich habe es nicht gemerkt, weil die Uni bald anfängt, die ganzen Wohnheim- und Studentenpartys losgehen und ich mit den Gedanken gerade überall bin, nur nicht im Hier und Jetzt.
Verfluchter Mist.
Mein Blick fällt auf den Block in meiner Hand, auf das oberste Blatt Papier. Seit Tagen sitze ich an dieser Skizze, und ebenso lange will sie nicht, wie ich will, doch heute hatte ich das Gefühl, sie endlich zu knacken. Den Punkt zu erreichen, ab dem nichts mehr schiefgehen kann. Aber ich habe vergessen, dass es mit der Kunst ist wie mit dem Leben: Es kann zu jeder Zeit in die Hose gehen.
Eingehend betrachte ich die sechs ineinander verflochtenen Hände, all die Schatten, filigranen Linien und harten Kanten. All die Zeit, die darin steckt. Das war mit Sicherheit der hundertste beschissene Versuch, so ein Bild hinzubekommen. Es

geht nicht nur darum, es zeichnen zu können, sondern darum, damit etwas auszudrücken, etwas zu transportieren. Etwas fühlen zu können und es den Betrachter fühlen zu lassen. Wer das eine kann, kann noch lange nicht das andere.

Zeichnen, egal ob mit Kohle- oder Grafitstiften, fällt mir schon seit ich denken kann leicht. Stifte sind etwas, das zu mir gehört, genau wie Papier. Trotzdem habe ich früh gelernt, dass jeder innerhalb seiner Leidenschaften und Talente Schwächen hat. Meine sind Hände. Eine schaffe ich, zwei kriege ich auch zustande. Aber mehr?

Leicht gereizt hebe ich den Block direkt vor mich und betrachte eingehend die brüchige, verwackelte Linie, die sich inmitten der Finger über die Seite zieht. Das war der Moment, in dem Andie geschrien hat, bevor sie in den Hauptraum des Clubs gestürmt ist – und ich eindeutig niemanden mehr erwartet habe.

So eine Scheiße. Ich reiße das Blatt vom Block, zerknülle es und werfe es mit einer gezielten Bewegung Richtung Ecke, dorthin, wo der Mülleimer steht. Dann schaue ich auf, weil ich sie längst höre, bevor sie in mein Sichtfeld kommen.

»Cooper?« Fragend lugt Susannah um die Ecke. »Ah, da bist du ja. Ich hab Andie mitgebracht. Ich nehme an, ihr wollt schon anfangen?« Erwartungsvoll sieht sie mich an, doch ich entgegne nichts. Meine Aufmerksamkeit liegt augenblicklich auf Andie, die mit einem Glas Wasser in der Hand direkt hinter Susannah eintritt und sich sofort alles genau anschaut. Sie wirkt unsicher und aufmerksam zugleich. Interessiert sie, was hier herumsteht, oder versucht sie nur, eine Beschäftigung zu finden?

Ich wünschte, ich könnte meinen Blick von ihr losreißen, könnte damit aufhören, sie zu mustern, aber es geht nicht. Warum geht das nicht?

Als hätte Andie meine Frage gehört, als würde sie meinen Zwiespalt spüren, dreht sie ihren Kopf zu mir, schaut mich an. Einfach so. Und da liegt nichts als Offenheit und Neugierde in ihrem Blick, vielleicht auch Nervosität. Naivität.

Fest presse ich die Lippen aufeinander, umklammere den Block in meinen Händen stärker und nicke Susie endlich knapp und ungelenk zu. Je schneller wir das hinter uns bringen, umso besser. Schließlich ist da nichts dabei. Ich stehe nur etwas neben mir, das ist alles.

»Bis bald, Andie«, verabschiedet sie sich von ihr und umarmt sie. Andie versteift sich, nur einen winzigen Moment, aber doch sichtbar, bevor sie die Geste erwidert und lächelt. Und wie sie lächelt! Angespannt erwische ich mich dabei, wie ich schon wieder ihr Gesicht mustere, ihre feinen Züge, die kleine Nase, die große Brille über den klaren blauen Augen, die ihrer natürlichen Schönheit keinen Abbruch tut.

Als die beiden sich voneinander lösen, lachen sie kurz auf. Laut und ehrlich. Breit und klar, warm und …

Jetzt weiß ich es. Sie hat diese Art von Lächeln, das auch Zoey hatte. Dieses Lachen, das niemand ihr zurückgeben kann. Am allerwenigsten ich. *Zoey!*, hallt es in meinen Gedanken wider, und lange hat es nicht so wehgetan.

Und als Susannah weg ist, Andie mich erwartungsvoll anschaut, so fragend und freundlich, ziehe ich alle Mauern hoch, verschließe die Tore und sperre sie zu. Werfe den Schlüssel fort.

Ich hätte Nein sagen sollen. Als Mason eben lauthals verkündete, dass ich die Neue einarbeiten solle, die er wahrscheinlich aus einer Laune heraus eingestellt hat, oder – entgegen Jacks Vermutung – weil er nicht an sie, sondern an ihre Freundin rankommen will, hätte ich protestieren müssen. Stattdessen habe ich nichts gesagt.

Ich Vollidiot.

Zoey. Dabei sieht Andie mit ihrer gebräunten Haut, dem dunklen Haar, den vollen Lippen kein Stück aus wie sie ... und doch ist da etwas.

Dieses Lachen. Dieses Lächeln.

Ich hätte Nein sagen sollen ...

In dem Versuch, mich von diesen unschönen Gedanken abzulenken, konzentriere ich mich auf das Unausweichliche: die Einarbeitung. Mason will, dass wir heute damit anfangen, doch Andie trägt eine dünne Stoffhose, noch immer ihre leichte Jacke, darunter vermutlich irgendetwas Unpraktisches und eindeutig Schuhe ohne rutschfeste Sohle. Anscheinend hat Mason ihr nicht verraten, dass sie bereits heute arbeiten soll.

Dieser Tag wird immer besser.

»Hast du schon mal in einer Bar oder einem Club gearbeitet?« Die Frage wollte ich eigentlich nicht stellen, aber jetzt, da ich ihre Reaktion darauf sehe, bin ich froh, es getan zu haben. *Mason, ich schwöre dir, irgendwann werde ich dich windelweich prügeln.* »Das heißt wohl Nein«, schlussfolgere ich aus ihrem zu langen Schweigen und daraus, dass sie gar nicht schnell genug wegschauen kann. Ihre Wangen röten sich, und sie zieht die Nase kraus, wodurch ihre Brille ein Stück verrutscht.

Ich höre sie leise seufzen. »Ich würde gerne sagen, dass ich weiß, was ich hier zu tun habe, aber ich bin absolut unerfahren.«

Nachdem sie diese Worte ausgesprochen hat, entschuldigend und genervt zugleich, weiten sich ihre Augen und ihr Mund formt ein stummes O, während ich spüre, wie vollkommen unerwartet ein Grinsen an meinen Lippen zupft. »Das klang seltsam, das wollte ich nicht, ich meine ...« Zwischendrin holt sie kaum Luft und wedelt ungelenk mit der freien Hand. Schließlich gibt sie auf, stöhnt frustriert und merkt, dass sie es immer schlimmer macht. Bevor sie die Schultern strafft und das Kinn hebt, atmet sie kräftig durch. »Nein, ich hab noch nie gekellnert oder hinter einer Theke in einer Bar gearbeitet. Aber ich möchte es lernen, und wenn ich ehrlich bin, brauche ich den Job, also wäre ich dir, besonders nach diesem wirklich schrägen Tag, sehr verbunden, wenn du es mir nicht noch schwerer machen würdest.« Ihre Worte werden immer eindringlicher, bis sie am Ende beinahe wütend klingt.

»Okay«, erwidere ich schlicht. Ich hab ebenso wenig Interesse daran wie sie, es komplizierter als nötig zu machen. »Ich werde dir zeigen, was du wissen musst, und dir erklären, wie wir die Dinge hier handhaben, und das war's. Mehr nicht.« Keine Ahnung, warum ich den letzten Satz dranhänge. Was soll es da auch mehr geben?

Jetzt ist sie es, die mit einem schlichten »Okay« antwortet.

Ich brauche keine tiefgründigen Gespräche, keinen Tratsch, ich will nichts von ihr wissen – und am meisten will ich, dass sie so wenig wie möglich lächelt.

»Zuerst solltest du dir etwas anderes zum Anziehen besorgen, passende Schuhe zum Beispiel. Dann fangen wir an.«

6

Es gibt Augenblicke, die sind wie ein gutes Lied:
Sie berühren dich.

Andie

Es läuft scheiße. Richtig scheiße. Um ehrlich zu sein, ist es eine einzige Katastrophe …

Fahrig binde ich mir endlich meinen zerfledderten Zopf neu und ziehe die Jacke enger um mich, weil die Sonne nun vollkommen verschwunden ist und dafür einem feinen Nieselregen Platz gemacht hat. Es ist, als hätte sich ein grauer Schleier über die Welt gelegt – und irgendwie auch über mich.

Das Handy stecke ich in meine Tasche. Ab hier brauche ich es nicht mehr, denn ich erkenne wenigstens die Straße zum Wohnheim mittlerweile ohne Probleme wieder und weiß, dass ich gleich da bin.

June wird fragen, wie es gelaufen ist, und ich möchte es ihr gerne erzählen, auch wenn das alles für mich wenig Sinn macht. Es ergibt bis jetzt noch kein Bild. Vielmehr ist es so, als hätte jemand in meinem Kopf ein Puzzle mit unzähligen kleinen Teilen ausgekippt. Und ich brauche eindeutig noch etwas Zeit, all die Stücke zu sortieren. Um Ordnung in das Chaos zu bringen. Und in mein Leben.

Tief durchatmend biege ich auf das Unigelände ein, ich kann die Wohnhäuser bereits erkennen.

Feine Regentropfen haben sich auf meinen Brillengläsern gesammelt, meine Nase wird feucht und ich muss schniefen, meine Fingerspitzen sind kühl. Also ziehe ich auf den letzten Metern den Kragen der Jacke etwas höher, während mich meine Füße den breiten, schön gepflasterten Gehweg entlangtragen, einmal um die Ecke und schließlich ein paar Schritte später hinein ins Haus, bis vor Junes Tür. Auf mein Klopfen öffnet sie mir, begrüßt mich freudig und ich folge June in ihr Zimmer, froh darüber, dass Sara nirgendwo zu sehen ist. Entschlossen mache ich die Tür zu, und in Gedanken seufze ich auf. Ich hab genug für heute. Genug von seltsamen Blicken, unvorhergesehenen Situationen und nervenaufreibenden Momenten.

»Und? Wie war es?«, fragt June erwartungsvoll. Neugierig beobachtet sie mich, während sie sich aufs Bett plumpsen lässt. In Gedanken versunken streife ich meine Schuhe und den Rucksack ab, hänge die nasse Jacke über den Stuhl und lehne mich an ihren Schreibtisch, bevor ich meine Brillengläser reinige. Danach putze ich mir lautstark die Nase. June trommelt vor Ungeduld bereits mit den Fingern auf ihren Beinen.

»Definitiv interessant«, entgegne ich vage, obwohl es das bei genauerer Überlegung sogar eindeutig trifft.

»Komm schon! Mehr bekomme ich nicht?« June schürzt die Lippen, beugt sich etwas vor.

»Ehrlich gesagt, ich weiß gar nicht, wo ich anfangen soll.«

June grinst. »Na, am Anfang.«

»Klugscheißer«, murmle ich und grinse zurück. Dann hole ich tief Luft. »Okay, ähm ... ich kam zu spät.« Meine beste Freundin hat wenigstens den Anstand, so zu tun, als hätte sie etwas Mitleid, während ich sie anfunkle. Ihr ist klar, wie sehr ich das hasse. »Ich kam zu spät, aber Mason war noch nicht da. Also kam ich irgendwie auch nicht zu spät ... falls so etwas geht.« Kopfschmerzen kündigen sich mit einem dumpfen Pochen an, deshalb kneife ich mir ein, zwei Sekunden in die Nasenwurzel und halte die Augen geschlossen, bevor ich meine Brille aufsetze und weitererzähle. Keine Ahnung, ob das alles einen Sinn ergibt.

»Stattdessen habe ich zuerst ein paar meiner neuen Kollegen kennengelernt. Zum Beispiel Susannah. Du wirst sie mögen«, füge ich an und lächle, als ich an sie denke. »Jack war auch da. Du erinnerst dich? Und …« Ich muss mich räuspern und ein leichtes Schaudern unterdrücken, als Cooper vor meinem inneren Auge erscheint. »… Cooper, also einer des Teams, soll mich einarbeiten. Heute. Ich bin nur hier, weil er meinte, ich solle mich umziehen. Anscheinend brauche ich passendere Kleidung für die Arbeit an der Theke.« Dabei sind wir vermutlich beide überrascht gewesen, dass ich heute schon starten soll. Eine Spur Sarkasmus kann ich mir dabei nicht verkneifen, weil ich an seine Worte denke und an die Art, wie er sie gesagt hat. So kühl, distanziert und irgendwie, als würde er nicht allzu viel von mir erwarten oder gar halten.

Und aus irgendeinem Grund ärgere ich mich darüber.

Cooper muss mich nicht mögen. Er hat klargemacht, dass er das auch nicht tut. Das ist okay. Ich meine …

»Andie?« Junes zaghafte Stimme dringt zu mir.

»Hm?«

»Was ist noch passiert? Was beschäftigt dich gerade?« Sie hat wirklich einen Extrasinn, ganz allein für mich. Statt jedoch meine verworrenen Gedanken bezüglich Cooper mit ihr zu teilen, erzähle ich ihr etwas anderes.

»Da gab es einen Streit oder eine Diskussion, und ich glaube, es war einigen unangenehm, dass ich das mitbekommen habe.« Ich schlucke. »*Mir* war es unangenehm. Ich hatte das Gefühl – ich weiß auch nicht … Es fühlte sich an wie ein Gespräch einer

Familie, von der ich noch kein Teil bin. Es ging darum, dass Mason jemandem gekündigt hat, weil er sich gegenüber jemand anderem im Club homophob und – nach allem, was ich mitbekommen habe – wirklich widerlich verhalten haben soll.« Gedankenverloren reibe ich mir über die Stirn. »Eigentlich wollte er es nicht breittreten, aber Jack und die anderen haben nicht verstanden, wieso dieser Kerl gefeuert wurde. Vermutlich sind sie befreundet und ... nun ja. Ich hab mich nicht wohlgefühlt dabei. Sie haben mir leidgetan. Ich denke nicht, dass sie dem Kerl das zugetraut hätten. Wer traut jemandem schon so etwas zu?« Ich lache trocken auf und schüttle den Kopf. Mir ging das nah.

»Das tut mir leid«, erwidert sie ehrlich betroffen und legt den Kopf leicht zur Seite, während ich bemüht bin, ihrem bohrenden Blick auszuweichen. Oh nein, sie kneift die Augen zusammen.

»Aber, ist das alles?«

»Jepp. Hast du zufällig ein schlichtes schwarzes Shirt für mich?«

»Andie.« Sie betont meinen Namen, wie es sonst nur meine Mom konnte. So, als hätte ich was ausgefressen. Nur dass meine Mom immer meinen vollen Namen benutzt hat. Wenn ich vorher schon nicht wusste, dass ich Ärger bekomme oder etwas los war, spätestens dann war es mir klar.

»Ich glaube, Cooper mag mich nicht«, platzt es nun doch aus mir heraus.

»Und das ist der, der dich einarbeiten soll?« Ich nicke. »Warte ...« Sie legt den Kopf leicht schräg. »Das ist aber nicht der Typ, der uns an dem Abend im MASON's die zweiten Cocktails gebracht hat?« Darauf gehe ich gar nicht ein. Stattdessen kann ich nicht anders, als mich weiter darüber zu ärgern, dass Cooper sich wie ein mürrischer Esel benimmt.

»Er hat mir überdeutlich zu verstehen gegeben, dass er mir alles zeigt, weil er das muss, aber er sonst seine Ruhe will.« Junes Blick verändert sich. »Warum guckst du so komisch? Hör bitte auf, so zu grinsen. Was soll das?«

»Er ist es! Ist er süß? Ich glaube, er war süß.«

»Was?« Ungläubig starre ich sie an.

»Ob er süß ist!«

»Macht das einen Unterschied?«, frage ich verwirrt, und June legt einen Finger an ihr Kinn.

»Kommt darauf an, warum es dich so stört, dass er seine Ruhe möchte.«

»Es stört mich, weil er mich einarbeitet. Ich mag es einfach nicht, dass er ... dass ich ...« *Ach, verdammt.* Es ist gar nicht so leicht, ihr das zu erklären. »Ich finde es nicht gut, dass er das machen soll, obwohl er das eindeutig nicht möchte.« *Ja, das klingt logisch. Oder?*

»Also, wenn es danach geht, pffft! Wir tun ständig Dinge, die wir nicht mögen. Weil es manchmal eben sein muss. Dass das jetzt bei ihm so ist, muss nicht an dir liegen, Andie. Vielleicht mag er generell keine Menschen.« Sie zuckt mit den Schultern. »Eine durchaus vertretbare Einstellung, je nachdem, was man so sieht und erlebt. Etwas ungünstig, wenn man in einem Club arbeitet, das gebe ich zu. Oder er hat ausgerechnet heute einen richtigen Scheißtag erwischt. Wer weiß das schon? Und beim nächsten Mal verhält er sich vielleicht anders. Das wäre doch möglich.«

Während ich leise mit dem Fingernagel an der Schreibtischkante herumfummle, denke ich über Junes Worte nach.

»So oder so: Es ist bestimmt nichts Persönliches. Er kennt dich nicht, stand vermutlich keine zehn Minuten mit dir in einem Raum. Selbst wenn es eine Stunde war«, sagt sie und winkt ab. »Vielleicht ist er ein Einzelgänger, ein Griesgram, was auch immer. Trotzdem wird er dich einarbeiten. Das ist alles, was zählt. Solange er dabei nicht ungehobelt zu dir ist – weil dann müsste ich ihn verprügeln –, ist doch alles gut.« Schwungvoll erhebt June sich und tritt zu mir, legt ihre Hände auf meine Schultern. »Oder?«

Sie hat recht. Ich bin da vermutlich viel zu empfindlich. Cooper muss mich weder mögen noch mit mir Small Talk halten, damit er mich einarbeiten und mir alles Nötige für den Job beibringen kann. Es geht dabei nicht um ihn, es wäre egal, wer mich einarbeitet. Ich muss das Gefühl verdrängen, dass ich jemandem zur Last falle.

Ich muss damit aufhören, an seine Augen zu denken und mich zu fragen, was sonst noch dahintersteckt.

»Ja«, gebe ich zu. »Es war nur etwas viel heute, und ich bin nervös. Wenn ich mich zu dumm anstelle, kann ich mir gleich einen neuen Job suchen.«

»Das wird nicht passieren, Andie. Und selbst wenn, davon geht die Welt nicht unter.« Sie umarmt mich einmal fest, bevor sie in Richtung ihres Kleiderschranks geht. »Schwarz hast du gesagt?«

Gerade bin ich wieder im Club angekommen.

Ich habe mich wirklich beeilt, auch wenn June es mir nicht leicht gemacht hat. Wir haben uns beinahe einen heftigen Kleiderschrank-Kampf geliefert, als sie mich in ein rückenfreies schwarzes Top stecken wollte oder danach in ein schulterfreies und eins, das halb durchsichtig war.

Es endete damit, dass ich mir einfach ein helles, etwas knittriges Shirt aus meiner Tasche gekrallt und es angezogen habe. Anschließend habe ich es in den Bund der engen Jeans gestopft. Was June aber letztlich an den Rand einer Ohnmacht getrieben hat, war mein Lieblingshemd. Das mit den großen karierten Flächen in schönen pfirsichfarbenen und marineblauen Tönen. Erstere passen wirklich hervorragend zu meiner Brille. Letztere betonen meine Augen. Allerdings ist es schon etwas verwaschen, aber das ist mir egal. Ich muss grinsen, wenn ich an ihr Gesicht denke. Sie hasst dieses Hemd zutiefst, kann es an mir nicht mehr sehen und würde es vermutlich gerne verbrennen und währenddessen triumphierend um das Feuer tanzen.

Meine knöchelhohen schwarzen Chucks sind auch nicht mehr die besten, aber solange sie noch nicht total auseinanderfallen, werde ich sie tragen. Passendere Schuhe habe ich für den Job nicht. Ich kann schlecht mit Sandalen oder gefütterten Winterboots auftauchen.

Es ist vollkommen ruhig, als ich an der großen Bar entlanggehe und bereits meine Jacke ausziehe, um sie über meinen Arm zu legen. Zum Glück hat der Regen schon wieder nachgelassen.

Suchend schaue ich mich nach Cooper um und schlage schließlich den Weg ein, den Susannah vorhin mit mir gegangen ist. Ich lande im Lager, zumindest sieht es so aus, doch hier kann ich ihn nicht entdecken.

»Andie.« Erschrocken fahre ich herum, halte mir eine Hand vor den Mund, um nicht aufzuschreien, und – starre plötzlich auf eine breite Brust. Ein herber und zugleich frischer Duft steigt mir in die Nase, und ich muss mich davon abhalten, tief einzuatmen. Zuerst erinnert er mich an das Meer, danach an brennendes Feuer in einem offenen Kamin.

Cooper. Seine Stimme hat ihn längst verraten, aber trotzdem brauche ich einen Moment, um mich zu beruhigen.

Sein Atem. Ich bin ihm so nah, dass ich ihn spüren kann. Nur leicht, nur ein wenig, aber … es reicht. Verdammt. Was auch immer heute mit mir los ist, ich hoffe, es ist bald vorbei.

Das ist zu viel Chaos für mich, zu viele Fragen, zu viele Gedanken, zu viele Eindrücke.

Einfach zu viel!

Als ich meinen Kopf hebe, begegne ich Coopers Blick. Unergründlich liegt er auf mir, und Cooper wirkt dabei nachdenklich und angespannt. Meine Lippen teilen sich, und ich reiße mich zum Glück rechtzeitig zusammen und frage ihn nicht, was er in diesem Augenblick denkt. Himmel, ich weiß nicht, warum ich das so dringend wissen will, aber es ist wie ein Zwang. Wie eine Notwendigkeit. In seinen Augen, seiner Mimik und Gestik liegen so viele *Möglichkeiten.* Da liegt etwas, das mir nahegeht. Und ich habe keine Ahnung, warum das so ist.

Manchmal wäre ich gern June. Ich wäre gern jemand, der frei und mutig ausspricht, was er denkt und möchte. Doch ich bin nur Andie, die all die Gedanken und Gefühle in sich stapelt, bis der Haufen zusammenbricht. Nur, um ihn danach wieder aufzubauen und neu zu ordnen.

Wie festgefroren stehe ich da, während ich seine Züge betrachte, die breiten Augenbrauen, seinen Bart, die leicht schiefe Nase, die wirkt, als wäre sie mindestens einmal gebrochen gewesen, seine Wangenknochen und das kaum sichtbare Grübchen am Kinn. Die schmalen Lippen, die er aufeinanderpresst ...

Und als meine Augen sich wieder auf seine richten, blinzelt er plötzlich ein paarmal schnell hintereinander und tritt ruckartig von mir zurück. Einen Schritt, noch einen. Als könne er nicht genug Abstand zwischen uns bringen.

Als wäre die Welt noch zu wenig ...

»Entschuldige.« Seine Stimme klingt rau und ein wenig schroff.

»Schon okay«, wispere ich. »Ich bin manchmal etwas schreckhaft.« *Sehr zur Freude meines Bruders, der das stets auszunutzen weiß*, setze ich in Gedanken hinzu und denke an all die Male, in denen Lucas mir Streiche gespielt hat. Oft hat June ihm danach so heftig die Meinung gezeigt, dass Mom oder Dad ihm fortan, wenn er Blödsinn machte, sogar mit ihr drohten. Die Erinnerungen daran lassen mich leicht schmunzeln.

»Bist du bereit?«, fragt er und klingt dabei, als könne es ihn nicht weniger interessieren. Ich nicke.

»Gut, dann komm mit.« Er ruckt mit dem Kopf Richtung Tür, und ich folge ihm aus dem Lager, dann um die Ecke in ein anderes Zimmer. Wow. Überall steht irgendwas herum, etwas Papier, die leere Dose eines Energydrinks, ein dreckiger Teller. Nichts, was normale Menschen stören würde, aber ich würde am liebsten sofort anfangen aufzuräumen.

»Das ist der Pausenraum. Dahinten findest du einen freien Spint für deine Sachen, den du während der Schicht nutzen kannst.« Vage zeigt er darauf. Die Spinte sind groß und in dunklem Metallic-Rot gehalten. Die Wände sind weiß, an manchen Ecken ist der ein oder andere Fleck erkennbar und es riecht etwas muffig. Vermutlich, weil es hier kein Fenster zum Lüften gibt. In der Mitte steht ein Tisch samt Stühlen, das Zimmer selbst ist geräumig, hat hohe Decken. »Du kannst deine Jacke und den Rucksack gleich hier verstauen und dir einen Code einstellen. Dahinter gibt es ein Badezimmer«, erklärt er. »Wenn du reingehst, findest du neben den Waschbecken zwei Türen, die eine führt zu den Toiletten, die andere zu einer Dusche.«

»Wirklich? Eine Dusche?«

Cooper zuckt mit den Schultern. »Sie war schon das ein oder andere Mal ganz praktisch. Man weiß nie, was während einer Schicht passiert. Einmal wurde Louis …« Er sucht nach Worten. »Reicht es, wenn ich sage, dass sich jemand übergeben hat?« Er wirkt etwas verzweifelt, dennoch glaube ich, den kurzen Anflug eines Lächelns aufblitzen zu sehen, bevor sich seine Miene wieder verhärtet.

Ich rümpfe die Nase.

»Definitiv.« Die Vorstellung ist ziemlich eklig.

»Seitdem hat Louis Ersatzkleidung im Spint«, fügt er hinzu, und jetzt kann er das Grinsen nicht länger unterdrücken. Es erreicht sogar seine Augen und – es steht ihm. Als ich merke, dass ich selbst dümmlich grinse, schüttle ich kurz unmerklich den Kopf.

»Auch wenn man erst durch die Bar müsste, um in den hinteren Bereich zu kommen, sollte diese Tür immer geschlossen sein. Das Chaos gehört Susannah. Der Tisch ist ihr Heiligtum, also fass besser nichts an. Sie macht hier den Bürokram, manchmal auch daheim. Bei Mason im Büro hat sie keine Ruhe vor ihm, meint sie.«

Meine Hand legt sich wie von selbst auf meinen Mund. Das ist auch gut so, sonst hätte ich wahrscheinlich gelacht und gleichzeitig schockierte Laute von mir gegeben. Das hier ist kein Arbeitsplatz. Es ist ein Schlachtfeld! Es sieht aus, als hätte eine Bombe eingeschlagen. Meine innere Monk-Andie weint und es juckt mir in den Fingern, Cooper zur Seite zu schubsen und mir augenblicklich alle Papiere, die kreuz und quer herumliegen, alle Stifte und erst recht die ganzen Belege, die teilweise geknickt über und unter den Seiten stecken, zu schnappen und sie ordentlich zu sortieren und abzulegen. Auch wenn Monk – der aus gleichnamigen Serie – weitaus neurotischer ist als ich. Er hätte beim Betreten des Raumes vermutlich direkt einen Herzanfall erlitten.

»Heiligtum«, murmle ich also nur und versuche, mich zu beherrschen, obwohl sich bei dem Anblick alles in mir zusammenzieht. Notizzettel in allen Formen und Farben kleben an dem Notebook, dem Tisch, dem Kopierer, sogar an der einen

Seite des Spints, der am Tisch andockt und endet. Oh. Mein. Gott!

Tief durchatmen, du hast das geübt. Das ist nicht dein Chaos, und es ist in Ordnung.

Ich bin unglaublich froh, als Cooper wieder zu reden anfängt und auf die rechte Seite des Raumes verweist. Der wenige Kram, der da rumsteht, wirkt wie das Paradies auf mich im Vergleich zu Susannahs Schreibtisch. »Dort drüben findest du den Kühlschrank und alles andere, was du brauchst, um dir was zu kochen oder so. Die Kaffeemaschine funktioniert. Pass gut auf sie auf, wenn du willst, dass Jack keinen Nervenzusammenbruch erleidet.«

»Ich trinke keinen Kaffee«, entgegne ich. »Das dürfte also kein Problem sein.«

»Kein Kaffee?« Seine Augenbrauen wandern fragend ein Stück nach oben. Dieses Mal sieht er ehrlich interessiert aus.

»Ich mag Tee. Und heiße Schokolade.« Ich zucke mit den Schultern. Kaffee vertrage ich nicht.

»Okay, da steht auch ein Wasserkocher. Das war hier erst mal alles. Hast du Fragen?« Seine Stimme klingt langsam ungeduldig, er bewegt sich bereits Richtung Tür und alles an ihm signalisiert mir plötzlich wieder, dass er von mir wegwill – schon wieder. Für einen kurzen Moment habe ich gedacht, er würde auftauen. Aber das war ein Irrtum.

Ich seufze, lasse meinen Blick nochmals durch das Zimmer gleiten, kann jedoch nichts erkennen, was weitere Fragen aufwerfen würde.

»Nein, alles ist klar.«

»Gut. Verstau deine Sachen. Ich zeig dir noch schnell den Seiteneingang hinter der kleinen Bar und den zum Hinterhof. Dann sollten wir endlich anfangen, ein paar Drinks zu mixen.«

7

*Wenn du sagst: »Ich will das nicht«,
lacht das Leben und antwortet:
»Ist mir doch egal!«*

Cooper

Ich stehe mit den Händen an den Tresen gelehnt da und warte auf Andie. Je schneller diese Einarbeitung vorbei ist, umso besser. Ich habe keine Zeit und keinen Kopf dafür. Nachher wird Mason mir erklären müssen, was zum Teufel er sich dabei gedacht hat.

Jack hätte das machen können, er hat ja schon jetzt einen Narren an ihr gefressen.

Bei dem Gedanken zieht sich mein Magen zusammen und ich presse die Zähne aufeinander. *Verfluchter Dreck.*

Ich darf das nicht an mich ranlassen. Nicht sie und nicht ihr Lächeln. Nicht die Gedanken an Zoey, die ich eigentlich längst im Griff hatte, nicht diese Gefühle.

»Ich bin fertig«, dringt ihre zarte Stimme unerwartet zu mir, und sofort richte ich mich auf und straffe die Schultern. Mein Atem stockt, ohne dass ich es verhindern kann.

Jetzt, wo die Jacke fort ist, sehe ich, dass sie sich tatsächlich komplett umgezogen hat. Die dunkle Jeans ist an manchen Stellen abgewetzt und schmiegt sich eng an ihre Kurven. Und ich kann nicht anders, als ihnen mit meinem Blick zu folgen.

Das Hemd aus dickerem Stoff sieht schon etwas mitgenommen aus und kann, obwohl es weit und locker sitzt, nicht alles kaschieren. Ich ertappe mich bei dem Gedanken, dass mir gefällt, was ich sehe – verdammt! Denn sie sieht nicht nur furchtbar süß aus, sondern in ihrem Wesen beinahe zerbrechlich, wie sie so dasteht und an ihrem Hemd herumnestelt.

Ich verunsichere sie. Eigentlich will ich das nicht. Und gerade als ich ihr in die großen blauen Augen sehe und sie meinen Blick erwidert, verändert sich ihr Ausdruck. Herausfordernd wirkt sie nun, störrisch und mutig. Sie streckt den Rücken durch, strafft die Schultern und schiebt dabei ihre Brust nach vorne. Ich kann meine Augen kaum abwenden. Shit. Wir sollten das wirklich schnell hinter uns bringen.

»Deine ersten Schichten werden alle hier stattfinden.« Während ich das sage, versuche ich, mich ganz auf meinen Job zu konzentrieren, und deute auf die lange Bar, hinter der wir stehen. »Erst später, wenn du alles sicher beherrschst, kannst du vielleicht auch an die kleine dahinten. Da ist man manchmal auch allein. Vorerst hast du alle Schichten mit mir zusammen, wir sind dann meist zu dritt, selten zu viert hier.« Es fällt mir verdammt schwer, das auszusprechen. Ich will nicht so viel Zeit mit ihr verbringen müssen.

Das Ganze ist nicht in Stein gemeißelt, ich würde darüber definitiv noch mit Mase reden.

»Verstanden.« Nur eine knappe Antwort. So wie die meiste Zeit. Ich fahre mir durch das Haar und bin kurz davor, ohne ein weiteres Wort genervt nach Hause zu verschwinden. Dabei war ich es, der ihr gesagt hat, dass ich sie nur einarbeite und nicht vorhabe, groß mit ihr zu quatschen. Sie macht also gar nichts falsch, hält sich nur an meine Ansage.

Was ist nur los mit mir?

»Sehr gut. Wir bereiten jetzt alles für die Schicht heute

Abend vor, dann kannst du gehen. Egal, was Mason gesagt hat: Du musst heute noch nicht arbeiten.«

Irritiert zieht sie die Augenbrauen zusammen, während sie näher zu mir tritt. »Aber sollte ich mich deshalb nicht umziehen?«

»Ja. Das ist nur ein Angebot. Die Eindrücke sind für einen Tag auch so schon genug, es reicht, wenn du die Schicht morgen Abend mit mir zusammen machst.« *Mir* reicht es vor allem, denn ich brauche Abstand.

»Das ist nett. Danke.« Ein ehrliches und vollkommen entwaffnendes Lächeln umspielt ihre Lippen. »Ich möchte heute anfangen. Ich denke, ich hab noch viel zu lernen, deshalb …« Sie zuckt mit den Schultern, als würde das alles erklären. Sie wird hierbleiben.

Scheiße.

»Dann zeig ich dir jetzt, wo du das Wichtigste findest und wie die Zapfanlage funktioniert. Das mit den Drinks verschieben wir.« Die Worte verlassen meinen Mund so tonlos wie möglich, und ich versuche, dieses Bild von ihr und Zoey, das sich vermischt und dennoch nicht ungleicher sein könnte, aus meinen Gedanken zu verbannen.

Und während wir alles vorbereiten, ich ihr zeige, worauf sie achten muss, was wo steht, liegt und hingehört, merke ich, wie aufmerksam sie mir zuhört. Wie sie die richtigen Fragen stellt. Sie ist neugierig und klug.

Das macht das Ganze nicht besser.

8

Augen zu und durch!

Andie

Der Club ist brechend voll, die Musik dröhnt in meinen Ohren und ich schwitze. Wie sehr meine Füße wehtun, kann ich nicht in Worte fassen, selbst wenn ich es wollte. Dabei bin ich harte Arbeit gewöhnt, die Ranch ist kein Schlaraffenland. Aber dafür habe ich auch passende Arbeitsschuhe und keine abgewetzten, dünnen Chucks.

Jack klopft mir ab und an auf die Schulter oder zwinkert mir zu, sagt mir, dass ich mich gut schlage, und das motiviert mich. Er ist nett und witzig. Und Cooper? Es ist zum Haareraufen!

Als der Club aufgemacht hat, wusste ich, wo ich das meiste finde, konnte mich orientieren. Hier hinter der Theke gibt es ein System, und da es ein relativ gutes ist, komme ich prima damit zurecht. Trotzdem würde ich die Schränke vermutlich anders einräumen und die Gläser ebenso. Bisher komme ich klar, aber davon, Cocktails und ihre Zutaten kennenzulernen oder sie gar zu mixen, bin ich meilenweit entfernt. Coopers Ansage war eindeutig: Softdrinks rausgeben, Bier zapfen und alle anderen Bestellungen an ihn weiterreichen. Obwohl es sinnvoll ist und der logische Teil meines Selbst das absolut nachvollziehen kann, findet der andere es auf irgendeine Art frustrierend. Wenigstens kriege ich mittlerweile eine passable Schaumkrone hin. Auf die bin ich wirklich stolz! Sie ist sogar besser als die von Jack, der eben neben mir ein Bier gezapft hat.

Mich heimlich freuend nehme ich die nächste Bestellung entgegen und lehne mich vor, um alles besser verstehen zu können. Zu meinem Glück müssen die Gäste nicht direkt bezahlen, ich muss nur ihre Clubkarte, die sie beim Eintritt erhalten haben, über eines der eFelder am Tresen ziehen und schon wird der Betrag draufgebucht, den sie, wenn sie am Ende heimgehen, am Ausgang an der Kasse begleichen müssen.

Nicht, dass ich schlecht in Mathe bin, ich mag es sogar, aber mir wäre trotzdem nicht wohl dabei, hier mit Geld zu hantieren.

Eilig kremple ich die Ärmel des Hemdes hoch, weil es langsam zu warm wird.

»Was kann ich dir bringen?«, frage ich den Typen mir gegenüber, und er beugt sich zu mir, schreit so laut, dass mein Trommelfell zu platzen droht. Dabei dringt sein bereits vom Alkohol durchdrungener Atem zusammen mit seinem schweren Aftershave zu mir.

»Drei Bier und einen Gin Tonic, Süße!« Meine Güte. Als ob die Bestellung nicht geklappt hätte, wenn er das Süße weggelassen hätte. Ich verkneife mir ein Augenrollen und will mich zurückziehen, um ihm seine Getränke zuzubereiten, da legt der Typ seine Hand auf meinen Unterarm und grinst. Sofort erstarre ich, schaue ihn abwartend an. Vielleicht will er nur noch was zur Bestellung hinzufügen.

Ja, genau!, höre ich June in meinen Gedanken spöttisch sagen.

Ich bin schon viel zu lange mit ihr befreundet, schießt es mir durch den Kopf.

Der Typ vor mir wirkt unscheinbar, hat ein nettes Durchschnittslächeln, seine Freunde unterhalten sich angeregt, sind nicht laut oder auffallend.

»Möchtest du mir nicht Gesellschaft leisten?« Okay, er lallt eindeutig mehr, als ich zuvor bemerkt habe.

»Das ist ein nettes Angebot, aber ich muss arbeiten, wie du siehst.« Genau, erst mal freundlich, trotzdem bestimmt ablehnen. Dann versuchen, den Arm langsam wegzunehmen – und merken, dass er den Griff verstärkt und mich näher zu sich zieht. Verdammt. Es beginnt an den Stellen, an denen seine Finger sich fest in meine Haut drücken, wehzutun.

»Auch nicht, wenn ich Bitte sage?«

»Ähm … nein?« Ich würde gerne mehr rausbringen als das Nein, das mehr nach einer Frage klang als einer Aussage. Vielleicht sollte ich ihn anschreien, aber da ist plötzlich nur Watte in meinem Kopf. Watte und Panik und mein Herz schlägt schneller und schneller. Ich drehe meinen Kopf nach rechts, aber Jack ist beschäftigt, er schaut nicht zu mir und steht zu weit weg. Keine Ahnung, wo Cooper ist, aber so, wie der Typ vor mir mich festhält, kann ich mich nicht zur anderen Seite umsehen.

»Lass mich los«, presse ich schließlich hervor und bemühe mich, irgendwie ruhig zu bleiben. Dabei versuche ich bereits ungelenk, mit der rechten Hand seine Finger von meinem Unterarm zu lösen. Es funktioniert nicht.

Gerade, als der Typ seinen zweiten Arm hebt, ich mich mehr und mehr winde und es verflucht noch mal nichts nutzt, greift jemand ein. Erst jetzt wird mir bewusst, dass ich zittere.

Cooper ist da. Beinahe wäre ich vor Erleichterung eingeknickt.

»Nimm sofort deine Pfoten weg.« Seine Stimme ist noch tiefer als sonst, seine Worte sind eindringlich und trotz der Lautstärke im Club klar und deutlich zu verstehen. Dabei gleicht sein Befehl einer Warnung. Er jagt mir einen Schauer über den Rücken.

Der fremde Typ und er messen sich eine gefühlte Ewigkeit

mit Blicken, bis der mich endlich freigibt und ich leise keuchend vom Tresen zurücktaumele, der sich bereits in meinen Bauch gebohrt hat. Cooper schiebt sich dabei vor mich und drückt mich mit seinem Arm noch weiter nach hinten. Dass er da ist, dass irgendwer da ist, beruhigt mich mehr als gedacht. Mein Unterarm schmerzt ziemlich, und ich reibe vorsichtig über die ziehenden und stechenden Stellen.

Egal, wie stark und mutig man sein will, manchmal ist man körperlich unterlegen und manchmal hat man, egal, wie irrational es auch ist, Angst oder fühlt sich unwohl. Sich dann helfen zu lassen ist keine Schwäche. Sich Hilfe zu wünschen, genauso wenig.

»Verzieh dich. Wenn du was trinken willst, bestell es hinten an der anderen Bar. Ich will dich hier nicht mehr sehen, verstanden?« Es schwingt deutlich mit, dass er ihn sonst rausschmeißen lässt, und der wütende Blick des Typen lässt mich nun aus meiner Starre erwachen und ebenso wütend werden. Besser spät als nie.

Ich funkle ihn an. *Arschloch!*

Ohne zu protestieren, dreht er sich um, sagt irgendwas zu seinen Kumpels und zieht schließlich mit ihnen von dannen.

Währenddessen drängen sich die Gäste vor der Theke und geben uns hier und da zu verstehen, dass sie gerne bestellen würden. Aber ich kann mich noch nicht bewegen. Alles zieht etwas verzerrt und verschwommen an mir vorbei.

Atme, Andie. Atme. Ganz ruhig. Es ist alles in Ordnung.

Mein Blick verharrt auf Cooper, ich starre auf seine breiten Schultern, beobachte, wie er sich mit der Hand durch die Haare fährt – und erst als der Typ nicht mehr in Sichtweite ist, wendet er sich zu mir um und mustert mich eingehend. Als er nach meinem Arm greift, ziehe ich scharf die Luft ein, arbeite gegen den Reflex, ihn ihm wieder zu entziehen. Seine Finger sind warm, und er ist vorsichtig, als er ihn dreht, um ihn sich genau anzuschauen. Bisher ist er nur gerötet, mehr kann man nicht erkennen.

Ich weiß nicht, wie ich reagieren soll. Doch das muss ich auch gar nicht, denn kurz darauf lässt er von mir ab, als hätte er sich verbrannt. In seinen Augen tobt ein Sturm, und die Ader an seiner Schläfe pocht sichtbar.

»Das solltest du kühlen«, murrt er. »Sonst alles okay?«

»Ich denke schon.« Schwer schluckend ziehe ich die Ärmel meines Hemdes wieder nach unten, obwohl es hier drinnen zu heiß dafür ist. »Danke für deine Hilfe.«

»Halt dich gefälligst von solchen Typen fern.«

Verdutzt halte ich inne und reiße die Augen auf. *Wie bitte? Ist das sein Ernst?*

»Willst du damit etwa sagen, es war meine Schuld?«, frage ich spitz und kneife die Augen zusammen.

Er flucht, schreit einem Gast zu, dass er gleich kommt, und ballt danach die Hände zu Fäusten. »Nein! Ich meine … Pass einfach auf dich auf, in Ordnung?«, schiebt er beinahe sanft hinterher, und für einen Moment, nur für einen winzigen Augenblick, glaube ich, dass er irgendetwas tun möchte. Auf mich zutreten vielleicht …

Aber nein. Er bleibt stehen. Und obwohl er nichts mehr hinzufügt, erkenne ich das stumme *Bitte* dahinter, das ihm deutlich ins Gesicht geschrieben steht. Vollkommen verwirrt nicke ich nur abgehackt und runzle die Stirn, als er kehrtmacht und weiterarbeitet.

Ich verstehe ihn nicht. Kein Stück. Und die Frage, warum ich das überhaupt möchte, hallt in mir wider.

Ich kann sie nicht beantworten.

9

*Gibt es einen Unterschied
zwischen dem mutigen Feigling und
dem feigen Mutigen?*

Cooper

Als ich am frühen Morgen heimkomme und die Wohnungstür hinter mir ins Schloss fällt, kann ich mich kaum noch auf den Beinen halten. Diese Schicht mit Andie hat mir mehr abverlangt als die davor. Ich bin noch eine ganze Zeit durch die Gegend gefahren, um den Kopf freizubekommen.

Erschöpft lehne ich mich gegen die Tür und schließe die Augen, offne sie aber sofort wieder fluchend, als Andie mir in den Sinn kommt. Sie und der Typ, der sie nicht losgelassen hat.

»Na, wie macht sich unsere Neue?« Mason kommt mir entgegen. »Du musst nicht leise sein, Dylan kommt erst am Wochenende wieder zurück. Er hat mir vorhin geschrieben.«

Ich werfe meine Lederjacke auf den Sessel unter der Garderobe, lege den Helm ab und gehe mit Mase ins Wohnzimmer, wo ich mich auf die Couch fallen lasse.

»Du siehst fertig aus«, bemerkt er und setzt sich schräg neben mich.

»Was du nicht sagst.«

»Muss ich Andie feuern?«

»Was? Nein.«

»Was ist dann los?« Er lehnt sich zurück und schlägt die Knöchel übereinander.

»Nichts.«

»Erzähl keinen Scheiß, Coop.«

»Mase, ich schwöre dir, wenn du sie mir mit Absicht zugeteilt hast, damit ich verrückt werde oder so, bringe ich dich um.«

Er lacht laut auf. »Du bist der beste Barkeeper, den ich habe, ich kann mich auf dich verlassen. Warum sonst sollte ich das getan haben?« Interessiert beugt er sich vor, zieht die Beine an und lehnt die Unterarme darauf. Jetzt zeichnet sich in seinem Gesicht Besorgnis ab, und ich fahre mir angespannt mit der Hand durch die Haare und danach über die Augen, um wach zu bleiben. Dass Mason schon auf ist oder noch, wundert mich nicht. Er hat einen verrückten Schlafrhythmus.

»Spuck es schon aus, was ist passiert?«

»Teil sie jemand anderem zu. Sofort.«

»Das mache ich, wenn du mir endlich sagst, was los ist. So langsam werde ich nämlich ungehalten.«

»Scheiße, Mase! Mach es einfach.« Ich springe auf, verliere die Fassung und atme schwer. Andies Gesicht taucht wieder vor mir auf, dann Zoeys und ich … ich kann nicht …

Ich höre, dass Mason auch aufsteht, er legt seine Hand auf meine Schulter. Einen Moment lang sieht er mich nur an.

»Okay. Ich teile sie bei Jack ein.«

Dankend nicke ich. Und ohne es zu wollen oder verhindern zu können, fließen die Worte plötzlich in einem Ruck aus meinem Mund heraus.

»Ein Typ hat sie angemacht und bedrängt, hat sie festgehalten und ich war hinten im Lager.«

Ich hätte sie nicht allein lassen dürfen. Die Muskeln in meinem Kiefer brennen, meine Zähne schmerzen, so fest beiße ich sie zusammen. Masons Griff wird stärker.

»Das ist kacke, das weiß ich. Aber das ist nicht deine Schuld. Coop, das hast du hinter dir gelassen.«

Ich schaue ihm direkt in die Augen.

»Sie hat Zoeys Lächeln. Zoeys Lächeln, wie es früher mal war.« So. Jetzt ist es raus.

Und es verschlägt meinem ältesten Freund augenblicklich die Sprache. Dabei ist es nur allzu offensichtlich, wie es hinter seiner Stirn arbeitet, wie er die Informationen zu verbinden versucht. Es ist ihm nicht aufgefallen.

»Ich verstehe. Hätte ich das gewusst ... Ich meine, sie sieht ihr nicht ähnlich und ich dachte nicht, dass ... Ach, so eine Kacke! Ich dachte, wir hätten es geschafft.«

Wenn ich ehrlich bin, habe ich das auch gedacht. Bis Andie in den Club kam, mit ihrer süßen Nase, der Brille, dem klugen, ja aufmerksamen Blick und ihrem Lächeln.

»Ich war kurz davor, über den Tresen zu springen und dem Typen das Grinsen aus dem Gesicht zu schlagen«, gebe ich leise zu und gestehe mir damit vermutlich mehr ein, als ich wahrhaben will.

»Ich gebe Jack Bescheid.« Mehr erwidert Mason nicht, und ich bin ihm unendlich dankbar dafür.

Andie. Die Frau geht mir unter die Haut.

Das darf ich nicht länger zulassen.

10

*Jedes Leben ist voller Tiefschläge.
Nur erzählen wir nicht gerne von ihnen.
Deshalb denken wir alle, wir wären allein
mit den unseren.*

Andie

»Bitte, bitte, lass mich noch schlafen!«, flehe ich in das weiche Kissen.

»Sei nicht so ein Muffel! Es ist gleich eins.«

»Ju-hune«, nöle ich und versuche, sie zu vertreiben, indem ich mit einem Arm wild in der Luft herumwedele.

»Los! Ich will wissen, wie deine Schicht war. Und ich muss was essen, sonst werde ich grantig, das weißt du. Ich bin eine sehr vorbildliche Freundin, weil ich dich aufwecke und dich nicht verhungern lasse.«

Stöhnend raffe ich mich auf. Langsam. Sehr, sehr langsam setze ich mich aufrecht hin und schiebe die Decke bis zur Hüfte runter. Mein Mund fühlt sich etwas pappig an, meine Augen sind geschwollen. Anscheinend bin ich es absolut nicht gewohnt, die halbe Nacht wach zu sein.

Nachdem June mich so unsanft aus dem Schlaf gerissen hat, wünsche ich mir, sie hätte mir nicht ihren Schlüssel geliehen, sodass ich, ohne jemanden zu stören, mein Duschzeug holen und nach dem Besuch im Bad zu ihr ins Bett krabbeln konnte.

Sie hat leise geschnarcht. Ich hätte klopfen und sie auch wecken sollen ...

Verschlafen schiebe ich mir gefühlt die Hälfte meiner Haare aus dem Gesicht, reibe mir die Augen und schaffe es sogar, eines davon zu öffnen. Gott, June sieht viel zu fröhlich und munter aus für mich.

»Lass mich nicht zappeln! Erzähl schon. Von mir aus kannst du sogar das eine Auge dabei zulassen.«

»Zu gütig«, murmle ich.

»Ich weiß!« Sie lacht und zwinkert mir zu.

Ich überlege gerade, wo ich beginnen soll, da schnappt June nach mir und umklammert meinen Arm. »Scheiße, was ist das denn? Wie ist das passiert?«

Jetzt öffnet sich auch Auge Nummer zwei, und nachdem ich ein paarmal geblinzelt habe, folge ich Junes schockiertem Blick. Ach das. Meinen Unterarm zieren ein paar kleinere rötliche und gelbe Flecken. Man sieht sie kaum.

»Halb so wild.«

»Netter Versuch. War das einer von den Typen, die mit dir zusammenarbeiten? Dieser Cooper? Wenn ja, dann komme ich vorbei, schnappe mir seine Eier, stecke sie in einen Mixer und ...« Sie untermauert das Ganze ziemlich bildhaft mit ihren Armen und Händen.

»June!«, stoppe ich sie, bevor es noch ekliger und absurder wird. »Es war nicht Cooper. Er war sogar derjenige, der mir geholfen hat.«

Ihr Mund formt sich zu einem O, sie setzt sich wieder entspannter hin und lächelt dann gönnerhaft. »Wenn das so ist, darf er seine Eier behalten.«

»Du gönnst anderen Menschen heute richtig was, oder?« Grinsend schüttle ich den Kopf, während sie mir feixend zustimmt.

»Wer war es dann?«, hakt sie kurz darauf nach.

»Irgendein Gast. Ich sollte etwas mit ihm trinken und ihm Gesellschaft leisten. Nachdem ich abgelehnt habe, hat er mich festgehalten.« Ich winke ab, tue so, als wäre es halb so schlimm gewesen. Und ich weiß, dass es das auch war. Schließlich hätte er mir nicht wirklich etwas tun können. Der Tresen war zwischen uns, ich war nicht allein und trotzdem …

»Wir suchen dir einen anderen Job.«

Jetzt bin ich diejenige, die lacht. Langsam werde ich richtig wach.

»Mach dich nicht lächerlich. Das war erst der erste Tag, und ich brauche diesen Job. Bevor der Club geöffnet hat, hat Susannah nicht nur meine restlichen Daten aufgenommen und mir die Schlüssel für die Eingänge und den Aufenthaltsraum gegeben, sondern mir gesagt, was ich an Gehalt bekomme. Zwölf Dollar während der Einarbeitung und fünfzehn Dollar pro Stunde während der Probezeit. Danach zwanzig Dollar. Aber das Besondere und Wichtige ist, dass man meine Krankenversicherung übernimmt.«

June reißt die Augen auf.

»Wirklich?«, wispert sie.

»Ja. Die Krankenversicherung, June«, wiederhole ich, und ich sehe, wie sie schwer schluckt, bevor sie anerkennend pfeift und sich danach auf die Unterlippe beißt. »Verstehe.« Natürlich tut sie das. Ihr ist klar, was mir das bedeutet, gerade wegen Mom. »Das ist quasi der Jackpot.« Das stimmt. Eine Absicherung. Und eine ziemlich seltene noch dazu.

»Ich brauche den Job. Vielleicht mache ich irgendwann was anderes, aber jetzt muss ich da durch, ob ich will oder nicht.«

Schnaubend fixiert sie mich, bevor sie sich schließlich entspannt und tief durchatmet. »Okay. Aber wenn etwas ist, sagst du mir Bescheid. Wenn du Hilfe brauchst, auch. Klar?«

»Immer«, erwidere ich und lächle sie dankbar an.

»Und sonst war die Schicht gut?« Was soll ich nur darauf antworten? »Sie war schlimm, du ziehst die Nase kraus.«

»Schlimm war sie nicht, aber ich hatte bereits deutlich bessere Abende. Ich war erst sehr spät im Bett.« Nach einem kurzen Moment des Zögerns rede ich weiter. »Cooper geht mir aus dem Weg, glaube ich. Er mag mich wirklich kein bisschen.«

»Oh, Andie. Abgesehen davon, dass so etwas manchmal passiert: Wieso stört dich das?« June beugt sich vor und mustert mich auf seltsame Art und Weise.

»Das hab ich dir doch schon erklärt.«

»Erklär es mir noch mal.«

Ich öffne den Mund, schließe ihn wieder, grüble darüber und …

»Du magst ihn.«

Stöhnend lasse ich meinen Kopf in die Hände sinken. »Nicht so, wie du denkst. Ich möchte nur normal mit ihm reden können. Wir sind schließlich Kollegen. Und er redet so kryptisch! Er ist voller Widersprüche, und andauernd habe ich das Gefühl, etwas falsch zu machen. Falsch zu atmen!« Jetzt hebe ich den Kopf und bin richtig in Fahrt. »Ich meine, erst starrt er mich an, als hätte ich was im Gesicht, dann meidet er meinen Blick, als wäre ich Medusa und könnte ihn jeden Moment in Stein verwandeln. Schließlich haut er ab, kommt wieder, macht sich Sorgen, ist wieder schroff und seltsam zu mir und … Was?«

June presst sich die Hand auf die Lippen.

»Nichts. Ich hab verstanden. Du magst ihn nicht. Ist total angekommen. Wirklich!« Sie verschluckt sich beinahe an dem Lachen, das aus ihr herausbricht, und ich greife nach meinem Kissen und schleudere es ihr ins Gesicht.

Ihre feinen Haare haben sich elektrisch aufgeladen und stehen nun in alle Richtungen ab. Ihr schockierter Gesichtsausdruck ist Gold wert.

»Na warte«, knurrt sie und schmeißt fröhlich ihr Kissen in meine Richtung.

Lachend bewerfen wir uns mit allem, was das Bett zu bieten hat, bis June mit dem Fuß an der Decke hängen bleibt, das Gleichgewicht verliert und schreiend von der Matratze fällt.

Mit verwirrtem Blick richtet sie sich auf und pustet sich eine Strähne aus der Stirn. Danach schaut sie mit zusammengekniffenen Augen zu mir hoch. »Vielleicht sollten wir jetzt essen gehen«, murrt June, und ich betrachte sie dabei amüsiert.

»Vielleicht. Ich mache mich schnell fertig, okay?«

Rasch rutsche ich vom Bett, und als ich die Tür zum Gemeinschaftsraum öffne, sehe ich mich Sara gegenüber. Nach einem Moment grüße ich sie, sogar recht freundlich, doch ich ernte wieder nicht mehr als ein böses Funkeln und ein abwertendes Schnauben.

»Perfekt«, murmle ich zu mir selbst und mache mich auf den Weg zu den Waschräumen.

Ich glaube, ich fange bereits an, mich an die Zeit im MASON's zu gewöhnen, es zu mögen. Verrückt. Ich hätte nie gedacht, dass ich nach einem Tag in einem neuen Job bereits weniger nervös bin. Zumindest fühlt es sich schon heute nicht mehr ganz so seltsam an, zur Arbeit zu gehen.

Was allerdings seltsam bleibt, ist der Gedanke daran, dass die Einführungswoche der Uni in fünf Tagen beginnt. Das ist absolut verrückt. Ich fühle mich kein Stück vorbereitet, und gleichzeitig freue ich mich darauf. Auch wenn June mir ein Semester voraus ist, hat sie mir versichert, dass wir zusammen Kurse besuchen können. In manche haben wir uns schon eingeschrieben, andere Listen liegen erst kommende Woche aus.

Vor wenigen Sekunden habe ich das MASONS's durch einen der Seiteneingänge betreten, den Cooper mir gezeigt hat. Die Tür fällt zu, und ich verstaue den Schlüssel in meiner Jackentasche, während ich auf dem Weg zu den Spinten bin. Gut gelaunt lasse ich die leere Tanzfläche hinter mir und begrüße Jack, der dabei ist, irgendetwas hinter der Bar zu verstauen.

»Hey!«

Sofort schaut er auf, entdeckt mich und grinst breit. »Andie! Alles gut bei dir?«

»Klar, und bei dir?«

Mit einer geschmeidigen Bewegung lehnt er sich an den Tresen, wobei er das Gesicht verzieht. »Hab gehört, was gestern passiert ist. Sorry, dass ich es nicht bemerkt hab.«

»Das ist wirklich halb so wild.«

»Du bist ja auch nicht zusammengestaucht worden«, murmelt er leise, während er sich wieder aufrichtet und weiterarbeiten möchte. Ich trete näher.

»Von wem? Cooper?« Schon bevor die Frage meinen Mund verlässt, verfluche ich mich dafür.

»Ist egal. Leg erst mal deine Sachen ab, dann fangen wir an. Das wird heute eine entspannte Schicht. Mittwochs ist nie viel los. Die Gäste sind entweder verkatert vom Dienstag oder heben sich ihre Energie für den Motto-Donnerstag und das Wochenende auf. Besonders jetzt vor dem Unibeginn.«

Während er auf mich einredet, hallt in meinem Kopf nur nach: *Dann fangen* wir *an*.

Ich räuspere mich. »Wir? Ist Cooper krank?« Das war gut! Das klingt nach einer echt unverfänglichen Frage, etwas neugierig, aber nicht zu sehr. Ich bin stolz auf mich.

Jack hält erneut inne, zieht die Augenbrauen ein Stück nach oben. »Hat er dir nichts gesagt? Ich werde dich ab jetzt einarbeiten. Mason hat das so beschlossen, damit du etwas Abwechslung bekommst. Aber hauptsächlich, weil Cooper momentan wohl noch anderweitig eingebunden ist und dich nicht mehr einarbeiten kann.«

Es kostet mich meine gesamte Kraft, meine Gesichtszüge unter Kontrolle zu halten und nicht weiter nachzuhaken. Nicht das auszusprechen, was mir durch den Kopf geht und was ich vermute. Cooper findet mich scheiße. Vielleicht bin ich zu tollpatschig, zu unbegabt, zu unsympathisch, zu langsam. Was auch immer. Er will schon nach einem Tag nicht mehr mit mir arbeiten.

Berührt mich nicht im Geringsten. Ist mir auch total egal … Sollte mir total egal sein. Ach, verdammt!

»Aha. Ich bringe mein Zeug nach hinten.« Auf Jacks Antwort warte ich gar nicht erst, sondern stapfe einfach davon.

Ich pfeffere Jacke und Rucksack in den Spint und knalle die Tür zu, bevor ich meine Stirn gegen das kühle Metall lehne. Cooper … Es ist mir nicht egal. Es ärgert mich, macht mich wütend, aber ich kann es nicht ändern. Ein, zwei Minuten bleibe ich hier, bevor ich mich für meine Schicht aufraffe. Während ich den Raum verlasse, bin ich sehr darauf bedacht, keinen Blick auf Susannahs Schreibtisch an der Wand zu werfen, der immer noch im Chaos versinkt. Wie kann man so nur arbeiten? Das ist mir ein Rätsel. Es juckt mir in den Fingern, wenigstens die Post-its zu sortieren … aber nein, das geht mich nichts an.

Jack kommt mir entgegen.

»Heute kam eine Lieferung, die eigentlich schon am Montag ankommen sollte«, beginnt er. »Überall stehen Kartons, und wir sind zu wenig Leute. Mason ist außer Haus, aber Susannah kommt in einer Stunde und hilft uns.« Schnell fährt er sich über die Stirn und wischt sich den Schweiß weg. »Es ist ätzend. Teilweise ist sogar falsch geliefert oder etikettiert worden. Zumindest war das der Fall bei einigen der Kisten, die ich bereits geöffnet und kontrolliert habe. Ich gehe davon aus, es gibt noch mehr davon.«

»Was kann ich tun?«

»Schnapp dir die Liste hier.« Er greift nach dem auf der Theke liegenden Klemmbrett und drückt es mir in die Hand. »Überprüf bitte die auf dem Boden stehenden Kartons im Lagerraum und kreuz dann hier ab, ob alles da ist und vor allem, ob das Richtige drin ist – mit der genau angegebenen Menge. Dazu bin ich einfach noch nicht gekommen. Du musst auch nichts ausräumen, schieb sie nur zur Seite, damit man wieder gut durchkommt. Die Kisten hier vorne sind wichtiger, um die kümmere ich mich.« Entschuldigend sieht er mich an, doch ich nicke entschlossen. Etwas überprüfen und ordentlich zur Seite stellen? Genau mein Ding! Und zusätzlich habe ich dabei ein wenig Ruhe, dazu würde ich ganz sicher nicht Nein sagen.

Als ich gerade die Tür zum Lagerraum passiere, höre ich leises Rascheln und Rumpeln. Jemand wühlt in einer der Kisten herum, die kreuz und quer in den Gängen stehen. Heilige Scheiße. Jack hat eindeutig untertrieben. Es macht den Anschein, als hätte jemand versucht, die Kisten bereits in den dem Inhalt entsprechenden Gang zu tragen, aber das hat das Ganze nur schlimmer gemacht.

Das Lager ist geräumig, die Wände bestimmt vier Meter hoch und bis dahin reichen auch die massiven Regale, die mit den verschiedensten Dingen wie Gläsern, Vorräten an Spirituosen, ein paar Edelstahlstrohhalmen, irgendwelchem Dekokram, geschlossenen Kisten und Hygieneartikeln für die

Toiletten gefüllt sind. Zwei stehen in der Mitte des Raumes, wieder zwei jeweils direkt an der Wand, alle im gleichen Abstand, sodass zwei gut begehbare Gänge dazwischen entstanden sind.

Mir stockt der Atem, als ich genauer hinsehe, den Aufbau und besonders den Inhalt der Regale eingehend betrachte.

In den einzelnen Fächern herrscht ein einziges Durcheinander, und ich frage mich, wie ich das vorher nicht habe bemerken können. Monk-Andie hyperventiliert mittlerweile hektisch in eine Papiertüte.

Nur schwer kann ich mich von dem Anblick lösen, doch derjenige, der gerade in den angekommenen Sachen wühlt, flucht laut und zieht damit meine Aufmerksamkeit wieder auf sich. Ich trete näher, bis ich hinter ihm stehe, erkenne das breite Kreuz und die dunklen Klamotten. Seine Stimme. Das hier ist also die ominöse anderweitige Beschäftigung.

»Hey«, sage ich leise, um ihn nicht zu erschrecken, und presse das Brett samt daran befestigtem Stift an meine Brust. Aber anscheinend hat mein Vorhaben den gegenteiligen Effekt, denn Cooper bewegt sich zu schnell, als er sich ruckartig zu mir umdreht, und stolpert dabei über diverse Geschirrtücher, die er auf dem Boden verteilt hat. Er rutscht aus, strauchelt, und aus einem Reflex heraus lasse ich die Liste fallen, das Klemmbrett kracht klappernd zu Boden, und ich greife hastig nach seinem in der Luft rudernden rechten Arm. Ich bekomme ihn zu fassen, meine Finger krallen sich in seinen Oberarm und in einen Teil des Shirts, während er wieder Halt findet – und ich meinen verliere.

»Ach du meine Güte!«, entfährt es mir, und dieses Mal hält Cooper mich, weil ich nun diejenige bin, die auf den Tüchern hin und her rutscht. Seine Hand legt sich fest und unerwartet zielstrebig auf meine Hüfte, und er fixiert mich, während ich weiter wie ein Äffchen an seinem Arm hänge. Seine Muskeln spannen sich an, ich kann es deutlich spüren, genauso wie meinen Puls, der sich rasant beschleunigt.

Atmen. Ich muss atmen.
Mit einer eleganten Bewegung zieht er mich zu sich.
Nah. Er ist mir viel zu nah.
Wir stehen still.
Ich traue mich nicht, mich zu rühren. Nur noch wenige Zentimeter trennen uns, was mir mehr als bewusst ist. Ich fühle seine glatte Haut unter meinen Fingern, ich sehe, wie sein Brustkorb sich hebt und senkt und, als ich kurz den Blick hebe, wie sein Adamsapfel hüpft, während er schwer schluckt. Ich spüre seinen Atem auf meinem Gesicht und seine Wärme, die in Wellen über mich hereinbricht, die mich umschließt wie eine Decke. Die mich zu verbrennen droht ...

Mehr und mehr Blut schießt mir in die Wangen. Mein Herz pocht wie wild, und meine Lippen teilen sich, um meiner Lunge mehr Sauerstoff gewähren zu können. Ich würde Cooper loslassen, nein, ich sollte es tun, aber es ist, als wären meine Finger von meinem zentralen Nervensystem getrennt.

»Ach du meine Güte?«, höre ich ihn plötzlich mit belustigtem Unterton flüstern und hebe erstaunt den Kopf, um zu ihm aufzublicken. Ist da etwa der Ansatz eines Lächelns? Mein Mund wird auf einmal ganz trocken. Und ich frage mich, wie es sich anfühlen würde ...

Andie, du starrst auf seine Lippen! Schlagartig werde ich mir dessen bewusst und ebenso der Tatsache, dass ich gerade den Gedanken hatte, Cooper zu küssen. Einen Mann, den ich doch gar nicht kenne. Jemanden, der mürrisch ist, grüblerisch, nicht lacht und ... wirklich verdammt gut riecht.

Aufhören!
So bin ich nicht, so kenne ich mich nicht.

»Ähm … ja. Ich … Das ist mir rausgerutscht.« Meine Stimme klingt sogar in meinen Ohren dünn.

Mir ist so verdammt heiß. Und es wird nicht besser, als mir klar wird, dass nicht nur mein Kopf verrücktspielt, sondern Coopers Hand noch immer an meiner Seite ruht. Ich bin mir dieser Berührung nur allzu bewusst, genauso wie seinem intensiven Blick, seinen weiterhin angespannten Muskeln unter meinen Händen, die sich fantastisch anfühlen, oder …

Ich kann den Gedanken nicht zu Ende denken, weil Cooper sich mir ohne Vorwarnung entzieht. Und das ist wirklich verdammt gut so.

Schnell löst er sich, und beinahe wäre ich wieder ausgerutscht, kann aber sowohl mich als auch den kläglichen Rest meiner Würde aufrecht halten. Zumindest rede ich mir das ein.

Nach einem leisen Räuspern bücke ich mich, hebe die Liste auf und betrachte Cooper fragend. Sollte ich mich entschuldigen? Erklären? Überhaupt irgendetwas sagen?

»Was zum Teufel tust du hier?«, kommt er mir zuvor, während er sich erneut seiner Kiste widmet, und dieses Mal kann ich den Ärger über seinen Tonfall nicht herunterschlucken. Oder darüber, dass er mir von jetzt auf gleich die kalte Schulter zeigt. Dass er mich an Jack abgeschoben hat.

»Ich arbeite hier, falls du das vergessen hast«, zische ich, und die Genervtheit in meiner Stimme ist kaum zu überhören. Das bringt Cooper dazu, innezuhalten und mich erneut anzustarren. »Da du mich nicht mehr einarbeitest, kann dir der Rest egal sein. Und räum die Tücher weg, bevor sich jemand das Genick bricht.« Schwer atmend und ziemlich wütend stehe ich da und kann kaum fassen, was ich gerade gesagt habe. Er wohl auch nicht. Anscheinend ist er sprachlos. Richtig so! Ich will ohnehin nichts mehr von ihm hören. Also drehe ich mich um und marschiere in den anderen Gang, um mit den Kisten dort zu beginnen.

Dieser dämliche, arrogante, nervtötende … Kerl! Ich finde gar kein anständiges Schimpfwort für ihn.

Wenige Minuten später bereue ich meinen unfreundlichen Ausbruch, weil ich so eigentlich nicht bin. Ich habe ja nicht einmal versucht, ein vernünftiges Gespräch mit ihm zu führen. Genauso wenig wie er. Er macht es mir wirklich nicht leicht.

Wenigstens June wäre stolz auf mich, weil ich etwas Kontra gegeben habe.

Still und einigermaßen konzentriert arbeite ich mich durch die Liste und bemühe mich, Cooper zu ignorieren, dessen Blick ich durch die Lücken in den Regalen nur zu deutlich auf mir spüren kann. Immer, wenn ich mich frage, ob er vielleicht jetzt einen Ton rausbekommt, und mich sofort ärgere, dass ich das überhaupt möchte, sich unsere Blicke für einen Moment treffen, dreht er sich wieder fort. Irgendwann verlässt er zum Glück das Lager und schenkt mir damit etwas dringend benötigte Ruhe. Dieser Idiot! Wieso muss er mich so furchtbar nerven – und durcheinanderbringen?

Ich strecke mich, drücke das Kreuz durch und atme ein paarmal tief ein und aus. Ich bin fertig, zumindest mit der Kontrolle der Kisten. Nur eine hat den falschen Inhalt, es wurden keine Longdrinkgläser geliefert.

Nachdem ich das Jack erkläre, verzieht er das Gesicht. »So ein Dreck! Gerade die bräuchten wir. Du hast keine Ahnung, wie viele davon an einem Wochenende zu Bruch gehen.« Kurz lässt er seinen Blick nachdenklich über die Liste schweifen, bevor er sie zur Seite legt. »Danke, Andie. Das hat mir total geholfen. Hier vorne ist so weit auch alles sortiert und geprüft. Könntest du vielleicht den Müll rausbringen? Die Tür zu den Tonnen und zum Hinterhof hat Cooper dir schon gezeigt?«

»Am Ende des Lagers, oder?«

»Genau. Die grünschwarze, an deren Rändern ein wenig der Lack abblättert. Aber pass auf, man kann sie von außen nicht ohne Schlüssel öffnen, du musst ihn mitnehmen oder was dazwischenstecken. Sonst sperrst du dich aus. Dann musst du einmal um den Block und hoffen, dass der Haupteingang schon auf ist, oder panisch an die Türen hämmern.«

Na super. »Alles klar.«

»Wenn du fertig bist, zeige ich dir hier vorne an der Bar, wie man unseren beliebtesten Cocktail mixt.«

»Welcher ist das?«, frage ich neugierig, während ich an die Seite zu den bereitgestellten Mülltüten gehe und sie mir schnappe.

»Der Jack-Spezial.« Beinahe verwegen sieht er mich an und wackelt mit den Augenbrauen, sodass ich laut auflachen muss.

»Gibt es diesen Drink überhaupt?«

»Klar!«, gibt er zurück. »Es ist der mit der Ananas!«

Ich stocke, und jetzt lacht er mich aus. Verdammt.

»Damit wirst du mich noch eine Weile aufziehen, oder?«, murmle ich und wende mich um, kann aber noch sehen, wie er entschuldigend nickt. »Dabei war es Junes Ananas, nicht meine!« Jacks Lachen höre ich noch, als ich die Theke längst hinter mir gelassen habe.

Mit den großen dunklen Säcken durchquere ich eine der Reihen im Lager und finde die dunkelgrüne Tür ohne Probleme. Ich stelle eine der Tüten ab, damit ich den Knauf drehen kann, und drücke danach die Tür mit Rücken und Hintern auf, während ich wieder nach dem Müll angle.

Nicht zufallen lassen, schießt es mir durch den Kopf und ich suche nach etwas, mit dem ich sie aufhalten kann. Da! Ein Stück Holz. Es liegt draußen direkt neben dem Ausgang und wird scheinbar regelmäßig dafür benutzt. Zielsicher platziere ich es unter der Tür und hake sie damit fest, sodass ich bis zu den großen Mülltonnen in der Ecke der kleinen Gasse gehen kann. Es nieselt leicht, ist aber zum Glück nicht allzu kalt. Die kleine Abkühlung und die frische Luft tun sogar richtig gut.

Mit Schwung schmeiße ich den Müll in den Container und will wieder reingehen, als ich es rascheln höre. Ich halte inne und lausche. Da ist es wieder. Es kommt von … unter dem Container?

Langsam gehe ich in die Knie und will nachschauen, was das ist. *Oh Gott, ob das so eine gute Idee ist.* Wahrscheinlich nicht. Trotzdem senke ich den Kopf.

Zwei Knopfaugen schauen mich argwöhnisch an, und ich kann mich gerade so vom Schreien abhalten, als ich erkenne, dass es keine überdimensionale Ratte ist, sondern ein kleiner Hund.

»Hey, mein Kleiner«, flüstere ich vorsichtig. »Was machst du denn hier? Hast du kein Zuhause?« Sein Anblick zerreißt mir das Herz. Wie er da sitzt zwischen Papiermüll und auf dem kalten Nass des Bodens, kann ich deutlich sehen, wie seine Flanke bebt. Er zittert. Zaghaft strecke ich die Hand aus und mache beruhigende Geräusche.

Komm schon, flehe ich in Gedanken. Ich kann nicht ewig hier sitzen, so gern ich das würde. Noch weniger kann ich den Kerl hierlassen. Tiere waren schon immer meine große Schwäche, das habe ich von Dad geerbt. Ich meine, wer adoptiert ein Schwein und eine Gans und beide verstehen sich am Ende auch noch?

»Bitte. Komm zu mir«, wispere ich und sehe, wie er mit sich ringt. Er schnüffelt in alle Richtungen, senkt den Kopf und sein kleiner Schwanz beginnt, zaghaft zwischen seinen Hinterläufen zu wedeln. »So ist es fein.«

Vorsichtig bewegt er sich vorwärts, während der Nieselregen sich kalt in meinem Nacken festsetzt und unter mein Shirt dringt. Trotzdem bleibe ich ruhig, bewege mich nicht und warte ab.

Seine feuchte Nase berührt meine Finger, und ich merke, dass ich vor Anspannung die Luft angehalten habe. Schreckhaft weicht er ein weiteres Mal zurück, bevor er wiederkommt und ich ihn sanft am Kopf streicheln darf. Er legt sich vollkommen in meine Hand, während sich ein Kloß in meinem Hals bildet.

Was mache ich nur mit dir?

Er wirkt winzig, aber ich glaube, dass er kein Welpe mehr ist. Ein süßer Hund mit verdrecktem grauem Fell und dunklen Augen.

Gerade als ich vorsichtig nach ihm greifen möchte, erschrecken wir beide, weil jemand sehr nah und sehr laut meinen Namen ruft.

»Ach, hier bist du! Ist alles okay?« Jack stolpert in die Gasse, und ich bemerke, wie der Hund sich sofort ängstlich davonmacht, bis ich ihn schließlich ganz aus den Augen verliere. Frustriert darüber erhebe ich mich, lasse mir aber nichts anmerken.

»Du trägst nur ein Shirt. Komm rein, sonst wirst du noch krank. Das Letzte, was Mason brauchen kann, ist, dass du jetzt auch noch ausfällst.« Doch ich höre kaum zu, schaue stattdessen weiter dem Hund nach, der längst fort ist.

»Entschuldige. Ich hab mich ablenken lassen«, erkläre ich vage und folge Jack wieder hinein in den Club. Hoffentlich hat der Kleine ein Zuhause.

Schweren Herzens versuche ich, nicht mehr an ihn zu denken.

11

Was wäre, wenn es nur schöne und gute Tage gäbe?
Wären sie dann noch gut und schön?

Andie

Jack hat recht behalten. Die Schicht war entspannt, und er hat mich früher nach Hause geschickt, damit ich für den heutigen Abend fit bin. Er meinte, er könne alleine aufräumen und zumachen, ich solle mich ausruhen. Am Wochenende würde ich meine Kraft brauchen, wenn die Studenten das MASON's stürmen, und dann würde er mir zeigen, wie man den Club vernünftig abschließt.

Ich war also sehr früh zurück bei June, habe richtig gut geschlafen und war heute Morgen weniger mürrisch, als sie mich geweckt hat. Dieses Mal, um frühstücken zu gehen. Da die Uni jetzt losgeht, hat die Mensa bereits offen. Das Frühstück ist gut und vor allem günstig, sodass ich kein allzu schlechtes Gewissen habe.

Wir sind gerade auf dem Weg zurück in ihr Zimmer, und ich amüsiere mich über meine Freundin, die neben mir geht und verzweifelt ihren Bauch hält. Es gab Pancakes. Und wenn es Pancakes gibt, kann June nichts und niemand aufhalten. Das bedeutet, sie hat sich absolut übergessen.

»Du hättest bei Nummer drei aufhören sollen, wie ich es dir geraten habe.«

»Sei still«, stöhnt sie und kneift die Augen zusammen.
»Du gibst mir ein Zeichen, wenn du dich übergeben musst, oder?«
»Das ist nicht witzig.« Oh doch! Das ist es.
»Das nächste Mal hörst du besser auf mich«, bemerke ich wieder leicht schadenfroh, während ich breit grinse.
»Vielleicht. Aber wenn ich ehrlich bin, bereue ich nichts! Sie waren lecker. So fluffig, so weich, so … Gott, ist mir schlecht.«
»Ich sage dir das, seit wir klein sind, June: Es gibt auch Essstadien zwischen *Hunger* und *Mir ist schlecht*. Zum Beispiel einfach nur *satt*.«
»Glaube ich nicht«, nuschelt sie, und als sie überraschend rülpst, zucken wir beide zusammen, bevor wir einen heftigen Lachanfall bekommen. Belustigt öffnet sie die Tür zum Zimmer, doch die Freude hält nicht lange an.

Unser Lachen versiegt, als wir hineinstolpern und Sara vor uns stehen sehen. Sara und … einen fremden Mann, fein gekleidet, Mitte fünfzig und mit ernstem Blick, akkurat gestutztem Bart sowie weißgrauem Haaransatz.

»Miss Stevens, nehme ich an?« Es ist eine Mischung aus Feststellung und Frage, und wir beide verharren vollkommen erstarrt am Eingang. Er spricht klar, aber mit deutlich englischem Akzent. Mir schlägt das Herz bis zum Hals. Irgendetwas sagt mir, dass das hier nichts Gutes ist. Vermutlich Sara, die ekelhaft lächelnd und mit funkelnden Augen hinter dem Herrn steht und uns nahezu überlegen betrachtet.

»Ja, das bin ich.« June tritt einen Schritt vor.

»Nun, mein Name ist Thomas, ich bin für die Wohnheime der Harbor Hill zuständig und somit auch dafür, dass alles reibungslos vonstattengeht. Leider ist mir zugetragen worden, dass Sie seit einigen Tagen einen Gast beherbergen. Und das wohl auch noch eine weitere Zeit fortsetzen möchten.«

Mir gefriert das Blut in den Adern, ich glaube zu ersticken. Jetzt bin ich es, der schlecht wird.

»Ich hatte gehofft, dass das nicht stimmt, aber da lag ich wohl falsch. Sie wissen, dass dies gegen die Wohnheimbestimmungen verstößt.«

»Sir, ich würde gerne erklären, was …«, beginnt June, und ich habe sie selten so freundlich, beinahe untertänig erlebt wie jetzt, aber für mich würde sie ihm wahrscheinlich auch die Füße küssen. Dafür liebe ich sie.

Er hebt die Hand. »Das müssen Sie nicht. Miss Turner war so frei, das zu übernehmen. Sie hat sich vorbildlich für Sie eingesetzt und für Ihren Gast.« Dabei mustert er mich argwöhnisch. »Ihr haben Sie es zu verdanken, dass ich keine anderweitigen Konsequenzen in Betracht ziehe. Sofern Ihre Freundin bis heute Abend aus diesem Wohnheim ausgezogen ist.« Bedeutungsschwanger blickt er June an, und es ist mehr als deutlich, was er damit sagen möchte. Wenn ich nicht gehe, wird June der Wohnheimplatz entzogen. »Ich werde heute Abend noch einmal vorbeischauen. Die Damen.« Mit einem Nicken schiebt er sich an uns vorbei und verschwindet. In und um mich dreht sich alles, ich muss mich am Türrahmen festhalten. Ist das gerade wirklich passiert?

»Du«, keucht June und geht auf Sara los, die ängstlich zurückweicht. Normalerweise würde ich meine Freundin bremsen, aber meine Beine fühlen sich an wie Pudding und ich habe Angst, dass mir mein Herz aus der Brust springt, weil es so heftig klopft.

»Du Miststück!« June packt sie an den Schultern und ist kurz davor, sie zu schütteln und ihr den Kopf abzureißen. »Wie konntest du das tun? Weißt du, was du angerichtet hast?« Ich habe meine Freundin lange nicht so schreien hören. Das letzte Mal, als ihre Mutter ihr erklärte, dass sie sich besseres Make-up kaufen solle, weil das andere zu durchscheinend sei. Und sie ja sicher nicht wolle, dass andere ihre teils *besondere* Haut sehen. Natürlich hat ihre Mutter nie das Wort besonders in den Mund genommen.

Mit wackeligen Beinen bewege ich mich auf Sara zu, doch statt sie ebenso anzuschreien oder ihr Vorwürfe zu machen, lege ich meine Hand sanft auf Junes und ziehe meine beste Freundin behutsam von ihrer Mitbewohnerin fort.

»Es ist okay, June.« Eine Lüge, aber wir wussten, dass es so kommen würde. Irgendwann. »Bitte.« Meine Stimme bricht, während sie endlich von Sara ablässt und ich erkenne, dass Tränen über Junes Wangen rollen. Ihr Schluchzen fährt mir durch Mark und Bein.

Sara wirkt das erste Mal so, als würde es ihr leidtun. Zumindest ein wenig. Ihre Unterlippe zittert.

»Das ist für Ryan«, flüstert sie, und June schnaubt laut.

»Verdammt, Sara. Ich wusste es nicht! Ich hab es dir erklärt und mich entschuldigt. Hunderte Male. Wann verstehst du, dass ich dir nie etwas Böses wollte?«

»Ich habe ihn gedatet und du hast mit ihm geschlafen, hier auf unserem verschissenen Sofa. Mehr muss ich nicht wissen.«

»Ich hatte keine Ahnung, dass ihr euch trefft und quasi zusammen wart! Verfluchter Dreck! Ich wusste nicht, dass du ihn magst, okay? Es war nur eine Nacht, nur ein Mal. Und es hat mir nichts bedeutet.« Junes Stimme überschlägt sich, die Tränen laufen unaufhörlich über ihr Gesicht. Sara räuspert sich. Und ich begreife endlich, was zwischen den beiden steht und warum sie einander so hassen.

»Das ist jetzt egal. Wir sind quitt.« Damit dreht sich Sara um und verschwindet in ihr Zimmer. Lässt uns beide stehen, allein, mitten in dem Trümmerhaufen, für den sie mitverantwortlich ist.

Meine Tasche ist gepackt, der Rucksack ebenso. Alles steht neben der Couch bereit, und es fühlt sich an, als hätte ich eben erst ängstlich an die Tür mit der Nummer fünfzehn in Gebäude B geklopft.

»Wie konnte das passieren?« Leise wiederholt June den Satz zum hundertsten Mal. Und zum hundertsten Mal kann ich ihr keine Antwort geben. Ich hab keine Wohnung, kein Zimmer, das Geld, das ich noch habe, kann ich unmöglich für ein Motel ausgeben. Höchstens für eine Nacht oder zwei, vielleicht eine Woche, aber das würde meine finanzielle Situation gewaltig verschlimmern. Und dann? Ich könnte kein einziges Semester studieren, bevor ich pleite wäre und wählen müsste, zwischen horrenden Kreditangeboten oder dem Weg nach Hause. Dem Aufgeben.

Meine Finger sind kalt, als ich mir damit über den Nacken fahre. Wir haben Sara seit der Sache heute früh nicht mehr gesehen. Ich bin ihr nicht böse. Dafür habe ich gar keine Kraft.

»Ich sollte gehen. Ich muss ohnehin erst in den Club. Danach ... danach schaue ich, in welchem Motel ich unterkommen kann. Zumindest für heute.«

June schnappt sich ihren Schlüssel und zieht sich zielstrebig ihre Jacke über. Ihre Augen sind leicht gerötet vom Weinen, sonst verrät nichts ihren inneren Aufruhr.

»Ich begleite dich. Dann musst du die Tasche wenigstens nicht ganz allein schleppen.«

Ich widerspreche ihr nicht, und gemeinsam machen wir uns mit allem, was ich besitze, auf den Weg zum MASON's. Wir reden nicht und irgendwie doch, weil in unserem Schweigen so viel liegt.

Als wir vor der Tür ankommen, hält June inne und umarmt mich fest. Dabei stehen ihr wieder Tränen in den Augen und dieses Mal auch in meinen.

»Ich komme später noch mal vorbei, ja? Und bleibe ein wenig bei dir an der Bar.«

»Das muss du nicht.« June sieht mich streng an. »Es wäre schön, wenn du kurz vorbeischaust«, gebe ich zu und lächle sie zaghaft an. Ich verdränge das alles. Ich muss. Weil ich nichts werde ändern können, wenn ich jetzt zusammenbreche.

»Du hättest mir das mit Sara sagen können, weißt du?«, platzt es aus mir heraus, und June nickt traurig.

»Ich weiß. Wenn ich ehrlich bin, wollte ich es vergessen. Es war direkt in der dritten Woche des ersten Semesters. Sara und ich haben uns von Anfang an nicht sonderlich gut verstanden. Ich hätte nicht gedacht, dass …« June beendet den Satz nicht, aber ich bin mir auch so im Klaren darüber, was sie sagen wollte. Dass sie nicht geglaubt hätte, Sara wäre noch sauer oder so rachsüchtig.

Ich nehme sie in den Arm, gebe ihr einen Kuss auf die Wange. Es ist in Ordnung.

»Bis später«, verabschiede ich sie und weil wir beide nicht mehr wissen, was wir tun oder sagen können, gehe ich einfach samt meinen Sachen rein.

Was für ein beschissener Tag. Und er ist nicht einmal ansatzweise vorbei. Momentan fühlt es sich an, als würden meine Sorgen und Probleme gar kein Ende nehmen.

Ein breites und hoffentlich ehrlich wirkendes Lächeln aufsetzend grüße ich Susannah, die mir entgegenkommt, und danach Jack, bevor ich den Rucksack in den Spint quetsche und die Tür mit aller Kraft zudrücke, bis sie einrastet. Die schwere Tasche stelle ich in die Ecke neben der Küchenzeile, da sollte sie erst mal keinen stören.

Ich muss diesen Abend überstehen. Irgendwie.

Und danach auch alle anderen. Verdammt.

Diese Gedanken und die damit verbundenen Ängste schiebe

ich zur Seite, und zwar sehr energisch. Ich habe keine Zeit für einen Nervenzusammenbruch. Ich darf nicht aufgeben, ich darf den Job nicht riskieren und mich gehen lassen. Und ich will nicht, dass die anderen merken, dass etwas bei mir schiefläuft.

Also bereite ich mit Jack alles vor, bis der Club öffnet und Minute um Minute mehr Gäste hineinströmen. Heute arbeitet Louis bei uns an der Bar und Matt ist mit Cooper hinten. Er geht mir immer noch aus dem Weg, und dieses Mal denke ich, das ist besser so.

Die Musik ist fröhlich, laut, elektrisierend, das genaue Gegenteil meines Lebens, und es gibt so viel zu tun, dass ich irgendwann vergesse, was mich belastet. Ich arbeite, führe routiniert das durch, was ich bereits kann – und es fühlt sich gut an. Es gibt mir auf eine gewisse Art das Gefühl von Sicherheit und beruhigt mich. Meine Arme tun schon weh, einzelne Schweißperlen laufen mir ab und an die Schläfen hinab und ich wische sie mit dem Arm fort, bevor ich die nächste Bestellung annehme.

June ist tatsächlich da gewesen, allerdings nur für eine Stunde. Ich konnte verstehen, dass sie danach wieder heimwollte. Der Tag ist uns beiden auf den Magen geschlagen. Dennoch bin ich froh, dass sie da war.

Die Schicht verläuft bisher reibungslos, Jack hilft mir, wo er kann, macht seine Witze oder Späßchen, die mir gerade heute verdammt guttun, er gibt mir aber auch Freiraum. Das mag ich. Er traut es mir zu, es alleine zu schaffen.

Bis ich irgendwann wieder zu viel nachdenke. Über mein Leben, meine Möglichkeiten, über das, was noch alles schiefgehen kann und mich eine kleine Panikattacke überrollt. Bis ich ein Bier nach dem anderen überlaufen lasse, einem Gast eine Pepsi bringe statt eines Wodkas, vergesse, Jack eine Cocktailbestellung weiterzureichen, und schließlich nicht nur ein

Glas, sondern gleich zwei fallen lasse, die klirrend auf dem Boden zerspringen und deren Scherben sich überall verteilen. Mist. So viel zu: sich ablenken und im Griff haben.

»Ich hol einen Besen«, teilt Louis mir mit, und ich danke ihm, während ich längst dabei bin, die Scherben mit den Händen aufzusammeln, damit niemand hineintritt, ausrutscht und sich verletzt. Wenigstens die größeren. Jack ist direkt bei mir.

»Alles in Ordnung, Andie?«

»Es tut mir leid. Ich war unkonzentriert. Louis holt gerade etwas zum Aufkehren.« Eine Scherbe nach der anderen wandert in meine Hand. Ich suche sie hektisch, beinahe fieberhaft zusammen und komme nicht umhin, sie als Sinnbild meines momentanen Lebens zu sehen. Scherben, überall Scherben …

»Das ist doch nicht schlimm. Ich hab gefragt, ob bei dir alles okay ist. Die Gläser sind mir scheißegal.«

In dem Moment schneide ich mich, und ein brennender Schmerz zieht durch meine Hand, wodurch alle Glasstücke, die ich bereits aufgehoben habe, wieder zu Boden gleiten und die ersten Blutstropfen hinterher.

»Shit. Zeig mal. Geh am besten nach hinten und wasch es aus. Du findest im Bad einen Verbandskasten.«

Ich nicke, wir erheben uns und er schnappt sich schnell ein Küchentuch, das er mir vorsichtig auf die Wunde drückt. Als ich mich auf den Weg machen will, fügt Jack hinzu: »Mach danach zehn Minuten Pause, ja? Trink einen Schluck Wasser, nimm etwas Schokolade aus dem Kühlschrank für die Nerven. Das wird dir guttun.« Er ist so lieb, aber ich kann kaum etwas erwidern, weil ich zu durcheinander bin. Also folge ich stumm seinem Rat, rausche an Louis vorbei, der meinen Dreck wegräumen muss, und eile ins Bad neben unserem Pausenraum, während mir das Blut mittlerweile in Strömen in das Tuch und über die Finger läuft. Solche Schnitte bluten immer so heftig. Und brennen wie die Hölle.

Eilig drücke ich die Tür auf, ziehe das Tuch in dem Moment weg, als ich die Hand übers Waschbecken halte, das sich augenblicklich rot verfärbt. Zitternd drehe ich den Hahn auf und lasse kaltes Wasser über die Wunde laufen. Scheint nicht gefährlich tief zu sein, aber dafür sehr lang. Zum Glück ist es die linke Hand.

Bevor ich mich zu dem Verbandskasten umdrehe, der an der Wand befestigt ist, stecke ich das Tuch in meiner Hosentasche fest. Die Jeans hat ohnehin den ein oder anderen Blutfleck abbekommen, auf ein paar mehr kommt es auch nicht mehr an. Ich packe es nachher in den Wäschekorb, der in der Ecke steht und dessen Inhalt Susie einmal die Woche an eine Wäscherei gibt. Dann drücke ich mir ein paar der Papiertücher aus dem Spender auf den Schnitt. Ich muss nicht die ganzen Fliesen vollsauen, während ich versuche, mich zusammenzuflicken.

Meine Finger zittern immer noch.

Plötzlich höre ich die Spülung. Und als ich mich umdrehe, glaube ich, dass mein Leben sich einen Spaß daraus macht, mich an den Rand des Wahnsinns zu treiben.

12

*Wenn meine Welt stillsteht, dreht sich
deine dann weiter?*

Cooper

Was zum …? Ich erstarre, als Andie so unerwartet vor mir steht und mich mit großen und müden Augen anschaut. Ohne ein Wort zu sagen, geht sie zum Medizinschrank, um ihn zu öffnen, während ich meine Hände wasche. Sie ignoriert mich. Ist sie verletzt? Ich lasse meinen Blick über sie gleiten, aber sie dreht mir den Rücken zu und ich kann so schnell nichts erkennen. Meine aufkeimende Sorge und den Impuls, sofort zu ihr zu eilen, unterdrücke ich, rede mir dafür ein, dass es mich nichts angeht und mir absolut egal sein kann.

Ich sollte verschwinden, ich Trottel.

Aber ich tue es nicht. Nein. Ich trockne meine Hände und bemerke das Blut im anderen Waschbecken. Statt einfach den Raum zu verlassen, gehe ich auf sie zu, nehme ihr das Verbandszeug ab, das sie selbst kaum festhalten kann, und greife nach dem Jod, das noch im Schrank steht. Ich stecke beides in meine Hosentasche, damit meine Hände frei sind, und versuche, Andie unauffällig zu mustern. Sie ist ziemlich blass um die Nase. Und jetzt erkenne ich die Ursache des Problems.

Meine Finger umfassen ihr Handgelenk und gleichzeitig löse ich ihre Hand samt der Papiertücher von der Wunde, während sie mich stumm gewähren lässt. Es blutet stärker als gedacht. Ziemlich heftiger Schnitt. Sieht aus, als hätte sie da noch einen Splitter drin.

Ich komme nicht umhin, zu bemerken, wie klein und zart ihre Hände sind, beinahe zierlich, und ich muss mich davon abhalten, sie zu erkunden, über ihre weiche Haut zu fahren, über ihre Knöchel oder ihr Handgelenk, an dem ihre Ader durchscheint und andeutet, wie schnell ihr Puls geht. Schwer schluckend spüre ich ein seltsames Gefühl in der Magengegend und ein unverkennbares Kribbeln.

Das ist gar nicht gut.

Ich wollte ihr aus dem Weg gehen, und jetzt stehe ich schon wieder vor ihr. Sie ist wie ein Magnet, der mich anzieht und hinter jeder beschissenen Ecke lauern kann.

Ich greife ein weiteres Mal in den Medizinschrank, irgendwo darin muss doch liegen, wonach ich suche. Ah, da ist sie. Eine Pinzette.

Langsam führe ich Andie zum Waschbecken. Und während ich dabei bin, das Wasser anzustellen, um die Wunde auszuwaschen, meide ich ihren Blick.

»Was ist passiert?« Ich wollte nichts sagen, ich wollte gehen und sie in Ruhe lassen. Und jetzt? *Anscheinend verliere ich vollkommen die Kontrolle*, stöhne ich innerlich und kneife für ein, zwei Sekunden die Augen zusammen. Ihre Hand weiterhin unter das kühle Wasser haltend reibe ich mit meinem Daumen vorsichtig das Blut an den Rändern der Wunde weg.

»Ich hab ein Glas fallen lassen und mich danach an den Scherben geschnitten. So was passiert. Das ist nicht der Rede wert.« Ihre Stimme klingt nicht wie sonst, nicht freundlich, nicht genervt oder wütend, nicht klar. Nein, sie klingt, als hätte sie einen richtigen Scheißtag gehabt. Und zwar lange bevor ihr das Glas die Haut zerschnitten hat.

Ohne etwas zu erwidern, setze ich die Pinzette an, ziehe die Wunde vom Wasser fort und beuge mich vor, um den Splitter besser zu erkennen. Ich brauche zwei, drei Versuche, die Andie den ein oder anderen zischenden Laut entlocken, dann hab ich ihn.

Mitsamt Pinzette lege ich ihn am Rand ab, halte Andies Hand ein letztes Mal unter den Strahl, bevor ich den Hahn zudrehe und etwas Jod auf der Wunde verteile. Dabei verzieht sie das Gesicht, und ich muss leicht dagegenhalten, als sie ihre Hand wegnehmen will.

Mit den Zähnen reiße ich die Verpackung der Kompresse auf, entnehme sie am Rand und drücke sie direkt auf die Handinnenfläche.

»Halt es kurz fest«, bitte ich sie und zücke danach den Verband, den ich eben in die Hosentasche gestopft hatte.

»Ich hätte das auch allein geschafft.« Ihre Stimme ist zwar noch immer leise, aber dieses Mal schwingt dieser spitze Unterton mit, den ich längst kenne. Ich hab sie schon wieder verärgert. Verstohlen blickt sie unter langen schwarzen Wimpern zu mir auf, und ich unterdrücke den Impuls, ihr die Brille zu richten, die etwas schief sitzt und die perfekt zu ihr passt. Oder ihr Gesicht zu berühren, sie in den Arm zu nehmen. Doch wenn ich ehrlich bin, verstecken sich dahinter noch ganz andere Dinge, die ich gern tun würde. Ich würde gern herausfinden, wie weich diese Lippen sind, wie sie sich anfühlen. Welcher Ton über sie kommen würde, wenn ich an ihnen knabbere und ob Andies Blick sich verschleiern würde, wenn …

»Ich weiß«, entgegne ich nur gepresst und kämpfe gegen mein Verlangen an. Mein Körper reagiert viel zu schnell, viel zu heftig auf sie. Also konzentriere ich mich auf den Verband, den ich ihr anlege, um ihre Hand winde, ihren Daumen und ihr Handgelenk und … Fuck!

Tief durchatmend ermahne ich mich, mich zusammenzureißen.

Bis mir auf einmal die leichten Blutergüsse auffallen, die ihren Arm zieren. Es ist, als würde man einen Eimer eiskaltes Wasser über meinem Kopf ausschütten. Die Erregung weicht Wut. Ich muss mich beherrschen, nicht auf der Stelle etwas kaputt zu schlagen. Am liebsten den Typen, dem sie das zu verdanken hat.

»Wenn das nächste Mal irgendein Arschloch über den Tresen greift und dich packt, hau ihm eine rein.«

Irritiert schaut sie mich an, ihre Augen weiten sich einen Moment. »Ich meine es ernst. Versuch nicht, den Arm wegzuziehen, sondern schlag ihm mit der Handwurzel der anderen Hand gegen die Nase. Das wird er nicht kommen sehen und dich von allein loslassen, weil er höllische Schmerzen hat. Mit etwas Glück auch eine gebrochene Nase.« Anschließend hebe ich meine Hand, strecke sie und zeige ihr schnell die Bewegung, die sie dafür machen muss, bevor ich mich wieder ihrer Wunde widme. Sie hat mich aufmerksam beobachtet, aber nichts dazu gesagt. Nur genickt.

Andie sieht zauberhaft aus, wenn sie konzentriert ist und etwas lernt, sie … Gott, wenn sie mich so ansieht, bekomme ich kaum Luft. Dann zieht sich alles in mir zusammen, und ich weiß nicht, ob ich wegrennen oder verdammt noch mal endlich ihre schönen Lippen küssen sollte.

Shit.

Alles ist gut. Gleich kann ich ihr wieder aus dem Weg gehen. Gleich ist alles okay.

Während ich endlich den Verband feststecke, merke ich, wie sehr mein Kiefer schmerzt, weil ich mich dabei so verkrampft habe.

Andies Duft steigt mir unaufhörlich in die Nase, was es mir

schwer macht, mich zu konzentrieren. Und als wäre das nicht genug, fange ich an, mir wirklich Sorgen um sie zu machen. Wie mechanisch mustere ich jede einzelne ihrer Regungen und Gesichtszüge, und mir wird auf einen Schlag bewusst, *wie* nah ich ihr tatsächlich gekommen bin. Nah, viel zu nah. Das ist nicht gut. Gar nicht gut ...

Ich müsste nur den Kopf senken, nur ein kleines bisschen.

Ein gemurmelter Fluch entweicht mir.

»Danke.« Sofort entzieht sie mir ihre Hand, presst sie an ihren Oberkörper und rückt von mir ab. »Auch wenn meine Gegenwart anscheinend so schlimm für dich ist, dass du fluchen musst. Oder dass du mich an Jack abschiebst, weil du keine Lust mehr hast, mich einzuarbeiten. Vielleicht nerve ich zu sehr, vielleicht magst du Menschen nicht. Vielleicht bist du einfach gern unfreundlich oder abweisend. Wer weiß.« Sie zuckt mit den Schultern. »Es ist mir egal. Aber du ...« Jetzt presst sie die Lippen aufeinander, als würde sie sich den Rest von dem, was sie mir an den Kopf werfen will, unter Aufbringung all ihrer verbliebenen Kraft verkneifen. Ihr Ausdruck wird weicher, beinahe resigniert und lässt mich schwer schlucken. »Ich muss zurück an die Bar«, sagt sie nur noch, und als sie schließlich die Schultern sinken lässt, sich umdreht und geht, bleibe ich wie ein Trottel weiterhin an Ort und Stelle stehen.

Wenn sie wüsste, wie sehr ich sie verfluche! Wie sehr ich ihre Gegenwart meiden will und – wie sehr sie mich fesselt. Wie sehr ich sie kennenlernen und ihr näherkommen möchte. Wie oft ich schon daran gedacht habe, sie zu küssen, sie an mich zu ziehen, meine Finger durch ihr Haar gleiten zu lassen.

Wütend schlage ich mit der flachen Hand gegen die Fliesen vor mir und knurre leise.

Ich habe sie Jack überlassen, weil es besser ist für sie. Weil er besser auf sie Acht geben kann. Und auch, damit ich nicht so oft an sie denken muss. Am besten überhaupt nicht mehr.

Ich räume die Erste-Hilfe-Sachen weg, stopfe die benutzten Papiertücher in den Müll und wische die Waschbecken aus. Ich kann es ihr nicht übel nehmen, dass sie schnell hier raus wollte. Als ich fertig bin und in den überfüllten Club zurückfinde, lache ich trocken auf, fahre mir durch die Haare.

Klappt ziemlich gut. Also das mit dem Nicht-an-sie-Denken.

Ich träume jede Nacht von ihr.

13

*Wir können alles verlieren,
aber nicht unsere Hoffnung.
Alles, nur nicht sie ...*

Andie

»Schließt du heute ab?« Jack lächelt mich warmherzig an und gibt mir meinen eigenen Zentralschlüssel.

»Ohne dich?«, frage ich verdutzt und ziehe die Augenbrauen nach oben, während ich den Schlüssel entgegennehme.

»Wieso nicht? Wir sind die Runde eben dreimal gelaufen, haben das meiste zusammen gemacht, und du hast alles verstanden. Der Club ist leer, alle Lichter sind aus, die Kassen geschlossen und verwahrt. Die anderen sind schon gegangen.« Er zuckt mit den Schultern, als wäre das kein großes Ding. Als wäre ich schon seit Wochen hier. Und ich schätze das, auch wenn mir dabei etwas mulmig zumute ist. Deshalb lächle ich zurück und nicke.

»Klar. Ich schaue, ob die Hintertür und der Nebeneingang richtig zu sind, und wenn ich gehe, schalte ich vorne die Alarmanlage ein.«

Jack nimmt mich in den Arm und wünscht mir einen schönen Abend. »Pass gut auf deine Hand auf, ja?«, ruft er noch, bevor er verschwindet.

Und jetzt? Wo gehe ich hin? Wo bleibe ich? Meine Gedanken

überschlagen sich, und ich habe keine Kraft, sie zu ordnen. Ich bin so müde.

Erschöpft fahre ich mir über meinen Verband und denke an die Begegnung mit Cooper. Ich war ziemlich schroff zu ihm, glaube ich. Zumindest für meine Verhältnisse. Andererseits hat er nichts dazu gesagt, also gehe ich davon aus, dass es ihn nicht kümmert. Oder dass ich einfach recht habe. Nichts von dem, was ich ihm an den Kopf geworfen habe, hat er geleugnet. Das reicht als Antwort.

Wieso hat er mir mit dem Verband geholfen? Wieso ist er nicht gegangen? Ich schüttle ungläubig den Kopf, als ich daran denke, dass er mir sogar gezeigt hat, wie ich jemandem die Nase brechen und mich wehren kann, sollte ich erneut bedrängt werden.

Ich werde nicht schlau aus ihm und denke, ich sollte aufgeben, es zu versuchen.

Ich mache mich auf den Weg ins Lager, um die Tür zu überprüfen. Fest drücke ich dagegen, kontrolliere das Schloss und will gerade umkehren, da vernehme ich ein Kratzen. Nur leise, aber ich bin sicher, es gehört zu haben. Mich umschauend suche ich nach dem Ursprung, bis ich verstehe, dass es von draußen kommen muss. Ganze drei Sekunden überlege ich, ob ich die Tür um diese Uhrzeit, während ich ganz allein bin, öffnen soll. Während alles in mir *Nein!* schreit, weil ich ein richtiger Angsthase bin, machen meine Finger sich selbstständig und tun genau das Gegenteil. Erst einen kleinen Spalt, durch den die kühle Nachtluft sofort zu mir dringt. Ich höre den Wind pfeifen.

Langsam und vorsichtig stecke ich den Kopf raus, öffne die Tür weiter und horche aufmerksam. Es ist stockdunkel.

Als ein Fiepen direkt vor mir erklingt, schreie ich laut auf, bis ich die Hand vor den Mund presse, um mich zum Schweigen zu bringen und zu beruhigen. Ungläubig starre ich hinab auf das kleine Knäuel von vorhin.

»Hey«, wispere ich. »Dich kenne ich doch.«

Der kleine Hund! Er hat sich mindestens so sehr erschreckt wie ich. Sein Fell ist ganz nass und dreckig, er wirkt abgemagerter, als ich zunächst angenommen habe. Um ihn nicht noch mehr zu erschrecken, gehe ich in die Hocke und locke ihn zu mir. Geduldig warte ich ab, und als er sich schließlich an meine Beine drückt, atme ich erleichtert auf. Sacht ziehe ich ihn zu mir und sorge dafür, dass er ganz mit reinkommt.

Der Hund ist im Trockenen, und ich drücke hinter ihm die Tür zu, sperre die Nacht, den Regen und den Wind aus. Zaghaft wedelt er mit dem Schwanz.

»Was tue ich hier?«, frage ich ihn leise. »Mit einem Hund reden. Ich rede mit einem Hund.« Leicht verzweifelt stöhne ich auf und erhebe mich, um die Tür richtig zu verriegeln. »Was machen wir zwei jetzt, hm?« Der Zwerg ist höchstens zwanzig Zentimeter groß. Probeweise trete ich einen Schritt zur Seite, danach einen weiteren und – er folgt mir! Ein Hochgefühl macht sich in mir breit, sodass ich Schritt um Schritt schneller werde und der kleine Kerl mutiger, während er immer dicht bei mir bleibt. Mittlerweile schwingt er sichtbarer mit der Rute und sieht deutlich entspannter aus als zuvor.

Nebenan in der Küche finde ich eine Schüssel in einem der Schränke und fülle dem Kleinen etwas Wasser hinein, das er gierig ausschleckt. Das erste Mal, seit ich hier bin, öffne ich den Kühlschrank.

»Hm. Da ist nicht viel drin. Oh, warte mal.« Weiter hinten entdecke ich eine Packung mit Schinken und beschließe, diesen meinem neuen Freund zu geben.

»Du kaust ja gar nicht. Du hast ziemlich großen Hunger, oder?« Natürlich antwortet er nicht.

Seine Zunge fährt mehrmals genüsslich über seine kleine Schnauze, während er mich mit seinen Kulleraugen anbettelt, ihm mehr zu geben. Leider ist die Packung leer. Morgen würde ich daran denken müssen, den Schinken zu ersetzen und etwas Hundefutter für den kleinen Kerl hier zu verstecken. Für den Notfall.

Und nun?

Könnte ich …? Ein wirklich verrückter Gedanke formt sich in meinem Kopf, er wird größer, absolut einnehmend und immer verlockender.

Nein! Den Kopf schüttelnd lasse ich mich auf einen der Stühle sinken und vergrabe mein Gesicht in den Händen. Ich kann mich unmöglich hier verschanzen und die Nacht im Club verbringen. Das ist mein Arbeitsplatz, und wenn man mich erwischt, bin ich den Job wieder los. Es spricht so viel dagegen, dass mir schlecht wird. Doch wenn ich in die Kälte gehe, weiß ich immer noch nicht, wohin ich soll, und ich glaube nicht, dass ich es übers Herz bringe, den Hund nicht mitzunehmen.

Und wenn es nur für diese Nacht ist? Schließlich ist es schon spät. Ich mache die Augen zu, spüre den leichten Druck der Unsicherheit wie einen Stein auf meiner Brust.

Ja. Nur diese eine Nacht.

Ich fühle mich beschissen. Beschissen und schuldig.

Denn aus dieser einen Nacht sind bereits zwei Nächte geworden, und da ich noch immer hier bin, sind es ab morgen schon drei. Ich habe hier im Club geduscht und mir einen Schlafsack besorgt, in dem ich nun eingekuschelt in einer Ecke des Lagers liege und an die Decke starre. Tagsüber verstecke ich mein Zeug zwischen ein paar Kisten im Lager, wo es nicht auffällt und kaum gefunden werden kann, wenn man nicht gezielt danach sucht.

Vorhin habe ich den Hund reingelassen. Er kommt jeden Abend wieder, und das macht mich sehr glücklich.

Als alle weg waren, habe ich mich daran gewagt, ihn in der Dusche sauber zu machen. Sein Fell ist seitdem ein richtig schönes helles Grau, und seine beiden Vorderpfoten sind sogar strahlend weiß. Nachdenklich betrachte ich ihn, wie er auf meinen Beinen liegt und schläft.

»Ich werde dich Socke nennen. Das passt irgendwie zu dir.« Er hört mir gar nicht zu, aber das ist mir egal. Dass der Hund jetzt da ist, dass er in mein Leben getreten ist, habe ich nicht erwartet. Er passt also perfekt in meinen schrägen Alltag. Ich bin froh, dass er bei mir ist.

Ich hab mir Susannahs Schreibtischlampe ausgeliehen, sie steht neben mir, genau wie eine riesige Portion Nachos mit Guacamole, die ich mir vorhin besorgt habe. Es war ein Frustkauf. Mir ist klar, dass ich in ein Motel hätte gehen sollen, irgendwo anders hin, aber ich habe es nicht geschafft. Es ist irrational, es ist verrückt und ich kann nicht einmal genau erklären, warum. Ich hätte erst gar nicht damit anfangen sollen, im Club zu schlafen und den Hund reinzulassen. Ich hab es gar nicht anders versucht und schäme mich nun dafür. Deswegen und weil die Angst, es nicht zu schaffen, zu groß ist und mit jeder Stunde größer wird. Diese Situation lähmt mich. Mein Geld geht auch so schon zur Neige, denn ich bekomme das erste Gehalt erst nächsten Monat. Die Panik, dass es irgendwann zu wenig ist, um überhaupt noch eine Wohnung oder ein Zimmer finanzieren zu können, frisst sich beharrlich durch mich hindurch und krallt sich tief in mir fest. Dann bräuchte ich gar nicht erst zu dem Besichtigungstermin zu gehen, den ich gestern vereinbart habe, um endlich einen Schritt nach vorne zu kommen. Denn bisher sind meine Tage in Seattle vor allem eines: ein Teufelskreis aus Angst.

Mein Handy vibriert und reißt mich aus meinen Grübeleien. Eine Nachricht von June. Mitten in der Nacht.

Die Uni geht Montag los, und ich kann nicht schlafen. Ich freue mich nicht. Ich mache mir Sorgen.

Es ist, als würde sich etwas auf meine Brust setzen und mir die Luft abschnüren, während ich lese, was sie mir geschrieben hat. Ich tippe eine Antwort.

Mir geht es auch so. Aber ich komme zurecht. Mach dir keine Sorgen.

Witzig, Andie! Wann haben wir uns denn mal keine Sorgen umeinander gemacht? Als du rückwärts sitzend auf dem Pferd im Galopp über das Feld reiten wolltest und danach schwer gestürzt bist? Oder als dein Hals zugeschwollen ist, weil du aus Versehen eine Biene gegessen hast, die in deinem Essen festgesteckt hat? Als wir plötzlich BHs brauchten oder eine Zahnspange?

Das bringt mich zum Lächeln. Nie. Wir haben alles zusammen durchgestanden. Den Moment, als June von ihren Eltern kaum noch wahrgenommen wurde, als sie gehänselt oder als meine Mom krank wurde. Egal, ob die Sorgen groß oder klein waren, banal oder weltbewegend: Wir waren füreinander da.

June weiß das, und ich weiß, dass ich nichts darauf antworten muss. Stattdessen erzähle ich ihr von meinem Termin.

Ich hab nächste Woche einen Besichtigungstermin. Drück mir die Daumen.

Wirklich? Das ist toll. Wo ist die Wohnung?

Ein Zimmer. Aber das reicht.

Wo, Andie?

Ich reagiere nicht sofort, weil ich fieberhaft überlege, wie ich *am Arsch der Welt* verharmlosen kann und weil sich diese kleinen Schwindeleien so falsch anfühlen.
June schreibt ...

So weit weg?

Frustriert stöhne ich auf. Wie weiß sie solche Dinge immer?

Gute Nacht, June! Wir sehen uns Montagfrüh.

Gute Nacht. Und geh das nächste Mal ans Telefon. Bitte. Lieb dich.

Ich dich auch.

Ich lege das Handy weg und stopfe mir einen Nacho in den Mund, bevor ich nach dem Buch greife, das ich mir gestern in der Bibliothek ausgeliehen habe. Natürlich bin ich erschöpft und sollte definitiv schlafen, aber ich bin noch zu unruhig dafür. Erst muss ich meinen Kopf etwas frei kriegen, mich ablenken. Zumindest ein wenig.
Das Buch aufschlagend mache ich es mir so gemütlich wie möglich, bis meine Aufmerksamkeit bereits wenige Sekunden später nachlässt und ich stutze, weil Socke den Kopf vom Schlafsack hebt und die sonst schlapp an den Seiten hängenden Ohren leicht spitzt. Er knurrt leise, wobei er Richtung Tür schaut, Richtung Tanzfläche und Bar. Aufmerksam lausche ich,

bewege mich dabei kein Stück, damit der Schlafsack nicht raschelt.

Nein, ich kann nichts hören.

Trotzdem bleibt der Hund aufmerksam, legt sogar den Kopf ganz zur Seite und … Scheiße, da war tatsächlich was.

Mein Herz schlägt mir bis zum Hals, ich kann förmlich spüren, wie Adrenalin meinen Körper flutet und wie meine Gedanken sich ins Chaos stürzen. Habe ich die Tür vorne abgeschlossen? Die Alarmanlage eingeschaltet? Verdammt, ich weiß es nicht mehr, ich kann mich nicht erinnern. Was mache ich jetzt? Was kann ich tun? Mein Atem überschlägt sich, und das Rauschen in meinen Ohren ist wie viel zu laute Musik, die man nicht abstellen kann.

Da sind Schritte. Ganz eindeutig. Panisch blicke ich mich um, will Socke von mir heben und mich gleichzeitig schnell und lautlos aus diesem Schlafsack schälen, in dem Wissen, dass das absolut unmöglich ist. Mitten in der Bewegung halte ich inne und starre auf die Lampe neben mir. Das Licht ist an. Das sieht man von draußen. Ich bin kurz vorm Hyperventilieren.

Die Schritte kommen näher und näher, während ich hektisch den Knopf betätige und hoffe – ich habe keine Ahnung, was ich hoffe! Mein Kopf ist wie leer gefegt, denn im Hauptraum hat jemand das große Licht eingeschaltet. Da ist plötzlich ein Schatten und …

Die Deckenleuchten des Lagers springen an, blenden mich, während ich aus vollem Hals zu schreien beginne und aus Reflex nach dem erstbesten Gegenstand greife, um ihn nach der unbekannten Gestalt zu werfen.

»Scheißdreck!«, flucht jemand. »Andie?«

Ich erstarre, blinzle einmal, zweimal.

Oh nein, …

OH NEIN!

Nein, nein, nein. Dieses eine Wort zieht sich in einer Endlosschleife durch meinen Kopf.

»Hey«, fiepe ich.

Mason steht in der Tür. Mein Boss. Der, dem dieser Club gehört, in dem ich unerlaubterweise nächtige. Und dem ich gerade meine komplette Ladung Nachos samt der Guacamole entgegengeschleudert habe. Sie klebt wie ein fetter Schleimbrocken an seinem Oberschenkel. Oder wie ein gigantischer radioaktiver Fliegenschiss. Wenn es einen Gott gibt, möge er die Erde unter mir auftun, damit ich in ihr versinken kann.

Mason schüttelt ein paar Nachokrümel von seinem Anzug, bevor sein Blick mit gekräuselten Lippen an dem von mir verursachten Fleck hängen bleibt. Gerade ist die Guacamole abgerutscht und mit einem schmatzenden Geräusch auf dem Boden gelandet. Dann sieht er mich an.

»Ich wollte eigentlich nur kurz was aus meinem Büro holen, da habe ich das Licht hier gesehen. Kannst du mir verraten, was du hier tust?« Entgegen meiner Erwartungen bleibt er ruhig und gefasst. Fragt sich nur, wie lange.

Vollkommen neben mir stehend und an dem billigen Schlafsack rumnestelnd verziehe ich das Gesicht, während Socke sich an meine Seite presst. »Du und der Hund«, fügt er hinzu.

Mir bleibt nichts anderes übrig. Keine Ausreden, keine Lügen.

»Ich habe hier geschlafen.«

»Das sehe ich. Warum?«

»Ich habe bisher keine Wohnung gefunden und … meine Mittel sind im Moment etwas begrenzt.« Es tut beinahe körperlich weh, das zuzugeben. »Der Hund hat hinter dem Club gelebt. Er tat mir leid, da hab ich ihn kurzerhand reingelassen.« Ich zucke mit den Schultern und streiche über Sockes weiches Fell, um ihn zu beruhigen – oder viel eher mich.

Mehr als peinlich berührt erhebe ich mich schließlich und fange an, hektisch meine Sachen zusammenzuräumen. Dass ich nur im Pyjama vor ihm stehe, kann mir an diesem Punkt auch herzlich egal sein.

»Es tut mir wirklich leid. Ich wollte nicht … ich hatte nicht vor …« Keine Ahnung, wie ich die Sätze beenden soll. Tief einatmend mache ich eine Pause und starte einen neuen Versuch. »Ich verschwinde sofort. Es tut mir so leid.« Ich wiederhole mich, betone Letzteres wieder und wieder, wobei ich anfange, viel zu schnell zu reden. Dass sich meine Augen mit Tränen füllen, macht es nicht besser oder leichter.

»Ich hole schnell das, wofür ich hergekommen bin. Pack deine Sachen und räum hier auf, dann gehen wir.«

Dann gehen wir? Ich runzle die Stirn, wische mir verstohlen eine Träne aus dem Augenwinkel und starre ihn entgeistert an. *Ich muss zur Polizei. Er wird mich feuern und dann anzeigen.* Panik bahnt sich ihren Weg nach oben, während ich die Lippen kurz zusammenpresse und das Erste tue, was mir einfällt. Mich dumm stellen.

»Ich verstehe nicht.«

Er zögert einen Moment. »Du kannst mit zu mir kommen.«

Bitte was? Das kann nicht sein Ernst sein. Erleichterung vermischt mit einer weiteren Panikwelle flutet mich. Mit offenem Mund stehe ich da, bewege mich kein Stück mehr. Wenn ich nur halb so bescheuert aussehe, wie ich mich fühle, reicht das schon.

Jetzt grinst er. »Keine Angst. Ich bin kein Psychopath, ich will dich weder umbringen und verscharren noch über dich herfallen. Ich habe allerdings ein Zimmer frei, das ich gerade nicht brauche. Du jedoch ziemlich dringend, wie es aussieht. Über den Rest reden wir morgen, wenn wir beide nicht mehr müde sind und ich nicht irgendein seltsames Zeug an meinem

Bein kleben habe. Okay?« Als ich nicht gleich reagiere, fügt er hinzu: »Der Hund kann auch mit.«

Eine Viertelstunde später haben wir den Club verlassen und ich versinke in den weichen Ledersitzen von Masons Sportwagen. Socke liegt zu meinen Füßen und döst.

Ich frage mich gar nicht erst, was das Auto gekostet haben mag, schließlich besitzt er einen Club. Wie hat er das in seinen jungen Jahren geschafft? Hatte er ein gutes Konzept? Glück? Oder eine reiche Familie? So oder so, der Mann neben mir besitzt allem Anschein nach eine Wohnung mit einem Zimmer, mit dem er nichts anzufangen weiß. So viel Glück kann man gar nicht haben. Nicht ich. Nicht zwischen all diesem Chaos. Das hysterische Lachen, das in mir aufkeimt, schlucke ich hinunter.

Durch die Sitzheizung wird mir wohlig warm, und in Kombination mit den leisen Geräuschen der Fahrt führt sie dazu, dass mich die Erschöpfung mit einem Schlag überrollt. Es fällt mir schwer, die Augen offen zu halten und ihr nicht nachzugeben.

Neben der Müdigkeit sitzt mir vor allem die Nervosität in den Knochen. Weil Mason seit dem Moment, in dem er mich erwischt hat, nichts mehr gesagt hat. Er hat sich nur wortlos meine Tasche geschnappt, sie nach draußen getragen, in den Kofferraum gehievt und danach den Motor gestartet. Ich weiß nicht, warum er das für mich tut, was er in diesem Moment denkt oder wie es weitergeht. Ich weiß nichts mehr …

Die Fahrt dauert nicht lange. Mason parkt den Wagen vor einer dunklen Garage in einer schmalen Auffahrt, und einen Augenblick später ist der Motor auch schon aus und alles ist still. So still, dass ich versuche, leiser zu atmen.

Während ich mir Socke, der seinen Kopf in meine Armbeuge kuschelt, und meinen Rucksack schnappe, trägt er erneut die schwere Tasche. Wortlos folge ich ihm zum Eingang, vollkommen ahnungslos, was mich drinnen erwarten wird. Das Gebäude wirkt neu und modern, erstreckt sich über fünf Stockwerke. Mit dem Aufzug fahren wir bis ganz nach oben und landen direkt in einem kleinen Flur. Er ist sauber, riecht vielleicht ein wenig nach Zitrone. Aber es ist spät und ich bin kaputt, weshalb es mich nicht wundern würde, wäre das alles bloße Einbildung.

Wir halten an der hinteren Tür.

»Komm rein. Aber sei leise, die anderen schlafen schon.«

Die anderen, echot es in meinem Kopf. Sofort schlägt mir warme Luft entgegen, ein Stück Gemütlichkeit und der Duft von Holz. Mason betätigt den Lichtschalter im Flur, zeigt mir die Garderobe, an der ein paar Jacken hängen und daneben zwei Motorradhelme liegen, einer in Schwarz, der andere in dunklem Grau.

Damit ich meine Schuhe ausziehen kann, setze ich den Hund ab, der sofort sein Näschen überall reinsteckt und alles erkundet. Mason schließt die Haustür und deutet danach mit dem Kopf nach vorne. So leise wie möglich folge ich ihm. Unter meiner Jacke, die ich vergessen habe aufzuhängen und jetzt einfach mitnehme, trage ich weiterhin meinen Pyjama – und wäre das hier nicht echt und nicht mein Leben, würde ich darüber lachen. Es ist traurig.

Ein großzügiger heller Wohnbereich erstreckt sich vor mir, versehen mit einer riesigen Glasfront. Beeindruckt sehe ich mich um, mustere alles und erkenne, dass Mason Stil hat. Alles passt zusammen, wirkt chic und trotzdem gemütlich. Riesige gerahmte Schwarz-Weiß-Poster alter Filmstars zieren die lange Wand, ein Kaktus steht in einer der Ecken. Ich gestehe, er sieht nicht mehr allzu gesund aus. Eigentlich sieht er sogar sehr vertrocknet und bräunlich aus, und ich glaube, er lebt nicht mehr. Das bei einem Kaktus zu schaffen ist eine wahre Glanzleistung.

Wir steuern auf eine Wand mit vier Türen zu, und ich mache rechts um die Ecke eine halb offene Wohnküche aus. Die eine Tür links ist einen Spaltbreit geöffnet, sie führt ins Badezimmer. Ich kann auch im Dunklen die Fliesen des Bodens erkennen, die sich markant von dem teuren Parkett des Wohnbereichs abheben.

Diese Wohnung ist riesig. Ganz links, über Eck, befindet sich eine weitere Tür, die Mason gerade aufdrückt. Ein warmes orangegelbes Licht geht an der Decke an, und während er meine Tasche absetzt, trete ich zögerlich ein. Das Zimmer ist überschaubar, misst vermutlich um die zwölf Quadratmeter. Zwei kleine Fenster, der gleiche schöne Holzboden wie im Wohnbereich, ein Sofa und ein Spiegel. Mehr gibt es hier nicht. Aber dieses bisschen ist für mich mehr als genug, und ich kann kaum glauben, dass Mason mich hier übernachten lässt. Dass er mich mitgenommen und mich nicht zum Teufel gejagt hat.

»Das ist es«, sagt er nur. »Direkt nebendran findest du das Bad. Die zwei Türen rechts davon gehören … meinen Mitbewohnern. Das letzte Zimmer ist meins. Schlaf dich aus, und wenn du morgen wach bist, reden wir in Ruhe. Die Couch lässt sich ausziehen.« Er spricht leise.

»Danke«, flüstere ich mit belegter Stimme. »Und das mit der Guacamole tut mir leid.«

Ein Grinsen zupft an seinen Lippen. »Schon okay. Auch wenn ich die Ananas lieber mochte.« Seine Augen blitzen seltsam auf, wirken für wenige Sekunden sogar ein wenig verträumt, und sein Grinsen verstärkt sich. Bis er sich räuspert. »Brauchst du sonst noch was?«

Socke tapst schnüffelnd ins Zimmer, als er den Spiegel entdeckt und davor anhält. Er schaut ziemlich skeptisch drein.

»Nein. Ich komme klar, denke ich.« Ich versuche mich an einem Lächeln.

»Oh, warte.« Mason verschwindet und kommt kurz darauf mit einer dicken Wolldecke und einem Kissen zurück, die er mir in die Hände drückt. »Hier.«

Ein Danke reicht gar nicht aus. Wie soll ich das nur wiedergutmachen?

In diesem Moment ertönt unerwartet ein lautes, hohes Bellen, dann noch eins, und ich erschrecke mich fürchterlich. Socke kläfft sich selbst im Spiegel an. »Pst!«, zische ich, während Mason leise flucht.

Zu spät, wir haben jemanden geweckt, denn gerade öffnet sich hinter ihm eine der Türen, ich kann es deutlich hören. Wir schauen in den Flur. Jemand tritt aus einem der Zimmer, einer von Masons Mitbewohnern wahrscheinlich.

»Hat da gerade ein Hund gebellt?«

Diese Stimme. Etwas tiefer und rauer, vom Schlaf belegt, aber unverkennbar seine. Ich keuche. Das kann nicht wahr sein. Ich drehe mich um.

Cooper und ich starren uns an. Mason stöhnt nur kurz auf, dann reibt er sich einmal mit der flachen Hand übers Gesicht. »War ja klar«, höre ich ihn murmeln.

Barfuß, mit nichts weiter bekleidet als engen pechschwarzen Boxershorts verharrt Cooper regungslos vor uns, und ich bin zu schwach, um wegzusehen. Stattdessen kralle ich meine Finger in die Decke auf meinen Armen, presse sie an meine Brust und kann erkennen, wie er seinerseits damit beginnt, mich zu mustern. Ich weiß, was er sieht: eine Frau mit wild vom Kopf abstehenden Locken, ungeschminktem Gesicht, Augenringen unter der Brille und einem Pyjama, der übersät ist mit kleinen bunten Sternen. Super.

Ich für meinen Teil möchte ihn nicht mustern.

Ich will das ehrlich nicht!

Der Geist ist willig, der Körper schwach ... denn meine Augen verselbstständigen sich, lassen ihren Blick über ihn wandern und saugen jeden Zentimeter seiner zart gebräunten Haut in sich auf. Das Beinband-Tattoo an seinem linken Unterschenkel nehme ich sofort wahr, und die feinen, sehnigen Muskeln seiner Beine ebenfalls. Seine Oberschenkel sind breit, ein Muskel zuckt darin direkt über dem Knie, und ich glaube, mein rechtes Lid macht einfach mal solidarisch mit.

Ohne es aufhalten zu können, wandert mein Blick weiter. Über die Boxershorts, das, was sich darunter abzeichnet und mir beinahe ein leises Stöhnen entlockt, bis hin zu seinen Hüftknochen, den Sehnen und Strängen, die ein wunderschönes V bilden. Dazwischen zeigen feine dunkle Härchen einen Weg auf, den ich am liebsten mit den Fingern nachfahren würde.

Ich kann nicht aufhören, es ist wie ein Rausch. Ich schaue über die definierte Brust, die breiten Schultern, das markante Kinn und lande dort, wo ich angefangen habe.

Bei seinem attraktiven Gesicht.

Seine Augen funkeln bedrohlich, sein Mund gleicht einer schmalen Linie, und meiner wird gerade so trocken, dass ich es nicht einmal mehr schaffe, zu schlucken.

Cooper wohnt hier. Ausgerechnet Cooper.

Ohne einen weiteren Ton von sich zu geben, verschwindet er wieder in seinem Zimmer und ich höre Mason laut durchatmen.

»Nimm es ihm nicht übel. Schlaf gut, Andie.«

Damit schließt er die Tür und lässt mich mit all meinen Fragen allein zurück.

14

*Du denkst, es kann gar nicht
verrückter werden? Du solltest das Leben
besser nicht herausfordern.*

Cooper

Das kann nicht passiert sein. Ich muss noch träumen. Fahrig reibe ich mir den Schlaf aus den Augen, bemühe mich darum, einen klaren Gedanken zu fassen.

Es brodelt so heiß und wild in mir, dass ich nicht weiß, was ich zuerst tun soll: Mason anschreien und danach verprügeln, irgendwas aus dem Fenster schmeißen oder rübergehen und Andie Hallo sagen … Hallo sagen, in den Arm nehmen, küssen, ihr den seltsamen Pyjama ausziehen.

Stöhnend lege ich den Kopf in den Nacken, während der Platz in meiner Boxershorts bedrohlich eng wird.

Sie ist hier. Sie ist nur zwei Zimmer weiter und wird da schlafen. Wie soll ich das nur aushalten?

Atmen. Ich muss atmen und mich beruhigen.

Drei …

Es ist okay, dass es nicht okay ist.

Zwei …

Es wird wieder okay sein. Irgendwann.

Eins …

Manchmal kann man nicht mehr tun als sein Bestes.

Sie ist hier. Im Pyjama. Mitten in der Nacht. Diese drei Sachen schießen mir immer wieder durch den Kopf ...

Atmen. Andie kann nichts dafür. Aber Mase! Bei Gott, ich bringe ihn um. Wie aufs Stichwort höre ich ihn ins Zimmer kommen und drehe mich augenblicklich zu ihm. Er lehnt sich an die geschlossene Tür und verschränkt die Arme vor der Brust; ruhig, abwartend.

»Was zum Teufel hast du dir gedacht?«

»Sprich gefälligst leiser, oder willst du, dass sie uns hört?« Die verschiedensten Emotionen spiegeln sich auf seinem Gesicht. Vermutlich so viele, wie sich gerade in mir vermischen und mich beinahe zu zerreißen drohen.

»Mase«, grolle ich, »was tut sie hier?«

»Es ist mitten in der Nacht, was denkst du denn? Sie übernachtet hier.«

Das Blut rauscht so heftig in meinen Ohren, wie das offene Meer bei Sturm tobt und wütet. Wild und laut – und noch dazu nagt bei seinen Worten in mir ein Gefühl, das dafür sorgt, dass sich meine Eingeweide krampfhaft zusammenziehen.

»Du hast mit ihr geschlafen? Bei uns? Und lässt sie bis morgen früh bleiben? Obwohl du weißt, dass ...« Ich beiße die Zähne fest zusammen, gebe ein Zischen von mir. Das Ganze verschlägt mir die Sprache. Vor allem aber die Tatsache, dass ich selbst kaum weiß, was ich eben sagen wollte. Oder nur zu gut.

Bedrohlich baue ich mich vor ihm auf, doch mein bester Freund grinst mit einem Mal herausfordernd und eine leise Stimme, ganz weit hinten in meinem Kopf, macht mich darauf aufmerksam, dass er mich lediglich provozieren will. Wütend fahre ich mir über den Nacken, drehe mich auf dem Absatz um und tigere durch das Zimmer.

»Haben wir jetzt auch noch einen Hund?«, frage ich bissig

und erkenne mich selbst kaum wieder. »Sie muss verschwinden.«

»Red keinen Scheiß, Coop. Ich werde sie um diese Uhrzeit nicht vor die Tür setzen.«

»Lass sie doch in deinem Bett pennen.«

»Ich habe nicht mit ihr geschlafen.« Ruckartig drehe ich mich zu ihm und mustere Masons ernstes Gesicht. »Ehrlich gesagt beleidigt es mich, dass du das von mir denkst. Du kennst mich schon so lange. Verflucht, wir haben noch in die Windeln geschissen, Lane! Und jetzt das? Wenn du nicht reden willst, ist das okay, aber wag es nicht …« Die Lippen fest aufeinandergepresst hält er inne. Ich bin zu weit gegangen, wenn er mich bei meinem Vornamen nennt. Das ist ewig nicht passiert. »Erstens arbeitet sie für mich, und zweitens bin ich im Gegensatz zu dir kein Idiot. Du sagst, sie würde dich an Zoey erinnern, und dass du dich den Gefühlen, die da in dir aufkommen, nicht wieder stellen willst. Scheiße, okay! Dann teile ich Andie eben jemand anderem zu. Kein Problem. Und ich verstehe dich. Ich war schließlich dabei, war immer da, wenn du mich gebraucht hast. Aber trotzdem höre ich, wie du ständig über sie redest, und ich habe eindeutig bemerkt, wie du sie ansiehst. Erzähl, was du willst, aber ich glaube, du schiebst sie weg, weil du sie magst.« Jedes seiner Worte lässt mich leicht zusammenzucken.

Mase lacht trocken auf und kommt auf mich zu. »Ich hab sie nicht hergebracht, um dich in eine beschissene Situation zu bringen. Ich musste nur schnell eine Entscheidung treffen, und selbst wenn ich dich damit verletzt habe, war es die richtige.«

Tief durchatmend erwidere ich seinen Blick. »Hat sie Probleme?«, frage ich nur knapp, und er nickt.

»Sie hat im Club geschlafen. Momentan hat sie wohl keine Bleibe und der Hund ist ihr zugelaufen.«

»Fuck.«

»Es ist deine Entscheidung.«

»Was meinst du?«

Er legt seine Hand auf meine Schulter. »Ich hab meine getroffen, als ich sie mit hergebracht habe. Du musst jetzt entscheiden, ob sie gehen soll.« Erschrocken starre ich ihn an. Dieser Mistkerl. »Nur ein Wort von dir, und ich setze sie morgen früh vor die Tür. Ich würde sie sogar feuern für dich.« Mason ist immer für mich da gewesen, er ist der Letzte, der es verdient hat, dass ich mich wie ein Arschloch aufführe. Mase hat mir immer geholfen, und ich weiß, das versucht er auch bei anderen. Weil er glaubt, selbst nicht gerettet werden zu können, versucht er, alle anderen zu retten. Keine Ahnung, ob er das bei mir jemals schafft.

»Und wenn nicht?« Mein Hals schnürt sich zu.

»Helfe ich ihr weiter und biete ihr das kleine Zimmer an, das seit fast zwei Jahren leer steht und das wir seitdem in irgendwas Nützliches verwandeln wollen. Sie wird Miete zahlen wie du. Ich muss ja was verdienen, wenn ich meine Wohnung mit euch teile.« Wieder dieses Grinsen. Dabei braucht er das Geld nicht. Nicht mal im nächsten Leben. Dylan und ich bezahlen so wenig, dass es vermutlich gerade mal die Nebenkosten deckt und die Einkäufe, die Mason häufig für uns erledigt oder liefern lässt. Und wir bezahlen auch nur, weil wir das so dringend wollen. Mase hat es ewig abgelehnt, aber bester Freund hin oder her: Ich werde ihm nicht auf der Tasche liegen, solange ich es verhindern kann. Dabei ist es irgendwie ohnehin sein Geld, schließlich arbeite ich für ihn. Beziehungsweise das seines Vaters, das er mit aller Macht auszugeben versucht, um seinen alten Herrn in den Wahnsinn zu treiben.

Gottverdammte Scheiße.

Das Engegefühl in meiner Brust nimmt zu, meine Handflächen beginnen zu schwitzen. Die Angst in mir will Nein sagen, will sie nicht hierhaben und das Angebot annehmen. Es wäre einfacher.

»Coop?«

Es wäre aber nicht das Richtige …

»Ist okay«, murmle ich nur, woraufhin er erleichtert nickt. Ich habe gerade meine Zustimmung gegeben, dass Andie hier wohnen darf. Wir sind ab jetzt Mitbewohner. Ich werde sie jeden Tag sehen. *Was hab ich nur getan?*

Für einen Moment habe ich das Gefühl, nicht mehr genug Sauerstoff in meine Lungen zu bekommen. Als wäre da ein Leck, das ich nicht stopfen kann.

»Dann kommt vielleicht auch mal ihre heiße Freundin vorbei«, platzt es aus Mason heraus, und ich verdrehe die Augen, während er kaum hörbar anfängt zu lachen und mir danach zuzwinkert.

Ohne ein weiteres Wort wendet er sich zum Gehen.

»Tut mir leid.« Ich muss es wenigstens einmal sagen. Es ist mir verdammt wichtig, dass er das weiß.

»Schon gut.«

Abgehackt schüttle ich den Kopf, doch das kann er nicht sehen, er steht mit dem Rücken zu mir und wartet ab.

»Einen Tag nachdem Andie in den Club kam, habe ich mit Zoey telefoniert. Es geht ihr soweit gut, sie ist glücklich. Zumindest sagt sie das. Bei mir war auch alles okay, ich hab das überwunden. Ich verstehe das nicht«, gebe ich zu. Jetzt dreht sich Mase doch noch mal zu mir, legt seine Stirn in Falten.

»Ängste muss man nicht verstehen, sie können kommen und gehen. Und was Andie angeht, solltest du dich etwas zusammenreißen. Egal, ob du sie auf diese Weise magst oder nicht, bitte vergiss eines nicht: Sie ist nicht Zoey. Und du bist nicht verantwortlich für das, was deiner Schwester passiert ist.«

15

*Die beschissenen Tage im Leben sind eigentlich
nur dazu da, um Anlauf zu nehmen für die besonderen
Tage. Von ganz unten lässt es sich nämlich
am höchsten fliegen.*

Andie

Nachdem ich die Couch ausgezogen und es mir mit Socke bequem gemacht hatte, starrte ich ewig lange an die Decke und habe über alles, was passiert ist, seit ich einen Fuß in diese Stadt gesetzt habe, nachgedacht. Über meine Träume, meine Naivität, meinen jämmerlichen Kontostand, über Dad und Lucas und Mom, über Junes Wünsche und meine. Über das Studium und all die *Was-wäre-Wenn*s. Über die *Was-mache-ich-Wenn*s …

Ich habe an Cooper gedacht und daran, wie er mich angesehen hat. Wie ich ihn angesehen habe.

Ich habe mich von Seite zu Seite gedreht, ohne Ruhe zu finden.

Jetzt ist es halb acht in der Früh und ich bin wach. Dafür musste ich mir nicht einmal einen Wecker stellen. Wenn ich es nicht längst wüsste, wäre das der perfekte Beweis, dass bei mir gerade etwas vollkommen schiefläuft, mich zu sehr beschäftigt oder außer Kontrolle gerät.

Socke liegt schwanzwedelnd zu meinen Füßen und hechelt.

Er lässt mich dabei nicht aus den Augen. Auf den ersten Blick mag der Name, den ich ihm gegeben habe, seltsam klingen und ein wenig schräg, aber er passt zu ihm. Er ist ein niedlicher kleiner Hund, vollkommen grau, nur seine Pfoten sind weiß und es sieht eben so aus, als würde er Socken tragen.

Mit einem beklemmenden Gefühl greife ich nach meiner Brille, setze sie auf, und obwohl es nicht schön werden wird, muss ich irgendwann aufstehen und danach mit Mason reden. Und früher oder später muss ich das auch mit June tun. Mit Cooper.

Ein letztes Mal atme ich mit geschlossenen Augen tief durch, bevor ich all meinen Mut und meine Kraft zusammennehme, aufstehe und die Tür vorsichtig öffne. Socke folgt mir hinaus, rennt aber danach sehr zielstrebig geradeaus ins Wohnzimmer. Er möchte bestimmt vor die Tür. Ich gehe gleich mit ihm, doch zuerst bin ich dran. Meine Blase hat sich eben lautstark gemeldet.

Gähnend reibe ich mir den Schlaf aus den Augen, während ich merke, wie die Nervosität vor dem Gespräch, das mir bevorsteht, in meinem Magen rumort. Dass ich so unausgeruht bin, macht es nicht besser.

Gedankenverloren schlurfe ich ins Bad und betrachte dabei meine Hand. Den Verband habe ich schon gestern früh abgemacht und die Wunde blutet nicht mehr, sie verheilt sogar recht gut. Ich gähne erneut und schaue auf.

Wahnsinn, was für ein Badezimmer. Wenn man eintritt, findet man rechts zwei wundervolle runde Waschbecken, über denen eine gigantische indirekt beleuchtete Spiegelwand hängt. Links an der Wand steht ein Regal voller Handtücher und sogar eine Pflanze, die noch lebt. Neben den Waschbecken, hinter einem kleinen Trennbereich, befindet sich das WC, und ich bin mir sicher, dass man, wenn man links um die Ecke geht, die

Dusche und vielleicht auch eine Badewanne findet. Aber ich will nicht zu neugierig sein. Außerdem muss ich jetzt wirklich, wirklich dringend. Also tänzle ich bereits seltsam auf der Stelle herum, während ich den Klodeckel anhebe und mich dann schnell darauf niederlasse. Das war knapp.

Erleichtert sitze ich da, schaue mich in dem gigantischen Raum mit den schwarzen Bodenfliesen und cremefarbenen Wänden um und … Was ist das für ein Geräusch? War das eben schon da? Ist das Wasser? Fließendes Wasser?

Oh nein, wispert eine Stimme in meinem Kopf. Die Tür war doch offen. *Wieso war die Tür offen?*, schreie ich innerlich, ziehe hektisch etwas Papier von der Rolle und dankbar meine Pyjamahose hoch, als ich fertig bin.

Dusche. Da duscht jemand. Ich betätige halb auf dem Sprung die Spülung, will sofort, als wäre der Teufel persönlich hinter mir her, aus dem Bad verschwinden – und zwar in einer Mischung aus Schleichen und Rennen.

Das Wasser ist aus. Heilige Scheiße! DAS WASSER IST AUS! Ich weiß gar nicht, was schlimmer ist: dass jemand noch duscht, während ich pinkle, oder dass er jetzt das verschissene Wasser abstellt, weil er fertig ist.

Gleich geschafft, die Tür ist nah. Vielleicht komme ich doch rechtzeitig hier raus.

Meine Hand drückt die Klinke herunter und … Ich vernehme Schritte, spüre Blicke im Rücken. Es könnte Mason sein. Es könnte der andere Mitbewohner sein.

Aber sie sind es nicht. Ich starre auf die Tür vor mir und weiß einfach, dass sie es nicht sind. Es ist Cooper. Mit zusammengepressten Augen schlucke ich schwer, merke, wie mir eine Gänsehaut über den Nacken läuft, zwischen den Schulterblättern den Rücken hinunter, und wie sich in mir alles zusammenzieht und ich schneller atme.

Ich sollte verschwinden. Stattdessen mache ich langsam die Augen auf, drehe den Kopf und schaue über die Schulter zurück. Ich tue es, ohne mich dagegen zu wehren oder zu verstehen, warum. Wenn ich ehrlich bin, habe ich in den letzten Tagen so viele fragwürdige Entscheidungen getroffen, dass es auf diese eine auch nicht mehr ankommt. Vermutlich bin ich kaputt gegangen, habe einen Kurzschluss oder leide an akuter Idiotie. Alles ist möglich. Mein Leben ist auf LSD und nimmt mich mit …

Cooper hält meinen Blick fest, und ich bemerke deutlich, wie sein Kiefer mahlt, wie angespannt er ist.

Das ist nur fair, ich bin es schließlich auch. Ich drehe mich um.

Das Handtuch um seine Hüften hält er krampfhaft fest. Wasser perlt von seiner Haut ab, springt in Tropfen von seinem Kinn und den Spitzen seiner Haare wie von einer Klippe, läuft einen Marathon über seine Schultern und seine Brust, zieht dabei die feinen Linien seiner Muskulatur nach. Ich folge ihnen, bin vollkommen gefangen in ihrem Spiel, und als Cooper sich in Bewegung setzt, direkt auf mich zu, gerät mein Herz aus dem Takt und mein Atem stockt. Es fühlt sich an, als würde ein ganzer Ameisenhaufen in meiner Brust explodieren, so sehr kribbelt es, so viel ist da gerade in mir, das sich miteinander vermischt. Mittlerweile befindet sich die Tür in meinem Rücken, und ich presse mich an sie, obwohl ich weiß, dass ich so nie hier rauskomme.

Nur noch drei Schritte, zwei, einer … Er bleibt unmittelbar vor mir stehen, und seine Präsenz ist so einnehmend, die Stille so zerbrechlich, das hier zwischen uns so seltsam faszinierend. Ich müsste nur die Hand ausstrecken, um ihn zu berühren. Müsste nur eine einzige Bewegung machen, um meine Neugierde zu stillen.

Ich lege den Kopf in den Nacken, bemerke, wie er mich betrachtet, und verfluche mich dafür, dass ich nicht will, dass er damit aufhört. Verfluche mich dafür, dass mein Körper sich von ihm angezogen fühlt, dass es in meiner Mitte zieht und kribbelt, dass mir heiß wird und – verflucht, selbst meine Nippel haben jegliche Selbstbeherrschung verloren.

Überrascht weite ich die Augen, als ein Wassertropfen von seinem Haar meine Unterlippe trifft; und ohne darüber nachzudenken, fahre ich mit meiner Zunge darüber, sauge meine Lippe ein und löse kein einziges Mal meinen Blick von ihm.

Was tue ich hier? Was passiert hier mit mir? Ich mag Cooper nicht einmal – oder?

Seine Augen verengen sich, sein Kiefer bewegt sich stärker und ein leises Knurren entfährt ihm, während sich die Muskeln an seinen Oberarmen weiter anspannen und ich fasziniert beobachte, wie die Vene an seinem Hals heftig pocht und hervortritt. Ich weiß nicht, was da in seinen Augen liegt, was sie so verdunkelt und was er in diesem Moment denkt, aber egal, wie sehr ich mich dagegen wehre und bisher gewehrt habe, eines weiß ich jetzt: dass ich es wirklich gerne herausfinden möchte.

»Es tut mir leid, die Tür war offen und ich …« Schwer schlucke ich die letzten der gewisperten Worte herunter. Cooper erwidert nichts. Er kommt mir noch näher, und ich halte die Luft an. Mein Körper verselbstständigt sich, ich bewege mich auf ihn zu, nicht von ihm weg, bis …

Bis sich die Tür in meinem Rücken leicht bewegt und ich verstehe, was er tut. Er öffnet sie für mich. Hitze schießt in meine Wangen, ich werde richtig nervös, weil meine Gedanken sich lichten.

»Schon gut. Ich hätte abschließen sollen.« Erschrocken halte ich inne. Bitte was? Das war … ich meine … Hat Cooper das gerade tatsächlich gesagt? Das klang beinahe wie eine

Entschuldigung. Nein, das kann nicht sein. Besonders nicht in Anbetracht dessen, was ich eben gefühlt, gedacht und sogar zu tun versucht habe. Ich glaube, ich wollte ihn gerade küssen.

Vollkommen perplex verlasse ich das Bad, dessen Tür sich hinter mir wieder schließt, und stehe leicht erregt und extrem verwirrt vor Socke, der freudig hechelt.

Das kann nicht sein. Ich fühle mich auf keinen Fall zu Cooper hingezogen. Nein! Automatisch schüttle ich den Kopf, um meinen inneren Monolog für alle nicht Anwesenden zu untermauern.

»Er ist griesgrämig. Wir finden ihn nicht interessant«, flüstere ich Socke zu, der daraufhin kurz aufbellt. Ich nehme das als Zustimmung.

»Andie?«

Mason tritt aus seinem Zimmer. Er trägt eine schicke Stoffhose, ein weißes Hemd, sieht aus wie frisch aus dem Ei gepellt. Das ist verrückt. Ist er ein Cyborg? Es ist Sonntag!

»Guten Morgen«, grüße ich ihn freundlich.

»Du bist ja schon wach.« Erstaunt kommt er auf mich zu, und ich gehe ihm ein Stück entgegen.

»Ja. Wenn ich ehrlich bin, habe ich nicht gut geschlafen.«

»Das kann ich verstehen. Wollen wir uns in die Küche setzen? Dann können wir über das reden, was passiert ist.« Ich nicke, obwohl ich am liebsten schreiend davonlaufen möchte. Der Stein in meinem Magen wiegt schwer.

»Ich würde mich gern vorher anziehen und …« Zähne putzen. Das hätte ich gern gesagt, aber dann fällt mir ein, dass Cooper noch im Bad ist und dass ich ihn eben quasi nackt gesehen habe.

Wenn man vom Teufel spricht. Die Tür schräg hinter mir geht auf. Cooper geht an mir vorbei, und ich bekomme eine Gänsehaut. Schon wieder. Auch wenn er jetzt Jeans trägt und ein Shirt, die Begegnung von eben ist mir nur allzu präsent. Ich glaube, der Anblick hat sich in meine Iris gebrannt.

»Morgen«, grummelt Cooper Mason zu, der nur wissend grinst, als sein Kumpel in seinem Zimmer verschwindet.

Neugierig, mit diesem forschenden Blick, der viel zu schnell Dinge errät und den ich von June kenne, mustert Mason mich, während ich anfange zu schwitzen und die Finger knete.

Ich räuspere mich. »Okay, ich komme gleich. Ich ziehe mich nur um und mache mich fertig. Wenn ich darf?«

»Ich stelle Kaffee auf«, antwortet er schlicht, und ich wünschte, er würde damit aufhören, so dämlich zu grinsen.

Wenige Minuten später ist meine Tasche gepackt, und meine Sachen stehen fertig an der Tür. Die Couch habe ich wieder eingezogen, die Decke ordentlich zusammengelegt. Ich dachte, es sei besser, das schon zu erledigen, vor dem unangenehmen Gespräch, damit ich mich danach so schnell wie möglich aus dem Staub machen kann. Damit es danach nicht noch unangenehmer wird.

Socke ist direkt bei Mason geblieben und mit ihm in die Küche getapst. Was ich mit dem kleinen Kerl mache, muss ich mir auch noch überlegen. Und mit dem Berg dreckiger Wäsche. Mit meiner finanziellen Lage und meinem Leben.

Morgen ist der erste Tag. Morgen startet für mich das erste Semester, und ich habe nicht erwartet, dass ich dann an einem Punkt meines Lebens stünde, an dem ich von Sorgen, Unsicherheit und Chaos geplagt werde. Wenn alles nach Plan gelaufen wäre, wäre ich wie June im zweiten Semester, wir wären von Anfang an zusammen gewesen, wären beide im Wohnheim und mein Fonds wäre gut gefüllt. Stattdessen gab es einen Rückschlag nach dem anderen.

June. Sie hat mir ein Dutzend Nachrichten geschrieben, weil sie sich Sorgen macht und mich sehen will und ein paar schlicht, um mich aufzumuntern. Ich hab nur schnell geantwortet, dass es mir gut gehe. Später rufe ich sie an. Sie wird mir so was von den Hintern aufreißen, aber jetzt muss ich erst mal die Sache mit dem Club und meinem Boss regeln.

»Augen zu und durch«, nuschle ich und wische mir meine vor Nervosität feuchten Hände an der Jeans ab.

Mason sitzt in der Küche an dem großen runden Tisch in der Mitte, den Hund direkt neben sich. Mir innerlich ein letztes Mal Mut zusprechend, trete ich ein und genieße den Duft von frischem Kaffee, der mich umgibt. Die Küche ist direkt ans Wohnzimmer angeschlossen, ist in silbergrauen und dunkelgrünen Tönen gehalten. Bis auf eine Wand, die vollkommen roh ist und an der graubrauner Stein zu sehen ist, uneben und mit leicht sandiger Optik. Es bricht mit der edlen und modernen Einrichtung und ich mag es sehr.

»Bitte, setz dich.«

»Danke«, murmle ich und nehme auf einem der Holzstühle Platz. Mason gießt mir in eine der Tassen Kaffee ein, schiebt mir danach den Zucker rüber und die kleine Kanne mit Milch. Der Kaffee riecht fantastisch, aber …

»Wieso sagst du nicht, dass du Kaffee nicht magst?« Sein Ton ist belustigt, und ich schaue ihn überrascht an. »Dein Gesicht verrät dich«, fügt er an. »Was möchtest du stattdessen? Wasser? Orangensaft?«

Mein Blick fällt auf den Wasserkocher auf der Arbeitsfläche neben dem Fenster. »Ein Tee wäre wundervoll.« Noch lieber wäre mir jetzt ein Ingwerwasser, aber danach zu fragen würde mir nicht im Traum einfallen. Es wäre unhöflich. Und Mason hat schon genug für mich getan.

Kurze Zeit später steht eine dampfende Tasse mit duftendem grünem Tee vor mir. Das Getränk mit beiden Händen umfassend nehme ich ein, zwei Schlucke und genieße nicht nur den Geschmack, sondern vor, allem das Gefühl, wie es mich von innen wärmt und ein Stück weit beruhigt.

»Fangen wir doch bei deinen Daten an«, beginnt Mason, beugt sich etwas vor, und erst in diesem Moment werde ich mir der Akte bewusst, die vor ihm auf dem Tisch liegt. Er dreht sie, und auf ihrer Front prangt mein Name. Mein voller Name. Als er die Mappe aufschlägt, entdecke ich das Datenblatt, das ich für Susannah bei Jobantritt ausfüllen musste.

»Da du im Club geschlafen hast, gehe ich davon aus, die Adresse hier ist falsch.«

Meine Finger beginnen zu zittern, also stelle ich die Tasse vorsichtshalber ab.

»Das ist Junes Adresse. Sie lebt im Wohnheim, nicht ich.«

»Deine Freundin?« Mason fixiert mich über den Rand des Papiers, und als ich ihm das bestätige, scheint er sich darüber zu freuen. Seltsam.

»Sehr gut.« Wenn er das sagt. Ich verstehe nicht, warum er so ruhig ist, warum er es mir bisher nicht übel zu nehmen scheint. »Die restlichen Angaben stimmen? Auch, damit dein Lohn bei dir ankommt.«

»Ja. Der Rest ist korrekt.« Wenigstens ist er so nett und zahlt mir den bisherigen Lohn aus. Ich schlucke schwer, mein Mund fühlt sich trotz Tee ganz pappig und trocken an.

»Andrada«, murmelt er. »Ein schöner Name. Genauso wie Lucía.« Über den plötzlichen Themenwechsel irritiert, sitze ich nur da und erwidere nichts. »Haben sie eine bestimmte Bedeutung?«

Ich räuspere mich leise und … schweige. Ohne es verhindern zu können, drehe ich leicht den Kopf, schaue zur Seite und vergesse dabei, dass ich von hier aus nicht die Zimmer und erst recht nicht Cooper sehen kann.

Gerade noch rechtzeitig kann ich mich davon abhalten, mich komplett umzudrehen, und versuche stattdessen, meine Bewegungen irgendwie zu kaschieren. Leider ohne Erfolg.

»Keine Angst. Ich werde das, was du mir erzählst, für mich behalten, wenn du das möchtest. Du musst mir diese Frage auch nicht beantworten. Allerdings muss ich darauf bestehen, dass du mir erklärst, warum du in meinem Club geschlafen hast.«

Meine Finger krallen sich verzweifelt an der Teetasse fest, während ich auf meiner Unterlippe kaue. Mir ist etwas übel.

»June und ich sind schon ewig Freunde. Wir wollten beide hier studieren, zusammen.« Komm schon. Je schneller du es erzählst, umso eher hast du es hinter dir. »June hat sofort einen Platz bekommen und ein Stipendium obendrauf. Die Adresse ist die ihres Wohnheims. Ich bin erst vor einigen Tagen angekommen, morgen beginnt mein erstes Semester. Zwar habe auch ich einen Studienplatz für Eventmanagement, aber kein Zimmer bekommen. Und auch kein Stipendium.« Die letzten Worte spreche ich so leise, dass selbst ich sie kaum verstehe. Ich kann Mason nicht mehr ansehen, also senke ich den Blick. »Meine Noten waren nicht gut genug und das Quäntchen Glück fürs Wohnheim hat wohl gefehlt. Die meisten Wohnungen sind ziemlich teuer und … Ich wollte einige Zeit bei June bleiben, aber vor vier Tagen sind wir erwischt worden und ich musste gehen. In wenigen Tagen habe ich einen Besichtigungstermin.« Das Gefühl, dass nichts davon richtig miteinander zusammenhängt oder Sinn ergibt, wenn ich es ausspreche, vergrößert mein Unbehagen ins Unermessliche. Es gibt so viel mehr zu sagen, das weiß ich, aber ich kann nicht mehr. Meine Kehle schnürt sich zu, meine Augen brennen.

»Verstehe«, erwidert Mason nur. Eine Weile sitzen wir schweigend da.

»Meine Mom hat mir den Namen gegeben. Dad hatte da nicht viel zu sagen«, beginne ich irgendwann nachdenklich. »Sie war Spanierin, Lucía war der Name meiner Großmutter und Andrada gefiel ihr einfach. Es bedeutet: die Mutige. Mom hat immer gesagt: ›Am mutigsten sind wir, wenn wir Angst haben. Hab keine Angst vor der Angst, hab keine Angst, mutig zu sein. Wenn du die eine Seite des Lebens annimmst, nimm auch die andere an. No hay rosas sin espinas‹«, wispere ich. »Es gibt keine Rosen ohne Dornen.« Eine Träne rinnt meine Wange hinab, und ich schlucke ein Schluchzen hinunter, begrabe es tief in mir; zusammen mit der Erinnerung an meine Mutter, die mir diese hoffnungsvollen Worte noch zugeflüstert hat, als sie bereits im Sterben lag. Mit dem Finger greife ich unter die Brille und wische die nächsten Tränen schnell weg. Mein Räuspern ist furchtbar laut, hört sich an wie ein Schrei in vollkommener Stille.

»Aber aus Andrada wurde schnell Andie. Ich mag beide Varianten.« Ich versuche mich an einem Lächeln. Mason schaut mich mitfühlend an.

»Dein Verlust tut mir sehr leid.« Er hat es also gehört. Das kleine Wörtchen *war*. Ich hasse es. Ich muss es seit zwei Jahren benutzen. Mom war schön, sie war klug, sie war laut und lustig. In meinem Herzen *ist* sie das noch heute.

Und nun? Ich traue mich nicht, Mason zu fragen, ob ich meinen Job wirklich verliere.

Er schlägt meine Personalakte zu. Die in sich verschränkten Finger legt er auf der Mappe ab.

»Ich bin Mason, mein Vater ist Alan Greene, der Gründer eines milliardenschweren Immobilien- und Wirtschaftsunternehmens mit Sitz in Seattle, New York und Washington, das mich kein Stück interessiert, und meine Mutter ist Eleonore Greene, gescheiterte Designerin, seit sechs Jahren von ihm ge-

schieden und von ihrer Abfindung lebend. Ich denke, es ist nur fair, dass ich dir das jetzt erzähle.« Überrascht nehme ich die Informationen über ihn auf und versuche, sie zu verarbeiten.
»Da wir das geklärt haben: Ich möchte nicht, dass du weiterhin in meinem Club schläfst.«

Die Worte treffen mich wie Hammerschläge. »Nahezu in jedem Raum ist es ungemütlich und es bleibt ein Club, kein Hotel oder sonst was. Du solltest also hierbleiben.«

Bis zu diesem Moment habe ich nicht gewusst, dass man sich an seiner eigenen Spucke verschlucken kann. Ich bekomme einen Hustenanfall. Völlig verdattert sitze ich da und kann nicht glauben, dass er das eben gesagt hat.

»Ich soll hier einziehen?«, frage ich perplex und mit zittriger Stimme.

»Wieso nicht? Das eine Zimmer ist frei. Leer ist der Raum eine Verschwendung. Von hier aus braucht man außerdem keine zwanzig Minuten zur Uni mit dem Bus und noch weniger zum Club.« Er sieht locker und lässig aus, während er sich weiter auf seinem Stuhl zurücklehnt und mich anlächelt. Er lächelt, er grinst nicht. Und es wirkt aufrichtig. Und ich kann das immer noch nicht begreifen. »Natürlich ziehe ich dir die Miete vom Lohn ab. Cooper und Dylan bestehen drauf, welche zu zahlen, da du ähnlich stur wirkst, gehe ich davon aus, du möchtest das auch. Es sind nur dreihundert Dollar, aber wenn die Jungs sich damit besser fühlen …« Jetzt zuckt er mit den Schultern und lacht kurz auf. »Und, was sagst du?«

»Das ist viel zu wenig.«

»Hast du denn mehr?« Nun macht er sich über mich lustig. *Warum tut er das?* »Ich kann das nicht annehmen«, keuche ich. Ich kenne Mason nicht, auch nicht Cooper oder diesen Dylan. Ich … Innerlich raufe ich mir die Haare. Es bleibt trotzdem eine einmalige Gelegenheit.

»Klar kannst du. Nimm das Zimmer. So lange, wie du möchtest. Dylan wirst du mögen, er ist zwar still, aber freundlich. Cooper – nun, den kennst du ja schon.«

Ich muss die Augen kurz schließen, mein Kopf dreht sich.

»Du bist mein Boss und … Cooper … ich meine …« Gott! Dieses Stottern.

»Hier bin ich einfach nur Mason. Wir werden Freunde, ich fühle das.« Er zwinkert mir zu. »Und Cooper hat längst zugestimmt.«

Atme, Andie. Tief Luft holen. Ich kann förmlich sehen, wie Monk-Andie der Pompon-Andie die Sauerstoffmaske vors Gesicht hält. Äußerlich könnte ich wie ein reifer, erwachsener Mensch wirken, der gemächlich über seine Optionen nachgrübelt, innerlich stehe ich kurz vor einem Kollaps.

»Es ist für ihn okay?«, hake ich nach, und Mason setzt wieder diesen seltsamen Blick auf.

»Frag ihn das doch nachher selbst, oh, mutige Andie!« Mit Sarkasmus kann ich gerade echt nicht umgehen.

Das alles wird so mächtig in die Hose gehen und über mir zusammenbrechen. Ich kann es fühlen – und Junes Ausdruck sehe ich schon vor mir, wenn ich ihr alles erzähle.

Kann ich das Angebot annehmen? Kann ich es überhaupt in Erwägung ziehen? Tue ich es nicht längst?

Die Gedanken daran sorgen dafür, dass ich anfange, mich zu schämen. Mein Verstand sagt mir, dass das Blödsinn ist. Dass es in Ordnung ist, wenig zu haben, dass schwere Zeiten kommen und gehen und ich einfach dankbar sein sollte. Doch das ist oft nicht so leicht. Gefühle sind eine Sache für sich. Sie lassen sich nicht gerne vorschreiben, wann sie da sein sollen und wann nicht, und am wenigsten lassen sie sich sagen, was sie fühlen sollen oder wie sie gefühlt werden sollen. Vielleicht ist es Scham. Vielleicht ist es Stolz. So oder so, es fühlt sich beschissen an.

Ich meine, was wären meine Optionen?

Ich muss nicht über sie nachdenken. Das Zimmer hier ist das Beste, was mir im Moment passieren kann.

Aber ... ich werde Cooper jeden Tag sehen. Immer.

Er hat zugesagt, hallt es in mir wider.

»Ich nehme das Zimmer.« Die Worte verlassen meinen Mund nachdrücklicher als erwartet. »Und du hast recht, die Miete ist das Minimum und ... danke.« Ich hoffe, Mason merkt, *wie* dankbar ich ihm bin. Ich werde es ihm noch mal sagen, wenn ich klarer denken kann.

Der Hund zu meinen Füßen fängt an zu jaulen. »Mist. Dich habe ich fast vergessen.« Ich trinke den letzten Rest Tee mit einem großen Schluck aus und erhebe mich.

»Der Hund kann auch bleiben. Er ist niedlich.«

»Wirklich?« Mit hochgezogenen Augenbrauen betrachte ich den kleinen Kerl. »O-okay. Tut mir so leid, ich sollte mit Socke wirklich rausgehen. Bei nur dreihundert Dollar Miete kann ich es mir nicht leisten, dass er auf das gute Parkett pinkelt«, scherze ich, und es fühlt sich so gut an. Ich fühle mich etwas benebelt, aber gleichsam so leicht und dieses Mal wurde ich gerne vor Freude weinen und nicht, weil es mir nicht gut geht. June wird ausflippen. Ich sollte sie dringend anrufen. Und ich sollte nicht vergessen, den Besichtigungstermin abzusagen. Denn ich habe ein Zimmer. Das ist so unglaublich verrückt.

»Socke?«, fragt Mason sichtlich verwundert.

»Ja, das ist sein Name.«

»Das ist der seltsamste Name, den ich je gehört habe.«

»Auf den ersten Blick. Auf den zweiten nicht mehr. Guck, er sieht aus, als würde er Socken tragen.«

Vollkommen verwirrt folgt Mason meinem Finger, betrachtet die Pfoten des kleinen vor mir sitzenden und sich freuenden Hundes.

»Tatsächlich. Daher der Name?«

»Na ja, und wegen Kevin Costner.«

»Jetzt bin ich raus.«

Das bringt mich zum Lachen.

»Mom hat den Film *Der mit dem Wolf tanzt* geliebt, wir mussten ihn so oft mit ihr gucken, dass mein Bruder und ich irgendwann bei den meisten Szenen mitreden konnten. Den Inhalt zu erklären dauert jetzt zu lange, nur so viel: Der Leutnant, gespielt von Kevin Costner, den meine Mom wirklich sehr heiß fand, begegnet irgendwann einem Wolf, den er Socke nennt. Er hatte auch solche Pfoten.«

»Hm«, entgegnet Mason nachdenklich. »Den musst du mir bei Gelegenheit zeigen. Und nun begleite ich dich und zeig dir die Gegend. Andie, die mit dem Hund tanzt.«

16

*Nur die Momente, in denen man
kein Wort herausbekommt, obwohl man so viel
zu sagen hat, zählen.*

Cooper

Eben fiel die Haustür ins Schloss, und ich hab mich aus meinem Zimmer gewagt. Ein ziemlich ausgeklügelter Plan, so werde ich Andie bestimmt auf ewig aus dem Weg gehen können, jetzt, da sie hier wohnt. Ich verdrehe über mich selbst die Augen.

Mit den Händen in den Hosentaschen schlendere ich zu dem Raum, der all die Zeit leer stand. Erst wollten wir ein Gästezimmer daraus machen, bis wir gemerkt haben, dass wir kaum Zeit für Besuch haben und Hauspartys weniger mögen als andere. Danach wollte Mase ein Mini-Heimkino für maximal acht Personen einbauen, samt authentischer Sitze. Das habe ich ihm glücklicherweise ausreden können, der Fernseher im Wohnzimmer ist groß genug und wir brauchen keine Popcornmaschine. An dem Plan, einen Escape Room daraus zu machen, ist er gescheitert. Ein paar Wochen haben wir unsere Wäsche darin getrocknet, statt sie im Keller aufzuhängen. Und das ist auch schon die ganze Geschichte dieses traurigen Zimmers.

Nachdenklich schaue ich mich um. Der Spiegel stand bereits hier, als Mason die Wohnung zu Studienbeginn erworben hat, und das Sofa diente mir als Schlafgelegenheit, bis ich genug Geld zusammenhatte, um mir ein richtiges Bett leisten zu können. Jetzt schläft Andie darauf. Da, wo ich vorher lag.

Vor mich hin grummelnd stoße ich mich vom Türrahmen ab und gehe zurück in mein Zimmer, wo ich nach meinem Block und dem Grafitstift greife und mich auf den gigantischen Sitzsack fallen lasse, der direkt vor dem bodentiefen Fenster seinen Platz gefunden hat. In diesem Augenblick bricht die Sonne durch die Wolkendecke und scheint herein. Ohne lange zu überlegen, setze ich den Stift an, lasse ihn schnell und leicht über das Papier gleiten. Ich weiß nicht genau, was ich zeichnen möchte und welche Konturen ich ziehe, doch während ich das tue, frage ich mich, was Mason und Andie gerade machen, wo sie sind und worüber sie reden. Hat er ihr schon gesagt, dass sie hier einziehen kann? Hat sie sich gefreut? Oder sagt sie Nein, weil sie nicht in meiner Nähe sein möchte? Ich könnte es ihr nicht verübeln.

So viele Fragen durchfluten mich, und ich gebe sie frei, halte sie nicht fest, sondern kanalisiere sie und den Rest meiner wirren Gedanken durch den Stift in meiner Hand. Linie um Linie merke ich, wie sich meine Muskeln entspannen.

Bis ich innehalte und einen ersten distanzierten und prüfenden Blick auf die Skizze werfe. Bis ich verstehe, was ich da überhaupt zeichne. Andies Gesicht, die Züge ihrer Nase und Lippen, ihre langen Wimpern, ihre Augen …

»Scheiße!« Mit voller Wucht pfeffere ich den Block von mir, sodass er mit umgeknickten Seiten auf dem Boden landet. Beinah verzweifelt fahre ich mir wieder und wieder durch die Haare und über das Gesicht, bis ich meinen dröhnenden Kopf ganz in meine Hände sinken lasse. Ich werde sie nicht los! Ich werde sie einfach nicht los …

Erschrocken fahre ich hoch, als etwas seitlich eins meiner

Beine streift. Nach zwei, drei Sekunden wird mir klar, dass das ein kleiner Hund ist. Wahrscheinlich der, der heute Nacht gebellt hat. Der wohnt jetzt wohl auch hier …

Mit schräg heraushängender Zunge schaut er mich aus seinen braunschwarzen Augen an.

»Socke? Socke! Ach verdammt.« Andie steht atemlos in der Tür und stockt, als sie mich entdeckt. Mich und ihren Hund, der kein Stück auf sie hört, zwischen meinen Beinen vor dem Sitzsack.

Andies Nasenspitze ist leicht gerötet, genau wie ihre Wangen, und nach kurzem, deutlich erkennbarem Zögern reckt sie ihr Kinn und ballt ihre zierlichen Hände zu Fäusten. Sie sieht mit Sicherheit niedlicher aus, als sie es vorhat oder von sich denkt. Während sie zielstrebig auf mich zukommt, erkenne ich, dass der Verband um ihre Hand fort ist. Anscheinend heilt die Wunde und alles ist okay. Das ist gut.

Völlig ungeniert beobachte ich sie und komme zu dem Schluss, dass das jetzt auch egal ist. Andie wohnt hier, sie arbeitet mit mir, verflucht, die Frau hat sich in mein Leben gesetzt wie eine alte Dame in einen Schaukelstuhl: unerwartet schnell, mühelos und ziemlich effektiv. Und sie wird wahrscheinlich eine Zeit lang dort sitzen bleiben.

Kurz bevor sie bei mir ankommt, lege ich meine Unterarme auf die Knie und sehe dann zu, wie sie den Hund hochhebt. Dabei weht ihr Duft zu mir, und bei Gott, sie riecht fantastisch. Wie eine frische Brise, wie ein Blumenbeet an einem sonnigen Frühlingstag. Gerade noch rechtzeitig kann ich mich davon abhalten, eine ihrer langen Locken, die ihr über die Schulter gefallen sind, zwischen die Finger zu nehmen. Verflucht, was ist nur mit mir los? Ich bin doch kein Teenie mehr.

Gerade als ich dachte, mich ein wenig zu entspannen und abzuschalten, fange ich an, Andie zu malen – und nun steht sie schon wieder vor mir und ich bin vermutlich sehr viel, aber nicht entspannt!

Abwartend bleibe ich sitzen, richte mich nur etwas mehr auf und schaue zu, wie sie über das Fell des Hundes streicht.

Ich hoffe, dass sie direkt und ohne weitere Worte kehrtmachen wird, doch statt zu verschwinden, kräuselt sie ihre Nase, was dazu führt, dass ihre Brille ein Stück hochgedrückt wird, und erwidert ruhig meinen Blick.

»Es tut mir leid, dass ich hier so reinplatze. Der Hund muss noch viel lernen.« Sie macht eine Pause, man kann ihr ansehen, dass sie noch etwas sagen möchte, aber sie tut es nicht.

Jetzt ist der Moment da, in dem sie einfach geht.

Mit einer geschmeidigen Bewegung erhebe ich mich.

»Wenn du mit irgendwas Hilfe brauchst, den Möbeln oder so …« Den Rest bekomme ich gar nicht mehr raus. Und ich begreife erst, was ich getan habe, als es zu spät ist. Ich Idiot. Distanz wahren ist was anderes.

Doch sie schaut über die Schulter und lächelt.

Sie lächelt mich an, wie sie es seit Tagen nicht getan hat, offen und ehrlich glücklich, vielleicht auch ein wenig verwundert. Es ist die Art von Lächeln, die mich aus der Bahn wirft und fesselt. Dasselbe Lächeln, das sie auf dem Gesicht hatte, als sie das erste Mal in den Club kam. Das, von dem ich mir wünschte, ich würde es nie wieder sehen – und gleichzeitig in jeder Minute an jedem Tag.

Ich sehe Andie an und alles in mir schmerzt.

Was, wenn ich sie nicht beschützen kann?

Ich muss es versuchen …

17

*Das Gefühl, anzukommen, gehört zu den
schönsten Gefühlen der Welt.*

Andie

Atemlos schließe ich die Tür hinter mir und Socke. Nachdem wir von dem Spaziergang zurück sind, ich Cooper über den Weg gelaufen bin, meinen Job noch habe und in *mein* Zimmer komme, ist der Augenblick gekommen, in dem ich verstehe, was passiert ist. Der Moment, in dem meine Knie kurz davor sind, einzuknicken, und ich stattdessen ein jammerndes Geräusch ausstoße, schnell die Hände vor den Mund schlage, nur um danach leise vor Glück zu schluchzen. Der Moment, in dem ich mit einem stummen Freudenschrei in die Luft springe und mir Socke für einen kleinen Tanz schnappe.

Ich habe eine Wohnung. Ein Zimmer, eine Bleibe.

Ich habe so viel Glück.

Still danke ich dem Universum oder wer auch sonst dafür verantwortlich sein mag, und denke, dass es Zeit ist, June anzurufen. Und danach meine Familie. Damit sie wissen, dass alles okay ist. Sie haben keine Ahnung von all meinen Problemen, all den Dingen, die mich umtreiben, und das ist gut so. Sie sollen sich keine Sorgen machen.

Aufgeregt lasse ich Socke herunter und ziehe das Handy aus meiner Hosentasche, um Junes Nummer zu wählen. Es klingelt fünf- oder sechsmal, bevor sie sich mit undeutlicher Stimme meldet.

»Morgen.« Als ich ihre Stimme höre, lächle ich so breit, dass meine Wangen schmerzen.

»Es kommt selten vor, dass ich das Vergnügen habe, dich zu wecken«, sage ich überglücklich und kann mir das Grinsen einfach nicht aus dem Gesicht wischen. Ich lasse mich schwungvoll auf die Couch in meinem neuen Reich plumpsen.

»Genieße es schweigend«, entgegnet June, und wir fangen beide an zu lachen. Sofort wird sie wieder ernst. »Ich hab mir Sorgen gemacht. Verdammt, Andie! Du gehst seit Tagen nicht ans Telefon, wenn ich anrufe. Ich bekomme immer nur kryptische Nachrichten – von wegen alles sei gut –, und wenn ich in den Club komme, um nach dir zu sehen, schiebst du mich weg.«

Eine Welle der Schuldgefühle überrollt mich. Sie hat recht. Ich bin die Tage nicht fair zu ihr gewesen, dabei hatte ich nichts anderes im Sinn, als sie nicht allzu sehr mit meinen Problemen zu belasten. Davon hatte sie die letzten Jahre genug.

»Sagst du mir jetzt, wie es dir geht? Wie es dir wirklich geht. Und wo du steckst? Und zwar die Wahrheit!«

»Ich hab eine Wohnung.«

Ich kann hören, wie Junes Decke raschelt, wie es knittert und rumpelt. »Was?«, schreit sie ins Telefon. »Wo? Bei wem? Alleine? Wie? Gott, Andie!«

Ich hole Luft. »Ich wohne bei Mason.«

Es ist so still auf der anderen Seite, dass ich für eine Sekunde denke, June habe aufgelegt, doch dann dringt ihr lautes Lachen an mein Ohr und sie braucht ein wenig, um sich zu beruhigen. »Guter Witz, Süße. Guter Witz.«

Wieder Stille. »Oh mein Gott, das ist kein Witz«, haucht sie entsetzt. »Wie ist das passiert? Wir reden doch hier über Mason-Mason. Also Mason-Boss, Mason-Idiot, Mason-hat-es-verdient-einen-Cocktail-übergeschüttet-zu-bekommen?«

Ich verziehe den Mund. »Du weißt, dass ich dir da nicht bei allen Bezeichnungen zustimmen kann.«

»Ich glaub es nicht. Wie? Hast du …?«

»Was? Nein!« Meine Wangen werden rot, ich spüre es. Und die Hitze zieht sich über meinen Hals, mein Dekolleté. Unmittelbar erscheint Cooper vor meinem inneren Auge. »Nein, ich hab nicht mit Mason geschlafen. Das überlasse ich dir«, füge ich witzelnd hinzu, und sofort prustet sie los.

»Nicht in diesem Leben. Auf keinen Fall.«

»Er hat mich gefunden. Im Club.«

»Scheiße. Hast du da etwa gepennt?«

Ich antworte nicht.

»Ich hab gedacht, du hättest irgendwo eingecheckt. Wenn ich könnte, würde ich dich schütteln und umarmen gleichzeitig, am liebsten würde ich mit dir schimpfen. Wie kannst du das mit dir selbst ausmachen? Ich hätte dir geholfen. Hätte dir was geliehen oder das Motel für eine Weile übernommen, so lange es eben gegangen ware. Wir haben schon so viel durchgestanden. Wieso hast du nichts gesagt? Wieso zum Teufel hast du nichts gesagt, Andie?« Ich höre June leise schniefen, und mein Hals schnürt sich zu. Ich könnte lügen, könnte drum herumreden, aber das hat meine beste Freundin nicht verdient.

»Ich hatte Angst. Ich dachte, ich müsse wieder heimfahren. Manchmal wollte ich das sogar. Und ich hab mich geschämt, weil ich … ich hab im Lager geschlafen, während der Unistart vor der Tür steht, und gleichzeitig hab ich kaum was auf dem Konto. Kaum Puffer. Es war zu viel für mich. Alles, was wir vorhatten, was wir uns gewünscht hatten, wurde von der Realität zerquetscht. Das hat wehgetan.«

Danach haben wir nur die Kraft, uns anzuschweigen. Eine Minute, zehn Minuten – ich weiß es nicht. Aber es tut gut. Es ist diese Art des Schweigens, in der man etwas sagt. Ganz ohne Worte. In der die Gedanken sich ordnen und Gefühle sich niederlegen, weil man sie verarbeiten kann. Und die einen etwas abschließen lässt, um etwas Neues zu beginnen. Es ist die Art des Schweigens, die nur Freunde kennen, die einen bis auf den Grund ihrer Seele verstehen; die all deine Geheimnisse und Fehler und Narben kennen, all deine Tiefen und dunklen Ecken und dir mit einem Lächeln die Hand reichen, um mit dir hineinzuspringen.

»Mason hat dich gefunden?«, hakt sie irgendwann nach.

»Ja. Ich dachte, er würde mich feuern. Ich hab dagelegen, in seinem Club, in einem Schlafsack mit einem Streunerhund auf dem Schoß und hab ihn mit Nachos und Guacamole beworfen.«

»Ich weiß nicht, ob ich zuerst nach der Guacamole fragen soll oder nach der Sache mit dem Hund«, gibt sie unschlüssig zurück.

»Er heißt Socke«, erwidere ich breit grinsend und ein wenig nostalgisch.

»Oje! Deine Mom würde ihn lieben.«

»Das würde sie. Und ich mag ihn auch. Er darf mit einziehen.« Ich seufze, weil ich dauernd den Faden verliere. »Auf jeden Fall hat Mason mich mitgenommen und mich in einem kleinen freien Zimmer seiner Wohnung übernachten lassen. Heute Morgen habe ich ihm alles erklärt. Na ja, soweit ich das konnte, und er hat mich gefragt, ob ich das Zimmer behalten will. Ich hab Ja gesagt.«

»Scheiße!« June flucht ziemlich laut und genervt, und ich halte verwundert inne. »Jetzt hat mir das mit der Ananas tatsächlich einen Moment leidgetan. Verflucht seist du!«

Ich lache sie aus. So sehr, dass Socke vor mir mit wedelnder Rute umherrennt und jaulende Geräusche macht.

»Nein, ich … ich freue mich sehr für dich. Siehst du? Wir können es schaffen. Wir können dieses Studium zusammen durchziehen, das wir machen wollen, seit meine Mom die schlechtesten Partys zu meinen Geburtstagen, Events oder sonst was veranstaltet hat.«

»Erinnerst du dich an die Gemüsetorte, die sie zu deinem zehnten Geburtstag kreiert hat, damit du nicht in die Breite gehst wie deine Tante Tara?«

Wir prusten los. Tante Tara ist eine wunderschöne Frau, die stolz ist auf jeden Zentimeter ihres Körpers. Wir wussten schon als Kinder, dass Junes Mom anders war. Falls sie ihre Tochter je wirklich bedingungslos und mit all ihren – wie sie es nannte – Unzulänglichkeiten liebte, so hat sie es nie geschafft, es ihr zu zeigen. Ab da wollten wir eine eigene Firma gründen, um Menschen zu helfen, schöne Events auf die Beine zu stellen, Galas oder Wohltätigkeitsveranstaltungen und mehr. Um sie glücklich zu machen. Um ihnen zu helfen, andere glücklich zu machen, oder auch einfach, um etwas zu schaffen, ein Teil von etwas zu sein. Einem Prozess, einem Werk, einer anderen Idee. Aus unserer Idee wurde jedenfalls ein Traum. Einer, der bis heute angehalten hat. Außerdem sind wir ein gutes Team. Ich plane gerne und denke, dass ich es ganz gut kann. Und June? Sie ist der perfekte Mensch, wenn es an die Umsetzung geht. Ihr Tatendrang, Mut und ihre Entschlossenheit sind mein Gegenpart.

»Auf jeden Fall bin ich beruhigt und froh darüber, dass alles gut ist. Zumindest jetzt. Und dass du dir keine Gedanken mehr um ein Dach über dem Kopf machen musst.«

»Cooper wohnt auch hier!«, platzt es aus mir raus, und ich kneife die Augen zusammen, stöhne innerlich auf.

»Was?«

»Cooper und Mason sind gute Freunde. Er wohnt auch hier, und Dylan. Den habe ich aber noch nicht kennengelernt.«

»Eine Männer-WG! Gott, erzähl das nicht deinem Dad. Sonst wird er mit den anderen herkommen, dich retten wollen und die Jungs einer eingehenden Befragung unterziehen. Okay, dein Dad würde wahrscheinlich erst mal überprüfen, wie es um ihre Allgemeinbildung steht.« Erst will ich darüber lachen, doch dann verziehe ich das Gesicht. Oh Mann, sie hat recht! Dad war Lehrer und hat noch immer einen unerschütterlichen Drang, Menschen über alles Mögliche aus- und abzufragen, sie manchmal damit in Verlegenheit zu bringen. Und natürlich bei Fehlern unweigerlich zu korrigieren. Mom hat es sein Klugscheißer-Gen genannt. Ich sollte dieses Detail meiner Wohnsituation wohl besser vor ihm verheimlichen. Vorerst.

»Cooper also«, murmelt sie in viel zu piepsigem Tonfall.

»Ich muss auflegen. Wir treffen uns morgen früh in der Uni, in Ordnung? Haupteingang.«

»Ach, komm schon! Erzähl mir nicht, dass du ihn nicht magst oder wenigstens interessant findest. Anziehend? Süß? Irgendwas ist da doch, ich fühle es.«

»Er ist jetzt mein Mitbewohner, wir arbeiten zusammen. Das reicht ja wohl. Und ich …« Verdammt. »Er ist interessant, okay? Zufrieden?«

»Und er ist süß! Ich hab ihn mir mal genauer angesehen, während du hinter der Bar warst. Ein bisschen grumpy vielleicht, aber auf jeden Fall niedlich.«

»Soll ich meine Libido schnell bei dir vorbeibringen? Dann könnt ihr euch eingehend über dieses Thema unterhalten und ich hab meine Ruhe.«

»Verflucht, es ist ernster als gedacht. Du findest ihn richtig heiß! Ich wette, du hast ihn dir schon nackt vorgestellt.«

»Ich denke, wir lassen das jetzt.« Ich erwähne nicht, dass ich das nicht musste.

»Interessant und heiß und sexy«, zählt sie auf.

»Ich lege jetzt auf, June, ich liebe dich …«

»Oh mein Gott, du findest ihn sooo verdammt schön!«, schreit sie jubelnd, und ich lege auf. Sie wird es mir nicht übel nehmen. Denke ich.

Am nächsten Morgen bin ich so aufgeregt, dass ich nichts frühstücke, auch wenn Mason mir mitgeteilt hat, dass ich mich in der Küche bei allem bedienen könne. Ich solle mich wie zu Hause fühlen, schließlich wäre es das jetzt irgendwie, und ich musste mich schwer zusammenreißen, ihm nicht um den Hals zu fallen.

Er hat mich am Abend mit zur Arbeit genommen. Mit Jack zusammen hinter der Theke hat es so unglaublich viel Spaß gemacht, dass ich kaum gemerkt habe, wie die Zeit verflogen ist. Ich kann bereits die ersten Cocktails mischen, und einige Longdrinks kenne ich auch auswendig. Die Arbeit als Barkeeperin macht mehr Spaß, als ich je vermutet habe.

Der kleine Rucksack, den ich extra für das Studium eingepackt habe, ist mit einem Block und einem Notizheft gefüllt, mit Stiften, einem Plan vom Unigelände, Dutzenden Post-its und natürlich einem Schokoriegel für den Notfall. June wird unausstehlich, wenn sie unterzuckert ist.

»So, mein Kleiner.« Liebevoll kraule ich Socke hinter den Ohren. »Nachher besorge ich dir endlich einen richtigen Napf, genug Hundefutter und eine ordentliche Leine. Dann muss ich dich nicht mehr mit einem Gürtel ausführen oder ganz ohne, und Angst haben, dass du wegläufst. Und ich kann damit aufhören, dich mit Wurst aus dem Kühlschrank zu füttern.« Er lehnt sich mit dem Kopf gegen meine Hand und genießt die Streicheleinheiten sichtlich, während er auf dem Sofa liegt. »Ein Bett besorgen wir dir ebenfalls.« Mit dem Job und der Wohnung kann ich wohl ein bisschen von dem abzwacken, was noch auf meinem Konto liegt. Zumindest für Socke und vielleicht auch für mich, selbst wenn sich alles in mir dagegen sträubt.

Den Rucksack schulternd wende ich mich zum Gehen, werfe einen letzten Blick zu ihm und sage: »Sei schön brav!« Zur Antwort legt er den Kopf zur Seite, wiegt ihn hin und her, als würde er mir zuhören. Dann lasse ich mein Zimmer hinter mir. Mein Zimmer. Das ist so verrückt!

Ich gehe den Flur entlang, der im Wohnbereich mündet, und schließlich zum Eingangsbereich, wo ich meinen rötlich karierten Schal von der Garderobe nehme und ihn mir mit Schwung zweimal um den Hals wickle. Dabei fühle ich mich jedes Mal wie eine Frühlingsrolle, aber auf eine verquere Art und Weise liebe ich es. Große Schals sind furchtbar gemütlich, außerdem bin ich eine Frostbeule, mir wird viel zu schnell kalt.

Verflucht, das ziept. Ich hab vergessen, den Rucksack abzusetzen. *Klasse, Andie, richtig klasse.* Nun haben sich nicht nur meine langen Haare darunter verfangen, sondern auch noch der Schal. Ich werde hier nie wieder lebendig rauskommen!

Normale Menschen würden wahrscheinlich einfach den Schal wieder ausziehen und anschließend den Rucksack herunterstellen. Nervig, aber effektiv. Ich, die ansonsten absolut für derart logische Herangehensweisen ist, versuche aber zuerst so mein Glück. Ich ziehe an meinen Haaren, drehe und winde mich, aber es nützt nichts. Es macht auch absolut keinen Sinn.

»Warte.«

Ich erstarre, höre damit auf, an den Tragegurten und dem Stoff herumzunesteln, während eine Hand von hinten unter den Schal gleitet und unter mein Haar, es vorsichtig hochzieht und danach den Rucksack von meinen Schultern schiebt. Als ich mich umdrehe, hält Cooper ihn mir vor die Nase.

»Danke.«

Ein knappes Nicken.

Er sieht fantastisch aus. Etwas zerknittert vielleicht, mit einer noch sichtbaren Schlaffalte auf der linken Wange, die mich zum Grinsen bringt, aber wirklich fantastisch. Und nach dem, was er gestern gesagt hat, bevor ich mit Socke wieder aus seinem Zimmer verschwunden bin, fühle ich mich nun etwas weniger befangen, nervös und unwohl in seiner Gegenwart.

Ich nehme meinen Rucksack, setze ihn vor meinen Füßen ab und will nach meinem Mantel greifen, der neben meiner Jacke hängt und den ich endlich aus meiner Reisetasche befreien konnte, aber Cooper kommt mir zuvor. Ohne ein einziges Wort zu sagen, hält er ihn auf und wartet darauf, dass ich hineinschlüpfe. Zuerst kann ich nicht mehr tun, als ihn anzustarren, als wäre er ein Außerirdischer.

Skeptisch wende ich mich um, lasse meine Arme hineingleiten und spüre deutlich seine Finger über dem Stoff, den leichten Druck, als er den Mantel oben über meine Schultern zieht und den Kragen über dem Schal richtet. Seine Hände, die nur einen Wimpernschlag auf meinen Schultern ruhen.

Ich kaue auf der Innenseite meiner Wange, dabei mag ich das sonst nicht, und ignoriere das flatternde Gefühl in meinem Magen, das sich verstärkt, als ich ihm in die Augen sehe und erkenne, was ich beim Umdrehen längst bemerkt habe: Nur noch ein Blatt Papier würde zwischen uns passen.

Cooper räuspert sich, und aus Höflichkeit oder vielleicht einem Reflex folgend trete ich zurück. Kurz danach beugt er sich zur Seite, greift nach der Lederjacke an der Garderobe, die er mit einer fließenden Bewegung über seinen anthrazitfarbenen Pullover zieht, und nach einem schwarzen Halstuch, das mich förmlich dazu zwingt, seinen Hals anzustarren und seine markante Kieferpartie.

Mein Mund ist mit einem Mal staubtrocken.

Zum Schluss folgt der geschlossene schwarze Helm, den ich bereits gestern bemerkt habe. Er klemmt ihn sich unter den Arm.

»Ich fahre zur Uni. Kommst du mit?«

»Was?«, rutscht es mir heraus.

Er zieht eine Augenbraue hoch, und ich glaube, eine gewisse Belustigung in seinem Blick zu erkennen.

»Ich meine, ja, ich fahre mit dem Bus. Ich treffe mich mit June, die ersten Einführungsveranstaltungen gehen heute los. Bist du auch auf der Harbor Hill?«

Er nickt. »Ich nehme dich mit.«

Es kostet mich all meine Kraft, mein Kinn mental dort zu halten, wo es ist – und zwar oben! Es darf auf keinen Fall runterklappen. Wahrscheinlich sehe ich auch so schon maximal verwirrt aus. Träume ich noch? Habe ich mir den Wecker gestellt? Schnell gucke ich an mir runter. Gott sei Dank, ich bin nicht nackt. Normalerweise ist man das in solchen Träumen doch immer, oder?

»Meine Maschine steht in der Garage.«

»Ich soll mit dir Motorrad fahren?«, wispere ich, als wäre ich schwer von Begriff. In solchen Augenblicken frage ich mich stets, wie ich meinen Highschoolabschluss geschafft habe.

Doch er antwortet nicht, öffnet stattdessen wortlos die Tür, und ich folge ihm schweigend hinunter in die Garage.

Und was ich dort sehe, verschlägt mir die Sprache.

»Das ist deine?«, flüstere ich ehrfürchtig. Cooper muss nichts sagen, es ist ohnehin klar.

Ich habe nie zuvor auf einem Motorrad gesessen und weiß

nicht, ob ich mich davor fürchte oder schlicht unglaublich aufgeregt bin. Fasziniert haben sie mich schon immer. Mein erster Freund hatte eine Cross-Maschine, aber er war ein Idiot und ich zum Glück nicht lebensmüde. Er hat in drei Monaten zwei zu Schrott gefahren und war häufiger im Krankenhaus, als ich zählen kann. Wir waren nicht lange zusammen.

Coopers Maschine ist keine Cross, und sie ist wunderschön. Von vorne nach hinten ein leichter Abschwung, ein tiefer Sitz, elegantes Design. Kein Motorrad zum Rasen, eines zum Cruisen. Es erstrahlt in Schwarz, Silberchrom und einem schönen Orange, das beinahe kupferfarben wirkt. Eine Harley.

Cooper hängt seinen Helm an einen der Griffe und geht zu einem Regal an der Seite. Jede seiner Bewegungen ist auf gewisse Art geschmeidig und doch angespannt. *Wie eine Raubkatze*, kommt es mir in den Sinn.

»Ja«, antwortet er verspätet mit dem Rücken zu mir. »Ich hatte davor eine BMW, die ich selbst reparieren wollte. Das hat nicht besonders gut funktioniert. Für die hier hab ich ziemlich lange gespart.«

Wow. Ich glaube, das waren mehr Worte, als er je zuvor in meiner Gegenwart herausgebracht hat. Ist das derselbe Cooper? Oder ein Klon?

Ich schaue mich um. Eine mittelgroße Garage, gut aufgeräumt. Ein bisschen Werkzeug, einzelne Umzugskisten, wahrscheinlich mit altem Zeug, und – ein Boot? Mit zusammengezogenen Augenbrauen betrachte ich es, wie es da an der Wand hängt. Es ist ein Kajak. Zwei Boote, stelle ich fest. Kein weiteres Kajak, sondern ein Ruderboot, das sich darunter befindet und das jemand anscheinend versucht, selbst zusammenzubauen. Faszinierend.

»Gehört die Garage nur euch?«

»Mason. Aber ja, Dylan und ich benutzen sie auch.«

Wer von den dreien wohl rudert? Meine Gedanken werden unterbrochen, als Cooper zurückkommt und mir einen Helm reicht. Im Gegensatz zu seinem ist er zwar auch schwarz, aber nur halb offen. Er sieht leichter aus als Coopers.

»Hier. Der sollte passen.« Bevor ich danach greifen kann, zieht er mir die Brille aus, klemmt sich einen Bügel zwischen die Lippen, und während ich hektisch blinzle, damit meine Sicht klarer wird, setzt er mir schon den Helm auf den Kopf. Ein leichter Druck, etwas zieht einen Moment an meinen Haaren, aber er passt.

»Sitzt perfekt«, stellt er fest, nachdem er meine Brille wieder in die Hand genommen hat. Und als seine Finger nun vor meinem Gesicht schweben, er zaghaft und konzentriert die Bügel zwischen Helm und meinen Kopf schiebt, direkt dahin, wo sie hingehören, vergesse ich, wie man atmet.

Bis mein Körper mich schmerzhaft daran erinnert und ich stockend die Luft einziehe.

»Oben lag noch ein zweiter Helm, warum haben wir den nicht genommen?«, frage ich neugierig, weil es mir in den Sinn kommt.

»Zu groß«, presst er hervor, als hätte ihn meine Frage genervt. Wieder nur einzelne Worte. Cooper hat die Lippen zusammengepresst, er wirkt wieder so ernst und distanziert wie immer, und in mir macht sich Enttäuschung breit.

Ich möchte nicht, dass er wieder nicht mit mir redet.

Mir wird klar: June hat recht, und ich hasse es, wenn sie recht hat …

Er nimmt seine Hände weg und geht zum Garagentor, drückt ein paar Knöpfe, währenddessen schließe ich den Verschluss unter meinem Kinn und merke, dass mein Herz wie verrückt rast.

Motorrad fahren. Mit Cooper.

Tief durchatmend stelle ich mich neben die Maschine. Cooper schnappt sich seinen Helm, setzt ihn gekonnt auf und öffnet das Visier, bevor er sich elegant auf dem Sitz der Harley niederlässt. Das Garagentor fährt surrend auf.

Sein Blick ruht jetzt auf mir, und ich nehme all meinen Mut zusammen und möchte aufsteigen, aber bei Gott, wie soll ich das machen? Ich kann mich nirgendwo festhalten – außer an Cooper. Und als würde er meinen Zwiespalt verstehen, greift er nach hinten, legt meine Hand auf seine Schulter und ich keuche kurz auf. Hoffentlich hat er das nicht gehört.

Meine Hand liegt jetzt auf der Lederjacke, und ich kralle mich daran fest, während ich ein Bein über die Maschine schwinge und mich auf den schmalen Sitz gleiten lasse. Direkt hinter Cooper. Meine Beine pressen sich an seinen Körper, ich sitze etwas höher als er und würde am liebsten wieder runterspringen und wegrennen, weil mein Körper langsam durchdreht. Weil ich hier sitze, schwer atmend, weil mein Schal plötzlich zu dick und zu warm ist, weil meine Oberschenkel an den Stellen, mit denen ich Cooper berühre, brennen und kribbeln und weil sich das Gefühl bis in meinen Unterleib ausdehnt.

Die Augen schließend bemühe ich mich, mich zu fokussieren. Mein Mitbewohner nimmt mich mit zur Uni. Das ist eine ganz unschuldige Fahrgemeinscha-haaaft. Das letzte Wort verheddert sich in meinem Kopf, als ich Coopers Finger an meinem Knie spüre, während sie darüberfahren und seine Wärme durch meine Jeans dringt. Ich schlucke schwer. Dann zieht er sie weg und legt sie an den Lenker.

Shit, shit, shit.

»Halt dich richtig fest.« Hektisch schaue ich mich um, und in meinem Kopf schreit Monk-Andie: *Wo denn? Wo? Verdammt!*

Dann lege ich meine Hände ganz leicht an seine Seiten.

Mein Griff ist so zart, damit könnte ich mich keine drei Atemzüge auf der Maschine halten. Das ist sogar mir klar, die keine Ahnung von diesen Dingen hat.

Deutlich erkenne ich, wie Cooper seinen Kopf beinahe unmerklich schüttelt, zwei, drei Mal, bevor er zu beiden Seiten nach meinen Handgelenken greift und mich an sich zieht. Er bettet meine Hände an seinem Bauch und die Zeit bleibt für einen Moment stehen, als er sie an sich drückt und seine große, warme Hand darauf zum Liegen kommt.

Er startet den Motor, die Maschine röhrt und schnurrt wie eine Katze. Und als sie sich in Bewegung setzt und meine Hände sich fester an Cooper krallen, mein Oberkörper an seinen Rücken gedrückt wird und alles in mir in Flammen aufgeht, wird mir klar, dass ich wirklich wissen möchte, warum er manchmal fürsorglich ist und dann wieder so abweisend und nachdenklich, warum er immer einen Schritt nach vorne geht, aber mindestens zwei zurück. Davon bekomme ich noch ein Schleudertrauma.

Das ist der Beginn einer atomaren Katastrophe – ich kann es spüren. Es brodelt, es baut sich auf …

Wir fahren los, und ich fühle mich deutlich wohler als vermutet. Es macht Spaß. Die Sonne scheint und lässt den Herbst in all seinen Farben erstrahlen. Und trotz des Windes ist mir nicht kalt, und ich genieße die Fahrt und auch die Gesellschaft von Cooper. Eben konnte ich mich gerade noch davon abhalten, meinen Kopf bei ihm anzulehnen. Auch wenn man das vermutlich nicht während der Fahrt mit einem Motorrad tun sollte. Es genügt, dass meine Hände um seine Mitte geschlungen sind und ich mir seiner Gegenwart, der Nähe zu ihm bei jedem Atemzug, der mich an ihn drückt, bewusst bin. Besonders, weil ich kaum an etwas anderes denken kann als daran, meine Finger auf keinen Fall zu bewegen.

Seine Nähe wärmt mich, und ich fühle mich sicher. Ich mag es, mit ihm Motorrad zu fahren.

Wenige Minuten später erkenne ich das Universitätsgelände. Cooper fährt bis vor den Eingang und stellt dort in der Nähe der Fahrradständer seine Maschine ab. Als sie richtig steht und er den Motor ausmacht, löse ich meinen Griff und lasse ihn langsam los. Meine Hände sind doch kälter als gedacht, also puste ich sie ein paarmal an und reibe sie aneinander, während Cooper den Helm abzieht.

Ich sollte vielleicht aufstehen. Mich kurz an seinen Schultern abstützend erhebe ich mich und stelle mich abwartend neben ihn. Meine kühlen Finger mühen sich währenddessen an dem Verschluss meines Helmes ab, der irgendwann nachgibt. Vorsichtig setze ich ihn ab und habe danach das Gefühl, dass meine Locken in alle Richtungen abstehen, sodass ich versuche, sie irgendwie mit den Händen wieder zu ordnen und platt zu drücken.

Cooper steht vor mir, und gerade als ich mich traue, den Mund aufzumachen, höre ich eine mir ziemlich bekannte Stimme.

»Andie! Da bist du ja. Ich …« June stockt. Sie bleibt zwei Meter vor uns stehen, mit ihrem Coffee-to-go, und starrt von mir zu Cooper. Auf dem Becher steht: You better run.

Komm schon, June. Mach den Mund zu, flehe ich sie sehr innig, aber leider stumm an.

In Coopers Gesicht ist keine Regung zu finden, wie ich mit einem raschen Blick feststelle.

»Ähm … das ist meine beste Freundin. June, das ist Cooper.« Während June mehrmals blinzelt, schaut Cooper mich durchdringend an und zieht gekonnt die linke Augenbraue in die Höhe.

»Cocktail?«, fragt er nur, und ich nicke. Ja, *die* Freundin.

»Hey, Leute.« Überraschend steht Jack vor uns. »Ich hab June eben getroffen, und sie hat gesagt, dass sie auf dich wartet. Da bin ich kurz bei ihr geblieben.«

Wir begrüßen uns alle, Jack legt einen Arm um mich, und ich freue mich, ihn zu sehen. Er ist zu einem Freund geworden, wir verstehen uns gut. Eigentlich fühlt es sich fast an, als wäre er mein großer Bruder.

Doch schlagartig wird es seltsam. June mustert Cooper, Jack sagt nichts, Cooper starrt Jack grimmig an und ich halte das keine Minute länger aus. Ich trete nervös auf der Stelle.

»Okay. Die Veranstaltung beginnt bald, und ich wollte noch mal kurz in die Cafeteria«, erwähne ich.

»Dann lass uns gehen«, erwidert Jack. »Kommst du mit, Cooper?«

Gespannt warte ich auf seine Antwort, doch es wird nur ein »Nein«. Seine Miene verfinstert sich, und ich strecke meine Hand aus, in der ich noch immer den Helm halte, um ihn ihm zurückzugeben. »Danke, dass du mich mitgenommen hast. Es hat Spaß gemacht.«

Einen Moment lang sieht er unschlüssig auf den Helm, dann wieder auf mich. »Schon okay.« Er legt seine Hand darauf, doch statt ihn mir abzunehmen, schiebt er ihn mit leichtem Druck von sich. »Behalte ihn. Ich kann dich nachher wieder mit zurücknehmen.«

June, die anscheinend gerade an ihrem Kaffee genippt hat, hustet wie verrückt, weil sie sich verschluckt hat.

»Ich bin nicht sicher, wann ich genau fertig bin und …«

»Ich warte hier auf dich.«

Zögerlich ziehe ich den Helm wieder an meinen Körper, meine Augenbrauen wandern nach oben. »Okay?!« Es klingt wie eine Frage, aber was soll ich auch machen? Ich bin vollkommen überfordert.

Jack hat mich losgelassen, um June auf den Rücken zu klopfen. Sie hustet und flucht jetzt gleichzeitig, und zwischendrin erklärt sie ihrem Kaffee, wie sie ihn dafür quälen und umbringen wird.

»Bis später.« Cooper dreht sich um und verschwindet. Einfach so.

»Bis dann«, murmle ich noch, bevor ich mich meiner besten Freundin widme, die langsam, aber sicher wieder zu Atem kommt.

»June? Geht's wieder?«

Sie krallt sich an Jack fest. »Jaja. Scheiß Karamell-Kaffee.« Ein letztes Räuspern, dann richtet sie ihre Haare und tupft ein, zwei Tränen weg, die sich wegen des Hustenanfalls aus ihren Augenwinkeln gedrückt haben.

»Scheiße, Andie. Was war das bitte?« June starrt mich an, und auch Jack wirkt zunehmend interessiert.

»Ähm …« Das ist ehrlich gesagt eine ziemlich gute Frage.

»Oh, ich hab es geahnt. Du solltest es probieren. Jetzt bin ich zwar mit meiner Freundin glücklich, aber davor hätte ich ihn nicht von der Bettkante gestoßen«, gibt Jack zu und schaut ganz verträumt. »Er erinnert mich an einen Typen, mit dem ich mal zusammen war. Aber kein Wort zu Kira!«

Ich werde jetzt nicht rot! Wäre schön, wenn mein Körper mal auf meine inneren Befehle hören würde.

»Also das war eben wirklich keine seltsame Erscheinung oder so? Cooper hat dich auf seinem Motorrad mitgenommen? Was ist aus der ›Wir wohnen und arbeiten nur zusammen‹-Sache geworden. Eine ›Und ich reite auf seinem Ding‹-Sache?«

»Der war gut! Warte mal, du wohnst bei ihm?« Jack fallen gleich die Augen raus.

»Ups.«

»Danke, June.« Muss ja nicht jeder wissen, dass Cooper mich

in den Wahnsinn treibt. Oder dass ich ab und zu an ihn denke. Oft sogar … Herrgott, wir arbeiten zusammen. Ich kann es nicht gebrauchen, dass man darüber tratscht, dass ich bei meinem Boss und meinem Kollegen wohne. Oder mich fragt, warum. Es geht sowieso niemanden etwas an. Ich seufze leise und schniefe, weil meine Nase ein wenig läuft. »Ja. Und das ist keine große Sache. Lasst uns reingehen, ihr beiden Tratschtanten.«

18

Manchmal dauert es eine Zeit,
bis man damit aufhört, sich selbst zu belügen,
und endlich anfängt, sich zu verstehen.
Manchmal dauert es, bis man erkennt,
was man möchte.

Cooper

Seit geschlagenen zwei Stunden sitze ich draußen, halb angelehnt an meinem Bike, und warte auf Andie. Wenn Mason das sehen könnte, würde er Tränen lachen. Andie kann auch den Bus nehmen, ich fahre jetzt. Ich halte das nicht mehr aus.

Ich will mich bewegen, doch augenblicklich halte ich inne. *Nein, kann sie nicht, du Idiot, du hast ihr gesagt, dass du auf sie wartest. Es war nicht ihre Idee.*

Verdammter Dreck.

Um mich abzulenken, ziehe ich mein Handy und meine Kopfhörer aus der Tasche, öffne meine Spotify-Playlist und mache mir Musik an. Die Klänge eines alten Rocksongs hallen in meinen Ohren wider, und meine Gedanken driften langsam, aber stetig ab.

Zumindest glaube ich das, bis ich merke, dass sie sich nur in Kreisen bewegen – und zwar um Andie.

Ist es eine gute Idee, sie an mich ranzulassen? Ist es eine gute Idee, das zu *wollen*? Nein, vermutlich nicht. Eigentlich ist das auch nicht der Plan gewesen. Ich schüttle den Kopf. Es gab überhaupt keinen Plan! Ich wollte sie nur auf Abstand halten, nicht an sie denken und sie so wenig wie möglich sehen oder ihr begegnen und erst recht so wenig wie möglich mit ihr reden. Das hat super geklappt – bis sie bei uns eingezogen ist.

Verfluchter Mase! Ich hoffe, irgendwann kriegt er das zurück – und dann schwöre ich, werde ich der Erste sein, der ihn auslacht.

Wie soll ich das mit dem Aus-dem-Weg-Gehen weiter durchziehen, ohne mich wie ein absolutes Arschloch zu benehmen? Eigentlich wollte ich in Zukunft sogar etwas weniger abweisend sein, damit das eben nicht mehr passiert und ich mich nicht so bescheuert verhalten muss, und jetzt? Jetzt fange ich schon an, ganze Unterhaltungen mit ihr zu führen. Dabei ist das absolut nicht mein Ding. Noch weniger hatte ich irgendwie vor, ihr immer wieder viel zu nah zu kommen oder gar, sie mit zur Uni zu nehmen.

Ich habe das Gefühl, die Kontrolle über die Situation zu verlieren, und das kann ich mir nicht erlauben. Jedenfalls nicht, was das betrifft oder wenn es um andere geht.

Schon gar nicht, seit das mit Zoey passiert ist.

Alle sagen immer, dass ich nichts hätte daran ändern können. Dass es nicht meine Schuld sei. Aber was nützen mir all die Worte und Bekundungen, wenn es sich nicht so anfühlt? Ich war da. Ich war im selben Haus. Wie zum Teufel kann ich da unschuldig sein?

Fahrig und von mir selbst genervt reibe ich mir übers Gesicht, in der Hoffnung, damit auch die Sorgen, Schuldgefühle und seltsamen Gedanken loszuwerden.

Seit Andie da ist, hat sich in mir ein Knäuel aus gegensätzlichen Gefühlen festgehakt und verknotet, das ich einfach nicht mehr auseinanderbekomme.

Die Augen zu schließen war ein Fehler, wie ich sofort bemerke. Denn jetzt sehe ich Andies Lächeln vor mir oder wie ihr Ausdruck sich verändert, wenn sie mich wütend anblinzelt. Wie sie die Stirn in Falten legt, wenn sie konzentriert nachdenkt oder die Nase kräuselt, wenn sie etwas nicht mag oder ihr etwas unangenehm ist. Ich sehe sie vor mir, in diesem augenkrebsverursachenden Pyjama, in dem niemand außer ihr niedlich aussehen würde. Und das Gefühl, das sie in dem Moment, am ersten Abend in unserer Wohnung mit ihren Blicken verursacht hat, überrollt mich wie eine Lawine, lässt mich die Zähne zusammenbeißen und die Augen schlagartig öffnen.

Ich starre auf den Boden, auf die glatten Steine unter meinen Füßen und bemühe mich, nein zwinge mich, nicht mehr an sie zu denken. Dass *Florence & The Machine* nun mit *Shake it out* durch meine Kopfhörer dröhnen, lässt mich leise auflachen.

Was mache ich nur? Die Frage treibt mich um. Da ist zu viel, das mich zurückhält, zu viel, das mich glauben lässt, dass ich das, was ich gern tun würde, nicht tun sollte. Schon jetzt will ich sie vor allem beschützen, gehe viel zu oft an der Bar entlang und überprüfe, ob sie okay ist, und kann mich dabei kaum auf meinen Job konzentrieren. Ich sehe sie vor mir, wie sie heimlich die Gläser an der Bar neu sortiert und denkt, niemand würde es merken.

Es wird zum Problem.

Andie setzt sich richtig in mir fest. Ich muss das in den Griff kriegen – so schnell wie möglich.

Den Kopf hebend schaue ich mich um, ob Andie in Sicht ist, damit ich das hier hinter mich bringen kann, und erkenne, dass sie das tatsächlich ist. Das lässt mich kurz stocken. Jack ist wieder bei ihr, erzählt ihr offenkundig mit wilden Gesten aufgeregt irgendetwas, und Andie lacht so laut und herzlich, dass ich anfange zu grinsen. Sofort ziehe ich die Kopfhörer aus den

Ohren, stoppe die Musik und stecke alles zusammen zurück in die Jackentasche, ohne den Blick abzuwenden.

Ich freue mich, sie zu sehen. Verflucht. Genau das wollte ich nicht. Es ist, als hätte ich das, was ich mir eben selbst erklärt und mit mir ausgemacht habe, schon wieder vergessen. Das ist mir nur allzu bewusst.

Und ich mag es nicht, wie nah Jack ihr ist. Wo kommt er überhaupt schon wieder her?

Konzentrier dich! Du magst Jack. Ihr arbeitet seit über einem Jahr zusammen, und er ist in einer Beziehung.

Andie reißt ihren Blick von ihm los, noch immer lachend, und als sie mich entdeckt, stoppt sie, wirkt beinahe nachdenklich, während Jack weiter auf sie einredet. Mit einem fetten Kloß im Hals stehe ich da, beobachte sie mit den Händen in den Hosentaschen, und als ihr Lächeln wieder breiter wird, bilde ich mir ein, dass es dieses Mal mir gilt und nicht dem Typen neben ihr.

Scheiß auf In-den-Griff-Kriegen.

Es ist dämlich, es ist unvernünftig. Eine absolute Kurzschlussreaktion. Ich bin noch nicht so weit. Nein, noch lange nicht. Und es ist mir egal.

»Hey«, grüße ich die beiden und richte mich auf, drücke mich leicht von dem Motorrad ab. Die Arme vor der Brust verschränkt baue ich mich wie ein Steinzeitmensch auf und fixiere Jack.

»Entschuldige, ich musste ins Sekretariat, hatte noch ein, zwei Fragen, und weil June da gerade ein Gespräch mit einem Tutor hatte, hat Jack mir angeboten, mich zu begleiten.«

»Es war die Hölle los«, jammert er.

»Vor allen Dingen hätte ich es bestimmt niemals allein gefunden. Das Sekretariat liegt in einer Art Bermudadreieck oder so. Aber das weißt du ja bestimmt.«

»Ja, im ersten Semester bin ich immer wieder dran vorbeigelaufen und habe es erst nach drei Tagen gefunden.« Ungläubig schüttelt Jack den Kopf.

»Tatsächlich?«, entfährt es mir viel zu wütend zwischen zusammengepressten Zähnen. Fuck. Ich muss mich beruhigen. Es ist nur Jack. Und Andie ist ...

»Ich gehe dann mal.« Jack lächelt mich an, sein Blick hat etwas Wissendes, und am liebsten würde ich ihm alles aus dem Gesicht wischen. Ich weiß nicht, ob Andie von der plötzlichen Verabschiedung überrascht ist, auf jeden Fall lässt sie sich nichts anmerken. Sie umarmt ihn flüchtig, und ich kratze den Rest meiner guten Kinderstube zusammen und tue das auch.

»Wir sehen uns am Wochenende im Club!«, ruft Andie ihm nach, aber Jack erwidert lächelnd: »Und die Woche drauf! Nicht vergessen.«

Als Andie sich ganz zu mir dreht und unsicher vor mir stehen bleibt, hänge ich gedanklich noch an dem, was Jack gerade gesagt hat. Fast wäre mir rausgerutscht: *Seid ihr verabredet?* Aber ich schlucke es noch rechtzeitig runter. Es wäre nicht schlimm. Jack ist wirklich in Ordnung.

»Entschuldige, dass du so lange warten musstest. Ich hätte auch den Bus genommen. Das wäre kein Problem gewesen.«

»Es war gar nicht so lange.« Keine direkte Lüge. Schließlich ist Zeit relativ. »Was meint Jack?« Wow. Ich bin so undiszipliniert. Ich kann nicht fassen, dass ich es doch gefragt habe. Wieso ziehe ich meine Vorhaben nie durch, wenn es um Andie geht?

»Oh, es gibt eine Party hier in der Nähe, bei jemandem, den er kennt. Da gehen wir hin.«

Bei jemandem. Bei diesen Worten zieht sich in mir alles zusammen, schnürt sich meine Brust zu. Andie geht auf eine Hausparty und ... *Denk an etwas anderes, Coop. Los!*

»Lass uns fahren.« Ich drehe mich weg, versuche, die aufkeimende Panikattacke wegzuatmen, und schnappe mir den Helm. Andies hängt an ihrem Rucksack, und dieses Mal setzt sie ihn selbst auf und es klappt sogar richtig gut, auch wenn sie das Gesicht dabei verzieht und ein paar Haare aus dem Weg schieben muss.

Ich steige auf mein Motorrad, drücke es in die Mitte, um die Halterung zu lösen, und starte den Motor. Währenddessen warte ich auf Andie, die sich in diesem Augenblick vorsichtig auf den Sitz hinter mir gleiten lässt. Zischend ziehe ich die Luft ein, als sie mich berührt, dabei hält sie sich kaum fest. Zunächst. Denn keine Sekunde später schließt sie ihre Hände mit einer energischen Bewegung um meinen Bauch. Ich spüre ihre Finger an der Stelle, an der die Jacke den Pullover nicht bedeckt, weil ich vergessen habe, sie zuzumachen. Und bei Gott, das werde ich jetzt bestimmt nicht nachholen.

Ihre Hände pressen mich an sie und sie an mich, und mein Kopf weiß, dass sie sich einfach nur so festhält, wie das jeder vernünftige Mitfahrer tun würde. Trotzdem feiert mein Körper eine Party, eine Gänsehaut überzieht mich und mir schießt das Blut in die Lendengegend, als ginge es um Leben und Tod. Die Angst von eben ist nur noch ein dumpfes Pochen hinter meiner Stirn.

Die Kälte ihrer Finger fängt an, durch meinen Pullover zu ziehen, doch das ist mir egal. Mir ist kochend heiß.

Während ich das Bike drehe und es gemächlich vom Unigelände lenke, muss ich mich immer wieder daran erinnern, mich zu konzentrieren. Besonders, weil ich nicht alleine fahre, sondern für jemanden verantwortlich bin. Umso schwerer, wenn gerade der, auf den man achtgeben möchte, genau der ist, der einen ablenkt. Das Leben hatte schon immer Sinn für Humor – auch wenn der nur selten meinen traf.

Unterwegs bin ich mir jeder ihrer Bewegungen bewusst, spüre jede kleine Regung ihrer Finger, jedes Rutschen ihrer Beine oder ihrer Hüfte. Andies Mitte liegt warm an meinem unteren Rücken, ihre Brüste drücken gegen meinen Schulterbereich. Fuck, wieso denke ich da auch andauernd drüber nach?

Vor lauter Gedanken, die ich nicht zu denken vorhatte, und der ganzen Ablenkung bremse ich vor dem Tor ein wenig zu stark, sodass Andie ruckartig gegen mich gedrückt wird und ich aus einem Reflex heraus mit dem linken Arm seitlich nach hinten greife, um sie zu fixieren. Meine Hand kommt an ihrem Oberschenkel zum Liegen.

Ich darf nicht vergessen, ruhig zu atmen.

Wir steigen ab, ich öffne das Tor, und als ich die Maschine reinschieben will, bin ich erstaunt, Mason anzutreffen. Doch als ich merke, was er da gerade tut, verfliegt meine Überraschung und macht einer gewissen Unruhe und Argwohn Platz. Mason nimmt uns gar nicht richtig wahr, er steht an seinem Boot und bastelt an irgendwas herum. Erst als ich das Motorrad an seinem Platz abstelle und die Helme wegpacke, schaut er auf, und die Falte zwischen seinen Augenbrauen wird sichtbar, während er verwundert von Andie zu mir und wieder zurückblickt. Socke kommt schwanzwedelnd um die Ecke, anscheinend hat Mase ihn mitgenommen. Freudig hebt Andie ihn hoch.

»Na? Was machst du denn hier?« Ein kurzes Bellen entweicht ihm. Keine Ahnung, was er gesagt hat. »Danke schön. Es war lieb von dir, ihn nicht alleine oben zu lassen.«

Mason nickt nur, wirkt dabei komplett angespannt und neben der Spur. Irgendwas ist passiert, irgendetwas muss passiert sein. Er schwankt, als er nach dem Schleifpapier greifen will und es nur knapp erwischt.

Scheiße, ist er betrunken? Mase ist nie betrunken, erst recht nicht mitten am Tag. Außer … Oh Fuck.

Mit dem Hund auf dem Arm schlendert Andie zum Boot und begutachtet es neugierig. Anscheinend ist ihr nicht aufgefallen, wie Mason sich verhält – und falls doch, ist sie so nett und erwähnt es nicht. Sorgsam lässt sie ihre Hand über die Kante des noch unfertigen Bootes gleiten, fährt das Stück vor sich entlang und bewundert das, was Mason bereits geschafft hat. Es muss geschliffen werden, ein bis zwei Bretter sind innen noch nicht perfekt, danach wird es lackiert. Er arbeitet schon ewig daran.

»Es ist wunderschön«, bemerkt Andie, als Mason eine hektische Bewegung macht, sodass sie und Socke sich erschrecken. Er fährt sie an: »Es ist beschissen, okay? Es ist nur ein Boot. Nimm deine Finger da weg und verschwinde.«

Aus Reflex ziehe ich Andie augenblicklich zurück und schiebe mich direkt vor sie. Dabei ist es nur Mason; auf der anderen Seite des Bootes. Er würde nicht mal an sie rankommen von da aus, wo er steht, erst recht nicht in seinem Zustand. Aber wie er selbst bemerkt hat: Ängste ergeben nicht immer einen Sinn. Und eben hatte ich für einen kurzen Moment Angst, dass er sie verletzen könnte. Dass ich sie nicht schützen kann.

Verfluchter Dreck! Ich mustere Andie, die das Gleiche in dieser Sekunde bei Mase tut, ihre Augen sind aufgerissen und der Hund drückt sich an sie.

»Andie«, fange ich leise an und ziehe ihre Aufmerksamkeit auf mich, »würdest du reingehen?« Sie reagiert nicht sofort, deshalb schiebe ich ein »Bitte« hinterher. »Ich muss mit Mason reden.« Ohne etwas zu sagen, verlässt sie die Garage und folgt meinem Wunsch.

Als sie außer Hörweite ist, fokussiere ich mich auf Mason und trete den einen letzten Schritt ans Boot, um meine Arme darauf abzulegen. Mase verzieht das Gesicht, meidet meinen Blick.

»Wann hat er angerufen?«

»Was?«, nuschelt Mason und schafft es endlich, mich richtig anzusehen.

»Wann er angerufen hat? Oder war er etwa hier?«

Fluchend pfeffert mein Kumpel das Schleifpapier von sich, reibt sich über die Augen. »Es ist alles gut!«

»Erzähl keinen Blödsinn!« Ängste sind nicht rational, das stimmt. Sorgen aber auch nicht, und davon kann Mase ein Lied singen.

Ich erkenne, wie er einknickt. »Vor 'ner Stunde hat er angerufen. Hat gesagt, ich solle mich endlich zusammenreißen und was aus mir machen und dass er bisher wirklich richtig viel Geduld mit mir hatte.« Die Hälfte der Worte lallt und nuschelt er oder zieht sie albern in die Länge. »Aber auch, dass seine Geduld Grenzen hätte und dass er nicht zulassen kann, dass ich unseren Namen so verschan… verschandelele oder so.« Er verdreht die Augen. »Dann hat er gesagt, dass er mir mein verlottertes Leben noch ein bisschen lässt, damit ich mich austoben kann. Nett von ihm, oder?«

Masons Vater ist ein Vollidiot. Einer, der seinen Sohn kein bisschen verstehen möchte. Ich stoße ein Schnauben aus. »Wann will er die Reißleine ziehen?«

»Keine Ahnung. Ich solle mir meiner Aufgaben und Pflichten bewusst werden, sagt er. Die Firma soll ich spätestens im Sommer nächstes Jahr mitleiten.«

Kein Jahr mehr bis dahin, und dieses Mal hab ich im Gefühl, dass der Alte ernst macht. Und das, obwohl Mason sein Studium nicht durchzieht. Er ist eingeschrieben, aber er besucht kein einziges Seminar.

»Komm, Kumpel, wir schaffen dich ins Bett.« Er widerspricht mir nicht, aber selbst wenn doch, wäre es egal. Ich würde ihn ins Bett prügeln, wenn nötig. Er sollte sich ausruhen.

Sosehr er seinen Vater dafür verabscheut, dass dieser im Begriff ist, ihm ein Leben aufzuzwingen, das Mason nicht führen will, muss er irgendwann darüber nachdenken, was er wirklich möchte. Was er erwartet. Aber das ist etwas, womit er morgen anfangen kann. Jetzt muss er ganz dringend seinen Rausch ausschlafen.

Ich umrunde das Boot, lege seinen Arm über meine Schultern und stütze ihn.

»Tut mir leid«, murmelt er. »Das mit Andie.«

»Meine Reaktion auch. Du würdest ihr nie was tun.«

»Ich mag sie. Sie is'n gutes Mädchen.«

Ich mag sie auch, schießt es mir durch den Kopf. *Ich auch, Mase. Sehr sogar.*

19

Man reiche mir das Popcorn!

Andie

Das Popcorn ist fantastisch, stelle ich fest und schiebe mir genüsslich eine weitere Portion in den Mund, während ich »Nine-Nine« nuschle.

Vorhin wollte ich nichts mehr, als einfach nur etwas entspannen, weshalb ich mich vor den Fernseher gesetzt habe. Nach dem Einschalten öffnete sich Netflix, und sofort sprang mir die Serie *Brooklyn Nine-Nine* entgegen. Zuerst war ich irritiert von dem Konzept oder dem Humor und wollte es ausmachen – jetzt bin ich bei Folge sechs und finde es großartig. Wie konnte diese Serie so lange an mir vorbeigehen?

Langsam, aber sicher beginne ich mich in der Wohnung zu entspannen und fühle mich nicht länger schlecht dabei, hier zu sitzen und einfach nichts zu tun. Weil ich hier lebe. Weil ich das mag.

Zufrieden schaue ich zu Socke, der an meinem Bein eingeschlafen ist, mit der Schnauze auf meinem Oberschenkel, und leise schnarcht. Mittlerweile hat er alles, was er braucht. Zumindest hoffe ich das. Nach der Uni habe ich June angerufen und sie gefragt, ob sie mit mir einkaufen gehen möchte. Ehrlich gesagt hat sie bei dem Wort *einkaufen* geschrien, mich augenblicklich unterbrochen mit: »Ich komme vorbei!«, und anschließend direkt aufgelegt. Wir sind kurz darauf mit ihrem alten Pick-up zu einem Tierladen gefahren, in den Supermarkt und zu guter Letzt ins Möbelhaus. Ich hab nur das Nötigste geholt, trotzdem war es schlimm, an einem Tag so viel Geld auszugeben. Ich habe diese Einkäufe genau abgewägt und mich schließlich dazu durchgerungen. Ich brauche diese Sachen früher oder später. Mein neues Bett samt Matratze, Bettwäsche und der Kleiderschrank werden die Tage geliefert. Die Spedition schreibt mir, wann ich daheim sein muss. Sie liefern kostenlos. Das spart Geld und Zeit. Wir lieben zwar den Pick-up, aber er hat schon ein paar Jahre auf dem Buckel und wir hätten all die Möbel gar nicht richtig sichern können. Die Klappe funktioniert nicht mehr einwandfrei. Außerdem habe ich einen schlichten Schreibtisch und zwei Lampen ausgesucht. Mehr brauche ich im Moment nicht, und falls ich merke, dass doch noch etwas fehlt, hole ich es mir irgendwann, wenn es so weit ist und ich genügend Geld angespart habe. Mein Budget ist erheblich geschrumpft, aber June meinte bloß, das sei halb so wild. Ich hätte einen Job gefunden, ein Zimmer, das billiger und schöner ist als eins im Wohnheim, und dass ich endlich hier wäre. Ich bin in Seattle. Das hat mir Kraft gegeben. Und sie hat recht. In den letzten Tagen ist so viel passiert, so viel hat sich zum Guten gewendet, ich sollte mich wegen dieser paar Sachen, die ich mir gegönnt habe, nicht dermaßen schlecht fühlen. Ab und an sollte man sich die Dinge ansehen, die man geschafft hat, nicht nur die, die man noch tun muss.

Die Wohnung hat June übrigens umgehauen. Sie hat gefragt, ob noch ein Zimmer frei sei. Nicht nur, damit wir endlich zusammenwohnen könnten, sondern vor allem, damit sie Sara los sei. Anscheinend streiten sie sich immer mehr, was ich gar nicht für möglich gehalten hätte. Irgendwann zerkratzen sie sich noch das Gesicht oder legen sich Giftschlangen ins Bett. Dass sie Mason Sara vorzieht, sagt so einiges über die Mitbewohnersituation aus, in der sie sich befindet. Mason geht ihr zwar auf die Nerven, aber für Sara hat sie bestimmt längst eine geheime Tabelle angelegt, in der sie die Vor- und Nachteile verschiedener Foltermethoden abgleicht und hervorhebt. Oder eine Liste mit möglichen Todesursachen, die nicht zu ihr zurückzuverfolgen sind.

Seufzend picke ich mir das besonders dunkle Popcorn heraus, das mit genug Zucker, und stecke es mir in den Mund. Genüsslich lasse ich es auf der Zunge zergehen, bevor ich es zerkaue. Ich könnte in Popcorn baden!

Heute habe ich einiges erledigt, sodass ich jetzt ganz erschöpft bin. Positiv erschöpft.

Ich muss an Mason denken und an den Moment in der Garage. Die Frage, wem das Boot gehört, hat sich damit erledigt. Aber Mason – er hat sich seltsam benommen, Cooper danach genauso. Nicht, dass mich das bei ihm noch wundert, aber dieses Mal war es anders. Ich hoffe, dass bei Mason alles okay ist. Er ist seitdem nicht wieder aufgetaucht, zumindest habe ich es nicht bemerkt.

Folge sieben: *Total zum Teil meine Schuld*. Der Titel lässt mich schmunzeln. Könnte von June kommen. Selbst wenn sie an etwas Schuld hat, hat sie die Gabe, andere Menschen das Gegenteil denken zu lassen. Mein Lieblingscharakter ist übrigens Amy. Vielleicht weil ich mich das ein oder andere Mal in ihr wiederfinde.

Ich lasse mich tiefer in den weichen Stoff der Couch sinken und versuche, meinen Blick nicht zu oft von dem gigantischen Fernseher zu Coopers Tür schweifen zu lassen, die ich von hier ziemlich gut ins Visier nehmen kann. Rechts von mir zieht sich die lange Fensterwand entlang und bietet Aussicht auf den

Lake Washington Ship Canal. Jetzt ist es schon zu dunkel, um etwas sehen zu können, aber sonst ist es wirklich schön.

Eine der Türen öffnet sich unerwartet und lenkt meine Aufmerksamkeit von den Fenstern ab. Doch statt Mason oder Cooper tritt jemand anderes in den Raum.

Der dritte Mitbewohner, schießt es mir durch den Kopf. Ich glaube, sein Name ist Dylan. Tatsächlich bin ich ihm bisher nicht begegnet.

Zuerst bemerkt er mich gar nicht, nach zwei Schritten auf dem Weg in Richtung Küche hält er inne und schaut mich offen und neugierig an. Erst mich, dann den Hund.

»Hallo«, beginnt er gedehnt, mit einem Hauch Verwunderung und auch ein wenig fragend. Ich hebe meine mit Popcornkrümeln und Zucker verschmierte Hand zum Gruß. Hat Mason ihm nichts gesagt? »Wer bist du?« Anscheinend nicht.

»Ich bin Andie. Du bist Dylan, oder?« Neugierig tritt er auf mich zu, und ich stelle das Popcorn zur Seite, klopfe meine Hände ab und möchte aufstehen, aber Socke liegt mittlerweile ganz auf mir und macht es mir wirklich schwer. Entschuldigend verziehe ich die Lippen und hoffe, dass Dylan versteht. Doch er lächelt nur und kommt ganz zu mir.

»Bist du eine Freundin von …« Stockend stoppt er, scheint noch zu überlegen, ob er Cooper oder Masons Namen nennen soll, aber ich komme ihm zuvor.

»Ich wohne hier.« Etwas forsch, bemerke ich, als seine Augenbrauen in die Höhe schießen. Jetzt, wo er so nah vor mir steht, komme ich dazu, ihn genauer zu betrachten. Breitere Schultern als Cooper, mindestens eins neunzig groß mit blondem Haar und Dutzenden Tattoos an seinen Armen und dem Hals. Gegen ihn wirkt sogar Mason fast schlank und zierlich, wenn ich ihn mir daneben vorstelle.

»Na dann.« Er zuckt mit den Schultern. »Willkommen. Und ja, ich bin Dylan. Ich bin erst seit gestern wieder hier, war oft unterwegs, deshalb hab ich das wohl nicht mitbekommen. Mason habe ich vorhin nur flüchtig gesehen, aber er wirkte etwas gestresst. Hast du einen Hund?«

»Jepp. Das ist Socke, er wohnt auch hier. Ich hoffe … ich meine … ist das für dich okay?«

Dylan nickt. »Ich dachte schon, ich hab mir das Bellen eingebildet. Und klar, Hunde sind toll.«

Lächelnd atme ich erleichtert durch. Er ist nett. Ich habe keine Sara unter den Jungs.

»Möchtest du etwas Popcorn?«

Zögernd betrachtet er die Schüssel. »Süß oder salzig?«

»Süß.«

»Gott sei Dank«, murmelt er und lässt sich neben mir auf die Couch fallen, bevor er mit seiner Pranke in die Schüssel langt. »Salziges Popcorn finde ich wirklich ekelhaft.«

»Ich auch«, stimme ich ihm zu und stelle die Schüssel zwischen uns.«

Dylan greift erneut in das Popcorn. Konzentriert kauend schaut er auf den Fernseher.

»*Brooklyn Nine-Nine.* Das habe ich ewig nicht gesehen. Gibt es eine neue Staffel?«

»Ich bin noch bei der ersten, aber es gibt wohl momentan sieben.«

»Die siebte ist draußen? Shit. Ruf mich, wenn du da ankommst, dann gucke ich mit.« Im nächsten Moment schreien wir zusammen: »Nine-Nine!« und »Terry liebt Joghurt«, und ich muss so laut lachen, dass ich mich kurz, aber heftig verschlucke.

»Du wohnst also hier«, greift er das Wohnungsthema erneut auf. »Studierst du auch?«

»Genau. Auf der Harbor Hill mit meiner Freundin June. Wir sind zusammen aufgewachsen und wollen später eine eigene Firma gründen. Marketing und Eventmanagement«, füge ich an und wundere mich, wie leicht mir die Worte über die Lippen gehen.

»Interessant.«

»Und du?«

»Medizintechnik.«

»Klingt spannend, aber auch schwierig.«

»Kommt immer darauf an, um welches Thema es geht. Aber so ist das wohl mit allen Dingen, oder?« Er grinst mich schief an, dabei erkenne ich eine lange, tiefe Narbe, die seitlich an seiner Lippe beginnt, sich über seine rechte Wange zieht und über dem oberen Kieferknochen endet.

»Das stimmt«, seufze ich, und plötzlich gähnt Socke lautstark und dreht sich auf den Rücken. Ich kraule ihn am Bauch. Er ist unglaublich süß.

»Hey.«

Mein Kopf ruckt hoch zu Cooper, der an der Wand an der Ecke zu Masons Zimmer steht, und ich kann nicht fassen, dass ich ihn nicht vorher gehört habe. Wann ist er aus seinem Zimmer gekommen? Sein Ausdruck ist undurchdringlich, sein Blick liegt schwer auf mir, und selbst wenn ich wollte, könnte ich mich dem kaum entziehen. Die Arme hat er vor dem Oberkörper verschränkt. »Ihr habt euch also bereits miteinander… bekannt gemacht?« Da schwingt etwas in seiner Stimme mit, das ich nicht deuten kann – und das macht mich wahnsinnig.

Wie auf Kommando erhebt sich Dylan.

»Ich wollte mir was zu essen machen, da habe ich Andie hier sitzen sehen. Cool, dass das leere Zimmer endlich seinen Nutzen hat. Da sollte schon so manches verrückte Zeug rein«, erklärt er lachend. »Möchtet ihr auch was essen?« Doch Cooper und ich schütteln nur den Kopf.

»Hat mich gefreut, Andie! Und denk dran, sag Bescheid, wenn du bei der neuesten Staffel bist.«

»Mache ich«, verspreche ich, bevor er Richtung Küche verschwindet.

»Möchtest du Popcorn?«, frage ich Cooper aus Höflichkeit und komme mir ziemlich bescheuert vor. Dabei habe ich Dylan dasselbe gefragt und das war vollkommen okay. Womöglich, weil Cooper das Essen eben abgelehnt hat, wieso sollte er jetzt Popcorn wollen?

Zuerst regiert er nicht, doch dann ... Wenn ich ehrlich bin, habe ich jede Reaktion erwartet, nur nicht diese. Ich dachte, er würde Nein sagen oder gar nichts und wieder in sein Zimmer gehen oder mich einfach weiter stumm mit ernstem Blick anschauen. Stattdessen stößt er sich von der Wand ab und setzt sich wenige Sekunden später auf den Platz, von dem Dylan gerade erst aufgestanden ist. Vielleicht auch etwas näher. Es ist auf jeden Fall nah genug, dass meine Hände zu schwitzen beginnen.

Dem Drang, aufzuspringen, endlich den vertrockneten Kaktus zu entsorgen oder wahnhaft zu putzen, unterdrücke ich vehement. Abwartend sitze ich da und kann der Serie nur noch bruchstückhaft folgen.

Zögernd schnappt Cooper sich ein bisschen von dem Popcorn, kaut darauf herum, und ich beobachte ihn ungeniert. Bis er sichtbar schluckt.

»Gott, ich hasse Popcorn.« Als könne er nicht glauben, dass er das gerade laut gesagt hat, ruckt sein Kopf zu mir und er teilt überrascht die Lippen. Ich hingegen pruste los, weil ich es unfassbar witzig finde. Und das lässt die Situation weniger unangenehm werden.

»Wieso isst du es dann?«, frage ich.

»Keine Ahnung.« Er scheint ernsthaft über sich selbst verwundert zu sein, was mich nur mehr und mehr zum Lachen bringt. Mit vor Ekel verzogenem Gesicht nimmt er die Schüssel und stellt sie weg. Und weil ich so sehr lache, fällt Socke beinahe von meinen Beinen. Ich kann ihn gerade noch auffangen und rechts neben mich auf die Couch legen. Müde gähnt er, bevor er sich einrollt, und ich rutsche ein Stück, damit er genug Platz hat.

»Du solltest damit aufhören, Dinge zu essen, die du eklig findest …« Die Worte bleiben mir regelrecht im Hals stecken. Nachdem ich mich von Socke zurück zur anderen Seite gedreht habe, stoße ich mit meiner Schulter an Coopers. Mein Blick landet sofort auf seinen Lippen, die mir viel zu nah sind, und auf seinen markanten Zügen, die ich nur zu gerne mit den Fingerspitzen nachfahren würde.

Cooper ist so still, dass ich glaube, er könne meinen Herzschlag hören, wenn er sich nur genug anstrengt, so laut, wie er in meiner Brust hämmert.

Der Fernseher flimmert im Augenwinkel, ich habe längst den Faden verloren. Meine Lider senken sich etwas, und der einzige Gedanke, den ich noch habe, ist: *Was wäre, wenn ich mich einfach vorbeugen würde?*

Wir kommen uns näher, Millimeter um Millimeter, sein Atem trifft auf meinen, und ich spüre mein Herz bis zum Hals pochen. Ich warte ab, er wartet ab. Wir warten, warten, warten. Und dieser Moment dehnt sich aus, bis ich glaube, vor Spannung und Anziehung zu zerplatzen. Bis ich glaube, alles wäre besser, wenn ich ihn nur berühren würde. Richtig. Nicht flüchtig. Ganz.

Ich kriege keinen vernünftigen Gedanken zustande. Coopers Duft hüllt mich ein, wirkt wie eine Droge. Als seine Nase meine berührt, senke ich die Lider endgültig, hole leicht zitternd Luft und …

»Seid ihr sicher, dass ihr nichts möchtet?« Als hätten wir uns aneinander verbrannt, fahren wir auseinander. Coopers Miene ist wie versteinert, ich hingegen atme viel zu schnell. Dylan steht da, mit einem vollgeladenen Teller, und mustert uns.

»Sorry. Äh … ich geh dann mal.« Belustigt schiebt er sich eine Gabel mit Mac and Cheese in den Mund und verschwindet in seinem Zimmer. Es ist, als hätte jemand einen Luftballon zum Platzen gebracht. Einen, in dem Cooper und ich uns eben befunden haben.

Der Moment ist also dahin. Was auch immer es für einer war.

Etwas wackelig lehne ich mich ganz zurück und hefte meine Aufmerksamkeit wieder auf den Fernseher. Zumindest könnte man das denken. In Wirklichkeit bemerke ich auch jetzt jede noch so kleine Regung von Cooper neben mir. Alle meine Sinne sind auf ihn ausgerichtet.

»Gute Nacht, Andie.« Seine Worte sind nett, sein Tonfall harsch. Er räuspert sich und steht auf. »Soll ich dich morgen wieder mitnehmen? Gleiche Zeit?«

Nach der Reaktion eben bin ich von seiner Frage ein wenig überrumpelt, deshalb bringe ich nicht mehr zustande als ein Nicken. Cooper geht, verlässt das Wohnzimmer, und als er fort ist, bin ich auf gewisse Weise enttäuscht. Ich bin enttäuscht von mir, weil ich das eben nicht durchgezogen habe. Und irgendwie, weil ich es durchziehen wollte.

»Oh verdammt«, wispere ich und kneife die Augen zusammen. Ich mag Cooper wirklich.

Es ist Sonntagabend. Die Einführungen sind soweit durch, die ersten Tage Uni geschafft, und ab jetzt wird es richtig ernst. June findet besonders die Seminare zu Recht und Steuern ätzend, ich finde Kommunikation und Interaktion anstrengend. Aber in Wirklichkeit nichts ist anstrengender, als mit June Gesellschaftsspiele zu spielen.

»June, ich schwöre dir, wenn du nicht gleich ein Wort legst, drehe ich durch.«

»Kommt Zeit, kommt Rat!«

Stöhnend lasse ich die Stirn auf den Tisch sinken. Scrabble ist ein grausames Spiel. Ich spiele es nur, weil June es so mag, aber ich hasse es aus tiefster Seele. Wir sitzen auf dem flauschigen Teppich im Wohnzimmer, und das Spielbrett steht zwischen uns.

»Fertig.«

Odipus. »Was soll das sein?«

»Ein Wort.«

»Es heißt Ödipus.«

»Aber ich hab kein Ö.« Sie verschränkt die Arme vor der Brust. »Und kein E mehr.«

»Dann kannst du auch nicht Ödipus legen!«

»Es liegt da! Du siehst, dass ich es kann.«

»Du schummelst.« Ich kneife die Augen zusammen.

»Ich dehne die Regeln«, zischt sie, bevor sie sich weitere Steine von ihrem Brett schnappt und dazulegt.

»Odipussi? Ist das dein Ernst?«

»Sehe ich aus, als ob ich scherze?« Währenddessen schiebt sie sich betont langsam und definitiv provozierend einen dick glasierten gelben Donut in den Mund, von dem mich ein Smiley anlacht. Ich bin kurz davor, ihn einfach in ihrem Gesicht platt zu drücken.

Doch sie hat Glück: Mason taucht auf.

»Was ist denn hier los?« Er kommt näher. »Scrabble.«

»June schummelt«, erkläre ich, während sie knurrt: »Geht dich gar nix an!«

»Odipussi?«, fragt jetzt auch Mason verwirrt und mit gerunzelter Stirn, und June funkelt ihn so wütend an, dass die Wahrscheinlichkeit hoch ist, dass er jeden Moment in Flammen aufgeht oder durch ihre Willenskraft explodiert.

»Kennst du das nicht? Schau mal in den Spiegel!«, erwidert June zuckersüß, und mir klappt die Kinnlade runter. Mason grinst jedoch nur, beugt sich richtig weit nach unten, bis er seine Hände neben dem Brett abstützen kann und auf Augenhöhe mit June ist.

»Ich mag Pussies.«

Gott, das hat er nicht gesagt. June spuckt ihm gleich den dürftigen, schleimigen Rest ihres Donuts ins Gesicht, wenn er nicht aufpasst.

»Du hast doch noch nie eine gesehen«, schnaubt sie, und Mason kneift die Augen zusammen.

»Okay. Das reicht«, knurrt er zurück, bevor er sich aufrichtet. »Du hast es so gewollt. Spieleabend!« Masons Schrei hallt durch das Wohnzimmer, und ich sitze vollkommen verdattert da, als June aufspringt und ihm den Finger in die Brust rammt.

»Du wirst so was von untergehen, Ananas-Mason.«

Er macht auf dem Absatz kehrt, stürmt in Dylans Zimmer, zerrt ihn zu uns – und ich forme stumm mit den Lippen ein *Sorry*. Dann macht er das Gleiche bei Cooper, nur dass er erneut lautstark »Spieleabend!« ruft und ich Cooper längst fluchen höre, bevor ich ihn sehen kann. Mason schiebt ihn regelrecht zu uns.

»Ich werde dich vernichten«, flüstert June in Richtung meines Bosses-Schrägstrich-Mitbewohners und greift nach einem neuen Donut.

Ich befinde mich in der Hölle. Anders kann ich mir das hier nicht erklären. Auf dem Tisch musste das Scrabble-Spiel diversen Chips, Gummibärchen und anderem Knabberkram weichen, den Dylan in der Küche zusammengesucht hat. Zwei leere Flaschen Wein, eine angebrochene Flasche Gin und unsere Gläser stehen in buntem Chaos zwischen all dem Zeug. Mason hat nur ein halbes Glas Rotwein getrunken, ansonsten Wasser, genau wie Dylan. June, Cooper und ich den restlichen Wein und etwas Gin, und Dylan trinkt seit geraumer Zeit irgendwas, das wie Brausepulver riecht. Wahrscheinlich ein Energydrink. Ich will es gar nicht wissen.

Wir haben Karten gespielt, diverse Würfelspiele und *Wer bin ich* – dabei hat Mason seinen Namen auf den Zettel geschrieben und auf Junes Stirn geklebt, anstatt irgendeinen Prominamen zu wählen. Schnell hat June rausgefunden, dass sie ein Mann ist. Und es hat ihn köstlich amüsiert, als sie gefragt hat: »Bin ich attraktiv?«

Seine Antwort war natürlich: »Oh ja!«

Auf die Frage, ob sie die Person mögen würde, haben alle geschrien: »Nein!«

Mason hingegen rief: »Du vergötterst ihn!«

Mittlerweile stehen June und Mason voreinander, und meine Freundin versucht, ihm zu beschreiben, welches Wort auf ihrer Karte steht. Wir spielen Tabu. June ist darin so unfassbar schlecht. Dylan ist für die Spielstände und den Timer verantwortlich, Cooper und ich spielen dieses Mal zusammen. Aber bei den beiden da müssen wir uns kein Stück anstrengen. Mason hat sogar die Ärmel seines Hemds hochgeschoben und die oberen Knöpfe geöffnet. So lässig mit einem Hauch Verzweiflung habe ich ihn noch nicht erlebt. Dylan sitzt locker in einer Jogginghose auf der Couch neben mir, Cooper hat sich einen Sitzsack aus seinem Zimmer geholt.

»So schwer ist das doch nicht, du Idiot!«, motzt June.

»Ach nein? Deine Beschreibung ist: Es ist groß und blau und

fast überall.« Mason hat bei diesem Spiel wirklich zu kämpfen. Besonders wenn June Dinge *erklärt*.

»Was ist daran verkehrt?«

»Alles!«

»Vielleicht strengst du dich nicht genug an?«

»Es ist nicht der Himmel …«, fängt er wieder an.

»Weil der Himmel nicht blau ist!«, schreit June, und Mason macht einen Schritt auf sie zu.

»Frau! Ich sag es dir, ich bin kurz davor, dich aus dem Fenster zu schmeißen.« Das bringt June tatsächlich zum Lachen, während Cooper die Hände hinter dem Kopf verschränkt und ich mich frage, warum ich zwei volle Weingläser in einer Hand halte.

Geht das überhaupt? Sehe ich doppelt?

»Wie bitte?«

»Der Himmel ist schwarz! Er sieht nur blau aus, durch unsere Atmosphäääre und so.«

»Zeit zu Ende«, bemerkt Dylan und schiebt sich Chili-Chips in den Mund, während June und Mason wutschnaubend auseinandergehen. »Andie, ihr seid dran.«

Ich will aufstehen, aber – wow – der Boden ist ganz schön wackelig. Jetzt kichere ich. Irgendwie schaffe ich es auf die andere Seite des Tisches.

»Und los!«, ruft Dylan, also greife ich nach einer Karte und blinzle erst ein paarmal.

»Wenn man die Heizung anmacht, wird es …«

»Warm.«

»Und es ist nicht warm, sondern …«

»Kalt.«

»Ja, nur noch etwas mehr als das. Es ist …«

»Sehr kalt?« Nachdenklich zieht er die Augenbrauen zusammen. »Eiskalt!«

»Richtig! Ich schmeiße die Karte über die Schulter und greife nach einer neuen.

»Nicht Wespe, sondern …«

»Biene.«

Neue Karte. »Äh … okay … also das ist … klein oder groß, es steht bei vielen Menschen daheim und man kann darin …« Verdammt. Schlafen darf ich nicht sagen. Wie beschreibt man denn bitte ein Bett? Mein Verstand ist ganz benebelt, als würde sich jede Gehirnzelle mit Wein füllen und anfangen zu hicksen. Das Kinn reckend fixiere ich Cooper. »Da kann man Liebe machen!«

Dylan und Mason prusten los, June höre ich irgendein niedliches Geräusch machen, und Cooper … Ich glaube, er versucht ganz extrem, nicht mitzulachen. Seine Lippen zucken verdächtig.

»Bett«, bringt er mit belustigter und zugleich belegter Stimme hervor.

»Lacht nur! Ich steh dazu«, gebe ich trotzig zurück, und jetzt lachen sie noch lauter. Ich kann nichts dafür, aber ich muss mitmachen, und sogar Cooper kann nicht mehr an sich halten. Mir laufen schon die Tränen aus den Augenwinkeln. Dabei weiß ich nicht einmal, was ich so lustig finde.

Wir spielen noch zwei, drei Runden, bis wir alle langsam müde werden und kreuz und quer im Wohnzimmer verteilt zum Liegen kommen.

»Wir räumen morgen auf. Ich hau mich jetzt hin. Danke, Leute. Das hat Spaß gemacht.« Dylan verabschiedet sich, gibt mir auf dem Weg noch ein High-Five, und ich bin kurz davor, an Coopers Sitzsack angelehnt einzuschlafen.

»Ich glaube, Andie muss dahin, wo man Liebe macht!«

»Halt die Klappe, du Idiot«, rügt June Mason, während ich nur, eloquent wie ich bin, mit »Selber« antworte.

»Ich denke, so unrecht hat er nicht.« Coopers Stimme. Meine Augen sind irgendwie zugefallen. Es ist so gemütlich hier – und so warm. Wohlig warm. Der Sitzsack bewegt sich, und ich öffne schlagartig die Augen. »Ich muss mit Socke raus.«

»Du gehst nirgendwo mehr hin«, stellt Mason amüsiert fest. »Ich mach das schon.«

June beäugt ihn dabei seltsam von der Seite. »Ich bringe Andie ins Bett.« Doch als sie sich in Bewegung setzt, schnellt Masons Arm vor, er packt sie sich und zieht sie wieder zurück. »Na, na, Kätzchen. Du kommst besser mit mir und dem Hund mit, danach setze ich dich in ein Taxi, damit du sicher im Wohnheim ankommst. Ich könnte dich auch fahren.«

»Träum weiter«, entgegnet sie nur. In der Zwischenzeit steht Cooper vor mir und angelt sich meine Hände. Behutsam hilft er mir beim Aufstehen, und das ist gut so, denn ich sitze in einem Karussell, das sich nicht aufhört zu drehen.

»Oje«, jammere ich. »Ganz schön schnell.«

»Fein, ich hole den Hund«, gibt June nach und kommt keine Minute später mit Socke auf dem Arm wieder, der vermutlich auf der Schlafcouch gelegen hat, während ich noch dabei bin, meinen Gleichgewichtssinn zu finden. Aber das ist nicht so einfach, wenn man so abgelenkt ist …

20

*Oft ahnt man nicht, dass manche Dinge
sich so gut und so richtig anfühlen können –
obwohl man denkt, sie seien falsch.*

Cooper

Andie ist nicht die Einzige, der der Wein etwas zu Kopf gestiegen ist. Allerdings kann ich im Gegensatz zu ihr aufrecht stehen, ohne wie ein Baum im Wind zu schwanken, und weiterhin anständige Sätze formen.

Auf wackligen Beinen steht sie vor mir, während ich ihre Hände halte, damit sie sich sammeln kann. June und Mason verlassen mit Socke die Wohnung, um mit ihm Gassi zu gehen.

»Geht es?«

»Jup«, nuschelt sie.

»Dann los.« Vorsichtig gebe ich sie frei, gehe neben ihr ein paar Schritte, und immer, wenn sie zu weit abdriften und einen Schlenker machen möchte, schnappe ich mir ihren Ellbogen und ziehe sie sachte zurück. Dabei gibt sie niedliche Geräusche von sich, als könne sie gerade nicht glauben, dass sie einen ziemlich heftigen Schwips hat.

Ich drücke die Tür zu ihrem Zimmer auf, schalte das Licht an und werfe einen Blick hinein. Alles ist wie immer, nur dass jetzt Andies Taschen hier stehen und ein Hundebett samt Näpfen.

Andie taumelt sehr zielstrebig auf die Couch zu, bückt sich nach der Schlaufe, mit der man das untere Teil ausziehen und zu einem Schlafsofa umfunktionieren kann, und zieht mit beiden Händen kräftig daran. Dabei streckt sie ihren Hintern raus, und ich schürze amüsiert die Lippen. Sie hat einen wirklich ausgesprochen anbetungswürdigen Po.

Ihre Socken rutschen weg, und sie landet halb auf der Seite und halb auf den Knien. Ein Schwall an Flüchen entweicht ihr, und ich gebe mir einen Ruck und gehe auf sie zu.

»Ich mach das.« Ich helfe ihr hoch und warte, bis sie wieder einigermaßen sicher steht, danach ziehe ich meine alte Couch auseinander und breite die Wolldecke von Mase darüber aus. »So, das war's schon.« Als ich mich umdrehe, stocke ich keuchend. Andie hat sich den Pullover ausgezogen, versucht gerade angestrengt, ihren Arm aus dem Rest zu befreien. Ihre Brille hat sie auf ihre Tasche neben sich abgelegt. Sie trägt nur noch ein Top. Ein dünnes, durchscheinendes Top und ich kann ... nicht ...

Der Pullover landet auf dem Boden, und sie seufzt glücklich. »Es ist so warm hier drin.«

Scheiße ja, das ist es! Aber bei mir vermutlich aus anderen Gründen als bei ihr.

Bereits als Mase mich vorhin aus meinem Zimmer geschoben hat, habe ich geahnt, dass dieser Abend schräg wird; aber jetzt ist eindeutig der Punkt gekommen, an dem ich wirklich gehen sollte. Andie ist betrunken, ich vielleicht ein bisschen, und ich weiß nicht, wie standhaft und vernünftig ich bleiben kann. Nicht so, nicht hier, nicht jetzt. Nicht mit ihr direkt vor mir.

»Danke schön«, wispert sie. »Ich muss mal kurz ins Bad, glaube ich.« Süß, dass sie denkt, dass sie das in ihrem Zustand noch irgendwie schafft. Doch statt zur Tür stolpert sie auf mich zu und bleibt so dicht vor mir stehen, dass ich nach Luft schnappe. Ich beobachte, wie sie sich auf die Unterlippe beißt und dabei keine Sekunde lang meinen Blick freigibt.

Ihre zierlichen Finger legen sich nach einem Moment des Zögerns auf meine Brust, und ein Verlangen überrollt mich, von dem ich bisher dachte, ich hätte es besser unter Kontrolle. Ich dachte, ich könne es wegsperren. Doch jedes Mal, wenn ich Andie sehe, kratzt es an seinem Käfig – und gerade ist sie im Begriff, seine Tür zu öffnen.

Schwer schluckend betrachte ich sie, meine Hände legen sich wie von selbst auf ihre Taille, und ich bin noch nicht sicher, ob ich sie halten, wegschieben oder an mich ziehen will. Verflucht!

Mein Atem rast.

Andie betrachtet mich nachdenklich, stellt sich dabei auf die Zehenspitzen, stützt sich mehr und mehr an mir ab, und ich spüre, wie leichte Panik meinen Nacken nach oben kriecht. Panik, Neugierde, Erregung. Scheiße, scheiße, scheiße!

»Andie?«, flüstere ich heiser. »Was wird das?«

»Ich denke, das finden wir gleich heraus.«

Ihre Lippen streifen meine, hauchzart, quälend und ich … treffe meine Entscheidung. Verflucht!

Sehnsüchtig presse ich Andie an mich, lege meine Lippen auf ihre. Und es fühlt sich so gut an. Nein, so viel besser. Als ihre Hände sich über mein Shirt nach oben zu meinem Hals bewegen, an ihm entlanggleiten und in meinem Nacken zum Ruhen kommen, kann ich keinen klaren Gedanken mehr fassen. Ich ziehe sie noch näher an mich, lege eine Hand an ihre Wange, gleite zu ihrem Hals und reibe mit dem Daumen über die feine Kante ihres Kiefers. Ich spüre, wie sie bebt, spüre ihre weiche Haut an meiner, und wünsche mir, dass dieser Moment nie endet.

Quälend langsam streicht sie mit ihren Lippen über meine, bis meine Selbstbeherrschung vollkommen verfliegt, die Erregung und Sehnsucht meinen Kopf leer fegen und ich gegen sie dränge, sie davor bewahre, einfach zu fallen. Ich ziehe meinen Arm vor, presse sie mit ihrem Rücken an die Wand und keuche. Bis ich mit meiner Zunge Einlass fordere und erstickt stöhne, als sie ihn mir gewährt. Ich kann es nicht verhindern, kann nichts dagegen tun. Und als unsere Zungen aufeinanderprallen, sie ihre Hände unter mein Shirt und über meinen Bauch gleiten lässt und ihre Hüfte sich an meine drängt, glaube ich zu explodieren.

Andie hat die Tür in mir nicht einfach aufgemacht, sie hat sie aus den Angeln gerissen, und ich werde überschwemmt von Emotionen, von alldem, was ich nicht zulassen wollte. Sie hält gerade die kläglichen Überreste meiner Selbstbeherrschung in ihren Händen.

Mit ihrer Zunge spielend verliere ich mich in diesem Kuss, während Andie ihre Finger in meinem Haar vergräbt und meine Erregung mehr und mehr wächst. Diese Frau ist mein Untergang. Und trotzdem: Das hier fühlt sich verdammt richtig an. Wieso habe ich dagegen angekämpft? Ich erinnere mich nicht.

Andie schmeckt nach Wein, süß und weich … *Wein*, schießt es durch meinen Kopf wie eine Ladung kaltes Wasser. Alkohol. Zoeys Gesicht erscheint vor meinem inneren Auge, ihr entrückter Blick, ihr verstrubbeltes Haar und …

Sofort verspanne ich mich, reiße die Augen auf und lasse von Andie ab, die, von dem abrupten Ende überrumpelt, aus dem Gleichgewicht gerät. Mein Arm schießt vor, meine Hand packt sie einen Moment vorsichtig, bis sie sich gefangen hat, dann trete ich ganz zurück. Bringe so viel Abstand wie möglich zwischen uns. Sie sieht leicht verwirrt aus, etwas verwundert, während sie mit ihren Fingerspitzen über ihre Lippen fährt, und ich fluche innerlich. Fragend mustert sie mich, kommt aber nicht näher. Und ich? Ich werfe mich mit aller Macht gegen die Tür in mir und sperre das Verlangen wieder ein und Andie aus. Es ist besser so.

Scheiße! Sie ist angetrunken, nicht ganz sie selbst.

Ich hätte das nicht tun dürfen. Nicht zulassen sollen.

Fragend zieht sie die Augenbrauen zusammen und schaut mich an, wartet auf eine Erklärung, nehme ich an, während ich nur dastehe und bemüht bin, ein Zittern zu unterdrücken.

»Du solltest schlafen gehen. Gute Nacht«, bemerke ich barscher als beabsichtigt, aber in mir tobt ein Sturm, der sich nicht legen will, ein Unwetter, das wild und heftig wütet und alles auf seinem Weg niederreißt.

Ungestüm verlasse ich ihr Zimmer, und in dem Moment, als ich in meinem verschwinden will, flitzt Socke hechelnd um die Ecke und an mir vorbei zu Andie, deren Tür jetzt erst ins Schloss fällt. Ich kann es genau hören.

Mason folgt direkt darauf und lächelt beinahe glückselig. Ich will gerade viel, aber auf keinen Fall mit ihm reden.

»Coop. Alles okay? Du siehst beschissen aus.« Shit.

»Du auch. Du hast einen knallroten Handabdruck im Gesicht.« Ich werde so richtig wütend.

Er lächelt nur weiter vor sich hin. »Oh ja, ich weiß.« Dann fällt sein Blick auf meinen Schritt. Zwar ist die Erregung auf einen Schlag abgeklungen, aber ein Ansatz bleibt sichtbar. Mason legt fragend den Kopf zur Seite. »Möchtest du, dass wir weiter offensichtliche Dinge aussprechen?«

»Nacht, Mase«, knurre ich und verschanze mich, während ich Mason noch deutlich höre, als er sagt: »Vielleicht solltest du vorher kalt duschen«.

Arschloch.

Unruhig drehe ich mich hin und her. Ich kann nur schlecht schlafen heute Nacht. Das Licht auf meinem Nachttisch habe ich gedimmt, es beleuchtet nur das Nötigste in warmem Gelb, und ich greife nach der Wasserflasche, um etwas zu trinken.

Vorhin bin ich noch eine ganze Weile aufgeblieben, habe gezeichnet und versucht, mich abzulenken. Hat nicht besonders gut geklappt.

Sosehr ich Mason für seinen dämlichen Kommentar verflucht habe, ich hätte kalt duschen sollen. Lange. Meine Gedanken finden nämlich immer wieder zu Andie zurück, und selbst Zoey kann das nicht ganz verhindern. Jedes Mal, wenn ich die Augen schließe, denke ich an Andie. Jedes Mal, wenn ich einschlafe, träume ich davon, wie ihre Lippen auf meinen lagen, wie weich sie sich angefühlt und wie bittersüß sie geschmeckt haben.

»Scheiße«, stöhne ich auf und kneife mir in die Nasenwurzel, während ich mich auf den Rücken drehe. Erneut schließe ich die Augen. Irgendwann merke ich, dass ich endlich wegdöse, weil ich mittlerweile so verdammt müde bin.

Keine Ahnung, ob ich wach bin oder schlafe, aber meine Matratze bewegt sich. Kann auch sein, dass ich mich bewege, ohne es zu merken. Nein. Meine Decke raschelt auch. Seltsam. Träge öffne ich die Augen und ... Was zur Hölle? Ich blinzle, damit meine Sicht sich klärt und ich in dem schummrigen Licht überhaupt was erkenne, und sehe ... Andie.

Sie macht es sich gerade neben mir gemütlich, rückt eines meiner Kissen unter ihrem Kopf zurecht und zieht die Decke zu sich, die ich etwas nach unten geschoben habe während meiner Versuche, Ruhe zu finden.

»Andie?«, flüstere ich, aber sie reagiert kein Stück. Sie hat die Augen fest geschlossen und legt sich einfach hin, mit dem Rücken zu mir. Ich stütze mich auf die Ellbogen, beuge mich zur

Seite und kann beobachten, wie sie sich, begleitet von einem süßen, hohen Geräusch, einkuschelt. Danach höre ich, wie sie tief und ruhig atmet. Sie schläft. Gott, steh mir bei! Zwar trägt sie einen Pyjama, aber das macht sie nicht weniger anziehend. Ihr Haar steht chaotisch ab, sie hat sich halb eingerollt und sieht unglaublich friedlich aus.

Andie hat sich einfach zu mir ins Bett gelegt. Ich bin kein Heiliger, und die Frau macht es mir nicht besonders leicht.

Außerdem hat sie die Tür offen gelassen.

Leise rutsche ich aus dem Bett und schleiche zur Tür, um sie zuzumachen, da sehe ich, dass Licht in den Flur fällt, und stecke den Kopf raus. Ihr Zimmer ist dunkel, aber auch hier ist die Tür offen. Das Bad. Da brennt Licht. Shit. Wahrscheinlich war sie auf der Toilette und ist dann, betrunken wie sie war, in das falsche Zimmer marschiert.

Ich könnte jetzt in ihres gehen, aber … vielleicht will ich das gar nicht.

Mein Blick huscht von links nach rechts, und nach einem tiefen Seufzer gehe ich wieder zurück. Ist ja schließlich mein Bett.

Mit ausreichend Abstand lege ich mich neben sie, ziehe einen Arm unter meinen Kopf und starre schon wieder an die Decke. Keine Ahnung, wie ich morgen die Zeichenkurse in der Uni überstehen soll, ohne einzupennen. Von der Schicht im Club will ich gar nicht anfangen.

Wenn ich die Augen jetzt schließe, kann ich mir vielleicht einreden, dass niemand da ist. Guter Plan.

Ach, fuck. Andie bewegt sich wieder, und plötzlich ist sie an meiner Seite, ihr Arm liegt quer über meinem Bauch, ihre Brust drängt sich an mich und ich muss schwer schlucken.

Beschissener Plan. Das war eindeutig ein ganz mieser und beschissener Plan.

Mir ist kochend heiß. Sie seufzt im Schlaf, schiebt ihre Hand unter mein Shirt und legt ihre kühlen Finger auf meinen Oberkörper. Meine Muskeln beginnen zu schmerzen, weil mein Körper so angespannt ist und ich mit aller Macht versuche, mich nicht zu rühren. Soll ich sie liegen lassen? Soll ich sie rübertragen?

Andie drückt sich fester an mich, legt ihr Bein über meins und berührt dabei mit ihrem Oberschenkel meine kurz vorm Explodieren stehenden Eier. Zischend atme ich ein. Meine Erektion drückt so heftig gegen die Boxershorts, dass ich sie am liebsten ausziehen würde.

Noch so eine gute Idee! Besonders, wenn der Grund für den Schlamassel direkt neben mir liegt.

Das wird die längste Nacht meines Lebens.

21

*Das Leben ist eine Aneinanderreihung von
verwirrenden Momenten. Man wird
nicht schlau daraus.*

Andie

Mein Mund ist pappig, meine Augen geschwollen, und hinter meiner Stirn pocht es schmerzhaft. Aua. Ich vertrage Gin einfach nicht gut und Wein ebenso wenig. Wieso muss er nur so fantastisch schmecken? Ich strecke mich kräftig und stoße mit meiner Hand gegen irgendwas.

Hm, seltsam. Fühlt sich nicht wie meine Wand an. Eher wie ein ... Bettrahmen? Und das ist keine Wolldecke. Hier ist alles so weich und gemütlich.

Panisch schlage ich die Augen auf. Ohne Brille ist die Umgebung leicht verschwommen, aber ich erkenne mehr als genug.

Das ist nicht mein Zimmer.

Wo bin ich? Und wie spät ist es?

Ich liege zwischen weißen Laken auf einem riesigen Bett, links steht ein Schreibtisch, darüber sind Dutzende Skizzen an einer Leine befestigt. Sie sind großartig. Ich schaue mich weiter um. Rechts von mir steht ein Sitzsack vor dem Fenster und ... Ich war hier schon mal. Wenn auch nur für wenige Sekunden.

Das ist Coopers Zimmer. Coopers Zimmer, ganz eindeutig.

Cooper. Rasch drehe ich mich auf die Seite, sehe mich panisch um. Er ist nicht da.

Wo ist er? Wie bin ich hier reingekommen? Haben wir uns geküsst? Ich bin mir sicher, dass ich das nicht geträumt habe. Aber danach ist er gegangen und ich bin in meinem Zimmer geblieben. Oder?

Hektisch schiebe ich mir meine Haare aus dem Gesicht und die Decke von mir, bevor ich aufstehe und auf die Tür zugehe. Langsam und mit klopfendem Herzen öffne ich sie und spähe nach links und rechts. Ich kann niemanden entdecken. Also trete ich hinaus und will die Tür leise wieder schließen, als ich jemanden durch die Wohnungstür reinkommen höre. *Nein, nein, nein.*

Schnell lasse ich Coopers Zimmer hinter mir und eile in Richtung meines Zimmers.

»Morgen, Andie.« Als hätte mich der Blitz getroffen, halte ich auf der Stelle an und rühre mich nicht. Erst vier Atemzüge später drehe ich mich wie in Zeitlupe um und blicke in Coopers Gesicht. Ich kann keine Regung darin entdecken.

»Gut geschlafen?«

Laut räuspernd richte ich meinen Pyjama. Ich muss grauenhaft aussehen. »Ja, fantastisch. Danke.« Was soll ich auch sonst sagen? Abgesehen davon stimmt es. Ich hab geschlafen wie ein Baby. »Du ebenfalls?«, frage ich hoffnungsvoll, und jetzt ernte ich ein leicht schräges Grinsen.

»Ich dusche schnell und trinke einen Kaffee, dann muss ich zur Uni. Willst du mit?«

Die Uni. Shit. »Wie spät ist es denn?«

»Halb acht. Ich war nur beim Sport.« Jetzt, wo er es sagt, fallen mir seine Sportsachen auf. Wenn man verkatert ist und ohne Brille alles etwas verschwommen sieht, ist das auch nicht so einfach.

»Okay. Bis später. Und tut mir leid, dass ich … also, dass ich … Ich schlafwandle sonst nicht. Das letzte Mal war ich zwölf oder so.«

Mit jedem weiteren Wort schwindet Coopers freundlicher Gesichtsausdruck. »Nächstes Mal, wenn du in der Nacht aufs Klo musst, geh danach zurück in dein eigenes Zimmer. Klar?«

Jetzt ist es wieder so weit: Er ist kalt, abweisend, mürrisch. Und danach verschwindet er einfach in seinem Zimmer. Alles, was ich in diesem Moment denken kann, ist: *Andie, du hättest wenigstens das Bett machen können.*

Das lässt mich die Augen verdrehen. Ich gehe endlich in mein Zimmer und fische nach meiner Brille und meinem Handy. Eine Nachricht von Lucas blinkt auf.

Ich habe da eine rein hypothetische Frage: Wie bekommt man einen mit Seifenschaum gefüllten Raum am effektivsten gereinigt. Was denkst du?

Ich kann nicht glauben, was ich da sehe, deshalb lese ich es wieder und wieder, aber auch nach dem zehnten Mal wird es nicht besser. Mein Bruder hat die Waschküche unter Wasser gesetzt. Nein, unter Schaum.

Und ich dachte, nur Dad könnte die Waschmaschine nicht vernünftig bedienen.

Bitte sag mir, dass das nicht passiert ist.

Mein Bruder ist eine Katastrophe. Es ist ein Wunder, dass er das Haus noch nicht in Brand gesetzt hat.

Im Ordner steht alles. Wieso schaut er da nicht rein? Er soll Dad unterstützen, damit der sich um die Arbeit auf der Ranch kümmern und vielleicht bald wieder in der Schule Fuß fassen kann. Die Wäsche zu machen und ein wenig Ordnung zu halten, das ist doch nicht zu viel verlangt.

Neue Nachricht.

Würde das einen Unterschied machen?

Frustriert schüttle ich das Handy in meiner Hand und tue so, als wäre es mein Bruder.

Lucas, schau in den Ordner! Wie konnte das passieren? Trag den Schaum mit Eimern in die Badewanne oder lass Wasser nachfließen, da ist ja ein Abfluss in der Ecke und der Boden ist leicht abschüssig. Sag es Dad!

Dad wird mich an den Kater verfüttern.

Ich komme heim und mache es selbst, wenn er es nicht tut.

Okay. Ich versuche es mit einer Schubkarre.

Ich will mir gar nicht vorstellen, wie es zu Hause aussieht, aber wenn ich ehrlich bin, kann ich mich gerade nicht auf das Schaumproblem meines Bruders konzentrieren. Ich bin eben in Coopers Bett aufgewacht und brauche einen Moment, um das zu verarbeiten. Das und den Kuss von gestern Abend, der mir sofort wieder einfällt. Ich weiß nicht, was das zwischen uns ist, ich weiß nicht, was ich genau für ihn empfinde, aber da ist etwas. Ich kann mich nicht länger belügen. Aber will ich dieses Etwas? Viel wichtiger: Will Cooper es?

Nachdenklich laufe ich über den Campus, beobachte all die Studenten, die riesige und breite Treppe, die zum Hauptgebäude führt, die Bäume, die den Weg säumen, und die vielen Grünanlagen an den Seiten. Es ist schön hier. Manchmal, wenn ich mir alles genau ansehe, bekomme ich eine Gänsehaut. Immer wenn ich mich frage, ob meine Mom damals an einem Tag wie diesem denselben Weg genommen hat. Ob ich schon in einem der Räume war, in denen sie auch ein Seminar hatte, oder mit einem Dozenten gesprochen habe, der jetzt viel älter ist als damals, aber der sie kannte. Meine Kehle schnürt sich zu. Über all das, was passiert ist, habe ich beinahe vergessen, warum ich herwollte. Warum ich hier bin und all das auf mich genommen habe. Warum ich so ungeduldig war.

Mom hat hier studiert und gelebt, bis sie Dad kennengelernt hat. Hier, an diesem Ort. Es ist, als würde ich sie hier suchen, irgendetwas von ihr; obwohl ich weiß, dass sie längst fort ist.

Seit ich klein war und Mom mir die Geschichte wieder und wieder erzählt hat, wollte ich an der Harbor Hill studieren. Und seitdem sagte June stets, dass sie mitkommen würde. Bei dem Gedanken lächle ich. June ist wie eine Schwester für mich. Ohne sie hätte ich viele Momente meines Lebens wesentlicher grausamer gefunden. Ohne sie hätte ich vieles nicht geschafft.

Gerade bin ich auf dem Weg zu ihr, um sie abzuholen. Wir haben uns seit dem Spieleabend am Sonntag nicht gesehen, weil sich unsere Termine überschnitten haben, und wollen heute zusammen essen. Okay, eigentlich fahren wir zu mir und bestellen da eine Pizza. Es ist sechzehn Uhr, und die Spedition, die meine Möbel liefert, hat sich für siebzehn Uhr angekündigt, sonst wäre ich direkt bei June geblieben.

Kurz bevor ich zum Wohnheimweg einbiege, läuft June bereits winkend auf mich zu.

»Hey, was machst du denn schon hier?«

Sie zuckt mit den Schultern. »Ich dachte, ich komm dir schon mal entgegen. Du trägst ja mal wieder Lippenstift, sieht klasse aus.« Da stimmt was nicht, auch wenn ich ihr für das Kompliment danke. June ist praktisch veranlagt, sie macht immer nur so viel, dass es ausreichend ist. Es gab keinen Grund, mir entgegenzugehen, wir müssen so oder so gleich wieder zurück in die Richtung, aus der sie gekommen ist.

Da ahne ich, was sie umtreibt.

»Sara?«, frage ich knapp, und meine beste Freundin kneift verdrossen die Lippen zusammen und nickt. Ich nehme ihre Hände und drücke sie kurz. Es wird immer schlimmer zwischen den beiden.

»Wollen wir den alten Klepper nehmen oder den Bus?«

»Seit wann nennst du ihn so? Er hat uns schon viele schöne Momente beschert!«

Lachend gehen wir in Richtung Bushaltestelle.

»Wie war der Abend eigentlich, nachdem ich weg war?«

»Hab ich dir geschrieben.«

»Du hast geschrieben, alles sei okay. Und wenn ich eins gelernt habe, dann, dass da noch was kommt.«

»Wie war es denn bei dir und Mason, als ihr mit Socke rausgegangen seid?«

»Lenk nicht ab!«, sagt sie gespielt ernst, bevor sie leise seufzt. »Ich bin mit dem Taxi heim, er hat mir eins gerufen.« Das wusste ich, sie hatte mir da noch eine gute Nacht gewünscht. Ich hatte die Nachricht erst am Morgen entdeckt. »Davor hab ich ihm eine geknallt«, bemerkt sie fröhlich, und mir bleibt der Mund offen stehen. Wir zwängen uns gerade durch einen Pulk von Studenten.

»Bitte, was?«

»Es war eine Ohrfeige. Eine meiner besten«, fügt sie stolz an, und ich lache trocken auf.

»Ich weiß gar nicht, was ich sagen soll.«

»Sag: Toll gemacht, June! Er wollte mich ernsthaft küssen. Kannst du dir das vorstellen? Vorm Taxi. Was man sät ...«

Erntet man, beende ich in Gedanken ihren Satz und schüttle amüsiert den Kopf.

»Und bei dir? Spuck es schon aus.«

»Cooper hat mich ins Zimmer gebracht, ich war wohl etwas angetrunken.«

»Allerdings. Hätte ich übrigens auch gemacht, hätte Mason mich nicht rausgeschleppt. Idiot.«

Mist, ich kann es nicht mehr unterdrücken. »Ich hab ihn geküsst«, platzt es aus mir heraus, und ich bin so erleichtert darüber. Ich wollte es June schon gestern sagen, aber ich habe sie erst nicht erreicht, weil sie ihr dämliches Ladekabel nicht gefunden hat, und danach fand ich es seltsam, das in einer Nachricht zu schreiben. Als wir es irgendwann geschafft haben zu telefonieren, nachdem sie wieder Akku hatte, habe ich es ihr nicht erzählt. Es ging einfach nicht.

Warum ich gezögert habe, liegt einzig daran, dass ich selbst nicht weiß, was es war ...

»Mason?«, fragt sie erschrocken.

»Nein. Cooper! Wieso sollte ich Mason küssen?«

»Keine Ahnung, wieso machst du es bei Cooper?«

Wir kommen bei der Haltestelle an und bleiben stehen.

»Wieso wundert dich das nicht?«

»Süße, ich kenne dich schon so lange – ich würde mir Gedanken machen, wenn es anders wäre. Ich hab dir bereits gesagt, dass du ihn süß findest.« Breit lächelnd schaut sie mich an, während ich für ein paar Sekunden absolut sprachlos bin und mein Mund immer wieder auf- und zuklappt. Bis ich die Hände vors Gesicht schlage.

»War es so schlimm?«

Ich erwidere ihren Blick. »Kein Stück. Oh mein Gott! Ich war mir erst überhaupt nicht sicher, ob es passiert ist. Am nächsten Morgen war alles ziemlich schwammig. Ich dachte erst, ich hab es geträumt. Aber dann … Ich bin in seinem Bett aufgewacht. Allein.«

»Was?«, ruft meine Freundin so laut und schockiert, dass sich ein paar Studenten zu uns umdrehen. »Du hast bei ihm geschlafen? Ich dachte, du wärst auf deine Couch gegangen?«, zischt sie danach leiser.

»Bin ich auch. Aber anscheinend bin ich nachts, nachdem ich auf der Toilette war, zu ihm ins Bett geklettert. Zumindest hat er es am nächsten Morgen so angedeutet, bevor er darüber gemeckert und mich danach mit zur Uni genommen hat. Er ist ein wandelnder Widerspruch! Ich bin tausend Tode gestorben!« Tief durchatmend sortiere ich meine Gedanken, bevor ich weitermache. »Er hat sich verhalten, als wäre rein gar nichts gewesen. Er war wieder wortkarg und distanziert, auch in der Wohnung. Aber es ist passiert, verdammt. Es ist nur einfach nicht von Bedeutung für ihn. Das ist in Ordnung.«

»Was?« June sieht mich schockiert an.

»Was denn?«

»Du hast ihn geküsst, Andie. Du hast dich schlafwandelnd in sein Bett gelegt. Das ist so krass.«

»Ja, auch mir passiert so was gelegentlich. Anscheinend.«

»Nein«, stöhnt sie genervt. »Du hast ihn geküsst. Es ging von dir aus. Du bist zu ihm gegangen, egal, ob bewusst oder nicht. Und im Übrigen ist er geblieben und hat dich auch nicht weggeschickt.«

»Ich war betrunken.«

»Das ist egal. Ich habe es nicht einmal erlebt, dass du wirklich die Initiative ergriffen hast.«

»Ich habe mich verändert«, erkläre ich lahm. Doch das kauft

sie mir nicht ganz ab, so wie sie mich mustert. Ich mir ja auch nicht. Ich war schon immer zu nachdenklich.

»Wenn du das sagst.« Sie glaubt mir kein Stück. »Ich hoffe für ihn, dass er keine Dummheiten macht. Denk daran: Wir haben uns mal geschworen, dem anderen beim Verbuddeln einer Leiche zu helfen, ohne Fragen zu stellen.«

»June! Wir werden Cooper nicht umbringen, nur weil er den Kuss vergessen will und ganz offensichtlich nicht interessiert ist.«

»Okay.« Sie lächelt breit und nickt verständnisvoll, doch als sie sich umdreht, höre ich ihr flüsterndes: »Wir werden sehen.«

Entrüstet boxe ich ihr gegen die Schulter, was sie zum Lachen bringt und dazu, einen Arm um mich zu legen. Sie muss sich verrenken, um ihren Kopf bei mir anzulehnen. »Ich pass nur auf dich auf, Andie. Wie immer.« Ich drücke ihr einen Kuss auf den Scheitel und stimme ihr in Gedanken zu. Es ist schön, June zu haben.

Wir fahren mit dem nächsten Bus und schweigen zusammen. Freunde, mit denen man schweigen kann, sind diejenigen, auf die man zählen kann. Die, bei denen es ein Verstehen fernab von Worten gibt.

Einige Minuten später steigen wir aus, betreten meine neue Wohnung, auch wenn es immer noch verrückt ist, dass ich sie so nennen kann, und legen die Jacken ab. Es ist still, anscheinend ist keiner da.

»Ich bin so müde«, jammert June.

»Frag mich mal, ich bin seit sechs unterwegs.«

»Wann wollte die Spedition noch mal kommen?«

Schnell ziehe ich das Handy hervor und werfe einen Blick auf die Uhr. »In einer halben Stunde ungefähr.«

»Gut, dann können wir ja noch …« Doch June redet nicht

weiter, bleibt vor mir in der Tür zu meinem Zimmer stehen, und ich dränge mich vorbei.

»Was ist denn?«

»Wahnsinn«, flüstert sie in dem Moment, und ich verkneife es, mir über die Augen zu reiben, weil ich nicht verstehen kann, was ich sehe. Die Couch steht zusammengeklappt an der gegenüberliegenden Wand, direkt neben dem schlichten weißen Schreibtisch. Dem aufgebauten Schreibtisch! An der Wand links steht die Kommode, die ich für meine Klamotten gekauft habe, aber was meinen Blick einfängt, ist das fertige Riesenbett samt Matratze, das dort steht, wo vorher die Couch war. Es nimmt den Raum in dieser Ecke komplett ein, ich kann quasi von der Tür ins Bett fallen. Und ich liebe es. Ich liebe es, wie klein und gemütlich dieser Raum ist und dass nicht mehr reinpasst als das, was drin steht.

»Wir müssen wohl nicht mehr auf die Möbel warten«, murmelt June überrascht.

Leicht benebelt antworte ich: »Müssen wir nicht.«

Jemand hat meine Möbel aufgebaut. Die Spedition war schon da. Ich kann es kaum glauben. Natürlich freue ich mich, aber sofort setzt der Drang ein, alles richtig hinzustellen, zu verschieben, zu ordnen. Es juckt mir in den Fingern.

»Ich würde sagen, jetzt müssen wir nur noch deinen Ordnungsfimmel zufriedenstellen, oder? Komm, lass uns damit anfangen, das Bett geradezurücken.« June macht bereits einen Schritt in den Raum, doch als wir die Haustür zuschlagen hören und ein bekanntes Bellen ertönt, drehen wir uns um. Ich trete vor mein Zimmer und beobachte, wie Socke freudig auf mich zuläuft.

Cooper. Unsere Blicke treffen sich, ich schlucke ein paar Mal, weil ich Angst habe, sonst keinen Ton rauszubekommen. Und ich würde gerne so viel sagen, aber die Worte stecken fest.

Ich spüre es ganz genau. Deshalb bleibe ich nur wie benommen stehen und bewege mich nicht.

»Danke«, bringe ich irgendwie hervor. Nicht nur dafür, dass er mit dem Hund draußen war.

Doch er nickt nur und verschwindet aus meinem Sichtfeld, als er die Tür seines Zimmers zügig hinter sich verschließt.

»Scheiße«, flucht June. »Du hast mir nicht gesagt, dass der Kuss *so* gut war.«

22

Jede Entscheidung, die wir treffen, hat Auswirkungen auf die nächste und auf die darauf. Und manchmal treffen wir falsche Entscheidungen. Das ist okay. Manchmal sind wir noch nicht so weit.

Cooper

Die Kisten im Lager sind endlich alle leer, und die fehlenden Lieferungen sind angekommen. Andie hat damit angefangen, die Regale neu zu sortieren, und es treibt mich in den Wahnsinn, weil ich nichts wiederfinde. Ich meine, es folgt bestimmt irgendeiner Logik, aber die ist nicht offensichtlich. Es ist Andies Logik. Auf die Art hat sie auch die Kochutensilien in der Küche geordnet oder die Handtücher im Bad. Und die Decke auf der Couch im Wohnzimmer darf nur an der einen Ecke schön zusammengefaltet liegen, wenn sie niemand benutzt. Warum?

Fluchend stehe ich im Lager, darum bemüht, mich zusammenzureißen und mein Leben in den Griff zu kriegen. Dieses System ist nicht mein Problem. Das ist mir klar. Es ist immer noch dieser Kuss …

Es war nicht mein erster und wird nicht mein letzter sein. Es war nur ein Kuss. Himmel, aber was für einer.

Scheiße, so funktioniert das nicht! Frustriert schlage ich gegen eines der Regale, das unter meiner Faust erzittert.

Ihre Möbel aufzubauen war auch nicht besser. Keine Ahnung, was mich da geritten hat. Es hat geklingelt, die Möbel wurden geliefert, und als wäre ich benebelt, habe ich Werkzeug aus der Garage geholt und einfach alles zusammengebaut. Dabei geht es mich nichts an. Andie geht mich nichts an. Wir wohnen nur zusammen! Das alles kann so in die Hose gehen, dass ich es nicht mal in Worte fassen kann. Ich bin mit Sicherheit nicht der, den sie braucht, und ich …

Seufzend lege ich den Kopf in den Nacken. Ich muss damit aufhören, an sie zu denken, und das alles abhaken.

Mein Handy piept und vibriert zweimal in der Hosentasche, und als ich es hervorhole und die Mail von Susie öffne, die aufgepoppt ist, lache ich kurz auf.

»Anbei eine neue Telefonliste. Damit ihr auf dem aktuellen Stand seid.« Jedes Mal, wenn uns Leute verlassen oder welche dazukommen, wenn jemand seine Nummer wechselt, schickt sie eine neue Liste rum, damit wir uns untereinander erreichen können. Sei es, um jemanden zu fragen, ob er deine Schicht übernimmt, oder um jemanden anzurufen, wenn er nicht zu seiner erscheint.

Jetzt prangt auch Andies Name inklusive ihrer Nummer da. Ihr voller Name. Ich stutze. Ich habe sie nie danach gefragt, und ihn jetzt einfach so vor mir zu sehen, ist seltsam. Er ist schön. Andrada. Und obwohl ich gerade dabei war, nicht mehr an sie zu denken, tue ich es schon wieder.

»Das ist ein wirklich ganz beschissener Tag«, zische ich zu mir selbst, bevor ich das Lager verlasse und nach vorne gehe. Dass Jack, Andie und ich die erste Schicht haben, macht es nicht besser. Der Club hat heute nur bis eins geöffnet, wir schließen auf, machen alles bereit und können um elf schon gehen. Louis und Matt kommen später, bleiben aber bis zum Schluss. Susannah ebenso, sie hat eine ihrer wenigen Schichten. Anscheinend hat sie den Papierkram für diesen Monat weitestgehend durch. Was ein Wunder ist, jedenfalls bei Masons Sinn für Bürokratie. Außerdem hat Mason wohl erst mal zwei weitere Leute eingestellt, damit wir die Zeit überbrücken können, bis Ian wieder fit ist.

Das Handy einsteckend gehe ich um die Ecke. Jack und Andie füllen vorne die Getränke für die Shots auf, während sie fröhlich mit June plaudern, die auf einem der Barhocker Platz genommen hat. Sie hat sich chic gemacht. Die Armreife an ihren Handgelenken klappern jedes Mal, wenn sie sich bewegt. Aber ich habe nur Augen für Andie mit ihren abgetragenen Chucks, der schlichten Jeans und dem Holzfällerhemd, das sie so liebt. Ich glaube, sie hat es in mehreren Farben und Kombinationen. Heute hat sie sich die Haare an der Seite zu einem Zopf geflochten und die Ärmel des Hemds längst hochgekrempelt. June erzählt ihr gerade irgendetwas, während Andie weiterarbeitet und dabei gleichzeitig gespannt zuhört. Laut Mason darf June immer schon vorher hier sein, wenn sie das möchte.

Obwohl der Club noch geschlossen ist, läuft leise Musik; ruhiger als sonst, gemütlicher. Susie grüßt uns, als sie in Richtung der kleinen Bar schlendert, sie hat sich heute wohl die lange Doppelschicht gegeben.

Ich mache das Spülbecken noch einmal sauber, schaue, dass hier alles an seinem Platz ist, aber seit Andie hier ist, steht sogar hier vorne alles woanders. Doch anscheinend kommen alle anderen damit klar, dann werde ich nicht der Depp sein, der es anspricht.

Wenig später wird die Musik voll aufgedreht, das hellere Licht weicht den indirekten Lichtquellen, die bunten Farben und Lichtkegel kommen dazu, und der Club öffnet seine Tore. Es dauert nicht lange, bis sich die Seiten der Bar und der Tanzfläche füllen, und mit jeder Minute, die verstreicht, muss ich mich mehr daran erinnern, mich auf die Gäste und die Bestellungen zu konzentrieren.

Als Mason über die Tanzfläche zu June an die Bar schlendert, die den ganzen Abend nicht von Andies Seite gewichen ist, bin ich mir noch nicht im Klaren darüber, ob die ganze Sache jetzt richtig spannend wird oder eine totale Katastrophe vorprogrammiert ist.

Mason ist wirklich hartnäckig, was sie angeht. Es ist ein paar Jahre her, dass ich ihn so erlebt habe. Normalerweise muss er sich nicht anstrengen, allein auf dem Weg zur Bar haben sich ihm zwei Frauen an den Hals geworfen. Doch sein diebisches Grinsen gehört einzig June, die ihn genau in diesem Moment auf sich zukommen sieht.

Ihr Gesichtsausdruck lässt mich schmunzeln, besonders als sie Andie Hilfe suchend ansieht.

Andie hebt nur entschuldigend die Hände. »Du hast ihm einen klebrigen Cocktail übers Hemd geschüttet, ihn einen Idioten geschimpft, provozierst ihn ohne Ende und hast ihm sogar eine verpasst. Ganz ehrlich, June, wie in Gottes Namen soll ich dir jetzt helfen?«

»Erinnerst du dich an die Sache mit dem Verscharren?«, zischt sie, und Andie lacht lauthals los. Ich stelle mich zu ihnen, als Mason ankommt.

»Hey, mein Kätzchen«, beginnt er, und June fängt an, Würgegeräusche von sich zu geben.

»June! Benimm dich.«

»Hör auf deine beste Freundin. Ach, ich mag dich, Andie.« Mason zwinkert ihr zu, und ich verdrehe die Augen, während Jack fluchend fragt, ob irgendjemand außer ihm noch arbeitet.

»Komme schon!«, rufe ich ihm zu und helfe ihm mit einem der Bierfässer, das ausgetauscht werden muss.

Wir lösen das alte Fass raus, hieven das neue unter die Theke und schließen es an. Fertig.

»Danke, Mann«, sagt er leicht außer Atem.

»Kein Ding.«

Er klopft mir auf die Schulter, bevor er an die andere Seite geht, an der jemand nach ihm ruft. Andie nimmt gerade eine Bestellung auf, nur einen Meter neben Mase und June, die, wohlgemerkt, wirklich so aussieht, als würde sie meinem Kumpel gleich die Augen auskratzen wollen oder sein bestes Stück mit ihren roten Krallen zerfetzen, wenn er nicht schleunigst aufhört, mit ihr zu reden.

Ich stelle mich in Andies Nähe, nehme andere Bestellungen auf und komme nicht umhin, dabei zu beobachten, wie der Typ, den sie bedient, sie mustert. So ein Schmierlappen!

Angespannt zapfe ich drei Bier und bemühe mich, nicht den Hahn abzureißen, als ich ihn fragen höre: »Wann hast du Feierabend, schöne Andie?« Ich habe Mason nie mehr für unsere verschissenen Namensschilder verflucht als in dieser Sekunde.

»Später«, erklärt sie vage, aber immer noch lächelnd, während sie seine Getränke mixt. Sieht nach einem Screwdriver und Scotch and Soda aus. Alles steht parat, das Eis findet gerade seinen Weg ins Glas und ich beiße die Zähne zusammen. Bis ich Masons Blick auf mir spüre und den Kopf schüttle, doch er ist – entgegen Junes Meinung – kein Idiot und findet innerhalb weniger Augenblicke heraus, was los ist. Ich beschäftige mich, putze den Tresen, da alle Gäste gut versorgt sind, und konzentriere mich auf das Lied, das aus den Lautsprechern dröhnt. Es ist beschissen. Irgend so ein gequietschter Popsong, der dafür sorgt, dass sich meine Eier zusammenziehen. Aber auf die unschöne Art.

»Darf ich dich auf einen Drink einladen?«

Verflucht, Andie, misch die Drinks bitte schneller, bete ich in Gedanken, damit der Typ endlich verschwindet.

»Ich darf während meiner Schicht nichts trinken.«

»Aber danach, oder? Ich warte gern. Oder bringe dich nach Hause, wenn ich darf.«

Bitte was?

June späht bereits interessiert um Mason herum, aber ich glaube, dass Andie ihm einfach seine Drinks geben und ihm einen schönen Abend wünschen wird. Doch zu meiner Verwunderung hält sie inne und mustert ihn. *Da gibt es nichts zu sehen!* Am liebsten würde ich das laut schreien.

Andie wendet sich zu mir um, sieht mich an, aber ich drehe den Kopf weg, wische weiter brav meinen Tresen und tue so, als wäre mir das alles scheißegal. Schnell nehme ich die Bestellung der Frau vor mir auf und grinse sie an. Ich grinse sie an, als wäre ich interessiert, als würde sie mir gefallen – und nicht, als würde ich an Andie denken. Ich spüre ihren Blick beinahe auf schmerzhafte Weise an mir kleben.

»Okay«, erwidert Andie unsicher, und ich halte inne, weil sich in mir etwas verkrampft bei diesem Wort. »Ich hab in einer Stunde Feierabend.«

»Super! Dann sehen wir und gleich.«

Das ist der Moment, in dem ich mich umdrehe, die Bar verlasse und mich zwischen schreienden Menschen und schwitzenden Leibern hindurchquetsche, um mich zu Susannah an die kleine Bar zu stellen, an der kaum etwas los ist.

»Huch, alles gut?« Ihre Augenbrauen schießen in die Höhe, und ich krieg gerade so ein »Bestens« raus.

Bis zum Feierabend bleibe ich hier hinten, kann mich kaum konzentrieren, und als ich mich von Susie wieder verabschiede, um mein Zeug zu holen, sage ich mir, dass Andie tun kann, was sie will. Und dass das okay ist.

Doch als Andie nicht mehr hinter der Theke steht und June ebenso verschwunden ist, tragen mich meine Füße zu Mase.

»June ist schon vor 'ner halben Stunde gegangen. Echt schade.« Er fixiert mich, seine Miene wird ernst. »Und du? Du bist noch bescheuerter, als ich gedacht habe«, stellt er fest, bevor er an seinem Drink nippt. »Sie sind gerade raus.«

Ohne etwas zu erwidern, eile ich Richtung Ausgang, schiebe die Tür auf und keuche, als die Nachtluft schlagartig auf meine erhitzte Haut trifft. Angespannt schaue ich nach links, aber da ist sie nicht. Scheiße. Dann nach rechts …

Dort hinten! Ich laufe los, es sind keine fünfzehn Meter.

»Andie!«, bringe ich hervor. Sie stockt, dreht sich zu mir, neben ihr der Typ von eben. Verdammt. Was mache ich hier?

»Cooper?« Ungläubig legt sie den Kopf leicht zur Seite und wartet, bis ich direkt vor ihr stehe. »Alles in Ordnung? Ist was passiert? Oder habe ich etwas vergessen?« Sofort kramt sie in ihren Manteltaschen und schaut nach, ob alles da ist.

»Nein, nein«, beruhige ich sie. Der Typ begutachtet mich misstrauisch und rückt näher zu Andie, was mich fast dazu bringt, ihn dumm anzumachen.

»Ich bring dich nach Hause.« Wenn es nicht so dämlich wäre, würde ich über mich selbst lachen. So sollte das nicht klingen, so was wollte ich überhaupt nicht sagen.

»Wie bitte?« Ihre Stimme nimmt schon wieder diesen genervten Unterton an.

»Keine Sorge, ich bringe die Kleine schon sicher heim.«

»Ich denke kaum, dass sie deine Kleine ist«, bringe ich wütend heraus, doch der Typ grinst mich nur an.

»Ich komme klar, Cooper. Geh wieder rein.«

»Ich glaube, deine ist sie auch nicht«, fügt der Typ hinzu, und ich bin kurz davor, mit seinem Gesicht den Asphalt zu fegen.

Andie geht einen Schritt auf mich zu. »Was willst du hier?«, fragt sie nachdrücklich.

Ich kann nicht antworten. Auch nicht, als ihr Blick weicher wird, abwartend und verständnisvoll. Hoffnungsvoll.

»Okay, hör zu«, unterbricht der Typ uns. »Du hast meine Nummer, ruf mich an, wenn du das nachholen willst.« Andie nickt nur, und als er ihr einen Kuss auf die Wange gibt, balle ich meine Hände so fest zu Fäusten, dass ich schon glaube, die Knochen knacken zu hören.

Er ist fort. Andie schließt einen Moment die Augen, ihre Lippen teilen sich, weil sie tief ein- und ausatmet, und ich kriege keinen Ton mehr raus.

»Cooper«, wiederholt sie meinen Namen. Ich hätte nicht herkommen dürfen. Ich bin nicht bereit. Nicht dafür.

Atmen.

Es ist okay, dass es nicht okay ist.

Es wird wieder okay sein. Irgendwann.

Manchmal kann man nicht mehr tun als sein Bestes.

Atmen.

Und manchmal ist das Beste einfach nicht gut genug.

»Hat es dir irgendwas bedeutet? War da ... war da was?« Ihre Stimme ist leise und zerbrechlich, wird vom Wind sofort davongetragen, und doch höre ich jedes Wort, als würde die Welt ihr Echo zurückwerfen.

Ich denke schon. Ich bin mir sicher, oder nicht? Ich wollte es – bis die Angst zurückkam. Ich habe Angst, Andie zu verletzen, etwas zu tun, das sie nicht will, zu weit zu gehen oder zu unvorsichtig zu sein. Ich habe Angst, alles richtig zu machen und sie trotzdem nicht beschützen zu können. Was ist, wenn es jemand anderes tut? All das lähmt mich.

Andies Schultern sacken nach unten, weil ich weiterhin schweige. »Ich möchte jetzt nach Hause.«

Ich will etwas sagen, doch sie hebt die Hand. »Allein. Ich gehe jetzt allein nach Hause. Es ist in Ordnung, dass du … dass es nur das eine Mal war. Wir sind immer noch Mitbewohner und Kollegen. Es ist in Ordnung. Aber tu so etwas nie wieder. Tu nie wieder so, als wäre da vielleicht etwas.« Es ist kein Vorwurf, sie ist nicht wütend oder aufbrausend, nur entschlossen und ruhig, und ich glaube, es tut weit mehr weh, als würde sie mich beschimpfen.

»Bis morgen.« Und mit diesen Worten lässt sie mich zurück. Ich habe es verdient.

Vollkommen neben mir stehend gehe ich wieder in den Club, hole meine Jacke, die ich dort gelassen habe, und den Helm aus dem Spint, weil ich ein wenig durch die Gegend fahren will, um den Kopf frei zu bekommen. Doch von einem Moment auf den anderen sind meine Sinne wie benebelt, Flashbacks von meiner weinenden Schwester und blutigen Gesichtern treffen mich unerwartet und ich kriege kaum Luft. Mir wird schwarz vor Augen, die Panik greift um sich.

»Coop? Verfluchte Scheiße! Coop!«

Mir ist kotzübel. Mason stützt mich, setzt mich auf einen der Stühle. Irgendwann wird es besser, und ich trinke zwei, drei Schlucke Wasser aus dem Glas, das er mir hingestellt hat.

»Flashbacks? Echt jetzt?« Ich antworte nicht, Mase flucht am laufenden Band.

»Ist eben nicht gut gelaufen, was?«

Mir ist nicht nach Scherzen zumute, doch das weiß er. »Du solltest es ihr erklären.«

»Was würde mir das nützen?«

»Der Einzige, der dir im Weg steht, bist du, Coop.«

Trocken lachend fixiere ich ihn. »Du klingst wie der Text aus einem Glückskeks.«

»Ich habe recht, und das weißt du.«

»Ich bin noch nicht so weit«, bringe ich erstickt hervor, und es ist verdammt schmerzhaft, sich das einzugestehen.

»Dann ist es so. Aber lass Andie los. Alles andere ist ihr gegenüber nicht fair.«

Ich will das nicht hören.

»Vielleicht solltest du Milly anrufen.«

23

*Wenn sich etwas richtig anfühlt, halte es fest.
Halte es mit Herz und Seele, bis die Zeit
gekommen ist, es loszulassen.*

Andie

»Ich steige gleich in den Fahrstuhl und bin danach in der Bibliothek.« Das Hauptgebäude der Harbor Hill erinnert mich an ein Museum. Mit seinen hohen Decken, den alten Gemälden an den Wänden, mit den Schaukästen voller Pokale und Urkunden von Studenten der verschiedensten Jahrgänge und natürlich den Säulen vorne in der Eingangshalle, die sich wie eine gigantische Kuppel erstreckt.

Vor einer Minute bin ich in einem der Seitengebäude angekommen, in dem es normalerweise recht ruhig ist. Die länglichen Buntglasfenster werfen regenbogenfarbenes Licht auf den dunklen Holzboden. Manchmal überkommt mich ein warmes Gefühl, wenn ich an Mom denke. Daran, dass sie einmal dieselben Orte gesehen, dass sie hier studiert hat – so wie ich jetzt. Dass sie unten auf den Treppen des Hauptgebäudes meinen Vater geküsst hat.

»Ich schwöre dir, das kriegt Cooper zurück.«

»Er hat nichts Schlimmes getan, June.«

»Owen hat dich an dem Abend wegen ihm allein gelassen, dabei war er schnuckelig. Und noch dazu hat Cooper dir klar zu verstehen gegeben, dass er dich nicht will. Und das nennst du nicht schlimm? Sorry, aber ich finde das ziemlich scheiße. Wieso macht er das? Was ist sein Problem?«

Ich schnaube. Wenn ich das nur wüsste.

»Es ist, wie es ist. Ich konzentriere mich von nun an auf die Uni, das war eh der Plan. Deshalb sind wir hier, schon vergessen? Kümmer du dich lieber um Mason.«

Puh. June ist bei solchen Männergesprächen sehr... leidenschaftlich. Sie mag es direkt und am besten sofort – damit meine ich nicht ausschließlich Sex. Vor allem schätzt sie es, wenn jemand Klartext redet und weiß, was er will. Ich hab bei ihr zwar einen Freifahrtschein, aber das gilt nicht für andere. Und sich selbst nimmt sie aus dieser Gleichung ebenso raus, ohne es zu merken. Ich schüttle den Kopf.

Ich finde, oft ist es nicht so einfach. Oft gibt es zu viele Variablen. Entweder man möchte Menschen nicht verletzen oder selbst nicht verletzt werden. Manchmal weiß man auch nicht, was man will. Wie soll man es dann ausdrücken? Es ist kompliziert. Das ist es viel zu oft.

Kurz ist es ruhig in der Leitung. »Du bist so fies«, murmelt sie, und das hebt meine Laune beträchtlich. »Fein! Aber wenn er weiterhin so zu dir ist, kriegt er es mit mir zu tun.«

»Ich hab dich lieb.«

»Ich weiß. Wir gehen noch auf die Party morgen, oder? Die von Jacks Kumpel?«

»Machen wir. Du darfst mich auch wieder ankleiden, wenn dich das tröstet.« Dieses Versprechen entlockt ihr einen Freudenschrei.

»Und wie feiern wir deinen Geburtstag? Der ist auch schon bald.«

»Vielleicht bleibe ich daheim und gucke weiter Netflix.« Keine Ahnung, warum June mich auslacht. Zu Hause zu bleiben ist doch echt eine gute Option, besonders wenn es regnet.

»Ich muss Schluss machen.«

Das Bing des Fahrstuhls ertönt, die Türen gleiten auf, und die ersten Studenten steigen aus, andere ein.

Und als ich den ersten Schritt in den Aufzug mache, stutze ich und will sofort wieder rückwärts rausgehen. Doch es ist zu spät, ich mache noch einen Schritt, die Türen gleiten hinter mir zu. Stoisch schaue ich weg, drehe mich um und versuche, nicht daran zu denken, dass ich ausgerechnet in dem einen von unzähligen Aufzügen an dieser Uni landen muss, in dem sich genau im selben Moment auch Cooper befindet. Er steht schräg hinter mir, keinen halben Meter entfernt, weil es hier drin so voll ist.

Er trägt seine Lederjacke und sein Bart ist gestutzt, ist wieder mehr ein Zwei-bis-Dreitagebart, und ich finde es sexy. Klappt ja super mit dem Nicht-mehr-darüber-Nachdenken.

Das Licht flackert einen Moment, der Aufzug ruckelt. Was zum Teufel? Das ist mir die Tage schon mal passiert. Auch hier im Nebengebaude, wo der Fahrstuhl direkt auf der anderen Seite zur Bibliothek hält. Hier ist nie so viel los, dass man gar nicht mehr in einen der Fahrstühle reinkommt. Den Tipp hat June mir neulich gegeben.

Nur ein kleiner Ruck, dann tuckert der Aufzug weiter, hält an, Leute steigen ein und aus, während ich das Gefühl von Coopers Blicken auf mir ignoriere.

Gleich ist es geschafft. Und dabei fühle ich mich wie ein ganz furchtbarer Mensch. Ich habe es nicht mal geschafft, ihm Hallo zu sagen.

Der Aufzug stockt erneut, ein kollektiver leiser Aufschrei fährt durch alle, und dieses Mal ist es so heftig, dass ich das Gleichgewicht zu verlieren drohe. Besonders, weil das Mädchen neben mir mich versehentlich anrempelt. Sie versucht auch nur, sich auf den Beinen zu halten. Bevor ich umkippen kann, umfangen starke Finger meinen Ellbogen und halten mich. Beim nächsten Stottern, Anfahren und Stoppen stürze ich gegen Coopers Oberkörper. Die Tasche des einen Typen kippt um, jemand anderes lässt seine Bücher fallen.

Ich schlucke schwer, richte mich auf, während sich die Menschen um mich herum aufregen oder einfach nur hier rauswollen.

Er sagt nichts, und ich auch nicht. Aber manchmal ist das okay. Es ist okay, dass ich hier stehe, halb an ihn gelehnt, mit seiner Hand an meinem Arm, und es genieße, dass seine Wärme auf mich überspringt und sein Duft ... ich rieche Sandelholz, Seife und einen Hauch Cooper.

Bing. Die Türen springen auf, und ich verlasse den Aufzug mit den meisten anderen. Viele, weil sie diesem Aufzug nicht mehr trauen, andere, weil sie wie ich zur Bibliothek wollen. Und weil diese Fahrten irgendwann ein Ende haben.

Gerade noch bevor die Tür sich schließt, wende ich mich um und werfe einen letzten Blick auf Cooper.

Vielleicht können wir irgendwann einfach Freunde sein.

Trotz der ein oder anderen schweigsamen Begegnung mit Cooper und so mancher Schicht im MASON's ist alles in Ordnung. Mir geht es gut. Susannah hat es mir auch verziehen, dass ich die Tage ihren Schreibtisch aufgeräumt habe. Monk-Andie hat die Kontrolle übernommen und konnte sich das Ganze nicht mehr mit ansehen. Mittlerweile versucht Susannah sogar, sich an das System, das ich ihr eingerichtet habe, zu gewöhnen, und das freut mich. Über ihrem Schreibtisch hängt seit Neuestem eine Korkwand, an der sie all ihre verrückten Post-its befestigen kann, ohne dass sie in der Gegend rumfliegen.

June und ich genießen derweil die Seminare, die wir zusammen haben, füllen Notizheft um Notizheft mit unseren Ideen und Wünschen zu unserer eigenen Agentur, unserem eigenen Projekt und gehen vollkommen darin auf. Die Frage, ob wir danach hierbleiben und ein Start-up gründen oder doch lieber in Richtung Ostküste wandern, bleibt bis dato offen. Generell schreiben wir alle Möglichkeiten und Wünsche nieder, um sie nicht zu vergessen, schließlich haben wir noch Zeit, bis wir sie konkreter gestalten müssen. June würde am liebsten nur für gute Dinge eintreten und vor allem gemeinnützige Projekte unterstützen. Das wäre wirklich schön, aber leider steht fett daneben *Einkommen* auf dem Papier. Ob wir wollen oder nicht, am Anfang müssen wir eine Basis schaffen, sonst verlieren wir eine mögliche Firma, bevor sie richtig entstehen kann.

Weil wir es genießen, darüber zu reden, ist June oft bei mir, und weil sie Sara so selten wie möglich sehen möchte. Ich kann das verstehen, aber auf Dauer wird sie damit nicht glücklich werden.

»Du solltest dich mit Sara aussprechen.«

»Bitte, nicht dieses Thema.«

»Aber es ist wichtig!«

»Es ist unnötig«, betont June und verdreht die Augen. »In diesem Leben wird das nichts mehr.«

»Dann solltest du versuchen, das Zimmer zu wechseln. Hast du darüber nachgedacht? So ist das kein Zustand.«

»Ich weiß.« Sie verzieht das Gesicht. »Jetzt kümmern wir uns zuerst um unsere Klamotten.« Damit ist das Thema wohl beendet. Sie sollte das wirklich tun. Es tut weder Sara noch ihr gut, dass sie auf so engem Raum zusammenleben müssen, obwohl sie sich hassen.

»Ein Kleid?«, reißt June mich aus meinen Gedanken, und ich schüttle den Kopf.

»Auf keinen Fall. Letztes Mal hast du mir einen Rock angedreht, und bei aller Liebe, June, du hast deinen Teil der Abmachung noch immer nicht erfüllt. Oder war ich nicht anwesend, als du dich mit einem Hoodie und einer Schlabberhose vor dem Fernseher gewunden hast?« Augenblicklich zieht sie eine Grimasse.

»Nein. Aber aufgeschoben ist nicht aufgehoben! Das weiß ja wohl jeder.« Danach holt sie was anderes aus dem Koffer, den sie vorher mit ihren Sachen gefüllt und mit zu mir genommen hat. Ich könnte schwören, dass sie sogar extra ein paar Oberteile neu gekauft hat. Nur für mich. Sie ist unverbesserlich. »Das hier ist niedlich. Oder?«

»Willst du, dass ich erfriere? Das ist kaum breiter als ein Stück Klopapier.«

»Jetzt übertreib mal nicht«, meint sie, während sie das trägerlose bauchfreie Top begutachtet. »Das ist mindestens ein sehr breiter Gürtel.«

Wir sitzen auf meinem neuen Bett und grinsen uns an. »Es würde dir wirklich stehen.«

Mein Lächeln erstirbt. »Nein.«

»Okay, dann das.«

Mein Mund öffnet sich bereits, um wieder zu verneinen, aber zu meiner Überraschung halte ich inne. »Hm, das mag ich tatsächlich.« Hätte nie gedacht, dass ich das mal sage. Ich schnappe es mir und probiere es direkt an.

Ein paar Minuten später stehe ich vor ihr und lasse mich prüfend betrachten, während ich mich um die eigene Achse drehe.

»Und?«

»Wunderschön! Heute stecken wir dir auch die Haare hoch oder binden einen Zopf. Das passt dazu. Cowgirl«, witzelt sie und zwinkert mir zu.

Ich habe eine enge Jeans an, die an den Knöcheln endet, dazu braune Boots mit einem Blockabsatz, der mich nicht umbringt und auf dem ich erstaunlich gut laufen kann. Darüber eine kurzärmelige schwarze Bluse, die June mir fast bis zum Bauchnabel aufknöpft und die beiden Enden zu einer Schleife bindet. Ich rümpfe die Nase. Gerade so in Ordnung. Es ist nur ein Bauch. Jeder hat einen, egal, ob flach oder weniger flach. Und ich komme mit meinem ganz gut zurecht.

Danach muss ich mich hinsetzen, damit sie meine schweren Locken heben und schließlich zu einem hohen, engen Pferdeschwanz binden kann. Nachdem sie fertig ist, zieht sie ein, zwei Strähnen an den Seiten heraus, die mein Gesicht umrahmen.

»Perfekt. Du siehst umwerfend aus. Ich wünschte, ich hätte deine Haut, du brauchst gar kein Make-up«, seufzt sie und lächelt mich wehmütig an.

»Du weißt, dass du es auch nicht brauchst.«

»Hier dein Lippenstift«, lenkt sie sofort ab, steht auf und reicht ihn mir. »Der wird das ganze Outfit abrunden. Mehr ist nicht nötig. Dann wären wir so weit.« Aufregung funkelt in ihren Augen, sie betrachtet sich ein letztes Mal in dem Spiegel und prüft, ob ihr Kleid und besagtes Make-up sitzen. Es ist ein dünnes dunkelgrünes Wollkleid mit langen Ärmeln, vorne geschlossen, aber dafür liegt ihr kompletter Rücken frei. Dazu trägt sie Overknees in Schwarz. Zusammen mit ihren fast schulterlangen blonden Haaren und dem hellen Teint sieht es einfach unglaublich aus.

Ein letztes Mal fahre ich mit dem purpurnen Lippenstift über meine Unterlippe und kontrolliere ihn. Er ist praktisch, färbt nicht ab und hält ewig. In dem Moment vibriert mein Handy auf dem Schreibtisch, und eine Nachricht ploppt auf. Sie ist von Owen.

»Owen?«

»Ja.«

»Was schreibt er denn?« Ich halte ihr das Display vor die Nase, damit sie es selbst lesen kann. June legt die Stirn in Falten.

»Ich weiß, ich bin spät dran, aber ich hoffe, dass du gut heimgekommen bist. Irgendwie süß. Auch dass er von alleine schreibt.«

Das stimmt. Trotzdem antworte ich nicht sofort, sondern verstaue das Handy in meiner Handtasche.

»Lass uns losgehen. Bis später, Socke.« June krault ihn zum Abschied. Er liegt inzwischen mit dem Bauch nach oben gemütlich in seinem Bettchen. Wir sind vorhin extra zweimal mit ihm draußen gewesen, weil es heute spät werden kann.

Fröhlich und ein wenig herumalbernd marschieren wir aus dem Zimmer und sehen Mason vor dem Fernseher lümmeln.

»Bis später«, verabschiede ich mich, und June zeigt ihm den Mittelfinger, als er ihr einen Handkuss zuwirft. Die zwei sind wie Kinder, die sich alle zwei Minuten an die Gurgel gehen, wenn man sich nur mal kurz umdreht.

»Wo geht es hin?« Er dreht sich auf der Couch um, während wir Richtung Garderobe trotten.

»Zu irgendeiner Hausparty in der Nähe des Campus. Jack hat uns eingeladen. Euch nicht?«

Cooper kommt aus der Küche. »Wir kommen später nach.«

Mason schaut zu ihm, zuckt mit den Schultern und wirft June einen Blick zu, den man als anstößig bezeichnen könnte. »Hast du gehört, Kätzchen? Bis später.«

»Musst du nicht arbeiten?« Ich kneife die Augen zusammen und warte auf Coopers Antwort.

»Nein. Susie ist im Büro, Matt und Louis mit den beiden Aushilfen an der Bar. Ich hab heute frei.«

»Wisst ihr überhaupt, wo das ist?«, frage ich skeptisch. Ich hatte keine Ahnung, dass Cooper und Mason da auch hinwollen.

»Klar.« Das wars, mehr kommt nicht. Wir sind also wieder bei Ein-Wort-Sätzen gelandet. Eine Welle der Frustration überrollt mich, und ich kann es nicht verhindern. Deshalb drehe ich mich einfach um, ignoriere seinen düsteren Ausdruck und den hitzigen Blick und verschwinde so schnell wie möglich mit June. Ist mir doch egal, ob er da auch hinkommt.

Erst als wir draußen sind und Jack uns aus dem Auto zuwinkt, finde ich meine Leichtigkeit wieder. Zumindest einen Teil davon.

»Toll, Mason kommt. Ich hätte mein Pfefferspray einpacken sollen. Oder wenigstens den Elektroschocker«, murmelt June und lächelt direkt danach diabolisch. Wahrscheinlich stellt sie sich vor, wie sie Mason mit Stromstößen malträtiert. Ich für meinen Teil schiebe die Gedanken an Cooper und Mason weg und hoffe, die zwei an diesem Abend nicht ein einziges Mal zu sehen. Vielleicht kommen sie auch nicht hin und entscheiden sich, spontan daheimzubleiben. Mir wäre es recht.

»Na, Ladys? Ihr seht hinreißend aus. Steigt ein.«

Ich klettere auf die Rückbank des Volvos, lasse June vorne einsteigen, und schnalle mich an.

»Wo ist Kira? Kommt sie heute nicht mit?«, frage ich neugierig. Ich würde sie wirklich gern mal kennenlernen.

»Sie ist krank. Ich wollte bei ihr bleiben, aber sie hat mich rausgeschmissen. Sie will in Ruhe vor sich hin vegetieren, hat sie zumindest gesagt.« June lacht laut, und ich kann mir gerade so ein Lächeln abringen. Wenn ich krank bin, habe ich auch lieber meine Ruhe.

Jack fährt los, und während er und June vorne richtig Spaß haben, schaue ich aus dem Fenster, die glitzernden Lichter der Stadt gleiten an mir vorbei und ich frage mich, ob ich Owen zurückschreiben sollte. Wieso nicht? Er war nett, und was würde gegen ein zwangloses Date sprechen?

Cooper. Aber ... Nein verdammt! Wieso sollte das mit ihm dagegensprechen. Mister Ein-Wort-super-Grummelig will nur ein Mitbewohner sein, nicht mehr. Fein!

Ich würde gerne wissen, warum ihn alle Cooper nennen, wo er doch Lane heißt. Das weiß ich, seit Susannahs E-Mail mit der Telefonliste bei mir aufgeploppt ist und ich sowohl seine als auch Masons Nummer in mein Handy eingespeichert habe. Ob Mom auch solche Sorgen hatte – damals, als sie so alt war wie wir? Ganz banale, einfache Dinge, die so klein sind, dass sie keine Sorgen sein sollten, aber für einen selbst zu Bergen werden, die man überwinden muss. Wir haben sie alle, glaube ich.

»Andie? Wir sind da.« Als Jacks Stimme ertönt, merke ich, dass wir angehalten haben und ich es gar nicht mitbekommen habe. Ich blinzle mehrmals und schaue mich um, wir stehen an einer Straße, doch wenn man aufmerksam lauscht, hört man bereits den Bass der Musik. Wir öffnen die Türen, und ja, ich kann die Musik laut und deutlich hören. Und in diesem Augenblick flutet mich Vorfreude auf einen Abend mit Freunden, den ich nicht mit zu viel Nachdenken versauen möchte.

Es ist nicht weit, es regnet nicht, also lassen wir die Jacken im Auto und laufen lachend in Richtung Hausparty. Schon an der nächsten Ecke erwarten uns kleinere Gruppen von Menschen am Ende der Einfahrt und auf dem Rasen.

»Wow«, wispere ich.

»Jepp«, stimmt Jack mir zu. »Das Haus gehört Raphaels Eltern, es ist Haus Nummer drei oder so. Sie sind vermutlich gerade irgendwo auf Hawaii oder in Dubai. Keine Ahnung. Also los! Wartet ab, bis ihr drin seid.«

Jack hat nicht zu viel versprochen. Während ich mich durch die Masse schlängele, blicke ich mich um und bewundere den Stuck an der Decke, den Marmor zu meinen Füßen und all die Lichterketten, die quer durch das Haus gespannt wurden.

Überall stehen Studenten herum, trinken aus Pappbechern, lachen, flirten, unterhalten sich. Hier und da begrüßt Jack ein paar Leute, stellt uns vor, und irgendwann drückt er uns selbst was zu trinken in die Hand. Als ich daran nippe, fängt mein Mund Feuer.

»Heilige …«, hauche ich.

»Ja, das ist Mays berühmt-berüchtigte Bowle, sei vorsichtig. May ist Raphaels Freundin. Sie legt die Früchte für die Bowle immer schon vierundzwanzig Stunden vorher in Alkohol ein. Sei also sparsam damit.«

Wir kommen am Ende des Flurs an und stehen auf einmal in einem Raum, der aus einer anderen Zeit stammen könnte. Riesige Fenster, über zehn Meter, Seite an Seite, meterhohe Decken, Lampions überall. Außer einem DJ samt Pult gibt es hier nichts. Nur noch einzelne bunte Strahler und eine Nebelmaschine, deren Rauch um meine Schuhe und Knöchel wabert.

»Wenn ich vorstellen darf: die Tanzfläche.« Jack deutet stolz darauf, dabei wohnt er hier gar nicht. June jubelt und nimmt einen weiteren kräftigen Schluck der Bowle, während ich ziemlich fasziniert bin von alldem, was ich hier sehe.

»Was passiert, wenn hier im Haus was kaputt geht?«, frage ich, doch Jack zuckt nur mit den Schultern.

»Die wichtigen und teuren Sachen räumt Rapha immer schon Tage vorher nach oben und schließt sie in den Zimmern ein, der Rest ist halb so wild. Sagt er zumindest immer. Die letzten zwei Jahre habe ich ihn das nämlich auch ständig gefragt.«

Jack tippt was auf seinem Handy. »Cool, die Jungs sind auch gleich da.«

June stutzt, ich werde hellhörig. »Jungs?«

»Mason und Cooper. Ich hab ihnen grad die Adresse geschickt. Dylan schafft es nicht.«

In dem Moment leert June ihren Becher auf ex und fragt, wo sie diese berühmt-berüchtigte Bowle finden kann.

»Dort hinten, eine steht in der Küche, die andere am Pool.«

»Okay, ich muss eine von ihnen finden und belagern. Wenn ich genug trinke, merke ich vielleicht nichts mehr, wenn Mason hier ankommt. Komm, Andie. Du musst einen Trichter suchen. Damit gehts schneller.« June schnappt meine Hand, zieht mich wieder zurück durch die Menge und schreit noch: »Bis später, Jack!«, bevor wir ihn aus den Augen verlieren.

Eine Viertelstunde später kann ich behaupten: Wir haben keinen Trichter gefunden, aber die Bowle – und June sitzt daneben mit einem megalangen Strohhalm, der von der Quelle direkt in ihren Mund führt. Sind die nicht mittlerweile in Seattle aus Gründen des Umweltschutzes verboten? Sicher bin ich mir aber nicht. Falls ja, frage ich mich, wo Raphael die noch gefunden hat. Derweil wage ich mich an Becher Nummer zwei und habe das Gefühl, Jack hat übertrieben, was die Früchte angeht. Die schmecken lecker und nicht, als hätten sie ihr halbes Leben im Alkohol baden müssen.

Als June plötzlich der Strohhalm aus dem Mund fällt und ihre Augen sich weiten, wende ich mich um. Mason und Cooper sind da.

»Scheiße.« June langt um die Bowle, zieht mich hinter die nächste Ecke. Für ein, zwei Sekunden ist mir schwindelig. Jetzt kann ich noch etwas behaupten: Ich habe mich bezüglich der Früchte geirrt. Sie kommen direkt aus der Hölle!

»Was jetzt?«, frage ich verwirrt, während June mich an die Wand drückt und dicht vor mir stehen bleibt.

»Lass uns tanzen. Da werden sie uns vielleicht nicht direkt finden und wir haben Spaß. Auf geht's! Wir haben ewig nicht zusammen getanzt.« Umgehend entreißt sie mir meinen Becher, stellt ihn weg und greift nach meiner linken Hand.

Lachend laufen wir in Richtung Tanzfläche, und bei jedem Schritt wird mir wärmer, ich werde leichter und ich denke nur an diesen Moment, an diesen Abend mit meiner besten Freundin, an dem ich mir keine Sorgen um mein Konto, mein Studium, Dad und Lucas mache. Ich kann heute loslassen. Die Diskokugeln werfen funkelnde Lichter in den Raum, der Sound, der aus den gigantischen Lautsprechern dröhnt, kann mit dem im MASON's fast mithalten. Der Mix des DJs ist gewagt, nichts scheint zueinanderzupassen und passt am Ende schließlich doch so unerwartet gut. Rock trifft auf Soul, und Pop auf Chill-out. Schnelle Rhythmen treffen auf durchdringende Salsa-Beats und Gute-Laune-Lieder auf jene, die einem zum Träumen bringen und Paare dazu, sich in die Arme zu fallen. Wir feiern zu *Higher Love* von Whitney Houston & Kygo, verlieben uns mit Camila in Shawn und schreien uns zu Taylor die Seele aus dem Leib.

Ich recke die Hände über den Kopf, lasse die Musik durch mich fließen, lasse mich darauf ein und tanze mich glücklich. Genau wie all die anderen Leute. Ich drehe mich um June, ziehe sie zu mir, wir tanzen Rücken an Rücken. Song um Song vergesse ich die Welt um mich herum immer mehr.

Bis ich mich erneut drehe. Bis warme Hände meine Hüfte packen, bis sich kräftige Finger in meine Haut drücken und mich stoppen. Nach Atem ringend stehe ich da, mein Brustkorb hebt und senkt sich heftig, als würde er weitertanzen und nur darauf warten, dass ich ihn wieder begleite. Bis ich tief einatme und den Blick hebe und merke, dass ich den Kopf wegen der Schuhe nicht allzu weit in den Nacken legen muss.

Er ist da. Er steht vor mir. Und ich kann nichts sagen oder tun; kann ihn nicht bitten, wieder zu gehen, oder ihn von mir stoßen. Vielleicht, weil ich das nicht möchte. Aber das war nie das Problem. Das Problem war, dass er mir nicht sagen konnte, was *er* will. Was dieser Kuss bedeutete. Was das zwischen uns war. Was es ist.

Denn da ist etwas. Ich kann es nicht benennen, kann es nicht greifen, aber ich spüre es so deutlich wie seine Finger über meiner Jeans und seinen Atem, der mich streift, als er näher an mich rückt. So deutlich wie das Klopfen meines Herzens und den Beat unter meinen Füßen.

Ich weiß nicht, was June tut, ob sie bei Mason oder Jack ist. Ich bin mir nicht einmal mehr sicher, ob ich wirklich noch auf der Tanzfläche stehe, aber was ich weiß, ist, dass Cooper hier ist – bei mir. Dass er in einem Raum voller Menschen zu mir gekommen ist …

Das Lied* wechselt, der Rhythmus wird ein anderer, ruhiger. Wenn ich es nicht besser wüsste, würde ich behaupten, dass er sich uns anpasst, uns lockt und langsam und zart einhüllt. Das Licht wird gedimmt. Glitzer und Staub flimmern in der Luft, genau wie Hitze, Verlangen, unausgesprochene Wünsche.

Ich will nicht reden, will ihn nichts fragen. Ich will nur bei ihm sein, hier und jetzt. Deshalb hebe ich meine Hände, fahre über das dunkle Hemd, das er trägt, über seine Brust. Sein Adamsapfel hüpft, als er schluckt, und ich ziehe meine Linien weiter über seinen Hals, sein Kinn und die rauen kurzen Bartstoppeln, bis in seinen Nacken. Meine Finger greifen in sein Haar. Wahrscheinlich ist es die Bowle, die mich so wagemutig werden lässt, aber das ist egal. Ich will das hier. Ich wollte es schon, als er mir sagte, dass er Popcorn hasst.

Coopers Blick gibt mich nicht eine Sekunde frei, und jetzt ist er es, der sich endlich rührt, der seine Hände bewegt, die Finger spreizt und dabei auf meine Haut trifft wie Lava auf Wasser. Die Lichter der aufgestellten Partyleuchten und an der

* Hozier – Work Song

Decke befestigen Diskokugeln spiegeln sich in seinen Augen, und ich spüre, wie meine Lippen sich teilen. Wie sich in mir Nervosität, Spannung und Vorfreude vermischen.

Ich fühle mich furchtlos und frei, ich fühle mich berauscht und elektrisiert, als ich aus meiner Starre erwache, als meine Hüften beginnen, sich sanft zum Takt der Musik zu bewegen, und Coopers Finger höher rutschen, bis sie ganz auf meiner Taille liegen, bis sein Daumen über meinen Bauch streicht und mir eine Gänsehaut beschert. Ich bin wie elektrisiert.

Mein Körper drückt sich an seinen, meine Hände halten sich an seinen Haaren fest wie an einem Rettungsanker, und wir bewegen uns zusammen in einem leichten, wiegenden Rhythmus. Nicht hektisch, nicht schnell oder unüberlegt, und trotzdem vollkommen außer Atem. Wie von selbst legt meine Stirn sich an seine Wange, ich schließe die Augen und sauge seinen Duft ein, ziehe alles in mich auf wie ein Schwamm und lasse das Lied in mir widerhallen, in der Hoffnung, es möge nie aufhören.

Cooper tanzt wundervoll.

Mit den Fingerspitzen fährt er meine Seite entlang, bis auf meinen Rücken, zieht dort kleine Kreise über meine Wirbelsäule, bevor er sich weiter vortastet. Unter meine Bluse. Und er hält mich fester, enger, besser. Ganz nah bei sich, bis uns nichts mehr trennt. Sein Herz pocht an meiner Brust.

Still. Alles steht still, als er eine Hand plötzlich unter mein Kinn legt und mich mit sanftem Druck bittet, es zu heben. Als sein Daumen mit seinem Blick auf meinen Lippen verharrt und ich erkenne, wie sehr er mit sich ringt. Warum?

Es ist egal. Es spielt keine Rolle. Diesen Kampf kann ich ihm nicht abnehmen.

Also tanze ich weiter, halte meinen Blick bei ihm und nehme meine Hände aus seinem Haar, lege sie zu beiden Seiten seines schönen Gesichts.

Und ich bete stumm, er möge sich endlich entscheiden. Für diesen Abend, diesen Moment, für …

Mit angehaltenem Atem beobachte ich ihn, während er mir Stück um Stück näher kommt. Näher, näher, näher. Wie seine Lippen die meinen erreichen, ich spüre, wie sie sanft und hauchzart darüber gleiten und – ich lasse los. Ein Keuchen entweicht mir, meine Lider flattern und ich gebe mich diesem Kuss hin, den ich so sehr will. Der anders ist, langsamer, vorsichtiger, mit mehr Bedacht geschieht. Trotzdem fühle ich ihn ganz tief in mir. Ich knabbere an Coopers Lippen, fange sein Stöhnen auf und lächle glückselig, während er mich hält, als könnte ich zerspringen, würde er nicht aufpassen. Als würde er mich vor allem um uns herum schützen wollen. Seine Arme umschlingen mich, ich kann nicht sagen, wo ich anfange und er aufhört. Seine Zunge schnellt vor, neckt mich, und in der Sekunde, in der er mit ihr über meine Lippe fährt, sie leicht einsaugt, zieht sich mein Unterleib schmerzhaft zusammen.

Wir tanzen nicht mehr. Wir stehen nur da.

Und stehen in Flammen. Vielleicht drei Minuten, vielleicht zehn.

Eine Ewigkeit, die nicht lang genug ist.

24

Man hat immer eine Wahl?
Nein. Das ist eine Lüge. Manche Dinge passieren
einfach. Manchmal verliebt man sich ...

Cooper

Ich hab es wieder getan. Andie ist wie ein Leuchtfeuer, auf das man zulaufen muss. Sie ist das Licht und ich die Motte.

Als sie vorhin mit June da war und ich gehört habe, dass sie tatsächlich auf diese Party gehen, mit Jack, ist bei mir irgendwas durchgebrannt.

Mason hat mich ausgelacht, nachdem sie weg waren. Das hatte ich verdient. Er würde mich verstehen, sagt er, aber wie ist ihm das möglich, wenn ich das selbst nicht tue? Ich mag Andie, aber ... am meisten wünsche ich mir, auf sie aufzupassen. Ich wollte einfach da sein und ein Auge auf sie haben, damit sie heil nach Hause kommt. Damit sie nicht von irgendwem in eine dunkle Ecke gezogen und ... Scheiße! Verflucht noch mal. Ich hab Panik bekommen, weil wir sie in dem großen Haus nicht finden konnten, bin sogar in den ersten Stock, um da zu suchen – die Dinge, die ich versehentlich in einem der belegten Zimmer gesehen habe, würde ich echt gerne wieder vergessen – und als ich sie schließlich entdeckte, dort auf der Tanzfläche mit ihrer Freundin, konnte ich nicht anders. Ich bin zu ihr gegangen. Habe jede ihrer Bewegungen verfolgt, ihr Lachen in mir gespeichert und wollte nirgendwo anders sein.

»Bist du sicher?« Mit diesen Worten hat Mase mich innehalten lassen, und ich habe nur allzu deutlich die anderen unausgesprochenen Fragen gehört, die er damit gestellt hat. Hast du dich entschieden? Bist du bereit? Sagst du es ihr? Weißt du, was du tust? Weißt du, was das wird?

»Nein«, habe ich geantwortet. Nein. So simpel und so schwerwiegend.

Jetzt steht sie an mich gedrückt da, ich habe mit ihr getanzt, habe sie wieder geküsst und frage mich, was sie gerade denkt. Andie schmeckt wie der Himmel, Andie tanzt wie eine Göttin, Andie, die manchmal schüchtern ist und manchmal aus sich herausbricht, mit ihrer verrückten Brille, dem sündhaften Lippenstift, den wundervollen Kurven und dem scharfen Verstand.

Was wäre, wenn ich es ihr sagen würde? Was, wenn sie anders denkt als Mason? Wenn sie es sieht wie mein Vater? Ich betrachte ihr zauberhaftes Gesicht, die kleine Stupsnase, und ich weiß: Ich will sie. Verdammt, ich will sie so sehr, dass jede Faser, jeder Zentimeter von mir wehtut.

Deshalb lasse ich sie nicht los, tanze weiter – tanze mit ihr – und genieße das Gefühl ihres Körpers an meinem, das Gefühl ihrer wiegenden Hüften und ihrer Finger, die sich wieder in meinen Haaren verirren und damit spielen.

Keine Ahnung, wie lange wir uns von Lied zu Lied hangeln und aneinander festhalten wie Ertrinkende, aber irgendwann wachen wir aus diesem Traum auf.

»Ich denke, ich ... ich sollte gehen. Ich fahre heim«, bringe ich beinahe erstickt heraus, weil meine Lunge heftig arbeitet und meine Stimme mich im Stich lässt. In Andies Augen verschwindet das Fieber, ihre Hände rutschen von meinen Schultern. Sie will sich mir entziehen. Und ich Idiot lasse es zu. Innerlich fluchend beiße ich die Zähne zusammen. Ich war nie gut in so was, aber ich bin noch nicht fertig. Ich brauche nur einen Moment, ein Verschnaufen. Scheiße! Schließlich muss das Blut erst wieder den Weg aus tieferen Gefilden in meinem Kopf schaffen.

»Möchtest du mitkommen?«

Überrascht hält sie inne, ihr Blick gleitet fragend über mein Gesicht, als würde sie nach Antworten suchen.

Bitte komm mit, Andie.

Noch immer sagt sie nichts, doch als ich endlich ihr Nicken sehe, ihr stummes Ja, atme ich zitternd aus.

Sofort nehme ich ihre Hand, führe sie von der Tanzfläche und denke nicht über das nach, was ich hier tue. Vorne schnappe ich mir meine Jacke aus der Ecke, die als Garderobe dient, und runzle die Stirn, weil Andie es mir nicht gleichtut, sondern nur auf mich wartet. Ihre Nase bewegt sich wieder so süß, und am liebsten würde ich ihr einen Kuss draufdrücken.

»Mein Mantel ist in Jacks Auto«, gibt sie zu.

»Warte kurz.« Ich schnappe mir mein Handy, rufe uns ein Taxi und schreibe Mason schnell, dass ich mit Andie heimfahre und er sich benehmen, June finden und auf sie achtgeben soll. Wo auch immer die beiden gerade stecken. Hoffentlich geht das gut.

Wir gehen raus, lassen die Party und all die Menschen hinter uns, und ich lege Andie meine Lederjacke über die Schultern, damit sie nicht friert, bis wir im Taxi sitzen. Sie versinkt fast darin wie in einer Decke. Die Jacke steht ihr, es gefällt mir, dass sie sie trägt und mich als Dankeschön verlegen anlächelt. Verflucht, ich wollte das nicht. Ich wollte mich nicht in Andie verlieben …

Das Taxi fährt vor, ich halte ihr die Tür auf und setze mich zu ihr auf die Rückbank, gebe dem Fahrer die Adresse durch und bin froh, als er endlich losfährt. Andie hält meine Jacke weiterhin fest, dabei ist es hier drin warm. Das lässt etwas in meiner Brust explodieren. Wie sie da sitzt, nach draußen schaut, die Hände an dem Reißverschluss, den purpurnen Lippen und …

Sie wendet sich mir zu, lächelt freundlich, glücklich und unsicher, weshalb ich meinem Instinkt nachgebe, zu ihr rüberlange und mir ihre Hand schnappe.

Wir reden nicht, wir halten uns nur, und ich merke, wie sehr ich das gebraucht habe, ohne es zu wissen. Die Erregung des Tanzes verblasst und macht während der Fahrt, bei der die Nacht und ihre Schatten an den Fenstern vorüberziehen, einem anderen Gefühl Platz. Zufriedenheit.

Als wir daheim ankommen und zusammen durch die Tür der Wohnung treten, haben wir immer noch kein Wort gesprochen. Socke kommt wedelnd und freudig bellend auf uns zu und springt an Andies Beinen hoch, die gerade die Jacke abgelegt hat und dabei ist, sich die Schuhe auszuziehen.

»Na, hast du uns vermisst?«, fragt sie amüsiert, wobei sie sich hinunterbeugt und ihm den Kopf tätschelt. Breit strahlend sieht sie zu mir, und ein Knoten setzt sich in meinem Bauch fest.

Vorhin, da wollte ich Andie. Mein Körper stand in Flammen, und ich hätte ihr am liebsten noch auf der Tanzfläche die Kleider vom Leib gerissen, um jeden Zentimeter von ihr zu erkunden und mit Küssen zu bedecken. Und jetzt? Jetzt sehe ich sie an und möchte etwas ganz anderes. Ich will mich mit ihr auf die Couch setzen – und sie im Arm halten. Mehr nicht. *Was ist nur los mit mir?*

Der Gedanke ist einer von den guten, oder? Einer, der einem verflucht noch mal richtig Angst machen sollte.

Ich bin nicht Mason. Ich bin kein Charmeur, ich kann mein Selbstbewusstsein nicht wie einen teuren Anzug tragen und ablegen, wann es mir passt.

Nervös fahre ich mir über den Nacken und frage sie etwas, was sie vermutlich extrem dämlich findet.

»Möchtest du etwas trinken?« Ich bin kurz davor, mich selbst auszulachen. Doch nicht sie, nicht Andie. Ihre Augen strahlen mehr und mehr.

»Das wäre wundervoll.«

Ohne weiter darüber nachzudenken, was ich hier mache oder wo das hinführt, gehe ich in die Küche und mache Andie einen grünen Tee und mir schenke ich ein Glas Wasser ein. Sie liebt diesen Tee.

Mit den Getränken gehe ich zurück ins Wohnzimmer und muss grinsen, als ich erkenne, dass Andie auf der Couch eingeschlafen ist. Socke kuschelt neben ihr, ich war vor der Party noch mit ihm draußen. Ihr Kopf ist angelehnt, sie sitzt, aber ihre Augen sind geschlossen und ihr Atem geht ruhig und gleichmäßig. Geräuschlos stelle ich die Tasse und mein Glas ab. Ich sollte sie ins Bett bringen. Das ist anscheinend unser Ding.

Ein Seufzer entfährt ihr, und sie zieht ihre Beine ganz auf die Couch bis an ihren Oberkörper.

Ich gehe zu ihr und hebe sie hoch. Ihr Kopf rollt gegen meine Schulter, ihre Arme legen sich wie von allein um meinen Hals, und sie flüstert: »Ich bin wach«, was mich leise lachen lässt.

Behutsam lasse ich sie auf ihr Bett gleiten, nehme ihr die Brille ab und decke sie zu. Die Brille lege ich auf ihrem neuen Schreibtisch ab, dann will ich das Licht löschen und ihr Zimmer verlassen.

»Bitte, geh nicht«, höre ich sie murmeln und halte inne.

Es wäre besser. Ich sollte gehen. Stattdessen tragen mich meine Füße zurück zu ihr, und ich setze mich auf die Bettkante. Andie bemüht sich wirklich redlich, nicht vollkommen einzuschlafen. Auch wenn ihre Augen geschlossen sind, bekommt sie alles mit.

»Erzähl mir etwas.«

»Was möchtest du denn hören?«

»Alles.«

Jetzt lache ich wirklich. *Wie schafft sie das nur?* »Ich denke nicht, dass du für alles lang genug wach bleiben wirst.«

»Wieso nennt dich jeder Cooper?«

»Mason hat irgendwann damit angefangen, und es gefiel mir. Seither ist es so geblieben. Es ist einfach ein Spitzname, denke ich.«

»Verstehe.« Sie knabbert an ihrer Unterlippe. »Wieso redest du nie mit mir?« Ihre Stimme ist jetzt so leise, dass ich sie kaum verstehe. Bei dieser Frage öffnet sie ihre Augen und schaut unter langen Wimpern zu mir hoch.

Seufzend denke ich darüber nach. »Ich bin nicht so der Typ dafür.« Und das ist nicht gelogen. Mason ist der Einzige, der sich manchmal mein Geschwätz anhören muss.

»Das ist gut«, sagt sie, und ihre Lider werden wieder schwer. Meine Stirn legt sich in Falten.

»Wieso das?«

»Ich dachte, du möchtest nicht mit mir reden. Aber wenn du das bei niemandem tust, ist das gut.« Sie kuschelt sich in die Decke. »Warum hast du … Wieso …« Sie holt tief Luft, während ich sie anhalte. Ich sollte wirklich einfach gehen. Das hier ist keine gute Idee.

»Was studierst du?«

»Ist das die Frage, die du eben stellen wolltest?«

»Nein. Ich denke, die hebe ich mir noch ein bisschen auf.« Ihre Lippen verziehen sich zu einem Lächeln.

»Ich studiere Kunst und Kunstgeschichte. In Literatur belege ich auch einiges.« Damit ist ihre Frage beantwortet, wieso rede ich also weiter? Wieso? »Ich habe mit Sport angefangen, hatte sogar ein Stipendium. Ich war ein ganz passabler Footballspieler. Mein Dad hat sehr viel Zeit in mich investiert und wollte, dass ich Profispieler werde. Vermutlich wäre ich das auch ...«

»Aber das hätte dich nicht glücklich gemacht.«

»Nein. Das hätte es nicht. Aber ... das mit meiner Familie ist ohnehin etwas komplizierter. Ich habe keinen Kontakt mehr. Nur mit meiner Schwester.« Keine Ahnung, warum ich ihr das erzähle.

»Dein Dad sollte stolz auf dich sein.« Ihre Worte schnüren mir die Kehle zu. »Glücklich sein und Gesundheit. Diese beiden Dinge sollten wir den Menschen, die wir lieben, wünschen.« Ihre Stimme bricht, eine Träne rollt aus ihrem Augenwinkel, ich kann es genau sehen und fühle mich vollkommen hilflos. Verblüfft betrachte ich sie, bin mir nicht sicher, was gerade los ist, und weiß nicht, was ich auf ihre Worte zurückgeben soll. Sie schluchzt, und ich ziehe sie zu mir hoch, richte sie auf und nehme sie in den Arm. Ich lasse sie weinen.

»Tut mir leid«, bringt sie irgendwann hervor, und ich streiche ihr über den Rücken.

»Das muss es nicht.«

Zittrig wischt sie sich die Tränen fort, ich höre, wie sie sich räuspert. »Ich wollte schon immer an die Harbor Hill«, beginnt sie plötzlich zu erzählen. »Meine Mom und mein Dad haben sich hier kennengelernt. Und sie ist ... sie ist gestorben. Vorletztes Jahr. Leukämie.«

Fuck. Ich drücke sie fester an mich.

»Es begann schleichend. Mom hat sehr lange gekämpft, aber es gab keinen Spender und ... dann war sie auf einmal fort und ...« Ihre Stimme bricht erneut, sie atmet tief durch. »Mein Leben war dann ein anderes. Danach wollte ich erst recht hierher. Es war nicht besonders einfach.« Sie lacht erstickt auf. »Das ist es selten, aber June und ich sind jetzt da, und das ist schön.«

»Scheiße. Es tut mir so leid.«

»Mir auch.« Sie schluckt schwer.

»Warum hast du im Club geschlafen?« Shit. Das war extrem taktlos, und ich weiß nicht, warum mir die Frage ausgerechnet jetzt rausgerutscht ist. »Entschuldige, das war unpassend, ich wollte nicht … ich meine …«

»Schon okay. Es ist alles etwas anders gekommen, als June und ich es uns gewünscht haben. Sie hatte das Wohnheim und ein Stipendium und ging voraus, ich hatte das nicht und musste auf einen Platz warten. Dad hat seinen Job aufgegeben, sich in Angst und Trauer verloren, während er sich um meine Mom gekümmert hat. Irgendwann musste er einen Kredit aufnehmen, damit er die Leute auf der Ranch und die laufenden Kosten bezahlen konnte. Sie konnte nicht mehr arbeiten und … sie hatte keine Krankenversicherung. Nach einiger Zeit habe ich angefangen, Geld von meinem Collegefonds zu nehmen, um mitzuhelfen.«

»Verstehe.« Und das tue ich. Die Menschen, die man liebt, für die würde man alles tun.

Ich merke, wie sie in meinen Armen ruhiger wird, aufhört zu beben und zu weinen. Und ich bleibe bei ihr, warte, bis sie bereit ist, allein zu sein.

Irgendwann gibt sie mich frei, legt sich wieder hin.

»Danke«, wispert sie, und ich beuge mich vor, gebe ihr einen Kuss auf die Wange – und nach kurzem Zögern auch einen auf die Lippen, zart und flüchtig, bevor ich ihr eine gute Nacht wünsche.

Nachdem ich das Licht gelöscht und die Tür zu Andies Zimmer geschlossen habe, muss ich tief durchatmen und mich sortieren. Muss das, was sie mir erzählt hat und was heute passiert ist, verarbeiten.

Ich werde etwas tun. Mason hat recht.

Als ich mein Handy zücke, entdecke ich neue Nachrichten von ihm.

Alles klar, viel Spaß! mit einem versauten Smiley, den ich nicht mal ansatzweise beschreiben kann, danach *Hab June gefunden, hoffe, sie kratzt mir nicht die Augen aus* und ein *Jack bringt June heim, Andies Jacke war im Auto. Nehme sie mit und komme auch gleich.* Ich schaue, wann er mir die letzte Nachricht geschickt hat. Vor fünfzehn Minuten. Danach schlendere ich zurück ins Wohnzimmer, wo der mittlerweile kalte Tee von Andie steht, und schnappe mir das Glas Wasser, das ich in einem Zug leere. Ich muss mich setzen, werde auch müde, und das, obwohl mir nicht nur das Gespräch von eben in den Knochen sitzt, sondern auch der Kuss.

Ich hab sie wieder geküsst.

Keine Ahnung, wo es endet, aber es hat angefangen …

Die Tür öffnet sich, Mason kommt rein und begrüßt mich, während er seine Jacke auszieht.

»Andie schläft«, informiere ich ihn gedankenverloren.

»Alles okay?« Er macht ein ernstes Gesicht, setzt sich sofort zu mir.

»Ich werde Milly anrufen. Gleich morgen.«

Nach meiner Aussage hebt er erstaunt die Augenbrauen. »Was ist passiert? Ich meine, nicht, dass ich das nicht gut finde, aber gab es einen Auslöser?«

»Wusstest du von Andies Mom?«, stelle ich die Gegenfrage, und er seufzt nur. Er wusste es. Einen Moment lang schweigen wir uns an, bis ich ihm endlich sage, was mir durch den Kopf geht. »Ich denke, das mit Milly würde mir guttun. Das mit Andie will ich langsam angehen lassen. Ich will erst das Chaos in mir wieder in den Griff kriegen und solange …«

»Solange was? Solange seid ihr Freunde?« Ein kehliges Lachen ertönt. »Verdammt, Coop. Ich weiß ja nicht, wo du vorhin warst, aber ich war auf der Tanzfläche und hab allein vom Zusehen einen Ständer bekommen.«

»Verflucht, Mase!«, schnauze ich ihn an, doch er lacht nur weiter. Nach einem knappen Kopfschütteln beäugt er mich genau und wird wieder ernst.

»Ich meine ja nur. Aber ich wiederhole mich, ich kann verstehen, wenn du erst deinen eigenen Kram sortieren willst, bevor du herausfinden kannst, was das mit Andie ist.«

Das wird das Beste sein.

25

*Das Leben zerrt von allen Seiten an dir,
bis du nicht mehr weißt, wo oben und unten ist.*

Andie

Seit diesem Abend ist Cooper anders. Er lächelt ab und an, selbst in den Momenten, in denen ich einen schlechten Witz mache, und er geht mir nicht mehr aus dem Weg. Nicht so offensichtlich wie zuvor.

Ja, etwas hat sich verändert, in und an ihm, doch ich komme noch nicht dahinter, was es ist.

Trotz der Anziehung, die da zwischen uns war und die manchmal erneut aufflammt, ist nichts mehr passiert. Aber es lebt und arbeitet sich entspannter mit ihm, und das macht mich glücklich. Auch wenn ich oft daran denke, wie es wäre, ihn wieder zu küssen.

Wäre ich weniger schüchtern, wäre ich … Ach, ich weiß auch nicht! Einfach weniger der Typ Mensch, der alles geordnet braucht und der sich über alles und jeden Gedanken macht. Wäre ich weniger ich und hätte mehr Mut, hätte ich es einfach noch mal getan. Ich hätte ihn einfach so geküsst. Oder ich hätte gesagt: *Hey, Cooper, wie geht das mit uns weiter? Haben wir uns nur zweimal geküsst oder wollen wir vielleicht mal zusammen ausgehen?* Aber das bin ich nicht. Solche Dinge fallen mir furchtbar schwer. June hat das lange nicht begriffen, dabei ist sie meine beste Freundin. Ich musste es ihr andauernd erklären, und sie hat es oft genug selbst miterlebt, bis sie irgendwann verstanden hat, dass ich die Dinge nicht kompliziert machen oder totschweigen möchte, dass sie mir nicht egal sind, dass ich es nur nicht schaffe, den letzten Schritt zu gehen. Es ist in meinem Kopf, in meinen Gedanken, es ist eine Frage und ein Wunsch – und oft wird es nicht mehr als das. Also nehme ich es, wie es kommt. Es hat mich gewundert, dass June nicht viel dazu gesagt hat. Wahrscheinlich, um mir nicht wehzutun. Das mit dem Kuss musste ich ihr gar nicht erzählen, als ich anfing, meinte sie nur: »Ich stand quasi in der ersten Reihe.« Wenn ich ehrlich bin, habe ich mich ziemlich schlecht gefühlt, weil ich sie an dem Abend vollkommen aus den Augen verloren habe. Aber ich bin ihr dankbar. Dafür, dass sie nur gefragt hat, wie es mir geht und ob sich etwas getan hat. Dabei bin ich mir sicher, dass sie all die Fragen, die ich mir stelle, auch gerne gestellt hätte.

Seufzend werfe ich einen Blick auf Socke.

»Du solltest wirklich dein Beinchen heben. Wenn du das in Masons Wohnung machst, bekommen wir Ärger«, rede ich dem kleinen Kerl gut zu, der mir leider keine Beachtung schenkt. Nur dem Gras am Straßenrand. Wir schlendern gerade von der Bushaltestelle nach Hause, ich hab den ganzen Tag bei June verbracht. Mein Geburtstag ist übermorgen, und June würde gerne richtig feiern gehen, doch wenn ich ehrlich bin, möchte ich nur einen entspannten Abend mit ihr auf dem Sofa verbringen. Ich hoffe, sie plant nichts Seltsames. Überraschungen sind für mich der absolute Horror, das weiß sie auch. Aber June wäre nicht June, wenn sie nicht trotzdem mindestens einmal daran denken würde.

Vorhin waren wir auf dem *Farmers Market* am Pike's Place, und ich kann kaum glauben, dass wir das erst heute gemacht haben. Dieser Markt ist riesig, voller Läden und Stände mit unzähligen Dingen von Händlern verschiedenster Nationen, voll von Leuchtreklamen und nostalgischen Schildern, dass ich mich kaum sattsehen konnte. An den Obstständen durften wir die ein oder andere Frucht probieren, und dazwischen haben wir einen kleinen Laden gefunden, der wirklich hervorragenden Kaffee macht, zumindest laut June. Der Markt war voller Leben und Lachen, ein bunter Fleck inmitten einer Stadt, die oft in Wolken, Regen oder Nebel versinkt. Sie ist melancholisch, ohne traurig zu sein. Ich glaube, heute habe ich das erste Mal verstanden, warum meine Mom Seattle so geliebt hat. Seine kleinen Besonderheiten, das fast schon familiäre und gemütliche Flair. Es ist eine andere Schönheit als die in Montana.

Wir biegen um die Ecke, gehen die Einfahrt hoch, und ich bin froh, wenn ich drin bin und mir einen Tee machen kann. Nachher muss ich noch mal los in die Bibliothek, um ein paar Bücher aus dem Bereich Kommunikationsmanagement auszuleihen. Ich kann nicht leugnen, dass ich da meine Schwächen besitze. Kommunikation … Ich verdrehe die Augen. Warum ist das auch so kompliziert? Obwohl Unternehmenskommunikation wenig mit der zwischen Cooper und mir zu tun hat.

Socke schüttelt sich einmal kräftig, und ich versuche vergeblich, ihm die Pfoten trocken zu rubbeln.

Zuerst denke ich, niemand sei da, doch dann … Ich bin mir nicht sicher, warum ich auf Zehenspitzen durch die Wohnung gehe, und im ersten Moment fühle ich mich deswegen dämlich, aber im nächsten kann ich der Neugierde nicht widerstehen. Also schleiche ich in Richtung meines Zimmers und komme der fremden Stimme immer näher. Ruhig und leise dringt sie an meine Ohren und – sie kommt aus Coopers Zimmer. Eine Frau.

Das ist okay. Okay, okay, okay, wiederhole ich wie ein Mantra und schlucke den Kloß in meinem Hals runter. Socke ist bereits in meinem Zimmer, aber ich kann nicht weitergehen. Ich stehe wie festgefroren kurz vor seiner Tür, die einen Spalt offen ist. *Konzentrier dich, Andie. Du gehst da jetzt vorbei, und dann ist es geschafft. Es ist nur eine Tür, es ist nur dein Mitbewohner mit irgendeiner Frau, die zu Besuch ist. Das ist keine große Sache.*

Beinahe hätte ich aufgelacht. Fühlt sich nämlich ganz anders an.

Langsam und vorsichtig … Ich muss das jetzt langsam und vorsichtig angehen. Am besten so, dass mich keiner bemerkt und ich in meinem Zimmer verschwinden kann. Ich zähle von drei runter, um mir selbst Mut zuzusprechen und das Gefühl zu kriegen, diese Situation und mich selbst irgendwie ansatzweise unter Kontrolle zu haben.

Eins, und los!

Konzentriert setze ich einen Fuß vor den anderen, schleiche weiter und bete zu allen Göttern, die es vielleicht oder vielleicht auch nicht gibt, dass das Parkett keine Geräusche macht und ich unbemerkt in meinem Zimmer ankomme.

Bisher klappt es. Nur habe ich dabei eine winzige Sache vergessen: mir die Ohren zuzuhalten. Denn nun höre ich – ob ich möchte oder nicht – nicht nur viel deutlicher als vorher, dass sie sich unterhalten, sondern auch, was sie sagen.

»Es ist wirklich kein Problem, ich bin gern hergekommen. Ich bin da, wenn du mich brauchst, und das weißt du, sonst hättest du nicht angerufen und …« Jetzt wage ich einen Blick. Eine Frau steht bei ihm, sie umarmen sich, aber ist es auch mehr? Ich bin nicht sicher – und ich will es auch gar nicht sein.

Nein, nein, nein.

Die Augen zusammenkneifend überwinde ich die letzten Schritte wesentlich schneller, bevor ich in mein Zimmer stolpere und die Tür nahezu lautlos hinter mir schließe. Etwas in mir brennt, etwas in mir zerfällt und tut weh. Wer war sie? Er hat sie angerufen? Eine alte Freundin? *Seine* Freundin?

Meine Hände legen sich an meinen Kopf, während ich gegen die Tür sinke und an ihr herabgleite. Ich habe das Gefühl, kaum Luft zu bekommen. Ich fröstle.

Warum braucht er sie? Was ist los mit ihm? Geht es ihm nicht gut? Fieberhaft lasse ich die letzten Wochen Revue passieren. Natürlich war Cooper verschlossen und manchmal grummelig, aber ... hatte er Sorgen? Probleme?

Was übersehe ich?

Ich muss mich beruhigen.

Wir sind kein Paar, wir sind nicht zusammen, er ist mir keine Rechenschaft schuldig. Das wäre er auch nicht als einfacher Bekannter oder Freund. Es geht mich überhaupt nichts an, wer das war und warum sie da war. Trotzdem brennt die Frage in mir, weil Herz und Verstand nur selten einer Meinung sind. Ich will ihn fragen, aber ich glaube nicht, dass ich es kann.

Was, wenn er antwortet, was, wenn nicht?

Und dabei weiß ich nicht, wovor ich mehr Angst habe: vor der Wahrheit oder einer Lüge.

Mein Handy vibriert in meiner vorderen Hosentasche, doch ich ignoriere es.

Natürlich könnte ich aufstehen, für die Uni lernen, mich ablenken, ich könnte sogar ins Wohnzimmer zurückgehen, mich hinsetzen und den Fernseher anmachen, sodass sie an mir vorbeimüssen, wenn sie die Wohnung verlassen wollen, aber ... nichts davon schaffe ich.

Meine Lider werden schwer, ich mache die Augen zu, und neben all den Fragen und der Enge in meiner Brust legt sich auch so etwas wie Erschöpfung über mich. Mir ist das alles zu viel. Es ist, als wäre mein emotionaler Akku im roten Bereich, als würden mir zu viele Dinge meine Energie entziehen. Selbst der Verlust meiner Mom, von dem ich dachte, es würde irgendwann besser werden. Leichter. Jetzt bin ich der Meinung, dass man das tut, wenn Dinge zu schmerzhaft sind. Man belügt sich selbst.

Mit einem Ruck hebe ich den Kopf, als ich Schritte höre, die sich entfernen. Ich schiebe die Brille zurecht, rapple mich hoch und greife nach der Türklinke – um *was* zu tun? Mit keuchendem Atem starre ich auf meine Finger, und als ich erneut Schritte höre, weiß ich, was ich tun werde. Die Tür öffnet sich, ohne dass ich groß darüber nachgedacht habe. Und als ich aufblicke, ist Cooper da, allein, und ich zwinge mich, nicht erleichtert auszusehen, sondern einfach wie ich. Keine Ahnung, ob es klappt, aber ich klammere mich an diesen Wunsch. Ich will nicht, dass er sieht, dass es mir etwas ausmacht.

»Andie, du bist daheim?«

Ich verschränke die Hände hinter dem Rücken, damit ich sie nicht vor Frust zu Fäusten balle oder nervös an meiner Kleidung herumzupfe.

»Ja«, antworte ich schlicht, während wir uns in die Augen sehen. Er ahnt es. Alles in mir schreit mich an, dass er es ahnt. Dass ich irgendetwas mitbekommen habe. Doch sein Pokerface sitzt.

»Ist etwas passiert? Geht es dir gut?« Jetzt ist es raus. Und ich meine es ernst. Es ist keines dieser: *Und wie gehts dir heute so?* Nein, es ist ein richtiges, ein tiefes und ehrlich gemeintes: *Wie geht es dir?*, nichts anderes.

Er regt sich nicht, er antwortet nicht sofort. Ich traue mich kaum zu blinzeln, weil ich Angst davor habe, dass er beim nächsten Blick in sein Zimmer verschwindet.

Sag etwas, Cooper. Verdammt! Sag etwas.

Ich hab einen jämmerlichen ersten Schritt gemacht, aber immerhin war es einer und …

»Nichts. Alles ist gut.«

Alles ist gut, hallt es in mir wider, schlägt es wie ein Echo um sich; nur dass es nicht leiser wird, sondern lauter und lauter, bis es alles andere in mir zur Seite drückt.

Damit hat er wohl seine Entscheidung getroffen – und ich auch die meine.

Mir ist eiskalt.

»Das ist schön, das freut mich.« Irgendwie bringe ich ein Lächeln zustande. Eines, das so schmerzt und an mir zerrt, dass ich es mir am liebsten aus dem Gesicht kratzen würde. Doch ich stehe da, tue so, als wäre alles in Ordnung, mit gerecktem Kinn und gestrafften Schultern. Weil ich in den letzten Jahren oft genug stark sein musste und genau weiß, wie das funktioniert.

Aus dem Augenwinkel sehe ich, wie er mich noch immer beobachtet, während ich ins Bad marschiere, aber das ist mir egal. Ich schließe die Tür hinter mir und setze mich danach auf den Deckel der Toilette. Und ich weine. Ich weine so leise, dass es niemand hört, und in mir so laut, dass ich mich frage, wie das möglich ist.

Nach ein paar Minuten wird mir klar, dass ich nicht ewig hier sitzen bleiben kann, wenn ich nicht will, dass Cooper doch noch was merkt. Also betätige ich die Spülung, atme ein paarmal tief durch und schnaube mir die Nase. Danach wische ich die Tränen fort und reinige die Brille, durch die ich fast nichts mehr sehen kann. Und aus einem Reflex stelle ich den Seifenspender ordentlich und gerade hin.

Ich wusste ja, dass sich etwas verändert hat. Jetzt weiß ich auch, was genau. Er hat nichts gesagt, aber er hat jemanden, der für ihn da ist. Damit komme ich klar. Womit ich nicht klarkomme, ist der Gedanke, dass er mich belogen hat. Ich hätte nicht gedacht, dass er keiner von den Guten ist.

Er hat mich geküsst. Dabei gab es da längst eine andere ...

Zurück in meinem Zimmer lege ich mich aufs Bett und nehme Socke mit. Ich bin erschöpft.

Mein Handy vibriert wieder, und dieses Mal ziehe ich es hervor. Zwei Nachrichten. Die erste ist von June.

Andie! Lass uns ins Kino gehen, wenn du schon keine Party willst. Oder in eine Karaoke-Bar? Wir beide, singend und glücklich. Was sagst du?

Ich lache erstickt auf. Was ich dazu sage? Dass ich June liebe und jeden Moment mit ihr genieße, aber dass ich überhaupt keine Lust habe, meinen Geburtstag zu feiern. Wie soll ich ihr das nur beibringen? Ich öffne die zweite Nachricht.

Hab an dich gedacht.

Owen. Was für ein Timing. Ich fühle mich wie der Star einer Seifenoper. Fragt sich nur, wie viele Staffeln wir drehen.

Ich lese die Nachricht noch mal und fasse dabei einen Entschluss.

Zuerst tippe ich zögerlich, lösche viel und schreibe es ein Dutzend Mal neu, dann überlege ich mir, dass ich nichts zu verlieren habe, und frage es so direkt, wie ich es sonst wohl nie tun würde.

Tut mir leid! Es war viel los. Hast du übermorgen schon etwas vor?

Es dauert keine zwei Minuten, bis seine Antwort aufploppt.

Bittest du mich gerade um ein Date?

Und wenn es so wäre?

Dann würde ich sagen, dass du dir etwas Schickes anziehen sollst, ich dich um sieben abhole und zum Essen ausführe.

Entschlossen lächle ich. Nicht glücklich. Aber das kommt noch. Ja, das kommt ganz bestimmt noch …
Deshalb schicke ich ihm meine Adresse und sage ihm, dass ich mich freue. Außerdem schreibe ich June zurück.

Das sind wirklich ganz tolle Ideen. Richtig, richtig toll, aber ich kann nicht mitkommen.

Noch einmal richtig oder toll und ich glaub es dir vielleicht! kommt prompt ihre Antwort.

Ich hab ein Date mit Owen.

Warte. Was?

Es tut mir leid. Wir feiern sonst immer zusammen. Bitte sei mir nicht böse.

Du willst mir sagen, dass du deinen 22. Geburtstag nicht mit mir feierst, sondern ein Date hast?

Ich bekomme schlagartig ein schlechtes Gewissen und will bereits erklären, dass ich es absage, da kommt eine weitere Nachricht von June. Eine mit mehr Herzchen und seltsamen anderen Smileys, als ich zählen kann.

Ich bin so stolz auf dich! Ich freue mich. Hoffentlich ist Owen gut zu dir. Er schien an dem einen Abend sehr nett zu sein.

Danke, dass du nicht gefragt hast, warum es Owen ist.

Gern. Erzähl es mir, wenn du so weit bist. Dieses Mal werde ich mich in Geduld üben.

Sie wird mit Sicherheit in ein paar Stunden einknicken und trotzdem danach fragen, aber ich schätze diesen momentanen Versuch, ihren Wissensdurst unter Kontrolle zu halten, sehr.
Es ist in Ordnung so. Manche Dinge passieren und funktionieren, andere nicht. Es ist okay.
Nachdenklich beiße ich mir auf die Lippen. Jetzt werde ich diejenige sein, die Cooper aus dem Weg geht. Ich werde mit dem Bus zur Uni fahren, vielleicht schlafe ich heute auch bei June. Ein Besuch sollte kein Problem sein, ich wohne ja nicht mehr da, sondern bleibe nur eine Nacht. Es gibt also nichts, was Sara petzen könnte.
Gerade fühle ich mich wie ein verrückter emotionsgeladener Teenager, und vermutlich handle ich genauso irrational, aber das ist mir egal. Ich kann im Moment nicht anders. Allein der Gedanke, Cooper erst mal aus dem Weg zu gehen, fühlt sich richtig an. Deshalb werde ich genau das ab jetzt tun.

26

Manchmal ist das Leben schmerzhaft.

Andie

June hat mir eine neue Kanne für meinen Tee gekauft. Sie ist wundervoll. Dad hat vorhin angerufen, zusammen mit Lucas, und sie haben für mich gesungen.

Ich habe schon viel geweint heute, weil Geburtstage ohne Mom schwer sind. Aber June hat mich, so wie seit jeher, mit all ihrer Energie abgelenkt. Mir geht es gut. Es geht mir besser.

Ich habe seit meinem Entschluss, den Abend meines Geburtstages mit Owen zu verbringen, keine Zeit in der Wohnung verbracht. Ich war entweder bei June, in der Uni oder in einem Café. Socke war manchmal dabei, oft hat June ihn auch übernommen, wenn ich nicht gerade eh bei ihr war. Das macht sie heute Abend wieder, dafür liebe ich sie. Sogar Mason und Susannah haben mir geschrieben und mir alles Gute gewünscht. Wahrscheinlich kennen sie meinen Geburtstag von meinem Personalblatt. Ich hab mich riesig gefreut.

Vorhin war ich mit June in der Stadt und habe mir ein paar neue Kleidungsstücke gekauft. Die meisten meiner Sachen sind schon sehr lange in meinem Besitz und daher verwaschen oder sitzen nicht mehr gut. Viele liebe ich gerade deswegen, aber ich wollte heute etwas Neues tragen. Etwas, das mir gehört und nicht June. Das war mein Geschenk an mich selbst.

June hat die Sachen nur einzeln gesehen. Sie wartet mit Socke im Gemeinschaftsraum auf mich, betend, dass Sara einfach in ihrem Zimmer bleibt, während ich mich umziehe. Ich bin furchtbar nervös. Vorhin habe ich Owen die Adresse vom Wohnheim geschickt und ihn gebeten, mich hier anstatt an meiner Wohnung abzuholen.

So, das wars. Ich bin von mir und dem Outfit überrascht, aber ich fühle mich sehr wohl darin, beinahe sexy. Es ist ein dünnes schwarzes Wollkleid geworden, das eng anliegt und meiner Figur schmeichelt. Es hat einen U-Boot-Kragen und endet auf der Mitte der Oberschenkel, wodurch noch ein Streifen meiner Haut zu sehen ist, bis dahin, wo die Overknees enden. Sie haben nur einen kleinen Absatz, aber sie verlängern meine eher kurzen Beine beträchtlich und ich finde sie toll. Dazu mein Lieblingslippenstift und eine passende Handtasche in gleicher Farbe mit goldener Naht. Ein letztes Mal tief Luft holen. Ein letzter Blick in den Spiegel, der gegenüber von Junes Bett hängt – und ich bin bereit. Nun ja, so bereit, wie man eben sein kann, wenn man das erste Date seit einer halben Ewigkeit hat und das mit einem Mann, den man nicht aus der Schule kennt. Ich kann kaum glauben, dass ich mir freiwillig ein Kleid ausgesucht habe. Die Haare habe ich locker hochgesteckt.

»Bereit?«, rufe ich June durch die Tür zu.

»Ich dachte schon, du fragst nie!«

Lächelnd trete ich zu ihr und kann meine Freude über ihren entzückten Gesichtsausdruck kaum bändigen. Sie wischt sich eine imaginäre Träne aus dem Augenwinkel und legt den Kopf leicht schräg. »Mein Mädchen wird erwachsen.«

Ich lache. »Hör auf mit dem Blödsinn.«

»Nein, wirklich. Du siehst unglaublich aus. Es war schon an der Stange im Laden der Hammer, aber an dir? Ich hoffe,

Owen weiß das zu schätzen«, sagt sie, während sie aufsteht, um mich in den Arm zu nehmen.

»Danke. Für alles.«

»Wofür sind Freunde sonst da?«

Wir lösen uns voneinander, ich schnappe mir meine neue Tasche und meinen Mantel. »Schön hierbleiben, Socke. June kommt gleich wieder«, erkläre ich ihm und sperre ihn wegen Sara in ihr Zimmer. Dann begleitet June mich nach draußen.

»Brrr, ganz schön kalter Wind heute. Wenigstens regnet es nicht.«

»Stimmt. Aber mit Mantel geht es. Du, liebste Freundin, trägst ja gerade auch nur ein Shirt.«

Die Lippen verzogen winkt sie ab. »Ich will ja auch keine Weltreise machen. Ich bringe dich nur vor die Tür.«

»Du solltest reingehen, sonst wirst du krank. Bis vorne an die Ecke schaffe ich es schon, keine Angst.«

Zuerst zögert sie, doch schließlich gibt sie nach. »Na schön! Genieß den Abend und: Happy Birthday. Ich bin so stolz auf dich.« Ich drücke sie fester und halte sie einen Moment. »Meld dich morgen sofort, verstanden?«

»Aye, aye, Käpten! Und nun rein mit dir.«

Während sie zurückrennt, winkt sie noch einmal, und ich freue mich mittlerweile sehr auf den Abend. Auf die Ablenkung. Die Nervosität bleibt, aber ich versuche, sie in etwas Gutes umzuwandeln.

Als ein dunkelgrauer Wagen neben mir hält und sich die Tür öffnet, erkenne ich Owen. Er kommt um die Motorhaube auf mich zu und lächelt mich freundlich an, bevor er mir einen Kuss auf die Wange gibt. Der Anzug steht ihm, er wirkt chic, aber nicht übertrieben aufgestylt. Sein Haar ist ein wenig kürzer, und durch meine Absätze bin ich fast auf Augenhöhe mit ihm, doch das mag ich.

»Du siehst atemberaubend aus«, murmelt er, und mein Lächeln wird breiter, ohne dass ich es verhindern kann.

»Danke, du auch.«

»Bitte.« Er deutet mit seiner Hand zur Beifahrertür und öffnet sie mir. Nachdem ich Platz genommen habe und er die Tür wieder geschlossen hat, geht er zurück und setzt sich hinters Steuer.

»Ich freue mich, dass du den Abend mit mir verbringen möchtest«, sagt er noch, bevor er anfährt. Wir lassen das Universitätsgelände hinter uns und genießen die Fahrt. Wenige Minuten später kann ich die Space Needle sehen, die bei Nacht fast noch magischer wirkt als am Tag. Die Lichter der Stadt fliegen an uns vorbei, und ich spüre ein Kribbeln in der Magengegend.

»Ich hoffe, das Restaurant gefällt dir.«

»Falls nicht, werde ich es dir nicht sagen.«

Wir lachen beide, als das Handy in meiner Tasche laut piept.

»Entschuldige. Das ist so unhöflich. Ich hab vergessen, es auf lautlos zu stellen.«

»Kein Problem«, erwidert Owen, und sofort krame ich danach und sehe eine Nachricht von June.

Du hast dein Portemonnaie vergessen. Es liegt auf meinem Bett.

Oh nein. Nicht heute, nicht jetzt. Ich bin keine dieser Frauen. Ich wollte nie eine sein. Was soll ich denn jetzt machen? Ich kann deutlich spüren, wie Monk-Andie schon wieder ihre Tüte zückt. Eine zweite Nachricht ploppt auf.

Der Abend wird schön. Entspann dich.

June ist ein Monk-Andie-Medium.

Schnell schalte ich das Handy stumm und stecke es in die Tasche.

»Ist alles in Ordnung?«

Ein leises Räuspern entfährt mir. »Ja, natürlich alles ist okay.«

Lüge!, schreit Monk-Andie, aber Pompon-Andie steckt einfach ihren ganzen Kopf in die Tüte, damit sie den Mund hält.

Alles wird gut. Der Abend wird schön. Ich bin entspannt. Genau. Einatmen und ausatmen.

Wenn Owen mich später wieder zu June bringt, was ich schwer hoffe, kann ich ihm das Geld für das Essen zurückgeben. Oh Gott, ich muss es ihm sagen. Meine Handflächen sind schon ganz feucht.

»Es tut mir so leid.« Meine Stimme ist viel zu hoch.

»Was denn?« Seine Stirn legt sich in Falten.

»Ich hab mein Portemonnaie bei meiner Freundin vergessen. Ich schwöre dir, ich hab das nicht mit Absicht gemacht, mir ist das unglaublich unangenehm und ich würde nie erwarten, dass du das heute bezahlst, also vielleicht fahren wir zurück und …«

»Andie«, unterbricht er mich amüsiert, was gut ist, weil ich beinahe an meinem Wortschwall erstickt wäre, »das ist kein Problem. Wirklich.«

Nervös knete ich meine Finger. »Sicher?«

»Ja. Und jetzt: Was hältst du von Musik?«

Ich grinse. »Das klingt fantastisch.«

Owen stellt das Radio an, und während wir uns über alltägliche Dinge unterhalten, laufen im Hintergrund aktuelle Pop- und Rocksongs. Die Fahrt zum Restaurant dauert fast eine halbe Stunde, auch dank des Verkehrs, aber für mich vergeht die Zeit wie im Flug. Owen macht es mir leicht, mich fallen zu lassen und mich zu entspannen. Er ist freundlich, aufmerksam und interessiert, ohne aufdringlich zu sein. Am Ziel parkt Owen das Auto direkt vor dem klassisch anmutenden Restaurant mit den atmosphärischen Lichterketten am Eingang. Durch die hell erleuchteten Fenster kann man bereits die gut gelaunten Menschen sehen, die sich angeregt unterhalten und ihr Essen genießen. Nachdem er die Tür geöffnet hat, hält er mir die Hand hin, um mir aus dem Wagen zu helfen. Sie ist angenehm warm, und ich bin überrascht, dass er meine nicht sofort loslässt, sondern sie durch seinen Arm führt, damit ich mich einhaken kann.

Im Restaurant riecht es nach Salbei und Knoblauch, nach Basilikum und Käse. Tief sauge ich den Duft ein, und wie auf Kommando knurrt mein Magen. Zum Glück, ohne dass Owen etwas davon mitbekommt.

Der Kellner führt uns an unseren Tisch, auf dem er die Kerze anzündet, bevor er uns die Karte reicht. Ein Blick auf die Preise und mir wird ganz übel. Ich kann regelrecht spüren, wie das Blut aus meinem Kopf fließt und ich blass werde. Für mich ist es teuer, aber ich habe auch ein seltsames Verhältnis zu Geld.

»Du siehst wundervoll aus, wenn du die Nase kräuselst«, höre ich Owen sagen und schaue über die Karte hinweg zu ihm.

»Bist du sicher, dass das ... okay ist?« Ich hoffe, er versteht, was ich meine, denn ich kann es auf keinen Fall aussprechen.

»Ist es.«

Also atme ich durch und schaue mir die Gerichte an. Am Ende entscheide ich mich für eine Lasagne. Ich habe ewig keine gegessen. Kurz spiele ich mit dem Gedanken, einen passenden Rotwein dazu zu bestellen, aber ich erinnere mich zu genau, was beim letzten Mal passiert ist.

Cooper ... Nein! Es kostet mich ziemlich viel Kraft, nicht den Kopf zu schütteln. Nein, ich werde jetzt nicht an ihn denken. Ich will das nicht. Ich sitze hier mit einem verdammt netten

Kerl, habe ein Date an meinem Geburtstag und möchte glücklich sein.

»Studierst du oder arbeitest du fest im MASON's?«, fragt Owen neugierig.

»Ich studiere. Das im Club ist nur ein Nebenjob, aber er macht sehr viel Spaß. Das hätte ich am Anfang nicht gedacht.«

»Magst du keine Clubs?« Aufmerksam beugt er sich vor.

»Doch, sehr sogar. Aber ich kann ein gutes Bier nicht von einem schlechten unterscheiden, und als ich dort angefangen habe, hatte ich keine Ahnung, was mich erwartet. Mittlerweile läuft es gut.«

»Ich werde mich nicht beschweren«, erwidert er lächelnd. »Du hast das toll gemacht.«

»Das musst du jetzt sagen, um den Abend zu retten.« Ich kneife die Augen zusammen, aber er hebt lachend die Hände.

»Nein, ich schwöre es. Aber du hast recht, ich würde auch lügen, damit du noch bei mir bleibst.«

In diesem Moment kommen unsere Getränke, Cocktails, die leider nicht an Jacks rankommen, und wir stoßen auf den Abend an.

Wir reden über sein Studium, Seattle, über gute Restaurants und unsere Lieblingsfilme, und nachdem wir gegessen haben, greift Owen über den Tisch nach meiner Hand.

Eine Sekunde lang versteife ich mich, will ich mich ihm entziehen, aber ich tue es nicht. Ich lasse meine Hand da, erwidere die Geste, doch mit einem Schlag verschwinden die Freude und die Leichtigkeit des Abends und ich schlucke schwer, beiße auf die Innenseite meiner Wange. Sosehr ich es mir wünsche, so gut ich mich die letzten Stunden im Griff hatte und mir selbst gut zugeredet habe: Owen ist nicht derjenige, den ich möchte. Owen ist nicht Cooper.

»Andie? Geht es dir nicht gut?«

Mist. Ich besitze einfach kein gutes Pokerface.

»Ich möchte ehrlich zu dir sein. Der Abend war unglaublich schön, und ich danke dir dafür. Auch für dein Interesse. Aber … ich habe gerade gemerkt, dass ich das hier nicht kann. Dass ich …« Ich stocke, weiß nicht, was ich noch sagen soll. Ich brauche noch Zeit. Zeit, um Cooper zu vergessen.

Owens Gesichtsausdruck verändert sich, es ist, als würde ein Vorhang fallen. Ruckartig entzieht er mir seine Hand, macht dabei ein abschätziges Geräusch, während mein Herz gegen meine Rippen hämmert.

»Zeitverschwendung«, murmelt er, und ich kann kaum glauben, dass er das gesagt hat. Mein Magen zieht sich zusammen, Hitze steigt in meine Wangen. »Ich kann nicht fassen, dass ich den Abend mit dir verschwendet habe und nicht mal zum Schuss komme«, zischt er mir so leise zu, dass es niemand außer mir hören kann.

»Ich zahle jetzt. Hier.« Er zieht ein paar Scheine aus seiner Hosentasche und schmeißt sie achtlos auf den Tisch. »Damit kannst du heimfahren. Ich bin ja kein Unmensch.«

Mit diesen Worten steht er auf, geht nach vorne, um zu zahlen, und lässt mich an dem Tisch sitzen, an dem wir die letzten Stunden Zeit miteinander verbracht haben.

Ich.

Bekomme.

Keine.

Luft.

Was ist da eben passiert? Ich war nicht fair, ich weiß, aber ich habe wirklich versucht, es zu sein. Meine Unterlippe bebt, meine Finger zittern. Nein, nicht hier.

Seine Worte setzen sich in mir fest wie ein Geschwür. *Zeitverschwendung. Nicht mal zum Schuss gekommen.*

Ich kann nicht klar denken. Hektisch erhebe ich mich,

schnappe mir meine Tasche und lasse mir an der Garderobe meinen Mantel reichen, bevor ich hinaustolpere. Es hat angefangen zu regnen, und ich weiß, dass ich den Mantel besser richtig anziehen und mich irgendwo unterstellen sollte, aber ich kann nicht. Meine Füße bewegen sich nicht. Stattdessen sammelt sich das Wasser in dem Stoff meines Kleides und in meinen Haaren, läuft über die Gläser meiner Brille, und ich stehe nur da und versuche, mich zusammenzuhalten.

Kleine Wölkchen formen sich bei jedem heftigen Atemzug und gleichen für einen Wimpernschlag dem Nebel, der sich am Ende der Straße zu bilden beginnt.

Owen hat mich sitzen lassen und mich nur ausgeführt, weil er mich ins Bett kriegen wollte. Nicht mehr. Er wollte mich flachlegen und dann einfach sitzen lassen.

Owen ist weg. Weg, weg, weg.

Und ich? Ich stehe bestimmt sechs Meilen von meiner Wohnung entfernt und ähnlich weit weg von Junes vor einem Restaurant, in dem ich nie zuvor war. Ich hätte daheimbleiben und dieser Trotzreaktion, diesem Irrsinn nicht nachgeben sollen. Ich hätte erkennen mussen, dass das Chaos mich noch zu sehr im Griff hat.

Und ich hätte mir eingestehen sollen, dass ich Zeit brauche. Dass das alles in den letzten Wochen zu viel war. Ich hätte mir sagen müssen, dass es nicht verwerflich ist, um jemanden zu trauern, den man nie wirklich hatte.

Ich will mich nicht gehen lassen oder aufgeben, ich will die Schultern straffen und erhobenen Hauptes heimfinden. Aber so einfach ist das nicht. Nein, es ist manchmal überhaupt nicht einfach …

Mein Kopf ist wie leer gefegt, als ich meine Beine dazu bringe, ein, zwei Schritte zu gehen, und ich mich nur wenig später einfach hinsetze. Es ist nass. Es ist spät.

Es interessiert mich nicht.

Und ich lasse es zu, ich weine, ich schluchze.

Ich lasse los.

Kein Moment meines Lebens war je so beschämend wie dieser. Zumindest fällt mir gerade keiner ein. Und egal, ob dieser Abend auf meiner Skala der katastrophalen Augenblicke wirklich auf Platz eins landet oder nicht: Es fühlt sich danach an, und das ist alles, was zählt.

Ich denke, das ist so, weil jeder schreckliche Moment, wenn er eintrifft, so einnehmend ist, dass er alles andere verdrängt; und deshalb kann nichts anderes je schlimmer gewesen sein.

Mein Versuch, Haltung zu bewahren, ist gescheitert. Während ich auf den Treppenstufen zum Restaurant sitze, bei gefühlten fünf Grad und im strömenden Regen, der unablässig meine Tränen einsammelt und davonspült, bin ich dabei, meine Gedanken zu sortieren. Die Frage, wie es dazu kommen konnte und wann mein Leben derart aus dem Takt geraten ist, jagt wie am Laufband durch meinen Kopf. Wieder und wieder. Wann es passiert ist und warum – aber nie wegen wem. Das ist das Einzige, dessen ich mir absolut bewusst bin.

Kein Drama, kein Chaos, keine Überraschungen. Nichts davon will oder brauche ich, und ich habe mir seit dem, was mit meiner Mom passiert ist, eingeredet, dass ich dem in Zukunft entkommen würde.

Und in der Sekunde, in der ich spüre, wie die Kälte der Steinstufe und das Wasser endgültig durch mein Kleid dringen, lache ich leise und erstickt auf. Weil ich es nicht geschafft habe … Ich habe alles bekommen, was ich nicht wollte, und möchte etwas, das ich nicht haben kann.

Mein Leben war nie verkorkst, und ich war es auch nicht. Bis heute. Bis ich in diese Stadt kam und auf diese Universität. Bis June mich in diesen dämlichen Club geschleppt hat.

Damals hätte ich direkt die Beine in die Hand nehmen müssen, dann wäre dieser ganze Irrsinn vielleicht an mir vorbeigegangen. Wahrscheinlich wäre ich stattdessen daheim, bei meiner Familie. Ohne Studium, ohne das getan zu haben, was ich tun wollte, aber glücklich ... so viel glücklicher.

Oder nicht?

Mein Kopf sinkt nach vorne in meine Hände, ein paar schwere Strähnen fallen über meine Schultern und in mein Gesicht. Weitere Tränen fließen lautlos über meine Wangen, während die Gäste des Restaurants in ihrer stilvollen Bekleidung an mir vorbei die Stufen hinauf- und hinabsteigen. Sie sind wie Schatten, nicht ganz da und nicht ganz fort.

Leichter Nebel ist aufgezogen, es ist diesig. Meine dunkelbraunen Haare hängen völlig durchnässt und schwer an mir herab, der Mantel liegt nur halb über mir, und ich habe weder den Willen noch die Kraft, etwas daran zu ändern. Auch wenn jeder Muskel längst vor Kälte zittert, kann ich mich nicht aufraffen und in Bewegung setzen. Jemand aus dem Restaurant fragte mich bereits, ob es mir gut gehe, ob man mir helfen könne. Nein, tut es nicht, und nein, kann man nicht. Nicht wirklich. Deshalb habe ich nur den Kopf geschüttelt. Ich bin mir nicht einmal sicher, ob sie das überhaupt wollten, doch ich rechne es ihnen hoch an, dass sie den Schneid hatten, zu fragen.

Der Regen wird nicht weniger, er trommelt auf mich ein wie ein Schlagzeuger auf seinen Drums zu einem guten, rhythmischen Beat. Als ich mich schließlich zwinge, den Kopf zu heben und mich nicht ganz dieser beschissenen Situation hinzugeben, schlucke ich schwer und stöhne leise auf. Weil schon alles in mir schreit, dass es dafür zu spät ist.

Während ich hier sitze und mich still selbst verfluche, bildet mein Atem kleine Wolken in der Luft, ich friere und meine Nase läuft. Ihre Spitze kann ich nicht mehr spüren.

Ich kann nichts mehr sehen, meine Brille ist verschmiert, nass und beschlagen, also nehme ich sie ab.

Mit meiner linken Hand greife ich beinahe mechanisch nach der kleinen, inzwischen aufgeweichten Stoffhandtasche neben mir, stopfe die Brille rein und ziehe mein Handy heraus. Der Akku gibt vermutlich jeden Moment den Geist auf, die rot leuchtenden, leicht verschwommen wirkenden vier Prozent oben rechts im Display lachen mich aus. Mit zitternden Fingern streiche ich mir einzelne klebrige Strähnen aus der Stirn und von den Lippen, reibe Wassertropfen von den Augen – und es ist mir scheißegal, was mit meinem, wenn überhaupt noch vorhandenen Make-up passiert – und starre anschließend auf mein Smartphone. Starre auf die Namen in meiner Kontaktliste und bleibe immer wieder an einem davon hängen.

Ich werde diese Nummer nicht wählen.

Es gibt nur wenige Menschen, die ich benachrichtigen und fragen könnte, ob sie mich abholen, und eigentlich will ich keinen von ihnen sehen.

Ich wünschte, June wäre hier, und bei dem Gedanken an sie entfährt mir ein leises Schluchzen. Trotzdem werde ich sie nicht anrufen. Vielleicht, weil ich mich schäme. Vielleicht, weil ich ihr zu viel erklären müsste, vor allem Dinge, die ich selbst kaum verstehe. Weil es mir noch nie zuvor so schwergefallen ist, meiner besten Freundin etwas zu erzählen. Das, und weil ich eine starke Frau bin, der das hier viel zu viel ausmacht.

Schließlich kann es jedem mal zu viel werden. Jeder kann sich ab und an in verrückte und verwirrende Situationen hineinmanövrieren. Und Frauen werden andauernd sitzen gelassen, nicht wahr? Es sollte mir egal sein. Ich kenne meinen Wert. Aber diese Gedanken und dieses Wissen sind absolut nutzlos, wenn man sich nicht so fühlt. Ich kann nicht fassen, dass er einfach gegangen ist. Dass er mir noch Geld auf den

Tisch gelegt hat ... Ohne es verhindern zu können, fühle ich mich dadurch, als hätte er mich für diesen Abend bezahlt. Fluchend balle ich die freie Hand zu einer Faust. Sie ist fast taub.

Es macht keinen Unterschied, dass ich mein Portemonnaie vergessen habe. Bevor ich sein Geld genommen hätte, wenn auch nur für ein Taxi ...

Ein kaum wahrnehmbares Wimmern entfährt mir, und der Wunsch, von hier fortzukommen und zu duschen, um mich danach in meinem Bett mit einer Decke einrollen zu können und die Nacht durchzuweinen, wird so übermächtig, dass ich es tue: Ich drücke die grüne Taste.

Es klingelt.

Happy Birthday to me ...

27

*Es gibt Momente, da hat man Scheiße gebaut,
ohne es zu wissen.*

Cooper

Ich mache mir wirklich Sorgen um sie.

»Sie ist wahrscheinlich bei June, ihr geht es bestimmt gut«, versucht Mase, mir zum hundertsten Mal gut zuzureden. Wir sitzen zusammen im Wohnzimmer, Dylan war auch kurz da, ist aber gerade ins Bett gegangen.

Mit zusammengepressten Lippen nicke ich und starre auf den Tisch. Ich habe ein komisches Gefühl. Ein schlechtes.

»Komm, June wäre die Erste, die bei uns auf der Matte stehen würde, wenn Andie sich nicht melden würde. Ich hab ihr gestern und heute geschrieben, und sie hat nicht geantwortet. Andie geht es gut.«

»Sie war gestern auch nicht hier.«

»Gar nicht?« Mason wirft mir einen verwunderten Blick zu. »Socke auch nicht?«

Ich schüttle den Kopf. »Nein.«

»Ist etwas passiert? Zwischen euch?«

Mist.

»Coop?«, hakt Mase nach.

»Nicht wirklich. Es war nur … Milly war hier.« Jetzt ist es raus.

»Du hast sie hergeholt? Herrgott, Lane. Bist du vollkommen bescheuert?« Mase fährt sich über sein Kinn.

»Du hast gesagt, ich soll mit ihr reden! Ich hab sie angerufen, und sie meinte, sie könnte vorbeikommen, wenn ich das will. Wenn ich persönlich darüber sprechen möchte.« Gequält schließe ich die Augen und denke an den Tag zurück. »Ich hab nicht nachgedacht, schätze ich.«

»Hat sie sie gesehen? Was genau ist passiert?«

»Ich weiß es nicht, verdammt. Ich hab Milly verabschiedet und dann ... als ich wiederkam und zurück in mein Zimmer wollte, war Andie da. Sie hat mich komisch angesehen und gefragt, ob es mir gutgehen würde, und ich hab Ja gesagt. Es ging mir auch gut. Und danach war sie vollkommen distanziert. Ich wollte mit ihr reden, aber sie war seitdem nicht mehr hier.«

»Kein Wunder!«, motzt Mase mich an. »Das war auch selten dämlich. Du hältst sie die ganze Zeit an der Leine, stößt sie weg, ziehst sie wieder ran, und am Ende sieht sie dich mit Milly? Verflucht, ich wäre auch gegangen. Nur hätte ich dir vorher noch die Eier in die Eingeweide geschoben.« Das hat gesessen. Mason atmet tief durch. »Wie gesagt: Sie ist bei June.«

»Abgesehen davon, dass du vermutlich recht hast: Warum bist du dir so sicher?«

Sein Blick verändert sich, seine Züge werden ernster. »Sie hat heute Geburtstag.«

»Wow.« Überrascht hebe ich die Augenbrauen. »Und wann wolltest du mir das sagen?«

»Keine Ahnung, okay? Ich dachte, du wüsstest es. Aber nach allem, was ich jetzt gehört habe ...«

»Verdammt, ich hab's verstanden«, knurre ich frustriert.

»Dann erzähl es ihr endlich. Oder erklär es ihr. Tu einfach was und sei kein Arsch. Das hat sie nicht verdient.«

Verzweifelt fahre ich mir durch die Haare.

Als Masons Handy klingelt, will ich aufstehen und ins Bett gehen, aber der Ausdruck, mit dem er auf sein Display schaut, lässt mich stutzen.

»Andie«, wispert er. Wieso ruft Andie Mason an?

»Hallo«, nimmt er ab, und ich kann nicht viel von dem verstehen, was Andie sagt. Eigentlich höre ich es nur rauschen.

»Beruhige dich, ich kann dich kaum verstehen.« Mein Puls schießt in die Höhe. Irgendwas ist passiert.

»Wo bist du?« Mase sieht konzentriert aus. »Ich bin gleich da, ich hole dich ab, okay, Kleines? Bleib einfach da. Alles wird gut.«

In der Sekunde, in der Mason auflegt und aufspringt, tue ich es ihm gleich.

»Was ist passiert?«

»Keine Ahnung, aber sie ist fix und fertig. Sie sitzt vor einem Restaurant und kommt nicht weg, ich hab die Adresse.« Mase eilt zur Garderobe, schnappt sich seine Jacke und seinen Autoschlüssel. »Mehr hab ich nicht verstanden. Sie weint.«

»Ich komme mit!«

»Coop …«

»Ich komme mit.« Auf keinen Fall werde ich hier warten. Es dauert eine gefühlte Ewigkeit, bis er einknickt. »Ich nehme dich mit, aber wenn es Andie deswegen schlechter geht, schmeiße ich dich aus dem fahrenden Auto. Ist das klar? Du weißt, ich liebe dich, Mann, aber ich werde es tun. Du wirst nur dasitzen und nichts sagen, hast du das verstanden?«

»Verstanden.«

»Dann schnapp dir die Decke dahinten und los.«

Wir sind zum Auto gerannt, und auf dem Weg zum Restaurant hat Mase alles aus dem Wagen rausgeholt, was ging. Es regnet ziemlich heftig, und ich hoffe, dass Andie noch im Lokal ist oder sich irgendwo untergestellt hat.

Doch als Mase langsamer fährt und ich mich nervös umschaue, erkenne ich schnell, dass das nicht zutrifft. Andie sitzt auf Steinstufen mitten im Regen und zittert wie Espenlaub. Noch bevor Mase angehalten hat, schnalle ich mich ab und will raus zu ihr, aber seine Finger krallen sich in meinen Pullover und halten mich zurück.

»Nein, Coop. Du bleibst hier!«, zischt er. »Ich mache das. Sie hat mich angerufen, nicht dich. Du bleibst hier sitzen und wartest, und du wirst, wie versprochen, keinen Ton sagen.«

Nur widerwillig tue ich, was er sagt, und das, obwohl alles in mir tobt und bei ihr sein möchte. Mason angelt sich die Decke und einen Schirm, den er beim Aussteigen aufspannt, und rennt direkt zu Andie, um sie gegen die Nässe zu schützen. Sie scheint kaum zu reagieren. Irgendwann legt Mase die Decke einfach über sie und packt sie am Arm, um ihr beim Aufstehen zu helfen.

Hierzubleiben und auszuharren kostet mich gerade mehr Kraft, als ich in Worte fassen kann. Ich nehme gleich Masons Armaturenbrett auseinander, wenn er sie nicht auf der Stelle hier ins Auto schafft.

Sie hält die Decke fest, drückt sich an Mason, der sie weiterhin stützt, und kommt endlich zum Auto. Ihr Blick ist nach unten gerichtet.

Mase öffnet die Tür, Andie gleitet samt Decke auf die Rückbank – und nachdem auch der Schirm drin ist, steigt Mase vorne ein. Er dreht die Heizung höher.

»Beschissenes Wetter«, murmelt er, und ich kann dem Drang nicht widerstehen, mich zu Andie umzudrehen. Sie hat geweint. Ihre Augen sind rot und geschwollen, ihre Schminke ist verlaufen, ihre Unterlippe bebt – und sie sieht mich nicht an. Sie ist so furchtbar blass.

»Gleich wird dir warm, Kleines.« Mase gibt Gas.

Während der Fahrt ist es so still, dass ich schreien will. Bis Mason damit anfängt, Andie Fragen zu stellen.

»Sollen wir June anrufen?«

»Nein«, haucht sie.

»Kannst du mir sagen, was passiert ist?«

»Ich hab mein Geld bei June vergessen.« Sie redet mit Mason, sie antwortet, aber ihre Stimme klingt weit weg. Mir schnürt sich die Kehle zu.

»Okay, deshalb konntest du nicht heim. Aber warst du allein in dem Restaurant?«

Die Sekunden verstreichen, meine Nerven sind zum Zerreißen gespannt.

»Nein«, antwortet sie schließlich, und ich kann mich kaum zusammennehmen. Nein. Sie war nicht allein.

»Ich hatte ein Date. Mit Owen. Jemand, den ich im Club kennengelernt habe«, murmelt sie weiter, und in mir setzt sich die altbekannte Angst fest. Zu spät. Ich bin zu spät. Sie ist verletzt, und ich konnte sie nicht schützen.

»Atme, Coop. Wir haben sie, und alles wird gut.« Dieses Mal redet Mase mit mir, versucht, mich zu beruhigen, und ich schließe für einige Sekunden die Augen, um meine Atmung unter Kontrolle zu bringen.

»Wo ist dieser Owen jetzt, Andie?« Mason macht das richtig gut. Er bleibt entspannt, seine Stimme ist ruhig. Trotzdem höre ich Andies leises Schluchzen.

»Er ist gegangen. Er … hat …« Erst kann sie es nicht aussprechen, muss ein paarmal ansetzen, aber dann schafft sie es. Und das Wenige, was sie erzählt, lässt Mason vor Wut das Lenkrad fester umfassen, bis seine Knöchel weiß hervortreten. Nur, um mich danach zu fixieren. So lange, wie es geht, bevor er wieder auf die Straße schauen muss. Und dieser Blick sagte genau eins: *Das hast du echt verkackt.*

Leise fluchend schüttle ich den Kopf.

Ungläubig, entsetzt und wütend.

»Kleines, du weißt hoffentlich, dass nichts davon stimmt und dass dieser Kerl ein Wichser ist, oder?«

»Vermutlich«, flüstert sie, doch es klingt nicht, als würde sie es glauben. Es klingt müde und unendlich traurig.

»Gott, wenn der Typ je wieder einen Fuß in meinen Club setzt, binde ich ihn auf einem Stuhl fest und lasse June auf ihn los.« Er grinst fies. Anscheinend kann er sich keine schlimmere Strafe vorstellen, als von June auseinandergenommen zu werden.

»Das ist okay. Aber nicht, wenn ich zuerst an ihn rankomme«, zische ich.

Mase muss halten, die Ampel ist rot. Er beugt sich ganz dicht zu mir und flüstert mir gerade so laut etwas zu, dass nur ich es hören kann. »Du hältst dich schön zurück. Deine Bewährung ist noch nicht allzu lange rum.«

Scheiße. Das alles hier ist ein riesiger Haufen Scheiße.

Andie hatte ein Date mit dem Schmierlappen. Und er hat sie wie Dreck behandelt. Und ich hab das auf eine gewisse Art wohl auch …

Wenige Minuten später sind wir daheim. Mason stellt den Motor ab, doch statt auszusteigen, dreht er sich zu Andie um – und ich ahne bereits, was kommt. Ich halte die Luft an.

»Wir gehen gleich rein. Ich muss dir nur noch eine Frage stellen.« Schwerfällig dreht Andie ihren Kopf und schaut Mason an. »Hat er dich angefasst?« Mein Herz pocht so laut, dass ich kaum etwas verstehen kann.

Aber das muss ich auch nicht. Sie schüttelt mit dem Kopf, und ich atme aus. Vollkommen erleichtert. Mir ist ein wenig schwindelig.

»Gut. Sehr gut. Kommt.«

Ich gehe vor, gebe Andie ihren Freiraum, wie Mase es verlangt hat, und er hilft ihr beim Laufen. Endlich in der Wohnung angekommen, zieht er ihr die Schuhe aus, und als wir vor dem Badezimmer halten und Mase ihr die Decke abnimmt, wird mir das Ausmaß ihres körperlichen Zustandes erst richtig bewusst und ich kann ein Keuchen nicht unterdrücken.

Sie ist nass bis auf die Knochen.

Und das erste Mal an diesem Abend sieht sie mich an. Offen und ohne auszuweichen, und ich würde sie am liebsten in den Arm nehmen, aber ich weiß weder, ob sie das möchte, noch, ob sie das gerade verkraften würde.

Sie schlurft ins Bad und schließt ab. Sperrt uns aus.

»Ich rufe June an. Sie soll herkommen.«

»Tu das.«

»Sie wird mich umbringen – oder dich. Die Chancen stehen fifty-fifty.« Er wählt die Nummer, und im Gegensatz zu vorhin bei Andie kann ich June nur allzu deutlich hören. Mase muss das Handy ein Stück vom Ohr weghalten.

»Mason, ich schwöre dir, wenn nicht gerade dein Gesicht explodiert, dann …«

»Es geht um Andie«, unterbricht er sie, und sofort ist es still. Keine Ahnung, was sie danach sagt, aber Mason erklärt ihr alles, und den ein oder anderen Fluch höre ich noch, bevor sie sich verabschieden.

Er legt auf. »Sie fährt jetzt los. Sie ist stinkwütend.«

Wer kann es ihr verdenken?

»Ich mache mir einen Kaffee. Möchtest du auch einen?«

Ich verneine, höre, wie Mase sich entfernt und im Bad das Wasser angestellt wird.

Ich lege meine Hand auf die Tür.

»Es tut mir so leid, Andie«, wispere ich mit der Stirn an der Tür. »Happy Birthday.«

28

Manchmal ist der Berg so hoch,
dass man auf dem Weg nach ganz oben
eine Pause einlegen muss.

Andie

Gedankenverloren lasse ich mir ein Bad ein. Bibbernd und ein wenig neben mir stehend starre ich die Wanne an, die sich langsam, aber stetig mit warmem Wasser füllt. Es färbt sich grün und blau, nachdem ich etwas Badezusatz hineingetan habe, und der erste Schaum bildet sich auf der Wasseroberfläche. Es riecht nach Lavendel.

Es wird immer kälter in den nassen Klamotten, aber ich schaffe es noch nicht, sie auszuziehen. Mir fehlt die Kraft dazu.

Ein Schauder nach dem anderen schüttelt mich, und ich muss die Tränen zurückhalten, die in meinen Augen brennen, seit Mason mich mit Cooper abgeholt hat.

Er ist mitgekommen.

Ich verstehe das nicht. Verstehe *ihn* nicht.

Mein Kopf ruckt herum, als jemand an die Badezimmertür klopft, und mit wackligen Schritten gehe ich zur anderen Seite.

»Andie, hörst du mich? Ich bin es. Mach mir bitte die Tür auf.« June. Sie ist hier. Ich wollte sie nicht anrufen und habe es auch nicht getan. Und ich habe Nein gesagt, als Mason gefragt hat, ob er sie benachrichtigen soll, aber dass sie jetzt hier ist, tut so gut, dass es mir die Luft abschnürt. Mit einem Klicken öffne ich das Schloss, June stürmt herein, macht sofort wieder hinter sich zu, und als wir uns ansehen, bricht etwas in uns beiden. June und ich fangen an zu weinen und fallen uns in die Arme wie zwei Teile eines Ganzen. Ich weine wie ein Baby. Vielleicht dauert es nur fünf Minuten, vielleicht die halbe Nacht, bis ich es schaffe, mich aus den Armen meiner besten Freundin zu lösen. Keine Ahnung. Es ist auch nicht wichtig, es zählt nur, dass es gutgetan hat.

Liebevoll nimmt sie mein Gesicht in ihre Hände und wischt mit den Daumen meine Tränen fort. Danach tupft sie ihre vorsichtig weg.

»So.« Sie schnieft. »Ich höre Wasser. Du bist klatschnass und kalt, und ich hab auch was abbekommen. Lass uns dich in die Wanne stecken. Socke habe ich auch mitgebracht, er ist in deinem Zimmer.« Sie lächelt, und auf einmal fühlt sich alles wieder etwas leichter an. June befreit mich von den triefenden Klamotten und wirft sie in eine Ecke, dann hilft sie mir in die Wanne und ich stöhne wohlig auf. Ich rutsche herunter, bis mir das dampfende Wasser bis ans Kinn schwappt. June setzt sich zu meinen Füßen an den Beckenrand.

»Hat Mason es dir schon erzählt?«, frage ich leise, und sie nickt mit ernster Miene.

»Nur das Wichtigste, nehme ich an. Hat mir aber gereicht.« Tief durchatmend fixiert sie mich. »So ein widerliches Arschloch. Wenn Owen Sex will, und zwar ausschließlich das, hätte er das sagen sollen. Egal, ob Mann oder Frau: Wenn es um Dates und Sex geht, sollte man mit offenen Karten spielen. Aber so eine Nummer? Ich hoffe, Karma sorgt dafür, dass er irgendwann einen Penisbruch erlebt.« June kocht vor Wut, aber mir zuliebe bleibt sie äußerlich ruhig. Dennoch sorgen ihre Worte dafür, dass ich mich besser fühle. Auch wenn ich Owen das gar nicht wünsche.

»Ich war auch erst am Ende ehrlich zu ihm. Ich ... es war allerdings keine Absicht. Das macht es vermutlich nicht besser.«

»Doch, Andie. Da gibt es einen riesigen Unterschied. Der nennt sich Vorsatz.« Schnaubend verschränkt sie die Arme vor der Brust. Währenddessen schiebe ich den Schaum in der Wanne hin und her und genieße es, dass ich meine Zehen wieder spüre und langsam die Wärme in meinen Körper zurückkehrt.

»Möchtest du mir jetzt erzählen, warum du mit Owen ausgegangen bist und nicht mit ...«

»Cooper?« Ich beiße mir auf die Lippe und seufze. »Nach unserem zweiten Kuss war er anders, ich dachte, es hätte sich was verändert und er bräuchte nur Zeit, aber ich habe mich geirrt. Er hatte Besuch. Von einer Frau. Sie haben sich innig umarmt, das ist das Einzige, was ich gesehen hab, davor waren wir – also du und ich – auf dem Markt und den ganzen Tag unterwegs. Ich habe nur Gesprächsfetzen gehört, als ich heimkam. So was wie, sie sei für ihn da und ...« Ich lege die Stirn in Falten. »Die eine Stimme in mir hat gesagt, dass es mich nichts anginge, weil wir uns ja schließlich nicht daten oder gar zusammen sind. Aber ich hab ihn trotzdem abgefangen, nachdem sie gegangen ist, und habe ihn gefragt, ob alles in Ordnung sei. Ob es ihm gutgehe. Alles okay, hat er nur gesagt, und mehr kam nicht.« Das Wasser plätschert, weil ich mit den Schultern zucke. »Da dachte ich bei mir: Das war's.«

»Deshalb hast du so viel Zeit bei mir verbracht oder in der Uni«, schlussfolgert sie. »Wow. Wir müssen viele Gräber schaufeln.« Ein kurzes Lachen entfährt mir, und ich spritze ihr ein bisschen Wasser entgegen, was sie quietschen lässt.

»Wirklich! Ich komme wegen dir noch ins Gefängnis.« Jetzt muss ich richtig lachen, und mir entgeht nicht, dass June erleichtert aufatmet.

»Es war viel in letzter Zeit. Nicht nur deine Mom, sondern vor allem die Angst, dass du es nicht aufs College schaffst, keinen Job bekommst oder so. Ich hab mir auch Sorgen gemacht. Viele.« Sie seufzt. »Das heute Abend war quasi das, was deinen Berg an angestauten Ängsten und Sorgen, an Kummer und Gedanken zum Einsturz gebracht hat. Es war zu viel. Ich verstehe das, Andie! Also mach so einen Quatsch nie wieder. Rede mit mir. Ich bin doch da! Und ich weiß, dass das heute Abend nicht so schlimm gewesen wäre für dich, wenn dieses Chaos nicht gewesen wäre. Und du dich nicht in Cooper verliebt hättest.« Ich antworte nicht, senke nur den Blick. June hat recht. »Lass mich dir die Haare waschen. Danach hole ich dir dein Schlafzeug und wir gehen ins Bett.«

»Das klingt wunderbar.« Mich an einem Lächeln versuchend schaue ich wieder zu ihr und füge an: »Bitte, bring keinen um, ja?«

Alles im Haus scheint ruhig zu sein. Ruhig und unendlich friedlich. June schläft tief und fest neben mir, Socke liegt in seinem Bettchen, und ich höre sein Atmen und Schnarchen.

Körperlich geht es mir besser. Jetzt nachdem mich das warme Wasser wieder aufgetaut hat und ich ein bisschen geschlafen habe. Trotzdem fühle ich mich seltsam. Es ist wie ein Notschalter, den mein System gedrückt hält, wie ein Stoppschild, das leuchtet. Das alles war zu viel. Ich spinne den Gedanken weiter und bekomme Sehnsucht. Nicht nur nach Mom, sondern auch nach meinem Zuhause. Nach der Ranch.

Und ich denke auf einmal, dass dort alles besser wäre.

Weil alles in mir zu laut ist, um noch länger schlafen zu können, schiebe ich mich vorsichtig aus dem Bett, darauf bedacht, June nicht zu wecken.

Fahrig reibe ich mir über die Augen. Dann wende ich mich leise Socke zu, beginne ihn zu streicheln und schaue mich in dem kleinen Zimmer um, das ich so zu lieben gelernt habe. Für das ich unglaublich dankbar bin. Es ist so viel passiert.

Ich fühle mich erdrückt und leer zugleich, als ich von dem kleinen Hund ablasse und mich vor meinen Schreibtisch stelle. Ich habe zwei Fotos eingerahmt und dort aufgestellt. Meine Mom, Lucas, Dad und ich. Wir lächeln, stehen vor unserem Haus. Das andere zeigt June und mich als Kinder, mit Partyhüten auf dem Kopf und Torte im Gesicht. Es war der erste Geburtstag, den June bei uns verbracht hat, weil ihre Eltern keine Zeit für sie hatten. Behutsam fahre ich über das Glas über dem Bild und denke an all die schönen und bedeutsamen Momente mit ihr zurück. Sie war immer da, egal, was war, egal, wie schlecht es mir ging. Genau wie gestern.

Ich hoffe, sie hat es mir nicht übel genommen, dass ich Mason anstatt sie angerufen habe. Es ist nicht so, dass ich sie verletzen oder gar ausschließen wollte. Nein. Ich hab mich einfach nur geschämt und war traurig. Weil ich nicht mutig und ehrlich genug war. Weil ich nicht stark genug war …

Mein Blick fällt auf den Schlüssel auf dem Tisch. Ich würde ihn versteckt unter Tausenden finden und erkennen.

Es ist so verlockend, so einfach, und bei dem Gedanken steigen mir wieder Tränen in die Augen, obwohl ich nach gestern Abend und heute Nacht dachte, da wäre nichts mehr übrig. Mein Magen rumort ein wenig, meine Brust wird eng, aber ich tue es – ich greife vorsichtig nach dem Schlüssel und wiege ihn in der Hand. Sein Sog ist unwiderstehlich, und ich gebe ihm nach.

Um June weiterhin nicht zu wecken, schnappe ich mir meine Sachen und ziehe mich im Bad um, putze schnell die Zähne und schütte mir etwas kaltes Wasser ins Gesicht. Danach schleiche ich zurück, stopfe das Nötigste in meinen Rucksack, schreibe einen Zettel, den ich dorthin lege, wo zuvor ihre Schlüssel waren, und gehe.

Ich gehe.

Alle schlafen noch, niemand hört oder sieht mich und ich fühle mich wie ein Dieb, der hier eingebrochen, alles durcheinandergebracht hat und sich nun still und heimlich aus dem Staub macht. Vielleicht bin ich so etwas. Ich kam hierher, habe alles auf den Kopf gestellt, und jetzt? Jetzt verziehe ich mich wie ein Feigling.

Ich weiß das, trotzdem lasse ich die Wohnung hinter mir, gehe Richtung Straße und suche nach Junes Pick-up. Wenn der Schlüssel da ist, kann das Auto nicht weit sein.

Da ist er. Keine zehn Meter entfernt.

Doch ich zögere.

Geh, Andie. Es ist in Ordnung.

Und ich schluchze leise, als ich den ersten Schritt in Richtung Wagen mache. Ja, es ist okay.

Ich könnte hierbleiben, könnte mich allem stellen, heute oder auch erst morgen, könnte zur Uni und zur Arbeit gehen, könnte mich zusammenreißen und so tun, als wäre mir das alles nicht zu viel geworden und als hätte es mir nichts ausgemacht. Doch das kann ich nicht. Vielleicht könnte es jemand anderes, aber ich bin nicht dieser Jemand. In mir sitzen noch immer die Trauer und die Sorgen um Mom und auch jene um Dad und Lucas, selbst wenn es nur schwache Echos in den hintersten Winkeln meines Verstandes sind. In mir sitzen all die Höhen und Tiefen der letzten Wochen fest, die Reise hierhin, die Ängste und Gedanken, die sich dauernd um meine Zukunft, um das Geld, um eine Wohnung und einen Job gedreht haben, die Momente, wo ich nicht wusste, wohin mit mir, mitten in einer fremden Stadt und … Cooper.

Ich wohne Tür an Tür mit dem Mann, mit dem ich arbeite. In den ich mich verliebt habe.

Ich steige in das Auto, starte den Motor und rede ihm gut zu, er möge bitte nicht den Geist aufgeben.

Ich fahre nach Hause.

29

*Es gibt drei Bilder von uns:
Wie wir uns sehen und wie die Welt uns sieht.
Das dritte zeigt, wer wir wirklich sind.*

Cooper

Ein lauter Schrei weckt mich, und ich rapple mich fluchend auf. Draußen kommen mir bereits Mase und June entgegen, Dylan lugt mit verquollenen Augen aus seinem Zimmer, aber Mase sagt, er würde es ihm später erklären.

»Was ist los?«, frage ich June mit vom Schlaf rauer Stimme.

»Andie ist … weg.«

Jetzt bin ich hellwach. »Was?«

»Das ist alles nur deine Schuld.« Der sorgenvolle Ausdruck weicht einem wutentbrannten, und dabei zeigt sie eindeutig mit dem Finger auf mich. Zielstrebig kommt sie auf mich zu, und ich weiche zurück, bis ich die Wand hinter mir spüre. »Du bist schuld, dass Andie gefahren ist, dass sie sich überhaupt mit diesem Typen getroffen hat und es ihr nicht gutgeht. Gnade dir Gott, Cooper, wenn ihr was passiert oder sie nicht mehr zurückkommt.« Die letzten Worte zischt sie so bedrohlich, dass ich Mase Hilfe suchend ansehe, doch er steht nur mit vor der Brust verschränkten Armen und vollkommen gelassen da und beobachtet das Ganze. »Ich werde dich Stück für Stück auseinandernehmen.« Das sind ihre Worte. Aber mit den Händen deutet sie dabei was ganz anderes an, und zwar, dass sie meine Eier in in einen Schraubstock stecken und zerquetschen will.

»Okay, Kätzchen, ich denke, das reicht. Er hat es verstanden.« Mase packt sie bei den Schultern und zieht sie sanft zurück, doch Junes stechender und drohender Blick weicht nicht von mir.

»Was hast du da? Was steht auf dem Zettel?« June hält ihn hoch, und Mase greift danach.

Verzeih mir, dass ich den Klepper genommen habe. Ich liebe dich. Aber ich brauche Ruhe und Abstand, ich brauche Zeit. Sag Mase danke. Und dass es mir leidtut. Passt bitte auf Socke auf. Andie.

»Sie ist nach Hause gefahren«, erklärt June erstickt, und in diesem Satz stecken all ihre Trauer und Hilflosigkeit. Ich weiß nicht, was ich sagen soll. Ich weiß nicht, was es besser machen würde. Dass ich mich beschissen fühle? Dass ich sehr wohl weiß, was ich für ein Idiot bin?

Verfluchte Scheiße!

»Wir müssen sie zurückholen.« Es ist meine Stimme, die das sagt.

»Nein«, erwidert June kalt. »Du wirst das mit Sicherheit als Allerletztes tun.«

»Wir sollten uns setzen und Dylan noch etwas Ruhe gönnen.« Mase hat recht, also nicke ich, und er führt June zur Couch, wo wir uns alle niederlassen und darüber nachdenken, was wir tun können.

June fährt sich verzweifelt durch ihr Haar.

»Wir lassen ihr etwas Zeit. Das ist es, was sie will. Danach kommt sie bestimmt wieder.« Wie kann Mason, während er das sagt, so ruhig bleiben?

»Ich kann das nicht«, knurre ich.

»Du musst. Du konntest ihr auch nicht erklären, was mit Zoey passiert ist, das war okay, aber ... du hast sie dadurch auch auf Abstand gehalten, obwohl ihr beide das nicht wolltet. Jetzt haben wir das Dilemma.«

Junes Kopf ruckt automatisch zu mir. »Zoey? Ist das diese Frau, mit der sie dich in deinem Zimmer erwischt hat?«

Fuck. Sie hat es also wirklich mitbekommen.

»Coop, verdammt. Du musst dich langsam entscheiden.«

»Was ist hier los?«, zischt June, während ich in meinem Inneren einen Kampf austrage, den niemand sehen kann.

Atmen.

Ich muss atmen.

»Nein. Wenn Andie mich mit einer Frau gesehen hat, war das nicht Zoey.«

»Wow«, haucht June. »Wie viele gibt es denn?« Mason legt ihr beruhigend eine Hand aufs Bein, und ich bin überrascht, dass sie es geschehen lässt. Dass sie nur ein paar Sekunden die Augen schließt, um sich zu sammeln.

»Scheiße. Ich kann das einfach nicht.« Ich springe auf und tigere hin und her.

»Cooper gibt sich für eine Tragödie die Schuld, für die er nichts kann.«

»Mase, lass das«, warne ich ihn, weil ich die Wellen des Flashbacks bereits spüre und ebenso die Gänsehaut, die kalt und warm zugleich über meinen Rücken jagt.

»Was hat das mit dieser Frau zu tun? Oder mit Andie?«

»Cooper hat sich in unsere Andie verliebt.«

»Tolle Art, ihr das zu zeigen«, meint June abschätzig, und ich kann es ihr nicht verübeln.

»Zoey ist meine Schwester«, flüstere ich und versuche, nur an die Worte zu denken, nicht an ihre Bedeutung. Ich muss nur Sätze bilden, mehr nicht. Es ist ganz leicht. Ganz leicht. »Im Sommer vor knapp drei Jahren war sie mit Mase und mir auf einer Party bei einem Bekannten. Wir haben gefeiert. Und während ich mich unten amüsiert habe ...« Meine Stimme bricht, ich setze mich wieder, lasse den Kopf in meine Hände sinken und presse die Augen zusammen. Es überrollt mich, ich kriege keine Luft.

»Atme, Coop«, höre ich Mase Stimme von ganz weit weg.

Atmen. Ich kann das. Ich habe das geübt.

Ein paar Minuten später ist die Panik vorbei. So schlimm hatte ich es sehr lange nicht mehr. Ein leichter Schweißfilm hat sich auf meiner Haut gebildet, meine Lippen sind trocken und mein Magen rumort. Etwas Galle steigt meine Speiseröhre nach oben.

Ich starre auf den Teppich unter meinen Füßen, während mein Herz vor sich hin stolpert.

»Sie kam die Treppe runter. Sie torkelte. Ihr Blick war entrückt, als würde sie etwas sehen, das ich nicht sehen konnte. Ihre Haare waren chaotisch, ihr Make-up ... Ich wusste sofort, dass etwas nicht stimmte.« Ich atme zitternd durch, knete meine feuchten Hände. »Als ich bei ihr war, da ... Ihr Top saß verkehrt rum, der Knopf ihrer Hose war noch auf, und sie begann zu weinen. Sie verzog das Gesicht dabei kein Stück, sie reckte das Kinn, sah mich an und ... weinte. Eine Träne nach der anderen floss still und leise über ihre Wangen, und ich wusste, was passiert war. Ich wollte es nicht wahrhaben. Ich hielt sie, und ich weiß nicht, wie lange wir dastanden. Das Einzige, was mir durch den Kopf ging, war: Deine Schwester hat dich gebraucht, und du warst nicht da. Du hast dich amüsiert, während sie ...« Keuchend presse ich die Augen zusammen, fahre über mein Gesicht und bemühe mich, nicht vor Wut zu schreien. »Ich hab sie nicht beschützen können.«

Ich höre Junes leises Schluchzen, aber ich kann sie nicht ansehen. Ich würde die Trauer meiner Mutter in ihrem Gesicht erkennen und die Abscheu meines Vaters, der mich bis heute dafür hasst, dass Zoey das passieren konnte. Weil ich sie mit auf die Party genommen habe.

Wir hatten ein gutes Verhältnis, wir haben immer zusammengehalten.

Seit jenem Tag reden meine Eltern nicht mehr mit mir.

»Sie waren zu dritt«, erzählt Mase weiter, und dieses Mal lasse ich es zu. »Erst wollte sie nichts erzählen, aber irgendwann hat sie es doch getan. Als Zoey uns ihre Namen genannt hat, nur die Namen, nicht mehr, haben wir sie gesucht. Coop war nicht er selbst. Wir kannten sie, sie waren … Freunde.« Mase lacht trocken auf. »Als wir sie gefunden haben, prahlten sie damit, wie heiß Zoey sei und wie sie sich gewunden hätte. Wie interessant es die Gegenwehr gemacht hätte. Sie waren betrunken, Drogen waren wohl auch im Spiel. Vielleicht hätte ich was tun sollen, aber im ersten Moment habe ich das nicht. Ich bin mit Cooper und Zoey aufgewachsen, sie ist auf gewisse Art auch meine Schwester, und als Cooper sich auf die Kerle gestürzt, sie verprügelt und angeschrien hat, habe ich zu spät eingegriffen und ihn weggezogen. Einer ist weggelaufen, hatte nur ein blaues Auge, der andere sah schlimmer aus. Gebrochene Nase und eine Fraktur im Kiefer. Der dritte … Cooper hat ihn fast totgeprügelt.«

»Ich sehe sie vor mir. Zoey und die drei Typen. Und ich weiß, ich hätte sofort die Polizei rufen sollen, Gewalt ist keine Lösung. Aber ich würde lügen, wenn ich behaupte, dass ich glaube, dass keiner von ihnen es verdient hat.« Die Worte verlassen meinen Mund ohne Melodie, leer und tonlos flüstere ich sie, und so fühle ich mich auch. Leer.

In dem Moment, in dem ich den Blick hebe und mich traue,

June zu betrachten, bildet sich ein fetter Kloß in meinem Hals. Sie weint so sehr, sie bebt und Mason streicht ihr liebevoll über den Rücken. Laut schniefend tupft sie mit dem Ärmel ihres schicken Pullovers die Tränen weg, und als sie sich auf mich zubewegt, weiß ich nicht, was als Nächstes kommt. Dass June mich umarmt und an sich drückt, habe ich nicht erwartet – und jetzt bin ich es, dem Tränen in den Augen stehen. Verdammt. Wieso ist das alles so schwer?

Ein, zwei Minuten bleibt sie bei mir, hält mich, bevor sie sich wieder setzt.

»Haben alle ... Ich meine ...« Sie kann es nicht aussprechen. Ich konnte es bis heute auch nicht.

»Nur einer ... Nur einer hat sie missbraucht. Die anderen haben sie gehalten oder sich einen Witz daraus gemacht, dabei zuzusehen.« Dass ich das so sagen muss, lässt erneut Übelkeit in mir aufsteigen. *Nur.* Als könne sie sich glücklich schätzen, dass ihr jemand das angetan hat.

»Ich hätte es auch getan.« Als June meine Irritation bemerkt, erklärt sie weiter. »Ich hätte sie auch verprügelt ...«

»Es ist egal. Es spielte keine Rolle. Dass ich die Typen halb totgeschlagen habe, hat niemandem etwas genutzt. Erst recht nicht meiner Schwester. Es stand ihre Aussage gegen die der anderen.« Sie wurden nicht verurteilt. Zu wenig Beweise, sagte man vor Gericht. Nur Indizien. Zoey wollte sich erst nicht untersuchen lassen, sondern einfach nur heim, sie stand unter Schock. Der Typ hat ein Kondom benutzt und ... das hat man nicht gefunden. Außerdem hatten die Eltern genug Geld für die besten Anwälte.

»Cooper hat man drangekriegt«, erklärt Mase zornig.

»Dank Mason und seinem Anwalt wurden es nur eine ziemlich hohe Geldstrafe und eineinhalb Jahre auf Bewährung. Ich bin gerade so an einem Gefängnisaufenthalt vorbeigeschlittert.« Ich lache auf. Manchmal ist diese Welt nicht fair. Masons Dad kannte den Richter, und ich war nicht vorbestraft.

»Meine Schwester hat eine Therapie begonnen, und ich bin eines Tages mit. Ich habe selbst eine gemacht, ein Jahr lang. Es hat geholfen. Besonders gegen die Flashbacks und Angst. Gegen die Schuld, die sich in mir festgeklemmt hat. Ich will gar nicht wissen, was Zoey durchgemacht hat.«

»Andie hat Milly gesehen, June«, erklärt Mase. »Dr. Milly Charles. Die Therapeutin. Mit der Zeit ist sie zu einer guten Freundin von Zoey und Cooper geworden.«

»Oh nein«, wispert June.

»Oh doch.« Ich nicke bestätigend zu Masons Aussage.

»Ich hab sie angerufen, weil ich mit ihr reden wollte. Es musste. Ich brauchte einen Rat wegen Andie und wie ich es ihr am besten sagen und erklären kann. Andie hat mich in ihrer Art an Zoey erinnert. Zoey war wie sie, bevor das alles passiert ist. Das hat es wieder hochgeholt, und ich hab Panik bekommen. Ich dachte, was, wenn ich Andie auch nicht beschützen kann?«

»Andie dachte … sie dachte …« June wedelt mit der Hand.

»Ich hätte eine andere.«

»Ja«, murmelt sie. »Wieso? Ich meine, ich verstehe, dass du das vielleicht nicht sofort erzählen konntest und deinen Zwiespalt. Aber was hast du erwartet, wenn du sie so in der Luft hängen lässt? Wenn du sie küsst und ihr danach das Gefühl gibst, dass es das war? Und verflucht, das hast du gleich zweimal gemacht.« Sie kneift schon wieder die Augen zusammen. Ich glaube, der Moment, in dem sie Mitleid hatte und mich verstand, ist nun vorbei.

»Sie dachte, du würdest sie nicht wollen, und das wollte sie wiederum akzeptieren. Deshalb ist sie mit Owen ausgegangen, du Vollidiot.«

Ich weiß.

»Und sie hat es mir erzählt. Sie hat mir erzählt, dass sie auf dich zugegangen ist und gefragt hat, ob es dir gutgehe, ob etwas mit dir sei, nachdem sie dich mit dieser fremden Frau gesehen hat, und weißt du was? Für Andie war das ein riesiger Schritt. Sie ist nicht wie ich. Sie klatscht dir ihre Meinung und ihre Gefühle nicht bei jeder Gelegenheit ins Gesicht, egal, ob du das willst oder nicht.« Mason hustet und räuspert sich, weil er sein Lachen unterdrücken muss. »Du hättest etwas sagen, ihr ein Zeichen geben können. Sie hat dir die Hand gereicht, verdammt, und du …« Sie verzieht die Lippen. »Gott, ich bin schon wieder so kurz davor, dir wehzutun.«

»Du bist eine gute Freundin«, sage ich ihr, und das lässt sie lächeln.

»Ich weiß. Aber denk bloß nicht, dass mich das milde stimmt.«

»Ich wollte ihr nicht wehtun. Das war das Letzte, was ich wollte. Ich hatte vor, meinen Kram zu ordnen, wollte mich und meine Sorgen zuerst in den Griff kriegen, bevor ich sie damit belaste.«

Junes Seufzen erfüllt den Raum. »Was machen wir jetzt? Rufen wir sie nicht mal an? Erklären wir ihr gar nichts? Wir bleiben einfach hier? Ich weiß nicht, ob ich das kann.«

»Wo ist eigentlich euer Zuhause?«

»Montana.«

»Shit«, fluche ich. Das ist mindestens sieben Autostunden von hier entfernt. »Nein, wir holen sie.«

»Blödsinn!« June und ich drehen uns gleichzeitig in Richtung Mason. »Ich wiederhole mich, aber: Lasst sie, gebt ihr ein paar Tage. Sie ist gefahren, weil sie Ruhe braucht und Zeit. Das sollten wir ihr geben.«

Nachdenklich schlingt June ihre Finger umeinander und löst sie wieder. »Andie hat eine Menge zu verdauen, sie hat viel gekämpft. Nicht nur für dieses Studium, sondern auch für mich, für ihre Mom. Ihre Familie. Manchmal glaube ich, dass Andie im Stillen für die ganze Welt kämpft.«

In dem Moment tapst Socke verschlafen auf June zu, er kommt direkt aus Andies Zimmer. »Dich hat sie auch gerettet, nicht wahr?«, flüstert sie ihm zu, und er freut sich sichtlich, wedelt mit dem Schwanz.

»Sie muss mich nicht retten.«

Das ist das erste Mal, dass June mich heute freundlich ansieht und aufrichtig lächelt. »Ich denke, das möchte sie auch nicht. Andie will für dich da sein. Das ist ein Unterschied. Das geht aber nur, wenn du es zulässt.«

Ihre Worte treffen mich tief.

»Auf der Arbeit lasse ich Matt ihre Schichten übernehmen. Er hat ohnehin nach mehr Stunden gefragt«, beginnt Mase. »Sie ist offiziell krankgemeldet. Vorerst. Ich nehme an, einmal bei ein paar Seminaren zu fehlen, ist in Ordnung. Also warten wir. Wenn sie sich in ein paar Tagen nicht meldet, hole ich sie.« Sofort will June protestieren und ich ebenso, aber Mase erstickt das im Keim. »Du«, sagt er und zeigt auf June, »hast kein Auto mehr, und ich nehme dich nicht mit, weil ich glaube, dass Andie erst recht bleiben will, wenn du auch noch zu Hause aufkreuzt. Und du …« Er fixiert mich. »… wirst es versauen.«

»Danke für dein Vertrauen«, murre ich, und insgeheim bin ich mir darüber im Klaren, dass er recht hat. Dass Mase sie holt, wird wohl das Beste sein. Für uns alle. Und bis dahin müssen wir uns in Geduld üben – und ich muss versuchen, nicht durchzudrehen.

30

Home sweet home. Nirgendwo ist es schöner, oder?

Andie

Eben bin ich beinahe eingeschlafen. Ich hab mich fürchterlich erschreckt, als ich am Lenkrad das Gefühl hatte, wegzunicken. Eine Pause in einem Diner hat mich wachgerüttelt, das und der Espresso, den ich widerwillig zu mir genommen habe, damit ich bis daheim durchhalte. Es war das widerlichste Getränk, das ich seit langer Zeit getrunken habe. Zu stark und bitter.

Der Gedanke daran lässt mich das Gesicht verziehen, während ich die Hände fester um das große alte Lenkrad lege.

Es ist fast geschafft. Nur noch ein paar Meilen, dann bin ich zu Hause.

Während der Fahrt habe ich überlegt, Dad vorzuwarnen, stattdessen habe ich das Handy ausgestellt, kurz bevor ich aus Seattle rausgefahren bin. Jetzt, da es aus ist, habe ich Angst, nicht mehr die Kraft zu haben, es irgendwann anzustellen. Denn wenn ich das tue, ist alles wieder da: Cooper, die Arbeit, Seattle, die Uni, das, was Owen zu mir gesagt hat. Dieses ganze *zu viel*. Und dass ich nun einfach weggegangen bin, dass ich nicht weiß, ob ich noch irgendwas davon habe, wenn ich zurückgehe, macht es nicht besser. Falls ich zurückgehe.

Um mich abzulenken, drehe ich an dem alten Radio des Pick-ups herum, aber ich bekomme nicht viel rein. Die Antenne ist anscheinend mittlerweile ganz weg und das Radio hat schon nicht richtig funktioniert, als June das Ding von ihrem Grandpa geerbt hat. Einen Versuch war es wert. Seufzend bewege ich meine Schultern ein wenig, um die Verspannung zu lösen. Außerdem fange ich vor Aufregung, und weil mein Hintern langsam einschläft, an, auf dem verschlissenen Ledersitz hin und her zu rutschen.

Gleich bin ich da, gleich bin ich zu Hause.

Ich lenke den Wagen auf den alten Schotterweg, fahre die lange Zufahrt runter und kann von hier schon unsere großen Apfelbäume am Eingang erkennen und Steves Rinder auf der Weide weiter hinten, unsere Pferde auf der Koppel davor.

Als ich den Wagen an der Seite abstelle und aussteige, als der Staub, der beim Bremsen aufgewirbelt wurde, davonfliegt oder sich niederlegt und ich einen tiefen Atemzug nehme, bricht die Sonne durch die Wolkendecke. Sie wärmt mein Gesicht, obwohl es auch hier schon kalt geworden ist. Ich strecke mich und schaue mich um. Blauer Himmel, Ruhe, Natur. Eine andere Welt. Meine Füße tragen mich ums Haus, auf die Veranda. Moms Schaukelstuhl steht da – immer, wenn ich daran vorbeigehe, grüße ich sie still. So, als würde sie noch immer darin sitzen und uns etwas vorlesen.

Laute Stimmen dringen an mein Ohr, und ich horche auf. Sie kommen … von drinnen. Dad? Ich öffne die Fliegengitter- und danach die Verandatür und setze einen Fuß ins Wohnzimmer.

»Lucas, bei deiner Mutter, wenn du Eddie nicht gleich fängst, drehe ich durch!«

»Was denkst du, was ich hier versuche?«, schreit mein Bruder außer Atem zurück.

Die Stirn runzelnd folge ich den Geräuschen und …

Was ist hier passiert? Mein Blick wandert durch das Chaos, das sich vor mir ausbreitet. Die Couchdecke unordentlich in der Ecke, ein Glas zersprungen, sodass sich die Scherben auf dem Boden verteilt haben, mindestens vier weitere dreckige Gläser und anderes Geschirr auf dem Tisch, ein umgekippter Stuhl, zwei benutzte Pullover über der Couchlehne … Oh mein Gott. Keine Panik. Die zwei kommen klar, es gibt für alles eine Erklärung.

Ich schreie auf, als Eddie mir quiekend und grunzend vor die Füße läuft, und noch mal, als Lucas in mich reinstolpert. Mein Bruder, der nicht mit mir gerechnet hat, brüllt mit und torkelt rückwärts, bis er auf seinem Hintern landet.

»Himmel, Andie! Willst du, dass ich sterbe, bevor ich aus der Pubertät raus bin?« Mein Herz pocht heftig, und vor Schreck drücke ich mir eine Hand auf die Brust.

»Was ist hier los?« Eddie sprintet wieder panisch an uns vorbei, und es scheppert alle drei Sekunden, weil er irgendwo gegen rennt. Das Schwein kann nichts sehen.

Wütend funkle ich Lucas an, und er lächelt verzweifelt. »Kannst du mir verraten, wieso Eddies Kopf in einem benutzten Chicken-Wing-Eimer feststeckt?«

»Das könnte ich, aber frag dich zuerst Folgendes: Möchtest du das wirklich wissen?«

Stöhnend schlage ich die Hand gegen die Stirn und versuche, den sich ankündigenden Kopfschmerz wegzumassieren, während Dad im Hintergrund schreit: »Hab ich dich!«

Wenige Sekunden später kommt er mit dem armen Schwein auf dem Arm ins Wohnzimmer, das er inzwischen von dem Eimer befreien konnte. Aber leider nicht, bevor es hier alles in seiner Panik verwüstet hat. Dad sieht mich mit hochgezogenen Augenbrauen an. »Andie? Mein Schatz, was machst du denn hier?«

Das ist der Moment, in dem ich wieder zu einem kleinen Mädchen werde, mir Tränen in die Augen steigen und seine

Miene weich wird. Er setzt Eddie ab. »Lucas, bring ihn raus und gib ihm was Leckeres zu fressen.« Mein Bruder nickt, gibt ausnahmsweise keine Widerworte, und mein Dad kommt zu mir und zieht mich in eine Umarmung. Er riecht nach Heu und Pferden, nach Kaminholz und den Pfefferminzdragees, die er so gerne lutscht. Ich drücke mich an ihn und weine. Es ist mir egal, dass ich schon erwachsen bin. Es ist mir egal, dass es albern ist. Ich stehe da und weine, während meine Brille verrutscht und meine Lippe zittert.

»Schon gut, alles wird gut.« Das weiß ich nicht, aber ich will es ihm glauben. Mehr als alles andere.

Irgendwann versiegen die Tränen, und ich folge Dad in die Küche, wo er mir ein Glas Wasser reicht.

»Es sieht grauenhaft aus. Als hätte hier eine Bombe eingeschlagen«, bemerke ich schniefend und trinke einen Schluck. Das bringt Dad zum Lachen.

»Siehst du diesen Pullover?« Er zeigt auf den, den er trägt. »Das ist einer von dreien, die dein Bruder noch nicht der Waschmaschine oder dem Trockner geopfert hat.«

Entsetzt schüttle ich den Kopf. »Wo ist der Ordner?«

»Eddie.«

»Das Schwein hat ihn gefressen?«

»Nun ja, Lucas hat Erdnussbuttercreme drauf gekleckert und ihn liegen lassen. Papier mit Erdnussbutter scheint nicht allzu schlecht zu sein.«

»Er ist Sodom und Gomorrha in einem.« Und er hat die Kräuter wirklich alle durcheinandergebracht. Gott steh mir bei. »Ich räume hier gleich auf.«

»Ich würde dich ja aufhalten, aber ich wäre dir verdammt dankbar dafür.« Wir fangen beide an zu lachen. Dann öffne ich eine der Schubladen, in denen die Taschentücher liegen, schnappe mir eines und putze mir die Nase. Schon besser.

»Ich freue mich sehr, dass du da bist, Andie. Aber ich glaube kaum, dass du von Seattle gekommen bist, um einmal das Haus aufzuräumen. Willst du mir erzählen, was passiert ist?«

Ich schweige. Wie erzählt man seinem Dad so etwas?

»Wenn du nicht darüber reden willst, ist das okay. Muss ich mir Sorgen machen?«

»Nein, ich denke nicht.« Er gibt mir einen Kuss auf den Scheitel und seufzt.

»Ich sollte nach deinem Bruder sehen. Es ist schon wieder viel zu still. Übrigens: Steve und Tim sind da, vielleicht möchtest du Hallo sagen?«

Beide sind alte Freunde und helfen Dad, wo sie nur können. Dank Steve wird etwas Geld aufs Konto gespült, dafür, dass er seine Rinder bei uns weiden lassen darf.

»Das wäre toll.«

Sein Arm legt sich um mich. »Übrigens unterrichte ich ab nächstem Monat wieder.« Die Miene meines Vaters wirkt stolz.

»Wirklich? An einer Schule? Das ist wundervoll.« Für einen Moment werden all die negativen Gefühle von purer Freude zur Seite gedrängt. Ich freue mich so sehr für ihn.

»Erst einmal hier daheim, ich gebe Nachhilfe. Aber es ist der erste Schritt, um vielleicht wieder zurückzugehen.«

»Ich freue mich wirklich für dich.« Dad hat seinen Job als Lehrer aufgegeben, als Mom krank wurde. Er wollte für sie da sein, immer. Seit ihrem Tod konnte er nicht zurück. Er hatte nicht die Kraft dazu. Dass er diesen Schritt jetzt macht, bedeutet so viel. Für ihn und für mich.

Wir gehen nach draußen in Richtung Koppel – und lange bevor wir da sind, schreit Dad: »Jungs, schaut mal, wer uns besuchen kommt!«

»Andie! Hattest du schon Sehnsucht nach uns alten Knackern?«, witzelt Steve, der mit seinem grauen Haar älter aussieht, als er ist. Er und Tim kommen uns entgegen und umarmen mich liebevoll.

»Wie ist es in Seattle? Was macht June? Hat sie schon jemanden zum Weinen gebracht?« Tim war schon da, da haben wir noch in die Windeln gemacht. Also kennt er uns verdammt gut. Er ist etwas größer als Steve und stämmiger, mit Glatze und Vollbart.

»Ich kann es nicht ausschließen.« Sie nicken, als hätten sie nichts anderes erwartet. »Habt ihr Hunger? Ich kann einkaufen fahren und Moms berühmtes Chili kochen.«

»Was stehst du noch hier, Kind? Mach dich auf den Weg.« Steve schiebt mich Richtung Haus, und alle prusten los.

Drei Stunden später ist das Chili fertig, und ich bin es auch. Neben dem Kochen habe ich damit angefangen, die Küche aufzuräumen und alles an seinen Platz zu stellen. Was für ein Chaos. Das Gleiche gilt fürs Wohnzimmer und den Esstisch. Ich bin gerade dabei, ihn zu decken, da kommt Lucas rein. Sein Shirt ist verdreckt und er hat irgendwas im Gesicht kleben.

»Das duftet fantastisch.« Er will sich hinsetzen.

»Auf keinen Fall! Erst gehst du duschen.«

»Aber das Essen«, jammert er.

»Dann solltest du dich besser beeilen.«

»Du bist immer noch ein gemeiner Sklaventreiber.«

Ich rolle mit den Augen. Er übertreibt maßlos. In fünf Minuten ist er geduscht, wette ich.

In der Sekunde treten Dad und die anderen lachend ein, Steve hat seine Frau Helen mitgebracht.

»Andie, es ist so schön, dich zu sehen.« Sie ist klein und zierlich mit einem Gesicht voller Sommersprossen.

»Ich freue mich auch. Setzt euch, das Essen kommt sofort. Kann ich euch was zu trinken bringen?«

»Wasser für mich, bitte«, gibt Helen zurück. Die anderen möchten ein alkoholfreies Bier. Lucas ist wahrscheinlich eher für Limonade, ich koche Wasser für einen Tee.

Normalerweise würde ich ihnen einfach die Flaschen hinstellen, aber Jack hat mir neben dem Bierzapfen auch gezeigt, wie man das Bier aus einer Flasche in ein Glas schüttet, sodass ein schöner Schaum entsteht. Und zwar ohne, dass es überläuft.

»Wow, das sieht klasse aus. Seit wann kannst du so was?« Tim ist vollkommen fasziniert, als hätte ich ihm gerade etwas wirklich Großartiges gezeigt. Dabei ist es nur Bier mit einer Schaumkrone.

Ich stelle das Chili und frisches Brot auf den Tisch, und Lucas schlittert ins Zimmer, während er sich ein frisches Shirt anzieht, und setzt sich schnell hin, als ich beginne aufzutischen.

»Das ischt fantaschtisch«, lobt mein Bruder mit vollem Mund, und die anderen stimmen zu.

»Schmeckt so gut wie das von deiner Mutter«, meint Tim, und alle lächeln. Auch ich. Wir wissen, dass es gelogen ist, trotzdem ist es nett von ihm, das zu sagen. Mom hat das beste Chili gemacht, das wir je essen durften.

Sechs Tage. Ich bin schon sechs Tage hier. Bei den Seminaren habe ich mich per E-Mail krankgemeldet und entschuldigt. Ich hab dafür extra Dads alten PC hochgefahren. Zwar will ich das alles verdrängen, aber gleich das erste Semester voll in den Sand setzen? Nein, so weit bin ich noch nicht. Außerdem fühle ich mich furchtbar, weil ich mein Handy immer noch nicht angemacht habe. Weil ich mich nicht bei June gemeldet habe. Sie lässt mir einfach die Zeit, die ich brauche, das weiß ich, sonst hätte sie schon hier bei uns daheim angerufen.

Das oder sie ist unfassbar wütend.

Seufzend starre ich auf das ausgeschaltete Handy in meiner

Hand, während ich auf Moms Stuhl auf der Veranda sitze. Es ist kühl und windig, ich hab eine dicke Decke um mich gelegt. Lucas ist in der Schule, Dad repariert mit den Jungs irgendeinen Zaun bei den Rindern.

Ich muss weggenickt sein, denn irgendwann rüttelt Dad an meiner Schulter. »Andie, hörst du mich?«

Träge öffne ich die Augen. »Ja. Entschuldige, ich glaub, ich bin eingeschlafen.«

»Du hast Besuch.«

Besuch? Sofort springe ich auf, verheddere mich in der Decke und stolpere fast. Ist June hier? Oder …? Nein, den Gedanken darf ich gar nicht erst zulassen.

Wir gehen die Stufen runter, ich will außen rum.

»Irgendjemand mit einem schicken Sportwagen. Steve bringt ihn her, du musst also nicht so rennen.«

Mason. Es ist Mason.

Neben Steve wirkt er wie ein Broker der Wall Street.

Meine Kehle schnürt sich zu, während ich beobachte, wie er immer näher kommt. Er ist allein, sieht erschöpft aus.

»Hey«, grüße ich ihn erstickt und bin mir durchaus bewusst, dass alle Augenpaare auf uns gerichtet sind.

Er grinst und hält meinem Blick stand, bis mein Vater ihm die Hand hinhält und ihn begrüßt. Fast ein wenig forsch.

»Und Sie sind?«

»Mason Greene, Sir.«

»Und Sie sind mit meiner Tochter zusammen?« Masons Gesichtsausdruck ist unbezahlbar, und ich pruste los.

»Nein, Dad. Mason ist ein Freund aus Seattle.«

»Nur ein Freund? Hmpf.« Mein Dad mustert erst mich und anschließend ihn skeptisch, Steve macht mit. »Nur ein Freund …« Man kann deutlich sehen, wie es hinter seiner Stirn arbeitet, während er Mason prüfend traktiert, der mit seinem Anzug und den schicken Schuhen so wenig hierherpasst wie ein Hai in die Sahara. Plötzlich ruht Dads Blick auf mir. »June?«, fragt er nur, und ich klopfe ihm lächelnd auf die Schulter.

»Er arbeitet dran«, erwidere ich des Spaßes halber, sodass Steve anfängt laut zu grölen und mein Dad ihm »Viel Glück« wünscht. Mason weiß gar nicht, wie ihm geschieht.

»Wir lassen euch mal allein.«

Dad und Steve gehen zurück. Ich schaue Mason an und traue mich kaum, etwas zu sagen oder zu fragen, dabei ist da so viel in meinem Kopf. *Geht es dir gut? Was ist mit June und Socke? Mit Cooper?*

Stattdessen nicke ich mit dem Kopf Richtung Veranda, schnappe mir dort die Decke und lege sie über die Stufen, damit wir uns hinsetzen können. Masons Anzughose ist zerknittert, sein Hemd ebenso und die ersten Knöpfe sind offen. Er wirkt neben sich stehend.

»Schön ist es hier.«

»Das finde ich auch.«

Eine Weile sitzen wir schweigend beieinander, bis die ersten dunklen Wolken aufziehen und in der Ferne ein Gewittergrollen ertönt.

»Warum kommst du nicht heim, Andie?« Seine Frage trifft mich tief, und ich spüre, wie sich meine Brust schlagartig zusammenzieht.

»Ich bin daheim.«

Er stupst mich mit der Schulter an. »Man kann an vielen Orten zu Hause sein.«

»So poetisch.« Ein Lächeln zupft an meinen Lippen.

»Und wahr.«

»Vielleicht. Warum bist du hier?«

»Ist das nicht offensichtlich?«

Tief einatmend denke ich darüber nach. Nein, so offensichtlich, wie er vielleicht glaubt, ist es nicht. Es kann viele Gründe für seinen Besuch geben.

»June macht sich Sorgen«, gibt er schließlich zu. »Und ich mir auch.« Die Offenbarung bringt mich dazu, ihn direkt anzusehen. »Socke vermisst dich, und ich hab vergessen, welche Reihenfolge die Kaffeepads in der Box haben müssen«, zählt er auf und bringt mich damit zum Lachen. Sie haben meinen Zwang zur Ordnung also bemerkt. »Cooper vermisst dich.« Das sagt er so leise, dass ich glaube, mich verhört zu haben. »Oder möchtest du dich ewig hier verstecken?«

»Ich verstecke mich nicht«, erwidere ich aufbrausender als beabsichtigt.

»Sicher?«

»Ich besuche meine Familie, ich brauchte etwas Ruhe, um mir ein paar Gedanken zu machen. Mehr nicht.«

»Andie, du bist schon fast eine Woche fort, und ich glaube nicht, dass du das so schnell ändern wolltest.«

Nachdenklich runzle ich die Stirn, dann seufze ich. »Es tut mir leid, dass ich … dass ich einfach gefahren bin. Ich wollte niemanden vor den Kopf stoßen. Ich hab es nur nicht mehr ausgehalten.« Ein fetter Kloß bildet sich in meinem Hals, und ich schaue Mason direkt an. »Es tut mir leid, dass ich dich hab hängen lassen. Nach allem, was du für mich getan hast. Das war nicht fair.«

»Entschuldige dich lieber bei Susie, die wieder den Dienstplan umschreiben musste, und Matt, der deine Schichten übernommen hat.« Er schmunzelt. »Komm heim, Andie. Dort warten dein Job auf dich, dein Zimmer, dein Hund, deine beste Freundin. Und auch neue Freunde. Dylan sagt, er kann die neue Staffel *Brooklyn Nine-Nine* nie gucken, wenn du nicht endlich zurückkommst.«

Tränen sammeln sich in meinen Augen. »Ich bin also nicht gefeuert?«

»Hättest du wohl gerne. Dabei hab ich dich gerade erst einarbeiten lassen. Das hat mich ziemlich viele Gläser und Nerven gekostet.«

Ich lache erstickt auf. »Du warst gar nicht da, Jack hat mich eingearbeitet.«

»Sag ich doch!« Belustigt über seine Worte schüttle ich den Kopf. »Rede mit mir, Kleines.«

»Ich weiß nicht, was ich sagen soll. Danke. Also zuerst danke.«

»Wieso bist du wirklich gefahren?«, übergeht Mason mich.

»Das habe ich bereits erklärt.«

»Wärst du bald zurückgekommen?«

Schweigend denke ich über seine Frage nach, horche in mich hinein und schlucke schwer. Keine Ahnung.

»Ich denke, damit habe ich meine Antwort. Wir haben dich nicht angerufen, wir haben gewartet und wollten dir Zeit geben, weil du darum gebeten hast, aber jetzt werde ich dich mitnehmen.«

»Bist du deshalb hier? Um mich abzuholen.«

»Ja. Aber auch, weil ich dich bitten möchte, Cooper noch nicht abzuschreiben.«

»Wir sind nur …«

»Freunde, Kollegen, Mitbewohner – schon klar. Such dir aus, was du willst, und rede dir das nur weiter ein. Von mir aus. Aber wenn du erkennst, dass das nicht euer Ding ist, wird es einfacher.«

»Er hat nicht den Anschein gemacht, als ob er das auch so sieht. Er … er redet nicht mit mir.«

»Coop ist da …« Mason seufzt. »Ich kann es dir nicht erklären. Ich kann dir gar nichts sagen, nur, dass wir dich gerne wieder bei uns hätten. Besonders June. Hast du eine Ahnung, wie schwer es war, sie davon zu überzeugen, dass es besser ist, wenn ich allein fahre?«

»Bestimmt war sie kurz davor, sich auf deinem Dach festzuschnallen oder sich an den Wagen zu ketten.«

»Du machst dir keine Vorstellung«, murmelt er.

»Ich vermisse euch auch«, gebe ich schließlich zu, »aber ich weiß nicht, ob ich das kann.«

»Verstehe.«

»Es ist nicht nur Cooper.«

»Andie, du musst mir das nicht erklären.« Er rappelt sich auf und streckt sich. »Ich bin hergefahren, um mit dir zu reden und dich mitzunehmen, aber ich kann dich nicht zwingen.« Ein mulmiges Gefühl breitet sich in mir aus. Was soll ich nur tun? »Falls du es dir anders überlegst, ich übernachte in der Stadt, im Double Tree.«

»Du bleibst hier?«

»Ja. Sagen wir, bis morgen früh um acht Uhr. Dann bleibe ich vielleicht noch fünf Minuten wartend am Wagen stehen, bevor ich zurück nach Seattle fahre.« Er grinst mich aufmunternd an. »War schön, dich zu sehen.«

Ich erhebe mich, meine Beine fühlen sich schwer an, mein Kopf ist voller Watte. Mason umarmt mich. »Pass auf dich auf.«

Am nächsten Morgen stehe ich früh auf. Dad sitzt bereits mit seiner Zeitung am Tisch und trinkt Kaffee, während ich das Frühstück vorbereite. Lucas snoozt bestimmt schon das zehnte Mal seinen Wecker.

Es brutzelt in der Pfanne, das Fett vom Speck spritzt hier und da hoch, während ich das Rührei ein letztes Mal wende.

Danach verteile ich alles auf drei Teller und bringe es an den Tisch.

»Lucas verschläft mal wieder«, grummle ich und stelle Dad seine Portion hin. Dabei hat er heute erst spät Unterricht.

»Ah, danke. Das sieht fantastisch aus.« Er schiebt sich ein Stück Speck in den Mund und seufzt genüsslich. Ich schenke mir ein Glas Orangensaft ein. »Was wollte dein Freund denn?«

»Mich abholen.«

»Aber du hast doch Junes Wagen, du kommst doch wieder zurück.« Verdutzt schaut er mich an. Und auf einmal wechselt der Blick, wird durchdringend. »Andie«, mahnt er, »ich hab gefragt, ob ich mir Sorgen machen muss, und du hast Nein gesagt. So langsam überkommt mich der Verdacht, dass das nicht stimmt. Ist wirklich alles in Ordnung bei dir?«

»Es wird schon, Dad.«

»Das sehe ich anders. Sonst wäre dieser Mason wohl kaum so weit gefahren, um dich zu sehen.«

»Ich hab ihn nicht darum gebeten.«

Dad seufzt wieder. Dieses Mal leider nicht wegen des Specks. »Wann wolltest du denn wieder zurückfahren? Du hast doch Seminare, oder nicht? Du wolltest doch studieren. June und du redet seit Jahren von eurem Traum.«

»Noch, ja.«

»Oh nein, Andie! Du wirst auf keinen Fall hierbleiben. Du hast zu hart für dieses Studium gearbeitet.« Inbrünstig hebt er die Gabel und schwingt sie hin und her, um seine Aussage zu untermauern. »Es sei denn, du kannst mir einen vernünftigen Grund nennen. Gibt es den? Macht es dir keinen Spaß mehr? Ist es nicht mehr dein Traum? Hast du dich mit June gestritten?« Nein. Nichts davon.

»Hast du da jemanden?«

Meine Ohren werden heiß, ich schiebe das Rührei auf meinem Teller vor und zurück.

»Du musst mir nicht antworten, aber du solltest dir selbst

antworten. Ist es das wert? Ist er es wert? Möchtest du hierbleiben, weil es einfacher ist oder weil es für dich richtig ist? Das ist ein Unterschied. Das eine kann dich weiterbringen, das andere bereust du irgendwann vielleicht.«

Das von meinem Dad zu hören ist schlimmer als von Mason. Am liebsten würde ich mir die Ohren zuhalten. Sie haben recht. Ich laufe weg. Also treffe ich eine Entscheidung.

Abrupt lasse ich das Besteck fallen und stehe auf, sodass der Stuhl laut schabend über den Boden ruckelt.

»Dad? Ich muss los.« Hastig schaue ich auf die Uhr, die in der Küche hängt. Gleich halb acht. Oh nein. Ich schalte das Handy nach Tagen endlich wieder an, und sofort werden mir Nachrichten von June angezeigt und ein paar Anrufe in Abwesenheit. Das schaue ich mir später an, jetzt drücke ich auf den grünen Punkt auf dem Bildschirm, um Mason anzurufen.

Er geht nicht ran. Ich hetze in mein altes Zimmer, schnappe mir meinen Rucksack und mein Zeug, sprinte wieder zurück und gebe Dad einen Abschiedskuss.

»Andie? Ich liebe dich. Ich weiß, was du alles geleistet hast, denk nicht, es wäre mir nicht aufgefallen. Und ich bin sehr stolz auf dich. Mom wäre das auch.«

Tränen steigen in meine Augen, und mein Hals schnürt sich so fest zu, dass ich nichts erwidern kann, nur stumm nicke und ihm um den Hals falle.

»Grüß June von mir.« Er gibt mir einen Kuss auf die Wange, bevor er mich loslässt. »Und jetzt ab mit dir.«

»Danke, Dad. Drück Lucas für mich!«

Ich schnappe mir meine Jacke und renne raus zu Junes Pickup, schmeiße meine Sachen rein und drehe beinahe panisch den Schlüssel im Schloss. »Komm schon!«

Der Motor springt an und ich atme auf. Leicht zitternd gebe ich Gas, stehe vollkommen unter Strom.

Während der Fahrt werfe ich einen Blick auf die Uhr. Ich fahre schnell genug, und trotzdem habe ich das Gefühl, dass ich nicht vorankomme.

»Bin gleich da«, rede ich mir gut zu, weil ich immer hibbeliger werde und anfange, auf der Lippe zu kauen. Dabei wäre es keine große Sache, Mason zu verpassen, ich kann auch so direkt wieder nach Seattle fahren. Ohne ihn. Aber nein, das wäre nicht dasselbe. Das würde sich nicht wie ein erster Schritt anfühlen, wie eine Versöhnung. Ich denke, ich würde es ohne Hilfe nicht schaffen und wieder heimfahren …

Da! Der Parkplatz. Noch während ich einbiege, halte ich Ausschau nach Mason.

Der Pick-up kommt zum Stehen, und ich erkenne Mason, der an seinen Wagen gelehnt dasteht, mit übereinandergeschlagenen Knöcheln.

Ich springe förmlich aus dem Auto. Mason entdeckt mich einen Moment später, und ein Lächeln zieht sich über sein Gesicht.

Ich bleibe vor ihm stehen und tue es ihm nach.

»Hey. Wollte gerade zurückrufen. Kurz hatte ich Angst, du würdest mich sitzen lassen.«

»Beinahe wäre das auch passiert«, gebe ich zu, ohne mein Lächeln zu verlieren.

»Dann hätte ich gehofft, dass du es dir die Tage anders überlegst. Fährst du mir hinterher?«

»Sieht wohl so aus.«

»June wird sich freuen.«

»Die anderen hoffentlich auch …« Zögernd halte ich inne. »Los, bevor ich einen Rückzieher machen kann.«

Mason nimmt mich in den Arm.

»Lass uns heimfahren, Kleines.«

31

Es gibt Tage, da müssen wir Dinge tun, die wehtun.
Zum Beispiel über unseren Schatten springen.

Cooper

Heute findet ein wichtiges Seminar mit einer verschissenen Zwischenprüfung in freier Kunst statt, und ich hätte mich darauf vorbereiten oder mindestens den Kopf frei kriegen müssen. Seit ich denken kann, wollte ich etwas mit Kunst machen, und diese Prüfung nachher ist unheimlich wichtig. Nicht nur für dieses Studium, sondern auch für mich. Dieser Kunstprofessor ist einer der Besten seines Fachs, und eine gute Note in seinem Seminar ist Gold wert.

Aber gerade kann ich nur an Andie denken und die Scheiße, die ich verzapft habe.

Mase hat gesagt, er würde sie holen. Das war gestern, er ist also über Nacht geblieben. Und das war für mich okay. Bis ich heute früh beinahe wahnsinnig geworden bin in dieser Wohnung und es keine Minute länger ausgehalten habe. Nach einer beschissenen und kurzen Nacht habe ich Mase im Minutentakt angerufen, doch er ist verflucht noch mal nicht rangegangen. Vielleicht weil es erst fünf Uhr morgens war ... Ich habe die Geduld verloren und jedwede Logik über Bord geworfen, mir meine Jacke, den Helm, die Handschuhe und meine Maschine geschnappt, um kurzerhand selbst nach Montana zu fahren. Zu Andie. Die Adresse hat June Mason gestern schnell aufgeschrieben, und der Zettel lag auf dem Tisch …

Jetzt bin ich erst drei Stunden gefahren, trotzdem tut alles weh und ich spüre die Erschöpfung in jeder Faser meines Körpers. Am Rand des Highways mache ich eine Pause an einer Raststätte und trinke einen Kaffee. Was Andie wohl gerade macht? Ist Mason schon auf dem Weg zurück nach Seattle? Mit ihr? Komme ich zu spät? Macht es überhaupt Sinn, dass ich mich auf das dämliche Motorrad geschwungen habe, um eine Frau zu bitten, zu mir zurückzukommen, der ich es nicht geschafft habe, zu sagen, was Sache ist? Was ich fühle? Wovor ich Angst habe?

Trocken lache ich auf. Wahrscheinlich nicht.

Ich versuche, Mase noch mal anzurufen, schreibe ihm, weil er mich ignoriert, und hab keine Ahnung, ob das ein gutes Zeichen ist oder ein schlechtes. Was, wenn er es nicht schafft? Wenn Andie nicht zurückkommt? Nicht zurück*will*.

Und was, wenn doch?

Dann muss ich ihr alles erklären. Scheiße. Angespannt kneife ich mir in die Nasenwurzel. Meine Augen brennen, ich hab wieder die halbe Nacht nicht geschlafen. Wenn ich ehrlich bin, habe ich das sowieso keine vier Stunden am Tag getan, seit Andie fort ist. Die Sorge um sie war zu groß, genau wie die Schuldgefühle und die erneute Auseinandersetzung mit meiner Angst. Alle möglichen Szenarien gingen mir durch den Kopf in Bezug auf ihre Reaktion und ihre Gedanken, ihre Meinung über mich, wenn sie alles weiß. Auch wenn Mase und June nicht so reagiert haben wie mein Dad, werde ich seinen angewiderten und enttäuschten Blick nie vergessen können oder das, was er mir sagte. »Das ist nur deine Schuld! Deine Schwester hätte sterben können.« Und Zoeys Blick auch nicht, der lange Zeit ausdrückte: *Ich wünschte, ich wäre gestorben.*

Sie hat mir nie Vorwürfe gemacht, aber …

Übelkeit steigt in mir auf, als ich ihr Gesicht vor Augen habe, den Moment, als sie diese Treppe hinabsteigt, die Leute anfangen zu lachen und hinter vorgehaltener Hand zu tuscheln. Dieses kalte, ja Gänsehaut erzeugende Gefühl, die Ahnung, dass etwas nicht in Ordnung ist. Das Wissen, dass meine Schwester missbraucht und gedemütigt wurde, während ich unten etwas getrunken und geflirtet habe.

Es hat mich sehr viel Zeit und sehr viele Therapiegespräche gekostet, nicht mehr jede Nacht schweißgebadet aufzuwachen oder neben das Bett zu kotzen, weil ich Albträume hatte, in denen Zoey meinen Namen schrie. Aber die Schuldgefühle blieben, sie sind nur schwächer geworden. Ich glaube, sie werden nie ganz verschwinden und als dumpfes Echo für immer bestehen bleiben. Vielleicht auch die Angst davor, die Menschen, die ich liebe, nicht beschützen zu können oder sie gar zu verletzen. Auch das ist besser geworden, dank Milly.

Ein erneuter Blick auf mein Handy: keine Anrufe, keine Nachrichten.

Ich sollte weiterfahren. Ein letzter Schluck des ungenießbaren Kaffees, dann schmeiße ich den Becher in den Müll und will zurück zu meiner Maschine gehen. Die Kälte und der Wind dringen durch meine Klamotten.

An der Seite halten zwei Wagen und – der eine sieht aus wie Masons. Mit zusammengezogenen Augenbrauen sehe ich mir das Kennzeichen an, aber das brauche ich gar nicht mehr, denn im nächsten Moment erkenne ich Junes Pick-up. Und Andie, die aussteigt.

Andie. Nur wenige Meter von mir entfernt.

Sie ist da. Mase hat sie geholt.

Mein Mund wird trocken, meine Hände beginnen zu zittern und mein Kopf ist wie leer gefegt, als sie sich dreht und plötzlich meinen Blick erwidert und festhält. Ihre Augen weiten sich, sie steht da wie erstarrt und wirkt ein wenig zerknittert, trägt alte zerrissene Jeans und einen dicken Pullover, ihre Locken haben sich aus dem Zopf gelöst, sie ist nicht geschminkt.

Sie hat nie schöner ausgesehen.

Mase steigt jetzt auch aus, aber das bekomme ich nur am Rande mit.

»Coop?«, fragt er ungläubig, und ich stehe nur da wie ein Idiot, sage nichts, tue nichts. Bis er und Andie auf mich zukommen.

»Scheiße, bist du etwa die Strecke mit dem Motorrad gefahren? Hast du überhaupt geschlafen?«

Ich höre ihn, aber ich habe nur Augen für Andie, die mich aufmerksam beobachtet.

Was jetzt? Soll ich ihr hier an einer Straße neben einem heruntergekommenen Diner samt Tankstelle alles erzählen?

»Wolltest du Andie holen? Was frage ich das überhaupt«, murrt Mason. »Gott, hast du überhaupt einen zweiten Helm dabei?«

Ich knirsche mit den Zähnen, um nicht loszubrüllen. *Habe ich nicht. Ich hab keinen Helm, keinen Plan und verdammt viel Schiss.*

»Alles okay. Ich ... wir sehen uns zu Hause.«

»Vergiss es. Du bleibst jetzt hier, ziehst deine nach innen gestülpten und geschrumpften Eier heraus und sagst ihr, was du zu sagen hast. Ich bin nicht zwei Tage unterwegs gewesen und einmal quer durch Washington und halb Montana gefahren, nur damit du jetzt den Schwanz einziehst, Lane. Und du mit Sicherheit auch nicht. Wir regeln das jetzt hier.« Mase steht vor mir, funkelt mich zornig an und reckt das Kinn. »Sag etwas. Ob in einem Satz oder zehn, das ist mir scheißegal.«

»Mase, lass ihn gehen«, sagt Andie mit fester Stimme, und dass gerade das das Erste ist, was sie sagt, tut verdammt weh.

Fluchend gehe ich Richtung Motorrad, nur zwei Schritte, dann wende ich mich um und laufe zurück.

»Okay, verfluchter Dreck. Ich hab es zu Hause nicht ausgehalten, ich hab mir Sorgen gemacht, ich wollte mich entschuldigen und so viel sagen, dass ich die Hälfte schon wieder vergessen habe. Ich bin einfach losgefahren und … Scheiße!« Ich fahre mir über das Kinn. »Meine Schwester ist auf einer Party, auf die ich sie geschleppt hab, misshandelt worden, während ich gefeiert habe, die Kerle wurden nicht verurteilt, und ich … ich konnte es nicht …« Ich kneife die Augen zusammen, atme ein paarmal tief und schnell ein und aus. »Es war meine Schuld. Ich will dich nicht verletzen, und vielleicht kann ich dich nicht beschützen. Deshalb hab ich mich zurückgezogen. Und die Frau in meinem Zimmer war meine Therapeutin!« Die letzten Worte brülle ich fast. Sie sind wie eine Flut, die die Deiche, die sie halten sollten, überwunden hat.

»Zufrieden?«, frage ich Mason und nehme Andies schockiertes Gesicht wahr. Genau das, vor dem ich mich gefürchtet habe. »Zufrieden?«, wispere ich erneut mit brüchiger Stimme. »Es tut mir leid. Aber ich bin kein Held, Andie.« Dann stürme ich davon und versuche, den Schwindel zu bekämpfen. All die widersprüchlichen Gefühle in mir.

Ich starte die Maschine und fahre heim.

Ich bin ein Idiot. Ich bin ein Feigling.

Ich bin viel zu schnell gefahren, nicht nach Hause, sondern direkt zur Uni. Ich konnte nicht heim. Ich hätte das Seminar und den Test sausen lassen. Für Andie. Ich wäre bis zu ihr gefahren, nicht nur bis zu irgendeiner dämlichen Raststätte, an der man sich zufällig trifft. Aber so?

So sitze ich hier, war nur fünf Minuten zu spät, schaffe es gerade noch in den Prüfungsraum, bevor der Professor uns die Aufgabe und seine Anforderungen erklärt.

»Sie haben von mir alle das gleiche Papier und den gleichen Stift bekommen. Demnach sind Ihre Ausgangspositionen identisch. Bei der Wahl Ihres Motivs können Sie frei entscheiden. Bitte bewegen Sie sich dabei innerhalb des auf der Folie festgehaltenen Rahmens.« Mein Blick gleitet auf das Bild, das per Beamer an die Wand projiziert wird. *Option 1: Realismus, Expressionismus oder Surrealismus. Option 2: Porträt oder Landschaft. Betiteln Sie das Bild und geben Sie Ihre Wahl auf der Rückseite an. Zeit: 3 Stunden.*

»Nun folgt Ihre Aufgabe: Zeichnen Sie das Bild so detailliert wie möglich, und zwar ohne Korrektur.«

Ein Raunen geht durch den Raum. »Sie dürfen keine Fehler mithilfe eines Radierers oder anderen Hilfsmitteln korrigieren, und Sie bekommen nicht die Möglichkeit, neu anzufangen. Sie haben ein Blatt Papier und einen Versuch. Konzentrieren Sie sich. Und nun viel Erfolg!«

Ich werde durchfallen. Das ist das Erste, was ich denke, als alle anderen Studenten ruhig werden und den Bleistift aufs Papier setzen. Ich starre es nur an, der Stift in meiner Hand zittert, und je fester ich ihn halte, umso schlimmer wird es. Frustriert lege ich ihn ab, knete die Finger und möchte mich auf diese Prüfung konzentrieren, doch es gelingt mir nicht. Die Müdigkeit und die Fahrt der letzten Stunden sitzen in meinen Knochen, genau wie die Begegnung mit Andie und Mase, meine Reaktion, meine Unkontrolliertheit und die Art, wie ich ihr gesagt habe, was zu sagen war, und dabei verdammt noch mal das Wichtigste vergessen habe …

Ich muss wieder und wieder an Andie denken. Und bei jedem Gedanken an sie, egal, wie kurz er ist, zieht sich meine

Brust zusammen. Mein Magen kribbelt, und mein Herzschlag beschleunigt sich.

Ich denke an ihr Lächeln. An die schönen und witzigen Momente, den Spieleabend oder Augenblicke während der Arbeit. Ich denke daran, wie sie mich angesehen hat, und daran, wie es sich angefühlt hat, sie zu küssen.

Entschlossen nehme ich den Bleistift wieder zur Hand und setze ihn aufs Papier. Jetzt gibt es kein Zurück mehr.

32

*Ob man etwas riskiert, hängt nicht davon ab,
was man zu verlieren hat, sondern davon,
wie sehr man etwas will.*

Andie

Mason hat es mir erklärt. Alles. Nachdem wir an einer Raststätte gehalten haben, weil Mason tanken und ich auf die Toilette musste und Cooper plötzlich vor mir stand, der mir Dinge erzählte, die ich kaum glauben konnte, habe ich Mason darum gebeten – und schließlich hat er nachgegeben. Cooper … Er wollte mich genauso zurückholen wie Mason. Trotzdem ist er in alte Muster zurückgefallen, hat sich abgeschottet, ist gegangen. Nur, dass ich es dieses Mal, nein, das erste Mal verstehen kann. Und ich muss die Fragen, die ich ihm vorher nicht stellen konnte, jetzt nicht mehr aussprechen. *Warum hast du mich weggestoßen? Wieso ziehst du dich zurück?* Ich kenne die Antworten. Ich verstehe jetzt alles.

Eben sind wir angekommen, haben die Autos geparkt und stehen nun schweigend nebeneinander vor der Einfahrt – und ich finde keine Worte. Es ist, als wären sie fort, als wären da nie welche gewesen. Da sind nur Empfindungen, und sie alle sind chaotisch und von einer Intensität, die mir den Atem raubt.

»Was wirst du jetzt tun?«, fragt er irgendwann, und ich brauche ein wenig Zeit, um zu antworten.

»Das Richtige«, murmle ich und drehe mich zu ihm. »Ich werde es zumindest versuchen.«

Mason nickt mit ernster Miene und klopft kurz mit der Hand auf mein Knie, bevor er aufsteht. »Ruf June an, bevor du gehst, sonst kriege ich Ärger.«

Nachdenklich greife ich nach meinem Handy, während Mason zur Tür geht und im Haus verschwindet.

»Andie? Bist du es?«

»Hey«, bringe ich gerade noch hervor, bevor meine Kehle sich zuzieht und meine Augen anfangen zu brennen.

»Bist du wieder hier?« Ich nicke, aber das sieht sie nicht, deshalb presse ich ein ersticktes »Ja« hervor.

»Ich hab mir Sorgen gemacht. Was soll ich denn hier ohne dich? Verdammt! Ich hab gedacht, du kommst nicht zurück.« Das wollte ich auch nicht, aber das spreche ich nicht laut aus.

»Es tut mir leid. Dein Auto steht wieder hier bei uns, ich hab auf den Klepper aufgepasst. Tut mir leid, dass ich ihn einfach genommen habe.«

»Mir ist das alte Auto doch vollkommen egal. Hauptsache, du bist wieder hier.« Langsam atme ich ein und aus, und auch June macht eine Pause. »Hat … er es dir erzählt?«

»Ja.«

»Okay. Es ist … Ich meine …« Sie spricht es nicht aus, und ich sage nichts dazu. Es ist furchtbar.

»Kannst du gegen sieben herkommen? Ich brauche dich nachher«, sage ich in die Stille hinein.

»Natürlich. Ich bringe Socke mit. Er hat dich sehr vermisst. Ich glaube, fast mehr als ich.« Das Lächeln in ihrer Stimme ist nun unverkennbar.

»Danke, June.«

»Immer. Das weißt du doch.«

Im MASON's ist die Hölle los. Die Tanzfläche ist gut besucht, die Leute amüsieren sich, trinken, lachen und flirten wild und ausgelassen. Wir sind hier, weil ich einen Plan habe. Ich habe mir etwas vorgenommen, und ich werde nicht gehen, bevor ich es nicht versucht habe.

June geht dicht hinter mir, hält mir den Rücken frei, während ich mir einen Weg durch die Menge bahne und auf die Bar zusteuere.

»Andie! Wir haben dich vermisst. Bist du wieder fit?« Anscheinend hat Mason Jack und den anderen gesagt, ich wäre krank. Das war lieb von ihm, auch wenn es nicht ganz die Wahrheit war.

»Ich euch auch. Ja, mir geht es wieder viel besser. Hast du Mason oder Cooper gesehen?« Er lächelt mich an und zeigt hinter mich zur anderen Bar. »Beide dort hinten. Mase sitzt schon die ganze Zeit bei ihm. Ist was passiert?«

Ich gehe nicht darauf ein.

»Danke dir!« Anschließend schnappe ich mir June und kämpfe mich zur kleinen Theke an der Seite durch.

Und als ich Cooper anschaue, weiß ich: Es war die richtige Entscheidung, zurückzukommen. Egal, was geschehen mag.

Ich höre die Stimme meiner Mutter, die mir zuflüstert: *No hay rosas sin espinas*. Und sie hat recht ...

Mason hat uns längst gesehen. June geht zu ihm, und ich nähere mich der Bar, und Cooper. Einen Moment später bemerkt auch er, dass ich da bin, und erstarrt mit einer Kiste Wasser in den Händen. Ich würde gerne lächeln oder ihn aufmunternd ansehen, aber ich kann mich nicht rühren. Ich halte einfach seinen Blick fest, präge mir jede Kontur und Linie seines Gesichts ein und habe das Gefühl, dass mein Herz im gleichen Takt pocht wie der Bass des aktuellen Lieds. Aufgeregt stehe ich hier und ermahne mich, mutig zu sein. Dieses eine Mal die

Kraft aufzubringen, genau das zu sagen, was ich sagen möchte. Und zwar im richtigen Moment.

Also gehe ich um die Theke herum, nehme Masons Lächeln wahr und gehe zu Cooper, der gerade die Kiste wegstellt und die Hände an einem Geschirrtuch trocken reibt. Dieses Mal kann er nicht wegrennen. Und ich auch nicht. Dieses Mal lasse ich es nicht zu.

Mit trockenem Mund und rumorendem Magen trete ich näher, flüstere meinem Herzen zu, dass es keine Angst haben muss. Was zerbricht, kann man flicken. Auch wenn ich hoffe, dass es nicht nötig sein wird.

»Das hier«, beginne ich mit fester Stimme, »hätte ich für dich tragen sollen. Für unser Date.« Ich muss laut reden, über die Musik hinweg, aber ich erkenne, dass Cooper jedes Wort versteht.

Ich habe die Sachen an, die ich an meinem Geburtstag gekauft habe. June hat sie für mich gewaschen, während ich weg war, weil sie noch nass im Bad gelegen hatten. Meine Haare fallen in Locken über meine Schultern.

»Ich hätte dir vorher *das* sagen müssen, was ich dir jetzt sage, und ich ...« Meine Finger krallen sich seitlich in den Stoff des Kleides. »Ich hätte es anders machen können, besser. Hätte mutiger sein und zugeben müssen, dass ich dich mag, dass es mir schwerfällt, nicht an dich zu denken oder mich zu fragen, was in dir vorgeht. Ich möchte mich nicht von dir fernhalten und noch weniger, dass du es tust. Ich will das hier. Die Sorgen, die Möglichkeiten, die Hürden und Brücken. Ich möchte die Fehler.« Ich mache eine Pause. »Ja, ich hätte es besser machen können ... Jetzt kann ich nur versuchen, es richtig zu machen.« Ich trete einen weiteren Schritt vor, noch einen – und ohne weiter darüber nachzudenken, lege ich meine vor Nervosität kühlen Hände an seine Wangen und stelle mich auf die Zehenspitzen, um ihn zu küssen. Nur kurz, nur flüchtig. Gebe ihm die Chance, vor mir zurückzuweichen. Nein zu sagen.

Doch das tut er nicht, also drücke ich meine Lippen fester auf seine und lege in diesen Kuss all die Worte, die ich nicht herausbringe, und all die Gefühle, die ich nicht erklären kann. Meine Anspannung, meine Sorgen, meine Zuneigung zu ihm und auch die Verletzung. Denn zu behaupten, es hätte nicht auch wehgetan, wäre gelogen, während er mich näher zu sich zieht und den Kuss erwidert, in dem ich mich beinahe verliere. Und als meine Lippen von ihm ablassen, unser Atem aufeinandertrifft und meine Beine sich butterweich anfühlen, fahren meine Finger über seine Schultern und seine Arme hinab und ich nehme seine Hände in meine.

»Wenn ich gehen soll, weil du das nicht möchtest, weil du nicht so fühlst wie ich, dann ist das in Ordnung. Aber schieb mich nie wieder weg, weil du denkst, es sei besser für mich oder du könntest mich nicht beschützen. Nimm mir diese Entscheidung nicht ab. Bitte, nimm sie mir nicht ab.« Meine Lippen teilen sich erneut. »Ich hab mich in dich verliebt, Lane«, flüstere ich. Erschrocken starrt er mich an, ich kann sehen, wie sein Puls unter seiner Haut am Hals pocht und wie seine Augen sich weiten.

Ich erkenne eindeutig, wie er mit sich ringt, einen Kampf austrägt, den er nicht austragen muss. Nicht wegen mir und schon gar nicht allein. Das hingegen ist etwas, das *ich* ihm nicht abnehmen kann. Ich bin mir bewusst, dass wir uns kaum kennen und dass wir viel lernen müssen. Besonders über den anderen. Aber ich will das. Ich will diese Chance.

Bitte, flehe ich stumm. *Bitte mach, dass er sie auch möchte.*

»Wiederhol das bitte«, murmelt er schließlich mit dunkler, rauer Stimme, und Erleichterung durchflutet mich, während ich hoffnungsvoll lächle und mich ihm entgegenstrecke, um zu tun, worum er mich gebeten hat.

Seine Arme umfassen mich stürmisch, er hebt mich mit einer flüssigen Bewegung hoch, und ein leiser Schrei entfährt mir, als er mich auf der Theke absetzt und sich zwischen meine Beine drängt. Seine Hände liegen auf mir, sind überall und jagen mir einen Schauer über den Rücken, und ich genieße es. Genieße, wie es sich anfühlt, was es mit mir macht. Seine Lippen finden die meinen, und dieses Mal ist er es, der mich küsst. Der die Kontrolle übernimmt, an meiner Unterlippe knabbert und um Einlass bittet – und ich lasse es zu.

Seine Zunge schnellt vor, spielt mit meiner. Und als er leise stöhnt, während ich meine Hände in seinen Haaren vergrabe und er seine Hüfte zwischen meine Beine drängt, spüre ich, wie mein Körper anfängt zu beben, wie sich ein Kribbeln in mir ausbreitet, das von meinem Bauch nach unten wandert. Mein Unterleib zieht sich zusammen, meine Beine erzittern. Seine warme große Hand umfasst meinen Nacken, und die andere hält mich an der Hüfte so nah bei ihm, dass ich seine Erregung nur zu deutlich spüren kann. Ich lege den Kopf leicht zur Seite, komme ihm während des Kusses mehr und mehr entgegen und vergesse dabei, wo wir sind.

Bis Mason uns mit einem lauten Räuspern unterbricht und uns darauf aufmerksam macht, dass wir Publikum haben. Keuchend sitze ich da, mir ist heiß und es fällt mir schwer, von Cooper abzulassen.

»Hier.« Mase hält ihm einen Schlüsselbund hin. »Nehmt euch ein paar Minuten. Ich würde euch gern den ganzen Abend schenken, aber vor zehn kann ich dich nicht gehen lassen. Wir sind heillos unterbesetzt, und Susie kommt erst dann.« Er sieht uns entschuldigend an. Leise vor sich hin fluchend hilft Cooper mir von der Theke, und ich richte sofort mein Kleid, das erheblich nach oben gerutscht ist. Danach schiebt sich seine Hand in meine, wir gehen an Mason vorbei, der mir noch zuzwinkert, auf die Treppe an der hinteren Wand zu. Cooper führt mich, hält mich nah bei sich, und wir steigen hinauf, betreten durch eine dunkle schwere Tür, die er für mich aufdrückt, den dahinter liegenden Raum.

Kurze Zeit später flammt das Licht auf, und ich erkenne ein kleines Büro mit Schreibtisch und verschiedenen Regalen. Ist das Masons Büro? Die Musik dringt hier nur gedämpft hinein, ich spüre den Bass unter meinen Füßen. Vor allem höre ich das Blut laut in meinen Ohren rauschen. Doch Cooper geht weiter zu einer anderen Tür, für die er den zweiten Schlüssel benutzt. Was mich in diesem Raum erwartet, verschlägt mir vollkommen die Sprache. Ein Bett. Ein riesiges Bett mit schwarzer Seidenbettwäsche steht darin, ordentlich und sauber. Daneben ein Sessel und ein Sitzsack, ein flauschiger großer Teppich, eine Kommode, von der ich nicht wissen will, was sich in ihr verbirgt.

Hier gibt es ein Bett. Ich hab unten im Lager geschlafen, dabei gibt es im Club ein Bett ... Ungläubig schüttle ich den Kopf.

»Was ist das hier?«, frage ich irritiert.

»Masons Privaträume und ein kleines Büro.«

Ich glaube, ich will nicht wissen, warum Mase hier ein Bett stehen hat. Doch der Gedanke ist vergessen, als Cooper mich an sich zieht.

»Hab ich mir das unten eingebildet?«, fragt er atemlos mit einem Blick, der nicht nur Verlangen und Zuneigung zeigt, sondern auch Unsicherheit.

»Nein.« Ich lächle ihn an, lege meine Hand an seine Wange. »Ich hab jedes Wort ernst gemeint. Und bevor du fragst: Mason hat mir alles erklärt. Wir sollten auch noch einmal darüber reden, aber ... nicht heute Abend. Ich will, dass du eines weißt: Ich bin für dich da. Ich werde dich nicht heilen oder dir deine Ängste nehmen können, aber ich werde für dich da sein. Und du musst verstehen, dass ich manchmal nicht beschützt werden kann – und es auch nicht werden muss. Selbst dann nicht, wenn es schwer ist.«

Cooper nickt ernst, legt seine Stirn an meine, und ich schließe flatternd die Lider, atme seinen herben Duft ein und genieße es, ihn bei mir zu haben.

»Es tut mir leid«, wispert er rau. »Dass ich nicht den Mut hatte, etwas zu sagen oder zu ändern. Dass ich ... Ich bin einfach gegangen, immer wieder und ...«

»Ich verstehe es jetzt.« Und das ist wahr. »Bitte, schieb mich in Zukunft nicht mehr fort. Rede mit mir. Alles andere tut nur weh. Mir und dir.«

»Ich werde mein Bestes tun. Vielleicht wird es nicht immer gut genug sein.«

Ich lächle. »Das Beste ist immer gut genug. Weil man es versucht hat.«

»Gott, verfluchte Arbeit«, brummt er, bevor er mir einen weiteren Kuss gibt, dieses Mal langsamer, weicher, aber nicht weniger in den Wahnsinn treibend. Das Kribbeln zieht sich mittlerweile durch meinen ganzen Körper, und ich will nicht von ihm ablassen. Also fahre ich mit den Händen unter sein Shirt, genieße es, wie seine Muskeln sich unter meiner Berührung anspannen und wie sein Keuchen an mein Ohr dringt. Ich will mir heute keine Sorgen machen, keine Gedanken. Ich will das tun, was sich richtig anfühlt. Und das ist Cooper.

»Andie«, keucht er, und sein Kiefer mahlt heftig, während er versucht, die Kontrolle zu behalten, »ich muss gleich wieder runter.« Ich schüttle den Kopf, dränge mich an ihn, bis er nachgibt und mein Gesicht mit seinen Händen umrahmt.

Bis er mich gegen das Bett drückt und wir hineinfallen, ich unten, er auf mir. Cooper schiebt sein Bein zwischen meine, und als er auf meine erhitzte Mitte trifft, biege ich den Rücken durch und keuche. Augenblicklich fängt er mein Stöhnen ab, erstickt es mit einem Kuss, der mir durch und durch geht.

»Andie«, presst er hervor, »es tut mir so leid. Das alles.«

»Hör auf«, murmle ich schwer atmend, als er erneut beginnt, sich Vorwürfe zu machen und sich zu entschuldigen, und fahre mit meinem Finger die Linie seines Kinns nach, streiche über seine Bartstoppeln. Ihr leichtes Kratzen auf meiner Haut fühlt sich fantastisch an. »Wir haben beide nicht immer alles richtig gemacht. Das ist okay.«

Ein Fluch kommt ihm über die Lippen. »Ich muss runter.«

»Ich weiß.«

»Bitte geh in die Wohnung. Ich komme so schnell wie möglich nach.« Ich nicke abgehackt. »Glaub mir, ich würde nichts lieber tun, als jetzt einfach mit dir hierzubleiben oder direkt heimzugehen, aber ...«

»Mason.«

»Er würde nicht darum bitten, wenn es anders ginge.«

Er senkt seine warmen Lippen auf meine, hart und innig. »Bitte, warte zu Hause auf mich.«

33

Alles kann gut werden.

Andie

Ich bin furchtbar nervös, als ich in der Wohnung ankomme und das Licht im Flur einschalte. Dylans Tür ist geschlossen, es ist ruhig und ich habe keine Ahnung, ob er da ist. Zuerst lege ich meine Sachen ab, dann gehe ich in mein Zimmer und schaue nach Socke, der friedlich in seinem Bettchen schläft und sogar leise schnarcht. Cooper wird wohl erst in einer Stunde hier sein. Vielleicht auch in zwei Stunden, je nachdem wie viel los sein wird. Dabei bin ich schon jetzt so aufgeregt, dass ich kaum stillstehen kann.

Unruhig wandere ich weiter in Coopers Zimmer, schalte dort eine der Lampen ein und schaue mich um. Es ist gemütlich hier, ein Raum mit klaren Linien, das mag ich. Ein kleines Bücherregal lenkt meine Aufmerksamkeit auf sich, und ich schaue mir die Titel der dort einsortierten Literatur an. Viele handeln von Kunst und Geschichte. *Die Kunst des Zeichnens, Was ist Kunst?, Zeichnen lernen, Die Geschichte der Kunst* – all diese Titel und noch viele mehr lassen sich da finden.

Während ich mir jedes der Werke genau ansehe, versuche ich, meinen Drang, die Bücher neu zu ordnen, zu unterdrücken. Auch wenn das in diesem Moment besonders schwer ist, weil mich Ungeduld und Aufregung erfüllen und ich mich dringend ablenken müsste. Etwas zu sortieren wäre jetzt so beruhigend – aber das geht nicht.

Also ziehe ich stattdessen eines der dickeren Werke aus dem Regal und gehe damit zum Bett, lege mich auf den Bauch und schlage es auf. Es handelt vom Zeichnen, ist versehen mit verschiedenen Beispielen, Übungen und Erklärungen. Es ist unglaublich, was die kleinsten Striche und Schattierungen verändern können.

Und während ich Seite um Seite umblättere, um mir die Skizzen darin anzusehen, wüsste ich zu gerne, wie und was Cooper zeichnet, worin seine Vorlieben liegen. Wenn ich irgendwann die Chance bekäme, würde ich ihm gern dabei zusehen. Es ist faszinierend, es ist wunderschön. Leider bin ich einer der Menschen, deren Begabung woanders liegt. Ehrlich gesagt habe ich mir bisher aber auch keine Mühe gemacht, es zu lernen. Hinter jedem Werk stehen Zeit, Arbeit und im besten Fall Leidenschaft. Ich liebe Kunst, ich sehe sie mir gern an, aber selbst etwas zu Papier bringen? Etwas Schönes? Ich denke, das wird nie etwas für mich sein. Wenn ich einen Tannenbaum zeichne, sieht er aus wie eine Rakete. Wenn ich eine Kuh skizziere, könnte sie genauso gut als adipöser Hamster oder als Luftballon mit Augen durchgehen.

Langsam entspanne ich mich wirklich, und nachdem ich das Buch durchhabe, hole ich mir das nächste.

Vollkommen versunken und die Zeit vergessend, merke ich zuerst nicht, dass ich nicht mehr allein bin. Cooper ist da. Er lehnt an der Tür und beobachtet mich. Nervosität und Vorfreude schwappen wie eine Welle über mir zusammen. Es kribbelt in meinem Bauch.

Ohne den Blick von Cooper abzuwenden, schlage ich das Buch vor mir zu und lege es zur Seite.

Wie gebannt betrachte ich Cooper, während ich mich aufsetze und darauf warte, dass er zu mir kommt. Ich kann spüren, wie mein Herz schlägt. Schneller. Stärker. Lauter. Eine Gänsehaut breitet sich auf meinem Körper aus, und ich kralle die Finger in die Decke unter mir, weil Cooper nicht damit aufhört, mich anzuschauen. Weil er seinen Blick langsam über meinen Körper gleiten lässt, weil ich glaube, ihn zu spüren. Federleicht. Weil er die Sehnsucht und Ungeduld in mir nur verstärkt. Dabei haben wir heute Nacht alle Zeit der Welt. Er muss sich nicht beeilen. Es reicht mir, wenn er hierbleibt, wenn er sich nicht wieder verschließt. Es reicht, wenn wir keinen Schritt mehr zurück machen.

Cooper stößt sich vom Rahmen ab, schließt die Tür hinter sich und verringert den Abstand zwischen uns. Endlich.

Und mit jedem Schritt, den er tut und mit dem er näher kommt, richte ich mich weiter auf. Ich schlucke ein paarmal, mein Mund ist trocken, und mein Unterleib zieht sich bereits vor Verlangen zusammen.

Meine Brille wäre jetzt nur im Weg, also nehme ich sie schnell ab und lege sie auf den Nachttisch. Dabei muss ich an unsere erste Begegnung im Club denken und an all die Momente danach. An sein Gesicht, als ich plötzlich in der Wohnung stand … Und nun sind wir hier. Das lässt mich grinsen.

Cooper steht jetzt vor mir, und für einen Moment denke ich zu viel nach. Darüber, was morgen sein wird und übermorgen. Bis Coopers Lider sich senken, seine Lippen sich teilen und ich aus Reflex meine mit der Zunge befeuchte. Sein Atem trifft auf meinen, und ohne Vorwarnung zieht er mich schwungvoll an sich, erlöst uns von der Anspannung, von zu vielen Gedanken, legt seine Arme um mich und küsst mich. Ich glaube, jeder Mensch sollte einmal in seinem Leben so geküsst werden, wie

Cooper mich in diesem Moment küsst. Voller Hingabe, voller Zuneigung und voller unausgesprochener Versprechungen. Mit den Lippen und dem Herzen. Jeder sollte geküsst werden, als würde es auf dieser Welt nichts Schöneres und Wertvolleres geben.

Cooper sendet eine Welle der Erregung durch mich hindurch, und als seine Zunge meiner entgegenstrebt, sie aufeinandertreffen und er mich noch enger an sich drückt, meine Brust gegen seinen Oberkörper drängt, kann ich ein Stöhnen nicht unterdrücken.

Sein Bart kratzt an meiner Haut, seine Finger wandern quälend langsam zu meinem Hintern. Cooper zu küssen, von ihm berührt zu werden ist wie ein Rausch.

Meine Hände legen sich in seinen Nacken, streichen durch sein Haar, danach über seinen Kiefer, der sich im Rhythmus unseres Kusses bewegt. Ich erspüre den Kragen seiner Jacke …

Er hat seine Lederjacke noch an. Er hat viel zu viel an. Also küsse ich ihn auf Zehenspitzen stehend weiter, fahre mit den Fingern unter die Jacke und schiebe sie über seine Schultern, bis sie nachgibt und auf den Boden fällt. Jetzt ist es Cooper, der leise stöhnt – und ich fange es auf, halte es fest und verliere mich in diesem Strudel des Begehrens, während ich mit geschlossenen Augen über seine Lippen fahre, die untere leicht einsauge und an ihr knabbere.

Es fühlt sich gut an und so natürlich, loszulassen – hier bei ihm – und dabei meinen Gefühlen und Instinkten zu vertrauen, die ich sonst viel zu oft tausendfach hinterfrage.

Hier in diesem Moment fühle ich. Nicht mehr, aber auch nicht weniger. Hier in diesem Moment will ich nichts mehr als das zwischen ihm und mir …

In meinem Herzen tobt ein Sturm, in meinen Adern fließt Lava, und in meinen Gedanken findet sich nur Cooper.

Ich erzittere, als er sich von mir löst und ich um Atem ringe. Ich öffne die Augen und begegne seinem verschleierten und zugleich intensiven Blick, mit dem er mich genau beobachtet.

In einer geschmeidigen Bewegung zieht er sein Shirt aus, es wandert zur Jacke auf den Boden, und ich schmiege mich wieder an ihn, lehne mich an, und als ich ihn dieses Mal küsse, mit Bedacht, lächle ich an seinen Lippen. Zur gleichen Zeit erkunde ich seine Arme, meine Finger streichen über seine breiten Schultern und seinen Oberkörper, über seine erhitzte Haut und folgen danach den Bauchmuskeln und Härchen an seinem Bauch. Sie ziehen die Linie nach, die ich schon an jenem Tag, als ich ihn in nichts als seinen Boxershorts im Flur stehen sah, gerne nachgezogen hätte. Ich fahre am Hosenbund entlang, was dafür sorgt, dass sich Coopers Bauchmuskeln deutlich anspannen. Und als ich meine Hand ein Stück darunter wandern lasse, höre ich, wie er unter dieser Berührung meinen Namen keucht.

»Bist du dir sicher?« Sofort halte ich inne, ziehe meine Finger zurück und konzentriere mich. Schaue ihm in die Augen, in sein Gesicht, auf dem sich nun ein gequälter Ausdruck breitmacht. Dass er das fragt, dass er wirklich fragt, ist schön. Ich hätte nie gedacht, dass mir das so wichtig ist. Ich fühle mich nicht nur begehrt. Ich fühle mich wertgeschätzt.

Sanft hauche ich Küsse auf seine Wange, halte ihn und flüstere ihm meine Antwort zu. »Das bin ich, ich bin mir sicher.« Und als wäre das alles, worauf er gewartet hat, packt er mich und hebt mich hoch.

Cooper ist drängend, flehend, seine Hände um meinen Hintern fest und sein Keuchen voller Verlangen, als meine Beine sich wie von selbst um ihn legen. Er erkundet mich. So, als wären mit meiner Antwort endgültig alle Dämme gebrochen.

Seine warme Zunge fährt über meinen Hals, und ich lasse meinen Kopf in den Nacken sinken, schließe die Augen.

»Cooper«, dränge ich, als sein heißer Atem auf mein Dekolleté fällt. Er reagiert nicht. »Lane«, bitte ich erneut leise, fast verzweifelt, und dieses Mal erhört er mich.

Völlig außer Atem lässt Cooper mich wieder herunter, stellt mich hin.

In seinen Augen erkenne ich die gleiche Begierde, die in mir rast.

Seine Hände fahren an meinen Seiten entlang, setzen meine Haut in Brand, und ich spüre mittlerweile nur zu deutlich, wie feucht ich bin. Das Kribbeln wird intensiver, das Ziehen drängender und ich immer ungeduldiger. Besonders, weil Cooper das Kleid am Saum unendlich langsam hochzieht, Stück um Stück, und seine großen Hände dabei aufreizend meine Oberschenkel liebkosen. Er schiebt den Stoff über meine Hüfte, zieht ihn meinen Bauch hinauf und mit seinen Fingern den Weg nach, und als er meine Brust streift, atme ich zischend ein. Ich verliere die Kontrolle, kralle mich an ihm fest wie an einem Anker und bete, er möge sich beeilen und mich nicht länger quälen.

Ein leises, kehliges Lachen dringt an mein Ohr, bevor ich es rascheln höre und kühle Luft auf meine erhitzte Haut trifft.

Als das Kleid endlich weg ist, stöhne ich nicht nur vor Lust, sondern auch vor Erleichterung auf.

Dass Cooper mich nun ein Stück von sich schiebt, um mich bewundernd anzusehen, erregt mich nur noch mehr. Meine Brustwarzen drücken sich schmerzhaft gegen den Stoff des dünnen BHs, mein Höschen droht sich gleich in meiner Nässe aufzulösen, und ich halte es wirklich keinen Moment länger aus, nur hier herumzustehen. Mit einer flüssigen Bewegung öffne ich den BH, sodass er zu Boden gleitet. So wagemutig. Ich erkenne mich kaum wieder. Und da Cooper nicht aufhört, mich anzustarren, kommen sie wieder, die Gedanken, die

Zweifel, und drängen sich nach vorn: *Findet er mich schön? Ich mag mich, das sollte reichen. Oder?* Trotzdem will ich mich bedecken, doch Cooper hält mich sofort auf. Hält mich fest.

Seine Gesichtszüge werden ernst.

»Tu das nicht. Versteck dich nicht. Nicht vor mir. Du bist perfekt.« Behutsam schiebt er ein paar Strähnen meines Haares zur Seite, das nach vorne gefallen ist.

»Das bin ich nicht«, wispere ich. Niemand ist das. Ich hatte nur kurz Angst, denn ich weiß um meine Rundungen. Nur weil ich sie liebe und akzeptiere …

»Für mich bist du das.« Ich glaube, mein Herz explodiert gleich. Zumindest stelle ich mir das Gefühl so vor.

Der nächste Kuss von Cooper ist anders, behutsamer, noch wertvoller. Mächtiger, tiefer. Ist das überhaupt möglich?

Ich wünschte, er würde nie enden.

Wir landen auf dem Bett, und Coopers Lippen wandern von meinem Mund über meinen Hals, und als er Küsse über meine Wange, meinen Kiefer und mein Kinn zieht, über mein Schlüsselbein bis zu meiner Brust, ist jeder Zweifel vollkommen erloschen. Jeder einzelne.

Lustvoll schließe ich die Augen, bevor ich aufstöhne, wieder und wieder, weil Cooper mich mit seinen Berührungen an den Rand des Wahnsinns treibt. Der Wunsch nach Erlösung, danach, ihn in mir zu spüren, erfüllt mich, nimmt mich ein, und ein erneutes, flehendes »Bitte!« bricht aus mir heraus.

Doch er gibt nicht sofort nach. Zuerst fahren seine Finger an der Außenseite meiner Brüste hinauf und hinab, während sich meine Nägel in seine Schultern krallen. Er beugt sich vor, liebkost sie mit seiner Zunge, mit seinem Mund, bis sie anfangen zu schmerzen vor Lust.

Ich keuche schwer, als er von mir abläßt, sich erhebt und seiner restlichen Kleidung entledigt. Meine Beine zittern jetzt.

Dabei beobachte ich ihn nur. Sehe, wie er sich auszieht – und allein das jagt einen Schauer durch mich hindurch. Ich schlucke schwer, als er nackt vor mir steht, seine Erregung deutlich sichtbar im schummrigen Licht der kleinen Lampe.

Er zieht ein Kondom aus der Schublade, während ich seine Bewegungen verfolge, genau wie das Spiel seiner Sehnen und Muskeln. Dann kommt er zu mir zurück, bedeckt mich mit seinem ganzen Körper und seiner Wärme, und als sein Bein gegen meinen Slip drückt und die Stelle, die bereits leicht pocht, entfährt mir ein leises Wimmern. Seine Finger gleiten gefährlich langsam zu meinem Höschen – und ziehen es behutsam aus. Ich biege und drehe mich, kann mich kaum noch kontrollieren, weil seine Fingerknöchel über die Innenseite meiner Oberschenkel fahren und ein träges, fast freches Lächeln seine Lippen ziert.

Ich möchte ihn wieder küssen, will ihn an mich ziehen, ihn in mir spüren, doch bevor ich irgendetwas tun kann, kommt Cooper mir zuvor. Sein Gesicht ist direkt über meinem, eine Hand greift in mein Haar und die Finger seiner anderen schnellen zwischen meine Beine. Ich schreie auf vor Überraschung, vor Lust und Verlangen, als er sie in mich gleiten lässt, mich dehnt und über den einen Punkt streicht, der mich an den Rand einer Explosion bringt. Endlich küsst er mich wieder, seine Zunge verfällt in denselben Rhythmus wie seine Finger, und ich vergesse beinahe, wie man atmet. Vergesse, wo ich ende und er anfängt.

Ich spüre deutlich, wie sich der Druck in mir aufbaut und steigert, wie meine Hüften sich verselbstständigen und Cooper bei jeder Bewegung entgegenkommen, während seine Lippen auf meinen liegen und er jedes Stöhnen von mir auffängt. Ich spüre so viel ... und denke nicht mehr.

Wenn er so weitermacht, komme ich.

Aber das will ich nicht. Noch nicht. Ich will ihn in mir spüren, ganz.

»Lane«, keuche ich, und er versteht, hört auf und stützt sich etwas ab. Er greift nach dem Kondom. Und dieses Mal bin ich es, die schneller ist. Bevor er die Packung öffnen kann, umfasst meine Hand seine Erektion, und mit festen, gleichmäßigen Bewegungen lasse ich sie auf und ab gleiten, um mich zu revanchieren.

Augenblicklich spannt Cooper sich an, ich sehe es an seinem Gesicht, seinen Oberarmen und Muskeln. An der Ader, die an seinem Hals hervortritt.

Während seine Hüften sich mir entgegendrängen, kämpft er um Beherrschung. Ich werde schneller, küsse ihn aufs Kinn und höre ihn atmen. Als meine Hand sich um seine Hoden schließt und ich sie sanft drücke, stöhnt er sofort laut auf.

»Fuck. Andie, bitte. Ich kann nicht …« Seine Stimme klingt gepresst, rau und tief und jagt mir einen Schauer über den Rücken, hinterlässt ein Kribbeln in mir. »Bitte«, keucht er ein weiteres Mal.

Ich ziehe mich zurück, lasse ihn das Kondom auspacken und überstreifen und erzittere bei dem Gedanken, was als Nächstes kommt. Cooper legt sich ganz zwischen meine Beine, mit den Armen stützt er sich zu beiden Seiten ab, und während ich ihm in die Augen sehe, fühle ich seine Spitze an mir. Ich kann nicht anders, komme ihm entgegen und flehe ihn an, endlich in mich einzudringen. Doch er widersteht, hält meine Hüfte fest, und beinahe hätte ich einen frustrierten Laut von mir gegeben. Stattdessen kralle ich mich in seine Oberarme, biege den Rücken durch, recke mich ihm entgegen, bis meine Brust fest gegen ihn drückt, und ernte ein Knurren seinerseits, das mich nur noch mehr anstachelt. Ich knabbere an seinem Kinn, seiner Unterlippe, genieße das Kratzen seines Barts und die Hitze seines Atems auf meiner Haut, wiederhole seinen Namen wie ein Mantra – ein Betteln und Bitten – und stöhne, weil ich nicht anders kann. Weil ich nicht verstehe, worauf wir warten.

Bis er plötzlich mit einer einzigen Bewegung in mich stößt und seinen Mund auf meinen presst. Ein Ziehen durchfährt mich, weil ich das nicht erwartet habe, doch es macht sofort unendlicher Lust Platz, als er sich langsam zurückzieht und erneut zustößt.

Meine Beine halten ihn bei mir, während er einem wundervollen Rhythmus verfällt, mich küsst und kehlige Laute seine Lippen verlassen. Mein Körper folgt seinem, es ist, als würden wir wieder zusammen tanzen.

Mit jeder Bewegung und jedem Atemzug treibe ich dem Höhepunkt entgegen, spüre, wie sich mein Orgasmus aufbaut, und merke dabei, dass Coopers Stöße schneller werden, härter und auch er sich mehr und mehr verliert.

»Bitte, hör nicht auf«, wispere ich und glaube, so etwas wie ein ersticktes Lachen zu vernehmen. Sein leidenschaftlicher Kuss benebelt mich. Cooper ist überall. In mir, um mich, bei mir …

Und in dem Moment, in dem seine Hand zwischen uns nach unten gleitet, seine Finger ein weiteres Mal über meine empfindsame Stelle streichen, während er sich in mir bewegt, gibt es nichts mehr, was mich noch halten kann. Meine Muskeln spannen sich an, das Ziehen verstärkt sich, und jeder Stoß bringt etwas in mir zum Klingen. Unser Atmen erfüllt den Raum, unsere Haut ist von einem leichten Schweißfilm bedeckt, unsere Körper ineinander verschlungen – und dann komme ich. Stumm schreie ich Coopers Namen, während ich mich um ihn zusammenziehe und spüre, wie auch er sich kurz darauf anspannt. Ich spüre, wie ich zerfalle, zerspringe und er mich beisammenhält, damit ich mich nicht verliere.

»Oh mein Gott!« Sein Stöhnen an meinen Lippen wird stärker, ein tiefer Laut entringt sich ihm, und dann stößt er ein letztes Mal zu, bevor er schwer atmend über mir zusammenbricht und mich erschöpft in den Arm nimmt. Ich kann nichts dafür, ich muss lachen. Vor Glück – und weil Cooper mich mit seiner Nase am Hals kitzelt.

Ich drücke ihn einen Moment an mich, bevor er sich von mir löst und das Kondom entsorgt. Während er aufsteht, merke ich bereits, wie sich Müdigkeit und Entspannung in mir ausbreiten und sich eine angenehme Schwere über mich legt. Kurz darauf ist Cooper wieder bei mir, kuschelt sich an mich und deckt uns zu. Meine Augen sind geschlossen, und als er mir einen Kuss auf die Stirn gibt, schlafe ich langsam ein.

Cooper

Ich glaube, ich habe heute auf dem Weg vom Club nach Hause einen neuen Rekord aufgestellt. Eigentlich hätte Mase mich direkt gehen lassen können, denn seit Andie aufgetaucht ist, habe ich nichts mehr auf die Reihe bekommen. Stattdessen habe ich falsche Drinks gemixt, den Gästen nicht zugehört oder Gläser fallen lassen.

Dass sie auftaucht, hätte ich nicht erwartet. Noch weniger das, was sie zu mir gesagt hat. Nach allem, was passiert ist, wie ich mich verhalten habe – ich schüttle ungläubig den Kopf.

Mase hat ihr alles erzählt, hallt es in meinem Kopf wider, und ich muss es zur Seite drängen, muss verstehen, dass es okay ist.

Als ich heimkomme, brennt nur die kleine Lampe im Flur. So schnell wie möglich streife ich meine Boots ab und lege den Helm weg, bevor ich in Andies Zimmer gehe. Socke schläft tief und fest, aber Andie ist nicht da. Für einen kurzen Augenblick breitet sich Panik in mir aus. Davor, dass sie nicht hier ist, dass sie es sich anders überlegt hat. Bis ich einen Blick in mein Zimmer werfe und sie lesend auf dem Bett liegen sehe.

Vorsichtig und ohne ein Geräusch zu machen, lehne ich mich an meinen Türrahmen, und dabei kann ich nicht eine Sekunde aufhören, sie anzusehen. Es dauert nicht lange, bis sie merkt, dass ich da bin. Ihr Kopf ruckt zur Seite, ihr Mund formt ein kleines O, und ihr Haar fließt in Wellen über ihre Schultern. Wie in Zeitlupe schlägt sie das Buch zu und legt es weg. Und währenddessen schaut sie mich unaufhörlich an. Betrachtet mich. Mustert mich. Ich kann erkennen, wie sich ihre Finger in die Decke krallen, wie sich ihr Brustkorb hebt und senkt.

Andie ist so wunderschön. So klug, so fröhlich, so besonders. Wir sehen uns nur an, lassen den Blick über den jeweils anderen gleiten, während ich Schritt um Schritt näher zu ihr trete Und diese Blicke, diese Berührungen, die keine sind, sorgen dafür, dass sich mein Puls beschleunigt und mit ihm meine Atmung. Hitze formt sich in mir, Verlangen, der Wunsch, Andie zu küssen, sie zu halten und nicht mehr loszulassen. Wir sagen nichts, und das ist auch nicht nötig. Nicht in diesem Moment.

Sie nimmt ihre Brille ab, legt sie zur Seite und grinst mich frech an. Ob mit oder ohne, das hier ist Andie. Das Mädchen, in das ich mich verliebt habe. Vielleicht schon in der Sekunde, als ich wegen ihr die dämliche Hände-Skizze versaut habe.

Ich beobachte sie, wie sie sich weiter aufrichtet und schließlich aus dem Bett steigt. Wir stehen voreinander, nur wenige Zentimeter trennen uns.

Schwer schluckend halte ich mich zurück, möchte ihr das Tempo überlassen, aber sie macht es mir nicht leicht. Sie mit ihrer süßen Nase, die sie gerade kräuselt, ihren großen blauen Augen und den Lippen, die zum Küssen gemacht wurden. Mein Blick folgt meinen Gedanken, und als Andie mit der Zunge über ihre Unterlippe fährt, verpufft meine Selbstbeherrschung, und ich ziehe sie mit einem Ruck an mich, küsse sie, bitte mit meiner Zunge um Einlass. In der Sekunde, in der sie ihn mir gewährt, fühlt es sich an, als würde ich in Flammen aufgehen.

Meine Hände finden den Weg zu ihrem Hintern, und ich packe zu, genieße das Gefühl, sie zu halten, zu berühren. Endlich. Und bei Gott, Andie fühlt sich besser an, als ich es mir je hätte vorstellen können.

Ihre Hände wandern über meinen Nacken zu meinem Kiefer, meiner Kehle und schließlich unter die Lederjacke, die sie sanft und quälend langsam über meine Schultern schiebt, während sie sich mir entgegendrängt und mich küsst, als gebe es kein Morgen. In meiner Hose, die sich viel zu eng anfühlt, zuckt es, und ich erschaudere, als Andies Hände über meine Oberarme fahren und die Jacke in einem Rutsch zu Boden fällt.

Sie saugt plötzlich an meiner Unterlippe, und ein kehliges Stöhnen entfährt mir, als sie anfängt, an ihr zu knabbern.

Ob sie es mit Absicht macht oder nicht, dass sie das hier so genießt, so auskostet, treibt mich in den Wahnsinn. Die Art, wie sie mich langsam berührt, über meine Haut fährt und dabei leicht bebt und sich an mich drängt.

Ich halte es nicht mehr aus, greife nach hinten zum Saum des Shirts und ziehe es über den Kopf, schmeiße es achtlos in die Ecke und bin sofort wieder bei Andie, die an meinen Lippen lächelt.

Ich kann nicht anders, ich mache mit. Weil ich mich lange nicht so gut gefühlt habe. So frei. So lebendig.

Ich lächle – bis ihre Finger über meine Brust fahren, feine Linien ziehen und schließlich an meinem Bauch ankommen, weiter nach unten wandern …

»Andie«, keuche ich und spüre, dass sie ebenso heftig atmet wie ich. Angespannt versuche ich, auch nur einen klaren Gedanken zu fassen. »Bist du dir sicher?«, presse ich hervor. Ich muss ihr Ja hören. Das ist wichtig für mich.

Sie fährt mit ihren Lippen sanft über meine Wange, küsst sich ihren Weg bis zu meinem Ohr, und ich beiße die Zähne zusammen, als mich eine weitere Welle der Lust überrollt.

»Ja«, flüstert sie. »Das bin ich, ich bin mir sicher.«

Mehr brauche ich nicht. Fiebrig beuge ich mich vor, schnappe sie mir und hebe sie hoch, während unsere Lippen zueinander finden. Ihre Beine schlingen sich um mich, meine Hände umfassen ihren Hintern, und durch den dünnen Stoff spüre ich ihre Rundungen nur zu deutlich. Scheiße, fühlt sich das gut an. Und jetzt bin ich es, der sie erforscht. Der jeden Zentimeter entdecken will. Selbst wenn ich aufhören würde, gäbe es kein Zurück mehr. Nicht für mich. Ich bin Andie verfallen.

Ich drücke meinen Mund auf ihr Dekolleté, auf die Wölbung ihrer Brüste und würde ihr am liebsten sofort das Kleid vom Leib reißen. Besonders als Andie mit flatternden Lidern den Kopf in den Nacken legt und leise meinen Namen flüstert. Doch ich will das hier noch auskosten. Egal, wie sehr es uns an den Rand des Wahnsinns treibt, weil meine schmerzende Erektion durch die Jeans gegen ihre Mitte drängt und ihre harten Nippel gegen meine Brust.

»Lane«, bittet sie, und nie hat mein Name schöner geklungen.

Ich bin vollkommen atemlos, als ich Andie behutsam absetze und meine Finger von ihrem Hintern löse. Ich greife nach dem Saum ihres Kleides und lasse meine Hände an den Außenseiten ihrer Oberschenkel nach oben gleiten. Andies Blick verschleiert sich, und sie drückt ihre Fingernägel in meine Schultern. Ich ziehe das Kleid hoch, über Hüften und Taille, über ihre Brüste, die ich mit den Fingerknöcheln streife, und ihre Reaktion darauf, auf mich, entlockt mir ein kehliges Lachen. Ich liebe es, wie sie auf meine Berührung reagiert.

Ich streife den Stoff höher, bis über ihren Kopf.
Weg damit.

So steht sie vor mir, nur noch von einem schwarzen Höschen bedeckt und einem schlichten BH, der mehr zeigt als verdeckt. Fasziniert beobachte ich, wie ihre Brustwarzen sich aufrichten und Andie ... Sie lässt die Träger langsam nach unten gleiten, zieht ihren BH aus.

Als er zu Boden fällt, betrachte ich sie ehrfürchtig. Jeden Zentimeter. Ihre weiblichen Rundungen und Kurven, die schönen Brüste, eine etwas kleiner als die andere, und einzelne Strähnen ihres schweren, lockigen Haars, die sich über ihr Dekolleté und um ihre Brustwarzen ringeln.

Ich habe nie etwas Schöneres gesehen. Unsicher hält sie meiner Musterung stand, doch nach kurzer Zeit will sie sich bedecken. Auf keinen Fall wird sie das tun.

Ich schnappe mir ihre Hände und halte sie auf.

»Tu das nicht. Versteck dich nicht. Nicht vor mir. Du bist perfekt.«

»Das bin ich nicht«, antwortet sie leise.

»Für mich bist du das.« Und es ist die Wahrheit. Dieses Mal küsse ich sie weicher, langsamer, lege all das in diesen Kuss, was ich fühle, aber nicht in Worte fassen kann. Dass es mir leidtut, dass ich sie nicht von Anfang an so behandelt habe, wie sie es verdient hat oder wie ich es mir insgeheim gewünscht habe. Dass ich sie anbetungswürdig finde und mir nichts Besseres vorstellen kann, als hier bei ihr zu sein. Dass ich nichts an ihr verändern will ...

Sachte dränge ich sie nach hinten, bette sie auf der weichen Matratze und ziehe Küsse über ihren Hals, hinunter zu ihrer Brust. Ich sauge ihre Nippel ein, spiele mit ihnen, umkreise sie, und jeder heftige Atemstoß, jedes Stöhnen von Andie ermutigt mich, feuert mich an.

Die Hitze in mir steigert sich, das Verlangen nimmt mehr und mehr zu, und jetzt erhöhe ich das Tempo, weil ich es kaum noch aushalten kann. Ihre Haut ist wie Seide. Besonders an der Innenseite ihrer Oberschenkel.

Nur widerwillig lasse ich von ihr ab, entledige mich meiner Hose, den Socken und Boxershorts und schnappe mir ein Kondom aus der Schublade, bevor ich mich wieder zu ihr lege, mich auf ihr niederlasse und mein Bein gegen ihre Mitte drücke. Der Slip ist ganz warm und feucht.

Das Kondom lege ich neben uns ab, dann streiche ich mit meinen Fingern über ihren Bauch bis zu dem Rand des Höschens, während Andie mich beobachtet und mit geteilten Lippen heftig atmet. Ich mache weiter, hake einen Finger ein und ziehe den Slip ganz nach unten, ziehe ihn aus, bis wir beide Haut an Haut daliegen. Sie ist so ungeduldig wie ich, hält es kaum aus. Umso mehr werde ich das, was ich als Nächstes vorhabe, genießen.

Mit meiner Hand gleite ich zwischen ihre Beine und ersticke mit meinem Mund den leisen Schrei, den sie ausstößt, als ich beginne, mit dem Daumen zu kreisen und einen Finger in sie zu stoßen. Nehme einen weiteren hinzu und verfalle in einen nervenaufreibenden Rhythmus. Ich küsse sie, bin zum Zerreißen gespannt. Meine Muskeln zittern, meine Hüften drängen gegen Andie. Wieder und wieder.

Ich stoße ein weiteres Mal mit meinen Fingern zu, massiere ihre empfindliche Stelle, und als sie laut aufstöhnt, sich leicht zusammenzieht, stöhne ich mit. Scheiße. Andie fühlt sich unglaublich an. Das hier fühlt sich unglaublich an.

»Lane.« Und sie erneut meinen Namen keuchen zu hören, lässt mich beinahe kommen. Shit. Also lasse ich von ihr ab und greife nach dem Kondom – aber mehr schaffe ich nicht. Andies Hand schließt sich um mich, sie bewegt ihre Finger sanft auf und ab in einem gleichmäßigen Rhythmus. Ich beiße die Zähne zusammen. Lange halte ich das nicht durch. Und als ihre Hand auch noch zu meinen Eiern wandert, kneife ich die Augen zu und atme zischend ein.

»Fuck. Andie, bitte. Ich kann nicht …«, stöhne ich und stoße mit den Hüften vor, ohne es verhindern zu können.

Mit letzter Konzentration öffne ich die Packung, nachdem Andie Erbarmen gezeigt und sich zurückgezogen hat, und ziehe mir das Kondom über.

Wir atmen wild, wir atmen heftig. Andies Augen brennen vor Verlangen, und ich kann kaum glauben, dass ich der Grund dafür bin.

Sanft drücke ich ihre Beine ein Stück auseinander, bis ich mit meiner Spitze auf ihre feuchte Hitze treffe.

»Bitte«, fleht sie und beißt sich auf die Unterlippe.

Ich halte sie fest, meine Finger graben sich in ihre Hüften, als sie stöhnt und mir entgegenkommen will. Eigentlich will ich mich sammeln, eigentlich will ich langsam sein, es auskosten, aber Andie bäumt sich auf, vergeht vor Erregung, und als ich in sie eindringe, überrollt mich dieses Gefühl und ein Knurren entfährt mir.

Sie stöhnt meinen Namen, wieder und wieder, und raubt mir damit den letzten Funken meiner Zurückhaltung. Mit einem kräftigen Stoß versenke ich mich in ihr, küsse und necke sie, liebkose ihre Brust, während ihre Finger sich in meinen Rücken graben und ihre Beine sich um meinen Hintern schlingen.

»Andie«, wispere ich ihren Namen, und sie haucht unaufhörlich Küsse auf meine Haut, die mich den Verstand verlieren lassen. Langsam ziehe ich mich aus ihr zurück, ein leises Wimmern entfährt mir, dann stoße ich erneut zu. Ich bewege mich in ihr, gleichmäßig, aber immer schneller, und sie kommt mir entgegen. Wir finden einen Rhythmus, tanzen zusammen, und der Druck, der sich in mir aufbaut, durchflutet mich, wird stärker und heftiger. Sie fleht mich an, nicht aufzuhören. Bei Gott, als ob ich das tun würde. Als ob ich das könnte.

Ich ziehe mich nur kurz zurück, um meine Finger ein weiteres Mal nach unten wandern zu lassen und über ihre feuchte Mitte zu reiben. »Komm mit mir, Andie. Bitte.« Ihr Blick ist verschleiert, ihre Lippen rot und geschwollen von unseren Küssen. Ich spüre, wie sich ihre Muskeln zusammenziehen, wie sie sich anspannt. Wieder stoße ich tief in sie, verfalle diesem Moment, bis sie lauter und tiefer stöhnt und sich unter mir aufbäumt. Mit nichts als meinem Namen und einem stummen Schrei auf ihren Lippen.

Unser Atem, unser Keuchen erfüllt die Luft. Ich stoße einen kehligen Schrei aus, als sich meine Eier zusammenziehen und ich tiefer als zuvor in sie stoße und mich ein heftiger Orgasmus erschüttert. Ich zittere, bebe.

Ich küsse sie, als ich komme – und nichts hat je süßer geschmeckt.

Für einen kurzen Moment vergrabe ich mein Gesicht an ihrer Halsbeuge und atme ihren Duft tief ein. Sie lacht träge, zuckt zusammen. Anscheinend ist sie an dieser Stelle kitzlig. Es gibt noch so viel zu entdecken …

Vorsichtig rolle ich mich von ihr herunter und schließe ein paar Sekunden die Augen, bevor ich mich zur Seite beuge, Andie einen liebevollen Kuss gebe und danach nach einem Taschentuch greife, um das Kondom zu entsorgen.

Danach lege ich mich zurück zu Andie, ziehe sie an mich und genieße das Gefühl ihrer weichen Haut an meiner und ihrer Wärme.

Das hier ist der Himmel, Andie ist meine Göttin. Und ich werde alles dafür tun, dass es so bleibt. Dass es ihr gutgeht.

Epilog

Y colorín, colorado, este cuento se ha acabado.

Andie

Das erste Semester ist vorbei, wir haben es geschafft. An manchen Tagen kann ich das kaum begreifen, wenn ich daran denke, wie alles angefangen hat, wie kompliziert und chaotisch es zwischendrin war. Wie ich ängstlich und nervös vor Junes Zimmer im Mädchenwohnheim stand und mich nicht getraut habe, an die Tür zu klopfen.

Und jetzt? Jetzt ist alles gut geworden. Das Kämpfen und Bangen hat sich gelohnt.

Ich bin glücklich.

Ich bin endlich angekommen.

June hat sämtliche Seminare bestanden, ich muss zwei neu belegen, wegen meiner Fehlzeiten, aber die anderen konnte ich meistern. Darauf bin ich stolz. Wir starten nun gemeinsam entspannt in die Ferien.

Zusammen mit Cooper, Jack, Susie und den anderen arbeite ich noch im Club, spare so viel wie möglich und genieße jede Minute, die ich mit June und den Jungs verbringen kann.

Mason ist seit ein paar Wochen nachdenklicher als sonst. Er hat öfter schlechte Tage als gute. Ich weiß nicht, was los ist, aber besonders kurz nach Weihnachten war es schlimm. Cooper wollte bei Mason bleiben und hat sich auch mit Zoey getroffen. June und ich hingegen waren daheim in Montana, haben mit Lucas und meinem Dad gefeiert. Ich war an Moms Grab und hab mich zu ihr gesetzt, ihr erzählt, wie weit ich bisher gekommen bin und dass ich einen Schritt nach dem anderen gehe, die kleinen Erfolge feiere. Dass ich sie so sehr vermisse, dass es manchmal körperlich schmerzt.

Und dass Dad endlich Chili kochen kann. June und ich haben es ihm über die Feiertage beigebracht.

Jetzt steht der Frühling vor der Tür, und ich fülle gerade die letzten Chips um, während ich hin und wieder einen nasche. Als ich die Schüssel hochhebe, fällt mein Blick auf das Küchentuch, das zerknittert auf der Arbeitsfläche liegt, auf eine der Aufbewahrungsdosen, die schief steht und auf den Topf mit eingetrocknetem Mac and Cheese von Dylan. Ich glaube, er beherrscht nur dieses Gericht – und er kann ziemlich gute Käse-Sandwiches machen. Er liebt Käse. Ich betrachte das alles, presse die Lippen zusammen, und für einen Augenblick spüre ich Monk-Andie in mir, die das geraderücken und sauber machen will. Doch das tue ich nicht. Ich atme nur tief ein, drehe mich um und gehe einfach.

Denn ich lerne gerade, dass das Chaos zum Leben gehört. Und dass es in Ordnung ist, nicht immer alles unter Kontrolle zu haben. Schritt für Schritt. Es ist ein Prozess.

Bereits auf dem Weg ins Wohnzimmer höre ich meine beste Freundin laut und deutlich.

»Mason, bei Gott, mach das noch mal und du verlierst Körperteile!« Wäre es nicht June, würde ich es nicht ernst nehmen, aber bei ihr muss er wirklich aufpassen … Sie zeigt drohend auf ihn, bevor sie fluchend ihr Oberteil hin und her zieht und daran herumzupft. Socke sitzt zu ihren Füßen und bellt ab und an solidarisch. Natürlich vergöttert er June.

Was tut sie da eigentlich? Fragend blicke ich zu Dylan, der

neben June und Mason auf der Couch sitzt und sich nun zurücklehnt. Er zuckt mit den Schultern. »Mason wirft Popcorn in ihren Ausschnitt, um ihr dann beim Rausholen zu helfen. Einmal hat er es geschafft. Aber ich denke, ich setze auf June. Ein zweites Mal gelingt es ihm ganz sicher nicht.«

Während Mason June triumphierend angrinst und sie gleich vor Wut in Flammen aufgeht, wird meine Brust ganz eng. Ich habe einen Job, ein Zuhause, Fremde sind zu guten Freunden geworden, und ich habe mich verliebt. So richtig.

In dem Moment, in dem ich die Schüssel auf den Tisch stelle, greift Dylan nach der Fernbedienung, die vor Mason lag, und sagt feierlich: »Ich mach das jetzt, sonst werde ich nie herausfinden, warum der Hund Socke heißt und was das mit Kevin Costner zu tun hat.«

June hat Mason derweil aus Versehen den Ellbogen gegen die Nase gerammt und verfällt in eine Mischung aus Sich-Entschuldigen und Ihm-Erklären, warum er selbst daran schuld ist. Mason hält fluchend die Hände vors Gesicht.

Lachend stehe ich vor dem Tisch, auf dem ich die Schüssel abstelle, schüttle den Kopf und beobachte, wie Dylan den Film anschaltet und die Lautstärke reguliert. Wo ist Cooper?

Der Vorspann geht schon los.

Es war Masons Idee. Die Sache mit dem Film. Und irgendwann wollte auch Dylan wissen, was es damit auf sich hat. Für June und mich bedeutet er Geborgenheit, Erinnerungen und Wehmut.

Dass wir ihn heute endlich alle zusammen ansehen, macht mich sehr glücklich. Genau so wie der Mann, der gerade seine Arme um mich schlingt und mich von hinten umarmt. Ich lehne mich an ihn, atme seinen Duft ein.

»Hey.«

Er haucht einen Kuss auf meine Schläfe. »Selber hey.«

»Ich hab mich schon gefragt, wo du bleibst. Wie war die letzte Therapiestunde?« Ich lege meine Hände in seine, und augenblicklich verflechten sich unsere Finger miteinander.

»Ruhig.«

»Bitte nicht so viele Informationen auf einmal.« Sein Lachen spüre ich deutlich an meinem Rücken.

»Es war gut. Wir haben heute über dich gesprochen.« Jetzt wende ich mich zu ihm, um ihn direkt ansehen zu können.

»Über mich?« Ist alles okay? Ist was passiert, das ich verpasst habe?

»Es ist was Gutes. Ich bin auf ein Thema zu sprechen gekommen, das zu dir geführt hat. Und über dich zu reden macht mich ohnehin glücklich. Es war also ein perfekter Abschluss.«

»Schleimer«, flüstere ich und grinse dabei. Sofort drückt Cooper mir einen Kuss auf die Lippen und streicht mir durchs Haar.

»Mir geht es gut. Mir geht es besser. Danke, dass du mich dabei begleitet hast.«

»Natürlich. Und ich bin froh, dass du es gemacht hast. Es war wichtig.« Wir haben über alles geredet. Sehr lange, sehr intensiv. Über diesen Abend, seine Gedanken, seine Reaktion, das Gerichtsverfahren und über sein Verhältnis zu seiner Familie. Er liebt sie so sehr, und es tut ihm unendlich weh, dass sie sich abgewendet haben. Alle, außer Zoey. Ich bin dankbar, dass er es mir anvertraut hat.

Danach hat er beschlossen, noch eine Therapie zu starten. Die ersten Stunden seiner zweiten Therapie haben wir gemeinsam besucht. Auf seinen Wunsch hin. Seitdem telefoniert er auch wieder regelmäßiger mit seiner Schwester. Ich hoffe, ich kann sie bald kennenlernen.

»Komm, ich würde dir gern etwas zeigen.« Cooper macht einen Schritt rückwärts, dann zieht er mich mit in Richtung seines Zimmers, und wir lassen die anderen hinter uns. Sie können bestimmt noch ein, zwei Minuten warten.

Er tritt an seinen Schreibtisch, greift nach der Mappe und blickt mich an. »Erinnerst du dich, als ... du eine Pause gebraucht hast? Mason hat dich geholt, ich bin hinterhergefahren, aber ...« Er schüttelt den Kopf, wie um eine schlechte Erinnerung zu vertreiben. Es scheint eine Ewigkeit her zu sein. »An dem Tag hatte ich eine Prüfung in der Uni. Zeichnen. Die Aufgabe war, sich ein Thema auszusuchen und nach Wahl etwas aufs Papier zu bringen, ohne es zu korrigieren, also wegzuradieren. Ich war vollkommen übermüdet, stand neben mir. Verflucht, mir ging es so beschissen.« Leicht verlegen verstrubbelt er sein Haar. »Ich wollte dir nur zeigen, was ich gezeichnet habe. Darüber habe ich heute mit Milly gesprochen.«

Er reicht mir die Mappe, und ich nehme sie ehrfürchtig entgegen. Es war schon lange mein Wunsch, Coopers Zeichnungen zu sehen, aber ich habe ihn nie danach gefragt. Jetzt ist es so weit. Das bedeutet mir mehr, als er ahnen kann.

Aufgeregt und mit zitternden Händen schlage ich sie auf, und mein Atem stockt, als ich erkenne, was vor mir liegt. Die Zeichnung ist nicht perfekt, nicht akkurat. Sie ist wie ich. Sie zeigt mich.

Meine chaotischen Haare, meine Brille, wie ich den Kopf auf der Hand abstütze, während ich dem Betrachter verträumt entgegenschaue.

Cooper hat mich gemalt.

Wie von selbst fahre ich mit den Fingerkuppen über die Zeichnung, fahre sie nach und kann kaum begreifen, wie schön sie ist. Wie wertvoll.

»Das bin ich«, flüstere ich. Cooper tritt näher, entzieht mir die Mappe sanft, legt sie weg und bittet mich, ihn anzusehen. Seine Hände kommen auf meinen Wangen zum Stillstand, umfassen und halten mich, während sein Blick mich verbrennt, mich in Flammen aufgehen lässt, mich wieder löscht, mich einnimmt, bis Tränen sich in meinen Augen sammeln.

»Wahrscheinlich hab ich mich schon in dich verliebt, als du keuchend und eine Entschuldigung schreiend in den Club gestürmt kamst. Oder als ich dir den einen Cocktail gebracht habe, den Jack gemacht hat.« Erschrocken forme ich ein stummes O mit den Lippen, während seine sich zu einem breiten Lächeln verziehen. »Du hast gedacht, ich hätte dich nicht erkannt oder es vergessen. So oder so: Ich hab an dich gedacht, ständig, und ich verfluche mich dafür, dass ich so lange dagegen angekämpft habe, wegen einer Angst, die ich nicht hätte haben sollen.«

»Wir können nichts für unsere Ängste«, wispere ich.

Der Kloß in meinem Hals verhindert, dass ich noch etwas anderes als das darauf erwidern kann, also küsse ich ihn zart und lege meine Stirn danach an seine.

Es dauert zwei, drei Minuten, bis wir uns lösen.

»Darf ich sie behalten?«

»Die Zeichnung?«

»Ja. Sie bedeutet mir viel.«

Er strahlt. »Kein Problem. Übrigens, falls es dich interessiert, es gab eine ziemlich gute Note für dein zauberhaftes Gesicht.«

Ich knuffe ihn in die Seite.

»Lass uns zurückgehen, die anderen warten.«

Und wie! Im Wohnzimmer hat Dylan das Popcorn okkupiert, während er still auf den Standbildschirm starrt. June hat eine Mauer aus Kissen zwischen sich und Mason errichtet, die sie schlicht mit »Ich ertrage sein Gesicht nicht mehr« kommentiert.

»Herrgott, Mase!«, grummelt Cooper.

»Was denn? Ich wollte nur helfen!«

June schnaubt, und Dylan sagt: »Er war kein bisschen hilfreich.«

Amüsiert gesellen wir uns dazu, ich greife in die Schüssel, schnappe mir eine Handvoll Popcorn, und Dylan drückt mit einem feierlichen »Endlich!« auf die Playtaste.

Der mit dem Wolf tanzt.

Der Film startet, ich liege in Coopers Armen, Dylan beugt sich irgendwann gespannt nach vorne, und sogar Mason ist gefesselt. June und ich schauen uns an, kurz vor der einen Szene, die uns jedes Mal das Herz bricht.

Cooper zuckt zusammen, Mason klappt die Kinnlade runter und Dylan springt auf. »Nein! Das ist doch jetzt nicht wirklich passiert. Scheiße!«

June weint bereits und hat sich vorsorglich Taschentücher besorgt. Die Box reicht sie an Dylan weiter, der beherzt zugreift, und zu Mason, der laut und schniefend verkündet, dass er keine braucht, weil absolut alles okay sei.

Etwas über eine Stunde nach dieser Szene sitzen wir schweigend auf der Couch und lassen die Geschichte sacken. Das muss man, egal, wie oft man den Film gesehen hat, aber besonders nach dem ersten Mal.

Mason streichelt Socke, bis Dylan ihn zu sich ruft.

»Du hast einen guten Namen. Halte ihn in Ehren!« Dylan hat das Ganze richtig mitgenommen, der arme Kerl.

»Andie, wie kannst du uns so was ansehen lassen? Ich werde nie wieder derselbe sein!«

June rollt mit den Augen. »Du hast es geliebt.«

»Das stimmt«, gibt Mason zu. »Aber ich habe auch gelitten.«

Während die beiden wieder zu streiten anfangen, drehe ich mich zu Cooper. Er lächelt.

Die Zukunft kann kommen. Ich bin bereit.

Danksagung

Jedes Mal, wenn ich ein Buch geschrieben habe, bin ich glücklich und stolz. Und unheimlich dankbar!

Dafür, dass ich Autorin sein kann, dass ich das machen darf, was ich liebe, und euch alle dabei an meiner Seite habe. Ihr, die ihr meine Bücher kauft und lest. Ich danke euch so sehr dafür. Ihr LeserInnen, BloggerInnen und BuchhändlerInnen seid mehr Stütze und Motivation, als ihr denkt.

Danke an den ganzen LYX Verlag für das Vertrauen, das ihr in eure Autoren/-innen und somit auch mich steckt, für euer Engagement und eure Leidenschaft. Bei euch hat damals alles angefangen, auf eurem LYX Storyboard. Auf diesem Portal habe ich meine allererste Geschichte geschrieben, durfte u.a. die wunderbare April Dawson kennenlernen (Ich drück dich, Liebes!), und jetzt darf ich mein erstes Buch bei euch veröffentlichen. Das ist wie nach Hause kommen. Dieses Gefühl ist unbeschreiblich.

Ein besonderes Danke geht an Simone Belack und Ruza Kelava, für jeden Mutzuspruch, jedes Lächeln, jede Unterstützung. Danke an alle Menschen, die hinter den Kulissen mitgearbeitet und ihre Energie und Zeit in dieses Projekt gesteckt hat.

Vor allem geht ein großes Danke an Alexandra Panz. Eine bessere Lektorin und Begleiterin hätte ich mir nicht wünschen können. Du warst so verständnisvoll, motivierend und sofort

Feuer und Flamme. Du hast das Beste aus Andie und Cooper herausgeholt. Und aus mir.

Und natürlich geht auch ein Dankeschön an Andrea, die das zauberhafte Cover gestaltet hat. Ich liebe es so sehr.

Jil, wie soll ich dir nur danken? Nicht nur für deine Lektoratsarbeit, sondern auch für deine Freundschaft und für all die richtigen und freundlichen Worte, die du stets findest. Ich glaube, das geht gar nicht. Du bist ein unglaublicher Mensch, vergiss das nie.

Eine dicke Umarmung geht an dich, Michelle. Du hast mit deinen Illustrationen Andie und Cooper zum Leben erweckt, und das auf so besondere und charmante Art, dass ich mich jedes Mal neu in die Zeichnungen verliebe. Danke dafür.

Danke an meinen Agenten Klaus, weil du immer vor und hinter mir stehst. Weil du sagst: *Wir schaffen das.* Und weil du mir glaubst, wenn ich es dir sage! Und danke an dich, Michaela, weil du auch immer da bist, wenn man dich braucht.

Außerdem bin ich zutiefst dankbar für die besten Freunde und Kollegen, die man haben kann.

Danke Marie Graßhoff und Tami Fischer, ihr habt mich am meisten bei dem Schreibprozess dieses Buches begleitet und unterstützt. Ohne euch hätte ich vielleicht nicht so sehr an mich geglaubt. Ohne euch wären all die Nachtschichten nur halb so lustig gewesen. Danke für alle seltsamen Sticker, die lustigsten Gifs der Welt und eure Motivationsvoices. Figo, der Fussel, lässt euch grüßen!

Und das gilt auch für Laura Kneidl, Bianca Iosivoni, Anabelle Stehl, Alexander Kopainski, Nicole Böhm, Nina Bilinszki, Klaudia Szabo, Laura-Jesus, Nena Tramountani und Jennie Lenz. Nur dank euch waren die Nachtschichten erträglich. Mit euch zu schreiben, zu telefonieren oder auf der Playstation zu zocken hat mich so manches Mal gerettet. Danke, dass ihr Teil meines Lebens seid.

Eine dicke Umarmung und unendlich viel Dank geht an meine Testleser. Es war mir ein Fest! Danke für eure Mühe, eure Motivation, eure Kritik: Anna, Antonia, Alina, Lea, Michelle, Jacqueline, Ariana, Marie, Adriana, Lisa, Martin, Lucia, Nadja.

Meiner Familie und Fabian kann ich wohl nie genug danken dafür, dass sie mich immer unterstützen. Und auch all meinen Freunden. Ihr seid unbezahlbar!

Ich freue mich auf eure Bilder, Rezensionen, Eindrücke und Nachrichten und hoffe, ihr werdet die Geschichte von Andie und Cooper so sehr lieben wie ich.

Eure Ava

E-Mail: avareed@outlook.de
Homepage & Instagram: www.avareed.de & avareed.books
Hashtags: #trulymadlydeeplybooks #trulyavareed #lyxverlag

Eine Liebesgeschichte, die unter die Haut geht

Ava Reed
MADLY

416 Seiten
ISBN 978-3-7363-1297-5

June hat ein Geheimnis, das sie mit aller Macht bewahren will. Deshalb hält sie jeden Mann, der an mehr als einem One-Night-Stand interessiert ist, auf Abstand. Beziehungen machen verwundbar, genauso wie die Liebe. Doch sie hat nicht mit Mason gerechnet. Er ist charmant, reich und absolut planlos, was seine Zukunft angeht – und er kann nicht genug von der temperamentvollen sowie faszinierenden Studentin bekommen. Mason will weitaus mehr als nur eine Nacht mit ihr. Und June fragt sich das erste Mal, was passieren würde, wenn sie ihre Mauern einreißt ...